Expedition

Neil Oppodark

Expedition

Überleben in der Wildnis

Roman

Bibliografische Information der Deutschen Nationalbibliothek: Die Deutsche Nationalbibliothek verzeichnet diese Publikation in der Deutschen Nationalbibliografie; detaillierte bibliografische Daten sind im Internet über dnb.dnb.de abrufbar.

Diese Geschichte ist Fiktion. Aussehen, Charakter, Eigenschaften und Namen von Personen sowie sämtliche Handlungen sind ausgedacht.

Druck:
Libri Plureos GmbH, Friedensallee 273, 22763 Hamburg

Expedition – Überleben in der Wildnis
© 2025, Neil Oppodark

Lektorat, Korrektorat:
Lektorat Bauer (Christian Bauer)

Cover und Illustrationen:
Kia Kahawa Vertragsdienstleistungen (Malte Knaack)

Layout und Textsatz:
Peter Teuchert, www.buchsatz-fuer-selfpublisher.de

Verlag:
BoD · Books on Demand GmbH, Überseering 33,
22297 Hamburg, bod@bod.de

1. Auflage, 2025
ISBN: 978-3-7693-7712-5

Prolog

Ihre Lungen brannten. Oscars Hand zog sie weiter. Ohne sie wäre Martha längst gestürzt und einfach liegengeblieben. Vor sich sah sie die rettende Felsspalte, in der Bennet bereits verschwunden war und ihnen zurief. Nur wenige Schritte hinter sich hörte sie die zwei anderen schreien: „Lauft!", „Schneller!"

Nach all den Strapazen und Entbehrungen der letzten Wochen sollte ausgerechnet hier alles enden? Kein Abstürzen, kein Ertrinken, kein Verhungern?

Der Morgen hatte mit einem kitzelnden Sonnenstrahl auf der Nasenspitze begonnen und alle fünf waren hoch motiviert in den Tag gestartet. Saftige Wiesen mit wunderschönen Blumen und ein paar imposanten Bäumen hatten den Weg gesäumt.

Das Gebrüll hinter ihnen ließ Martha das Blut in den Adern gefrieren. Noch einhundert Meter bis zum Felsen. In das Gebrüll mischte sich ein menschlicher Schrei. Ein Schmerzensschrei, der abrupt verstummte. Martha drehte sich um und kam ins Straucheln. Oscar zerrte sie hoch und schleifte sie mehr hinter sich her, als sie mitzuziehen. Martha hinkte jetzt und hatte an Geschwindigkeit eingebüßt. Bennet eilte ihnen zu Hilfe. Gemeinsam hievten sie Martha in Richtung Felsspalte. Inzwischen hatte auch der andere aufgeschlossen und war kurz hinter ihnen. Das Biest im Schlepptau. Mit einem letzten Satz verschwanden sie alle vier in der Spalte. Das Biest erwischte zwei von ihnen mit einem einzigen Hieb.

Blutüberströmt lagen sie alle übereinander. Von ihrem fünften Freund hatten sie keinen Mucks mehr gehört.

Teil 1

Rückkehr

David erinnerte sich daran, wie es früher war. Vor der *Apokalypse*, wie sie es alle nannten. An die Zeit, bevor Seuche, Krieg und Fluten alle dahingerafft hatten. Tag X war nun schon über dreihundert Tage her. Überlebt hatten nur jene, die ein bestimmtes Gen in sich trugen, das sie immun machte. David stocherte in seinem Müsli. Schokoknusper. Nahrung war im Überfluss vorhanden. Noch. Natürlich nichts Frisches. Aber riesige Lagerbestände mit Lebensmitteln in den wenigen Gebäuden, die noch standen. Was fehlte, waren die Freunde, die Familie und die vielen anderen Menschen, mit denen man sie teilen konnte.

Die Rathausuhr stand auf halb zwölf, aber der Sonne nach zu urteilen, musste es schon Nachmittag sein. Von den knapp 40.000 Einwohnern seiner Kleinstadt hatten gerade mal 75 überlebt. Die meisten waren keine zwanzig Jahre alt.

Das Krachen der knusprigen Schokoflakes zwischen seinen Zähnen wurde vom Knacken seines Funkgeräts übertönt.

Silas, einst Chef der städtischen Feuerwehr, hatte die Funkgeräte von den Löschfahrzeugen eingesammelt und die Überlebenden in der Kommune damit ausgestattet. Da sie alle auf demselben Kanal funkten, waren keine privaten Gespräche möglich und jeder hörte alles mit. Das bedurfte bei sechzig Geräten einer ausgesprochenen Funkdisziplin.

„Durchsage an Alle! Bitte findet euch heute um 17 Uhr im Rathaus ein. Es gibt interessante Neuigkeiten."

David blickte aus dem Fenster. Er war gespannt auf diese *Neuigkeiten*. Bisher waren die meisten davon Hiobsbotschaften gewesen. Doch heute schwang etwas anderes in der blechernen Stimme mit. Davids Gefühl sagte ihm, dass es dem täglichen Trott der letzten Monate ein Ende setzen würde. Er packte seine Notausrüstung zusammen und weckte Lena.

Lena war schweißgebadet. Sie hatte wieder Alpträume in der Nacht. Der Verlust so vieler Freunde und Familienmitglieder hatte sie vollkommen aus der Bahn geworfen. Sie schob sich schnell ein Toast mit Marmelade rein und bürstete nebenbei ihre Haare durch.

Im Rathaus herrschte bereits reges Treiben. Sharon, die als Notfallsanitäterin gearbeitet hatte und somit die einzige Person war, die sich medizinisch auskannte, stürzte auf David zu.

„Hast du es schon gehört? Martin ist zurück."

David schaute sie fragend an: „Martin? Etwa Martin Evens?"

Martin hatte sich vor sechs Monaten in einer Nacht- und Nebelaktion mit ein paar anderen aufgemacht, um dem Gerücht über Clean-Land nachzugehen.

Als David den kleinen Raum betrat, den sie für ihre täglichen Besprechungen hergerichtet hatten, lag Martin auf dem Besprechungstisch. Die Luft war stickig und roch nach Desinfektionsmittel. Lucy beugte sich über ihn und sprach mit sanfter Stimme: „Hey, Dad, ich bin's. Lucy. Ich bin bei dir." Lilly hielt seine Hand. Tränen rannen ihr über die Wangen und sie schluchzte.

„Was ist passiert?", fragte David, aber Sharon sah ihm nur in die Augen und schüttelte ganz langsam den Kopf. Als er näher an ihn herankam, sah er, was ihn auf den Tisch fesselte. In seinem Kehlkopf steckte ein Röhrchen und man konnte Martins Atmung hören. Es klang wie ein Röcheln und Sprudeln. Sein Brustkorb hob und senkte sich rasch. Mit der Hand hielt er ein Buch umklammert. Sharon deutete mit ihrem Kopf in Richtung Tür und David folgte ihr.

„Ich weiß nicht, wie er es geschafft hat, aber als Lucy und Lilly mit ihm hier ankamen, konnte er kaum atmen und sein Kehlkopf war zugeschwollen. Die einzige Möglichkeit, die mir blieb, war ein Luftröhrenschnitt", sagte Sharon.

„Ein richtiger Notarzt würde das vielleicht wieder hinbekommen. Aber ich kann hier nichts für ihn tun, außer seine Schmerzen lindern. Er hat zusätzlich noch einige ernste Wunden am Bauch. Ich fürchte, er wird es nicht bis morgen schaffen."

David sah sie betroffen an. Er wusste, dass Sharon sehr gut in ihrem Job war. In den letzten Monaten hatte sie einigen das Leben gerettet. Aber Sharon war keine Ärztin.

„Was hat Martin da in der Hand?", wollte David wissen.

„Keine Ahnung", sagte Sharon, „er hält das Buch fest umklammert und will es nicht loslassen. Da er nicht sprechen kann, werden wir versuchen müssen, auf andere Weise mit ihm zu kommunizieren. Im Moment ist er stabil und ansprechbar, aber das kann sich jederzeit ändern. Kannst du es mal versuchen?"

David betrat das Zimmer. Er legte seine Hand auf Lillys Schulter und nickte Lucy zu. Nach all den Geschehnissen der letzten Monate mit so vielen Toten wurde es David immer noch mulmig und er bekam einen stechenden Schmerz in der Magengegend.

„Hey Martin, schön, dass du wieder hier bist. Ich weiß, dass du nicht antworten kannst. Ich stell dir einfach ein paar Fragen und du antwortest mir mit den Händen. Bewege die rechte Hand für Ja und die linke für Nein. Ist das okay für dich?"

Martin hob den Zeigefinger seiner rechten Hand. Das war schon mal ein gutes Zeichen, dass Martin überhaupt registrierte, was hier vor sich ging. Also versuchte David es weiter.

„Martin, soll dir Sharon noch etwas gegen die Schmerzen geben?"

Martins linke Hand bewegte sich.

„Hast du genug Kraft, um auf eure Reise einzugehen?"

Nun eine Bewegung mit der rechten Hand.

„Was ist mit den anderen? Sind sie am Leben?"

Nach einer kurzen Weile bewegte Martin beide Hände. David versuchte es nun einzeln weiter.

„Lebt Tom noch?"

Martins linker Zeigefinger zuckte. Tom war also tot. Über die Umstände weiter nachzuhaken, ersparte er Martin.

Nachdem er auch nach den anderen drei gefragt hatte, war David bedrückt, aber auch froh, dass überhaupt jemand überlebt hatte.

David wusste natürlich, dass nun auch alle anderen im Raum die Antwort auf die alles entscheidende Frage erwarteten.

„Martin, habt ihr Clean-Land gefunden?"

Martin verzog seine Mundwinkel zu einem Lächeln, was ihm sichtlich Schmerzen bereitete, und hob seine rechte Hand. Dabei fiel das Buch runter und landete mit dem Buchdeckel nach oben auf dem Boden. Auf diesem stand in Großbuchstaben geschrieben: *DER WEG NACH CLEAN-LAND.*

Suche

Die ganze Nacht hatten David, Lena, Sharon und Silas das Buch inspiziert. Es war eine Art Tagebuch mit Skizzen und Wegbeschreibungen. Sie fanden jede Menge Notizen, mathematische Berechnungen und geographische Koordinaten darin.

„Blöd, dass die GPS-Satelliten vor zwei Wochen endgültig ausgefallen sind", bemerkte Sharon.

Silas sagte: „Wir haben aber noch genügend Kartenmaterial auf den lokalen Servern. Und auch ohne Handynetze sind die Geräte nicht ganz wertlos. Auf einigen sind noch lokale Karten gespeichert. Wenn wir die richtigen Handys finden, könnte man damit sogar noch navigieren."

Silas war der einzige IT-Experte in der Kommune. Er hatte viele Tage damit verbracht, die noch funktionierenden Computer, Tablets und Handys nach brauchbaren Informationen zu durchforsten. Der Trend der vergangenen Jahre, alles in der Cloud zu speichern und alles nur noch aus dem Internet abzurufen, zeigte nun seine Schattenseiten. Kein Googlen, kein ChatGPT, kein Social Media, noch nicht mal telefonieren konnte man mehr.

Martin hatte die kommende Nacht nicht überlebt. Laut seinem Notizbuch hatten sie einen Weg nach Clean-Land gefunden. Martin hatte versucht, den Rückweg genau zu beschreiben. Es musste ein Höllenritt gewesen sein. Auf Seite sieben des Buches war ein großes Kreuz auf die ganze Seite gemalt. Auf dem Querbalken stand *TOM*. Darunter war eine Notiz, die nicht mehr lesbar war.

Sharon vermutete, dass Martins Tränen die Seite aufgeweicht hatten. Auf einer anderen Seite war eine Felswand gezeichnet, auf der *50m* stand. Im gesamten Buch waren keinerlei Hinweise auf Bennet, Oscar und Martha zu finden. Was war also passiert? Sie begruben Martin in seinem Garten. Lucy und Lilly hatten mit Hilfe ihrer Freunde einen Blumenkranz gebunden. Luke hatte aus ein paar Balken ein Kreuz gezimmert und mit einem Feuerhaken Martins Namen eingebrannt. Bis auf die jüngsten waren alle aus der Kommune gekommen, um Abschied zu nehmen. Silas hielt eine bewegende Rede und stilisierte Martin auf der Suche nach Clean-Land zum Helden. In gewisser Weise war er das auch, denn er war Monate unterwegs gewesen, um einem Traum nachzujagen. Und als er ihn gefunden hatte, wollte er anderen davon berichten und sie nachholen.

Am Abend nach der Beerdigung entbrannte eine hitzige Diskussion über das Buch, den Weg nach Clean-Land und Clean-Land selbst. Einige waren der Meinung, dass der Ort nach wie vor ein Hirngespinst sei und Martin sich das alles nur fein säuberlich ausgedacht hatte. Schließlich war keiner der anderen wieder zurückgekommen. Und eine Beschreibung von Clean-Land? Fehlanzeige. Ein paar wiederum glaubten, der Weg sei zu gefährlich, wenn Martin und selbst Tom mit seiner militärischen Ausbildung ihn nicht überlebt hatten.

David hatte Martin gut genug gekannt, um zu wissen, dass er sich das nicht ausgedacht hatte. Nur wie konnte man einschätzen, ob der Weg machbar war oder nicht? Wem konnte man diesen Weg überhaupt zumuten? Die meisten in der Kommune waren noch Kinder. Ein paar wenige waren schon sehr alt. Das Verhältnis Männer zu Frauen war eins zu vier. Oder besser gesagt, Jungs zu Mädchen. Die meisten Kinder unter zehn, die ihre Eltern verloren hatten, waren von den älteren aufgenommen worden. Die

Kids über zehn hatten Gruppen gebildet und wurden bei den täglichen Aufgaben von den Erwachsenen mit eingebunden. Die Gemeinschaft funktionierte recht gut. Jeder war hilfsbereit und konnte auch Hilfe von den anderen erwarten.

„Wo ist eigentlich Kate?", fragte Lena am nächsten Morgen am Frühstückstisch in die Runde. Lena machte sich Sorgen. Eigentlich war Kate immer zuverlässig und kam jeden Abend nach Hause.

„Habe ich mich auch schon gefragt", antwortete Ann, die jüngste unter ihnen. „Ich dachte, sie übernachtet in Mias Zimmer."

Mia biss in ihr Toastbrot und zuckte nur mit den Schultern: „Ja, sie war kurz da und meinte, sie vermisst die Schule. Dann ist sie wieder weg."

Lola mischte sich ein: „Wo kann sie nur sein? Ich hoffe, es ist ihr nichts passiert. Wir müssen sie suchen."

Lola sorgte sich um jeden von ihnen. Neben David war *sie* der Ankerpunkt der Gruppe. Eigentlich war sie eine Frohnatur und immer optimistisch. Wenn sie also nervös wurde, dann war das kein gutes Zeichen.

Luke fiel etwas ein: „Ich glaub, ich weiß, wo sie sein könnte. In unserer alten Schule. Versteht ihr? Wenn sie die Schule vermisst, dann ist sie vielleicht dorthin."

„Ja, das macht Sinn. Dann lasst uns dort zuerst nach ihr suchen", schlug Pete vor.

Pete, Eva, Luke und Mary machten sich auf den Weg zu ihrer alten Schule. Auf einem Hügel, am anderen Ende der Stadt, hatte sie die zahlreichen Angriffe relativ unbeschadet überstanden. Doch sie war verwaist und nur selten verirrte sich jemand dorthin.

Ein paar Fenster waren zersplittert. In der Nähe war eine Bombe eingeschlagen und ließ sie zerbersten. Die Schule war zu dem Zeitpunkt bereits geschlossen und keiner war zu Schaden gekommen.

In der ehemaligen Mensa trafen sie auf Jaden und Ida, die hier nach Nahrungsmitteln suchten.

„Hey Luke, was macht ihr hier? Sonst lungert ihr doch nur unten in der Stadt im Gymnasium rum", begrüßte er Luke.

„Hi Jaden. Wie geht's? Lange nicht gesehen. Wir suchen nach Kate." Luke sah, wie Jaden überlegte, und fügte schnell hinzu: „Du weißt schon. Kate, aus der B-Blau. Sie war drei Jahre unter uns."

„In den anderen Gebäuden waren wir noch nicht. Aber wenn ihr wollt, können wir euch suchen helfen", sagte Ida.

Gemeinsam klapperten sie die verschiedenen Häuser ab. Die Räume waren zum großen Teil noch so, wie sie sie in Erinnerung hatten. Nur dass Spinnweben und Staub sich nun überall ausbreiteten. Die Schule war keine staatliche Schule und die Unterrichtsmethoden waren andere gewesen. So wurden unter anderem mehrere Jahrgänge zusammen unterrichtet. Luke, Mary und Pete gingen in dieselbe Klasse. Jaden und Eva in eine andere.

C-Rot stand auf einem Schild an der Tür. Mary stupste Luke mit dem Ellenbogen an: „Na, weckt das Gefühle bei dir?"

„Nee, nicht wirklich", antwortete Luke, „du weißt doch, wie sehr ich die Schule *geliebt* habe." Bei dem Wort *geliebt* schrieb er Anführungszeichen in die Luft.

„Seid mal still. Hört ihr das auch?", schaltete sich Eva ein.

Sie hielten inne in ihren Bewegungen und lauschten.

„Ist das ein Klopfen? Das kommt von oben", stellte Jaden fest.

Sie rannten die Treppe hoch und Jaden donnerte gegen eine verschlossene Tür. „Kate, bist du das? Mach die Tür auf."

In Kates ängstlicher Stimme war Erleichterung zu hören: „Ja, ich bin's. Bist du das, Jaden? Die Tür ist zugefallen und ich kriege sie nicht mehr auf."

Ida blickte fragend zu Jaden: „Sollen wir nach Werkzeug suchen und die Tür aufbrechen?"

Doch Jaden rief bereits durch die Tür: „Kate, geh von der Tür weg."

Er holte mit seinem rechten Bein aus und trat mit einem gezielten Kick gegen die Tür. Jadens Tritt hob die Tür regelrecht aus den Angeln und sie klappte nach innen auf den Boden. Endlich hatte sich sein jahrelanges Karatetraining mal als hilfreich erwiesen.

„Respekt, Alter", staunte Pete und ging in den Raum auf Kate zu.

Mary nahm Kate in den Arm: „Alles gut bei dir? Wieso bist du denn allein los. Hättest du was gesagt, wären wir doch mitgekommen. Was wolltest du überhaupt hier?"

„Ich vermiss die Schule und wollte mir ein paar Bücher holen. Dann kann ich wenigstens für mich lernen."

„Streberin", kommentierte Luke und zwinkerte Pete zu. „Du weißt doch eh schon alles und bist die Schlauste von uns allen. Was willst du denn noch lernen?"

„Jetzt lass sie doch. Ist doch gut, wenn jemand so viel weiß. Wer weiß schon, ob wir ihr Wissen nicht noch zum Überleben brauchen werden", empörte sich Eva.

„Lasst uns nach Hause gehen. Wednesday macht heute Kartoffelsuppe. Ich hab schon Hunger", sagte Pete in die Runde.

Mary verdrehte die Augen: „Mann, Pete. Nenn sie nicht immer Wednesday. Sie heißt Mia."

„Ja, ja. Schon gut", sagte Pete, „aber sie verhält sich wie Wednesday und sieht aus wie sie", versuchte er sich zu rechtfertigen.

„Los jetzt. Ich habe auch Hunger", sagte Kate und wandte sich dann an Jaden: „Und danke nochmal für deine Rettung. Deine Brüder können echt stolz auf dich sein."

Jaden machte ein trauriges Gesicht und dachte an Bennet und Oscar.

Entscheidung

Die folgenden drei Tage nach Martins Beerdigung verbrachte David gemeinsam mit Sharon und Silas damit, die Route aus dem Buch zu entschlüsseln. Den Zeitangaben war zu entnehmen, dass Martin 65 Tage für den Rückweg von Clean-Land gebraucht hatte. Es war von zahlreichen Flüssen die Rede, die sie mühevoll überquert hatten und von Wochen, die sie zu Fuß unterwegs waren. Der Weg hatte sie den größten Teil über kleine, noch passierbare Nebenstraßen und über die Beringstraße bis nach Amerika geführt. „Wenn das hier Clean-Land sein soll, dann liegt es mitten in Kanada." Silas zeigte auf einen Kreis in einer skizzierten Karte.

Die Erkenntnisse teilten und diskutierten sie auch mit den anderen aus der Kommune. Es gab heftige Spekulationen, ob ein solches Unternehmen überhaupt machbar war. Und wer sollte so eine Reise wagen? Und überhaupt wusste man nicht, was einen in Clean-Land erwartete. Allein die Annahme, dass es *möglicherweise* existierte, hieß noch lange nicht, dass es das war, was man sich erzählte. Was war also besser? Ein Weiterleben in einer zerstörten Welt, deren Böden verseucht waren und die den Gefahren von extremen Wetterereignissen ausgesetzt war? Oder der Weg ins Ungewisse? An einen Ort, wo man die Natur noch intakt glaubte. Dorthin, wohin möglicherweise andere Überlebende geflüchtet waren, um eine neue Zukunft aufzubauen. Wo man aus den Fehlern der Vergangenheit lernen und ein neues, besseres Leben beginnen konnte.

„Ich werde mit Emma und Charlene nach Clean-Land aufbrechen. Ich sehe keine andere Möglichkeit. Ich muss es versuchen", sagte Grace zu den Umstehenden.

Silas blickte sie unheilvoll an und sprach aus, was einige andere dachten: „Mit all den Gefahren, die Martin in dem Buch beschreibt, willst du ernsthaft dieses Wagnis eingehen? Charlene ist zwölf und hat sich gerade erst von ihrem Beinbruch erholt."

„Ich habe mir das reiflich überlegt und es wird mich keiner davon abbringen", entgegnete Grace.

Sie sah entschlossen aus und alle wussten, dass es unmöglich sein würde, es ihr auszureden.

David deutete Grace an, ihm nach draußen zu folgen. Er wollte gern allein mit ihr sprechen.

„Keine Chance, David. Ich lasse mir das nicht ausreden. Auch du wirst mich nicht davon abhalten."

„Das will ich auch gar nicht", sagte er. „Ich habe auch überlegt aufzubrechen und versuche schon die ganze Zeit die Für und Wider abzuwägen. Clean-Land klingt verlockend, sofern es denn wirklich existiert und so ist, wie wir es uns erhoffen. Aber die Gefahren und Risiken, erstmal dorthin zu kommen, sollten wir nicht unterschätzen. Außerdem kann ich die Kids nicht im Stich lassen. Die haben alle genug durchgemacht. Auch wenn sie ganz gut allein klarkommen, aber es würde sich anfühlen, als ob ich sie verrate. Und Lena und Luke würden das auch nicht zulassen", führte er weiter aus. „Lass mich dir wenigstens bei der Routenplanung helfen. Ich habe mich in den letzten Tagen sehr viel mit Martins Buch beschäftigt."

David merkte, dass Grace schon einige Schritte voraus war mit ihren Planungen, als sie sagte: „Ich werde in fünf Tagen aufbrechen. Gibst du mir bitte Martins Buch? Ich mache Kopien und du kriegst es zurück. Ich habe bereits eine Liste für Ausrüstung und Lebensmittel aufgestellt. Die muss ich nun abarbeiten. Also entschuldige mich."

Als David an diesem Abend zurück nach Hause kam, saßen alle zwölf Teenager zusammen und sprachen über Clean-Land. Sie plapperten wild durcheinander und gestikulierten.

David zählte sie in Gedanken durch. Lola, Lucy, Lena, Mia, Lilly, Mary, Eva, Pauline, Ann, Kate, Pete, Luke. Er hatte sie inzwischen alle ins Herz geschlossen und würde sie um jeden Preis beschützen. Jeden von ihnen.

Als sie David bemerkten, sprang Lucy auf: „David, wir wollen nach Clean-Land! Alle zusammen!"

Alle Augen waren auf ihn gerichtet.

„Ihr wollte *was*?" David brauchte einen Moment, um das zu verarbeiten.

„Wie stellt ihr euch das vor?"

An Lena und Lucy gerichtet sagte er: „Ihr wart doch dabei, als wir Martins Buch durchgesehen haben. Tom und Martin haben die Rückreise nicht überlebt. Und ihr glaubt eine Gruppe von Teenagern übersteht diese Reise und spaziert planlos ins gelobte Land?"

„Einen konkreten Plan haben wir nicht, aber den können wir ja machen. Du bist doch der Planer hier. Und du kennst dich in der Natur aus und hast immer gute Einfälle." Lena sah ihn flehend an.

„David, wenn *du* nicht sowas durchziehen kannst, wer dann?", versuchte Luke ihm zu schmeicheln. David wollte ihnen keine voreilige Hoffnung machen, aber auch er hatte sich schließlich Gedanken über solch eine *Expedition* gemacht. Nichts anderes wäre es. Extreme Anstrengungen, ein ungewisses Ziel, unkalkulierbare Risiken, Lebensgefahr. Das war es doch, was eine Expedition definierte. Und all das traf hier zusammen.

„Hört mal alle zu", erhob David seine Stimme, nachdem alle gleichzeitig versuchten auf ihn einzureden.

„Bevor ich hier Ja oder Nein sage, sollten wir das in Ruhe besprechen und eine Pro-und-Contra-Liste machen. Jedem muss klar sein, wie gefährlich das ist und dass man dabei drauf gehen kann. Vor der Apokalypse wäre das gar nicht eure Entscheidung gewesen, sondern die eurer Eltern."

„Wir werden alle draufgehen", meldete Mia sich zu Wort. „Ich bin dabei. Wird sicher lustig, wie wir verhungern oder verdursten. Oder eine Klippe runterstürzen oder in einem reißenden Fluss ertrinken. Aber dann hat das alles hier wenigstens ein Ende. Hier können wir eh nicht auf Dauer bleiben."

Ja, da war wieder der grenzenlose *Optimismus* von Mia.

Den restlichen Abend verbrachten sie damit, die Gefahren, die Martin in seinem Buch beschrieben hatte, durchzusprechen. David versuchte bewusst sie etwas überspitzt darzustellen und baute in seinen Beschreibungen noch zusätzliche Risiken ein. Ihm war bewusst, dass die Kids von all dem nichts hören wollten. Zum einen hatten sie natürlich keinerlei Erfahrung und wussten es nicht besser. Zum anderen *wollten* sie davon nichts wissen. Ihre Entscheidung schien festzustehen. Aber auch David merkte, wie er nach und nach zu dem Schluss kam, dass es kaum eine Alternative gab. Langfristig war ein Leben hier nicht möglich. Sicher konnten sie noch ein paar Jahre von den Vorräten leben. Aber wenn nicht ein Wunder geschah, dann musste die Kommune sich irgendwann ein neues Zuhause suchen.

David hatte einen Entschluss gefasst und bat alle zwölf zusammenzukommen. Gespannt und erwartungsvoll blickten sie zu David. Ann zappelte auf ihrem Stuhl herum und kaute auf ihrer Lippe.

David hielt ein Blatt mit Notizen vor sich und begann seine Aus-
führungen.

„*Wenn* wir eine solche Expedition machen, und ich sage noch
nicht, *dass* wir sie machen, dann muss Folgendes klar sein.
Erstens: Wir alle müssen uns aufeinander verlassen können. Es
kann nicht jeder machen, was er will. Es gibt klare Anweisungen,
die befolgt werden müssen. Auch ohne manchmal den Sinn zu
kennen. Ich werde das Kommando übernehmen. Sollte mir etwas
zustoßen, wird Lola das Kommando übernehmen. Das klingt hart
und extrem, aber genau das ist diese Expedition auch.

Zweitens: Laut Martins Buch ist der letzte Teil des Weges ein
drei- bis vierwöchiger Fußmarsch. Auf den müssen wir vorbereitet
sein. Wir werden also ab sofort und auch auf der ersten Etappe
dafür trainieren. Ihr müsst jeder eine Menge Nahrung und Ausrüstung schleppen. Das wird extrem anstrengend und ihr werdet
euch manchmal wünschen, ihr wärt nicht mitgekommen.

Drittens: Wir müssen gemeinsam einen detaillierten Plan aus-
arbeiten. Wir brauchen Ausrüstung und Nahrung für drei Monate
und wir müssen auf Gefahren vorbereitet sein, die wir noch gar
nicht kennen. Hier muss jeder sein Bestes geben. Nur so können
wir das schaffen.

Nur wenn wir alle aufeinander aufpassen und jeder zu hundert
Prozent mitzieht, kann es uns gelingen Clean-Land zu erreichen.
Und dann können wir nur hoffen, dass es das ist, wonach wir
überhaupt suchen."

Tumult brach aus und alle sprangen auf und rannten auf David
zu und umarmten ihn. In diesem Moment wusste er, dass die
Entscheidung längst gefallen war und es kein Zurück mehr gab.

Vorbereitung

Die folgenden Tage verbrachten Lena, Lucy und David damit, Listen anzufertigen, Berechnungen zu machen und eine Art Routenplan zu erstellen. Da Martin für seinen Rückweg 65 Tage gebraucht hatte und die meiste Zeit davon allein unterwegs gewesen war, rechnete David eher mit einhundert Tagen für ihre Gruppe. Im besten Fall konnten sie unterwegs etwas Nahrung finden. Im schlimmsten Fall würden sie aber nur ihr eigenes Essen verzehren können. In Martins Buch war von zahlreichen Wasserquellen die Rede. Wasser schien also weniger ein Problem zu sein. Aber Kraftstoff für die Fahrzeuge, das war ein Problem. Wie weit kamen sie damit und welche Fahrzeuge würden sie überhaupt brauchen?

Für ihre Planungen hatten sie sich in Lucys und Lillys altem Haus einquartiert. Die noch intakte Solaranlage sorgte für Strom und sogar die Pumpe vom Pool funktionierte noch damit. Darin übte Pauline gerade ein paar Griffe, die sie vom Rettungsschwimmen her kannte und Mary tauchte am Boden hin und her.

David saß mit Lucy, Lena und Lola zusammen, um die Einzelheiten für ihre Expedition zu planen. Lilly hatte ihnen ein paar Chips hingestellt. *Hot and Spicy* stand auf der Packung.

Lena hatte bereits ein eigenes Notizbuch angelegt, um alles zu dokumentieren.

„Lucy, was ist mit eurem Camper? Denkst du der fährt noch und weißt du, wo Martin die Schlüssel hatte?", fragte David.

Martin hatte so einen coolen Allrad Camper, war aber mit Toms Pickup aufgebrochen, um den Weg nach Clean-Land zu finden. „Ja klar, der steht nach wie vor bei uns auf dem Hof. Lola hat ihn letzte Woche mal gestartet. Nur so zum Spaß. Und er lief tadellos,“ antwortete Lucy.

Martins Camper bot Platz für vier Personen. Er hatte eine ziemlich krasse Off-Road-Bereifung und eine Seilwinde. Das wäre schon mal ein guter Anfang. Die Gesetze zur Beladungsgrenze und zur Anzahl der Sitzplätze mit Gurten beachtete heutzutage wohl keiner mehr. David musste schmunzeln bei dem Gedanken, wie er in eine Verkehrskontrolle geriet und man ihm einen Strafzettel wegen Überladung verpasste.

„Und euren Anhänger habt ihr sicher auch noch. Den brauchen wir auch. Wir werden mein Motorrad mitnehmen für die Etappe, die wir nicht mehr mit dem Camper weiterkommen. Dafür habe ich mir schon was überlegt.“

David erklärte ihnen, was er vorhatte und wie er den langen Fußmarsch etwas zu verkürzen gedachte.

„Lola, wir brauchen auch den Camper von Marthas Eltern. Der funktioniert doch noch, oder?“, wandte sich David nun an Lola.

Marthas Eltern hatten so ein riesiges Monstrum von Wohnmobil. Eigentlich schon mehr ein Haus als ein Camper. Es war zwar nicht gerade für das Gelände geeignet, aber es bot sicher genügend Platz und auch Stauraum für die Ausrüstung. Und bis auf die letzte Etappe der befahrbaren Strecke waren alle Wege in Martins Buch als *normal* beschrieben.

Aufgrund der bekannten und unbekannten Hindernisse rechnete David mit einem Vorankommen von 200 bis 300 Kilometer pro Tag. Natürlich hoffte er auf mehr und im Idealfall sollten es eher 500 Kilometer sein, aber lieber etwas konservativ rechnen, dachte er sich. Für die 14.000 Kilometer bis zur Beringstraße waren das knapp sechzig Tage. Hinzu kamen weitere 4.000 Kilometer für die Etappe nach der Beringstraße, die sie nur mit dem kleineren Camper weiterfahren konnten.

„Bei dreizehn Liter auf hundert Kilometer für den kleinen und siebzehn Liter auf hundert Kilometer für den großen Camper werden wir 4.720 Liter Diesel brauchen. Das sind 3.965 Kilogramm", sagte Kate. Keiner konnte ohne Taschenrechner so schnell rechnen wie Kate.

„Dazu kommt noch Benzin für das Motorrad. Da reichen aber vier von den Zwanzig-Liter-Kanistern. Damit kommen wir über 2.000 Kilometer weit", ergänzte David.

„Bei der Feuerwehr da stehen noch die 1.000-Liter-Behälter rum. Davon holen wir uns fünf Stück. Und dazu noch zehn von den Zwanzig-Liter-Kanistern. Die brauchen wir für die letzte Strecke mit dem Camper", entschied David.

Die Camper hatten bequem Schlafplätze für neun Personen. Lucy schlug vor, ein Dachzelt auf den großen Camper zu schrauben. Das würde ihnen das mühselige Aufbauen von Zelten ersparen.

„Ein Dachzelt ist definitiv eine gute Idee. Allerdings ist der Dieselverbrauch dann etwas höher. Und auf dem großen Camper muss man auch verdammt gut aufpassen. Da kann man fast vier Meter tief fallen." David grübelte.

Für den Fußmarsch besorgten sie dennoch drei kleine superleichte Zelte.

Lola blickte aus dem Fenster und beobachtete Pauline, wie sie mit Mary eine Übung zur Herz-Lungen-Wiederbelebung zu üben schien. Seit ihrem DLRG-Kurs brannte sie für das Rettungsschwimmen und hoffte, irgendwann mal wieder in einen See springen zu können.

„Lola, deine Aufgabe ist es bis zur Abreise jeden Tag viel Zeit mit Sharon zu verbringen. Sie wird dich in die Notfallmedizin einführen und dir zeigen, wie man Verletzungen und Krankheiten behandelt. Außerdem wird sie dir eine Ausrüstung zusammenstellen. Ich habe schon mit ihr gesprochen. Du wirst auf unserer Reise die Notfallsanitäterin sein." Lola nickte euphorisch. Ihr Onkel war Notarzt gewesen und ab und zu hatte sie ihm schon über die Schulter geschaut. Ihr Interesse daran war also familiär bedingt.

Bei der Nahrungsmittelplanung gab es sehr unterschiedliche Meinungen. So unterschiedlich wie die Geschmäcker. Zum Glück gab es keine bedeutsamen Allergien, auf die man Rücksicht nehmen musste. Und der Wunsch nach vegetarischem Essen war zwar theoretisch angekommen, aber praktisch wohl kaum umsetzbar.

„Man rechnet bei Outdoor-Aktivitäten und körperlichen Anstrengungen mit 800 Gramm pro Erwachsenen pro Tag. Da die meisten von euch ohnehin weniger benötigen und wir uns auf der ersten Etappe nicht anstrengen müssen, würde ich mal mit 500 Gramm rechnen," begann David und wurde von Kate unterbrochen: „Das macht bei dreizehn Personen 650 Kilogramm für die 100 Tage."

„Wenn du das sagst, wird es stimmen", bemerkte Lilly und verdrehte die Augen.

David fuhr fort: „Die Gewichtsangabe gilt in erster Linie für spezielle Outdoornahrung. Die werden wir nach einiger Zeit satthaben. Ich schlage vor wir nehmen auch normale Zutaten wie Kartoffeln, Äpfel, Reis, Nudeln und Dosensuppen mit. Die verbrauchen wir am Anfang und heben uns die leichten Sachen für den Fußmarsch auf."

Den restlichen Teil des Tages verbrachten sie damit eine Art Speiseplan zu erstellen und die jeweiligen Zutaten akribisch genau zu planen. Man konnte spüren, wie die Euphorie auf die Expedition die Oberhand gewann und keiner mehr Lust hatte über die Gefahren zu sprechen oder auch nur nachzudenken.

Eva, Luke, Pete und David machten sich daran, zusätzliche Ausrüstung auf eine Liste zu setzen. Darunter zwei Kettensägen, für den Fall, dass sie Bäume aus dem Weg räumen mussten, und um Brennholz zu machen, einen großen Trennschleifer, falls Masten aus Metall oder wer weiß was beiseite geräumt werden mussten, und jede Menge Kleinkram, wie Schaufeln, Seile, Lampen und Werkzeug. Eva versuchte sich ein Bild von dem Boot zu machen, welches laut Martins Aufzeichnungen an der Beringstraße auf sie wartete. Vielleicht konnte sie ja ihre Segelkenntnisse hier gebrauchen und allen eine Hilfe sein. Das größte Hindernis hatte Martin in seinem Buch mit *Wall* beschrieben. Von hier ging es nur noch zu Fuß weiter. Die verwischte Notiz ließ vermuten, dass Martin an dieser Stelle auch Hinweise auf dessen Bezwingung gegeben hatte. Das Einzige, was man noch halbwegs lesen konnte, waren die Buchstaben *UIAA* und einige Zeichen dahinter. Lilly erinnerte sich, dass sie mal in ihrem Kletterverein etwas von UIAA gehört hatte. Eine Wand und Klettern, das würde natürlich passen. Die Zahlen standen für die Schwierigkeit der jeweiligen Abschnitte in der Wand.

„Die Zahl hier könnte eine sechs oder eine acht sein", sagte Pete.

„Vielleicht auch eine drei", widersprach Luke.

„Nun, wir werden es wohl leider nicht rausfinden. Ich schlussfolgere aber daraus, dass Martin mit der *50m* hier sagen wollte, dass die Wand 50 Meter hoch ist und man sie hochklettern muss. Und er hat eine Einschätzung zur Schwierigkeit gegeben."

David war öfter mal in den Bergen zum Klettern gewesen. Inzwischen fristete seine Kletterausrüstung ihr Dasein in einem

Schrank. Er wollte alles mitnehmen und hoffte, dass die *Wall*, wie Martin es nannte, irgendwie erklimmbar sein würde. Wenn er erstmal oben war, würde er sich etwas einfallen lassen, wie alle anderen hochkamen.

Mary und Pauline wurden beauftragt für Ablenkung auf der Expedition zu sorgen. Langeweile während einer zweimonatigen Autofahrt konnte ganz schön auf das Gemüt drücken. Handys, Tablets und Laptops, wie man sie früher auf langen Autofahrten nutzte, kamen für die Expedition nicht in Frage. Also blieben Karten- und Würfelspiele, kleine Brettspiele, Ratespiele, Geschicklichkeitsspiele und ein paar Bücher. Bei den Büchern einigten sich alle auf *Woodwalkers* und *Harry Potter*. Die meisten hatten diese Bücher zwar schon gelesen, aber irgendwie waren die wohl zeitlos geblieben. Mia schlug noch ein paar Horrorgeschichten von Steven King vor, aber da schafften es nur zwei Bücher auf die Liste. Gewicht war schließlich ein entscheidender Faktor.

Die heftigsten Diskussionen gab es bei der Auswahl der Kleidung. Jedem war bewusst, dass hier nur ein Mindestmaß an Klamotten angesagt war, aber jeder hatte natürlich eine andere Definition von *Mindestmaß*.

Während Lola feststellte, ihr reiche das, was sie anhabe, meinte Lena, sie brauche mindestens mal ein Oberteil und eine Hose pro Woche. Von Unterwäsche ganz zu schweigen.

Luke und Pete amüsierten sich köstlich darüber. Und auch Pauline und Ann maßen der Bedeutung der Klamotten kaum Beachtung bei. Letztlich einigten sich alle darauf, dass jeder maximal zwei Outdoorhosen, drei Oberteile und viermal Unterwäsche mitnehmen durfte. Dazu kamen Regenjacke, Daunenjacke, Mütze, Handschuhe und ein dickes Fleece. Das Wichtigste aber waren feste Wanderschuhe. Hier wollte David keine Kompromisse machen. Die meisten besaßen zwar welche, aber aus denen waren sie inzwischen rausgewachsen. Somit beschlossen sie gleich am nächsten Tag neue Schuhe aus dem Sportladen aus der Innenstadt zu holen und David bestand darauf, in den nächsten Tagen nichts anderes zu tragen und sie einzulaufen.

Das Zusammentragen der Ausrüstung und der Nahrungsmittel kam gut voran. Alle hatten ein Ziel vor Augen und die Stimmung war demensprechend gut. Lola, Lena und Lucy hatten bereits einen Führerschein und konnten Auto fahren. Auch Luke und Pete hatten sich schon darin versucht und konnten ein Auto steuern. David brachte Luke und Pete in den folgenden Tagen noch das Motorradfahren bei. Für den Fall der Fälle. Je mehr Wissen verteilt wurde, desto höher war ihre Chance gemeinsam Clean-Land zu erreichen.

„Ist dir aufgefallen, dass Lilly in den letzten Tagen immer die Nähe von Luke sucht?", fragte Lena etwas beiläufig, als sie mit Lucy den abendlichen Abwasch bewältigte.

„Ach, ist dir das auch aufgefallen? Ich dachte erst ich bilde mir das ein, aber dann habe ich wohl richtig gesehen", antwortete Lucy.

Beide grinsten sich an. Insgeheim hatten beide schon vor Monaten festgestellt, dass ihre beiden Geschwister gut zueinander passen würden.

„Ich glaube ja, das wird noch was mit den beiden. Aber das sollen sie mal selbst rausfinden", sagte Lucy.

„Ich weiß nicht so recht, ob unsere Expedition der geeignete Zeitpunkt dafür ist. Aber beeinflussen kann man das ja eh nicht. Also lassen wir es drauf ankommen", gab Lena zu bedenken.

In der Tat sah man Lilly in den letzten Tagen immer mit Luke zusammen, wenn sie nicht gerade eigene Aufgaben hatte. Wenn man genauer hinsah, beobachtete Lilly Luke in jeder freien Minute. Und Luke schien das bewusst zu sein, denn er fing jedes Mal an zu lächeln und errötete dabei.

„Luke, hast du dir schon überlegt, wo dein Schlafplatz auf unserer Reise sein wird?", sprach Lilly ihn betont beiläufig an, als sie gerade die Wassertanks der Camper auffüllten.

Man konnte erkennen, dass sie eine lange Zeit gebraucht hatte, um Luke diese Frage zu stellen. Lukes Gesicht wurde feuerrot. Lilly war für ihn das schönste Mädchen, das er kannte, aber er hätte sich nie getraut, das laut auszusprechen.

„Nicht wirklich. David sagt, dass ich im großen Camper mitfahren soll, damit ich auch mal das Steuer übernehmen kann. Aber der Schlafplatz ist egal. Hast du dir schon überlegt, wo du schlafen wirst?"

„Ich bin es ja gewohnt im Aufstelldach in unserem Camper zu schlafen. Wenn das für Lucy okay ist, kannst du ja vielleicht dort oben mit mir schlafen ... also, ich meine bei mir schlafen ... also auch da oben, naja, du weißt schon." Auch Lillys Wangen strahlten nun feuerrot und Luke verschlug es die Sprache. In seiner Magengegend machte sich ein seltsames Gefühl breit, als ob dort plötzlich jemand tanzte. Ein Gefühl, das er so noch nie gespürt hatte.

„Ja klar ... gern ... ich ... ähm ..." Ihm wollte einfach kein vernünftiger Satz gelingen.

Lillys Augen leuchteten und ihr Puls beschleunigte sich. Sie hatte es geschafft. Sie hatte sich endlich überwunden und es fühlte sich gut an. Jetzt musste sie nur noch Lucy überreden auf ihren Schlafplatz zu verzichten. Glücklich stand sie auf und ging in die Küche zu Lena und Lucy mit einem Lächeln im Gesicht, wie Lucy es bei ihr seit zwei Jahren nicht mehr gesehen hatte. Lena und Lucy schauten sich an aber sagten kein Wort. Sie konnten ahnen was da gerade passiert war.

Abschied

Den Tag der Abfahrt hatten sie auf den 1. Juni festgelegt. Zu dieser Zeit sollte das Wetter am besten mitspielen und sie würden bis Anfang September Zeit haben, ihr Ziel zu erreichen, bevor es kälter wurde und die Herbststürme begannen. Durch die Klimaveränderungen weltweit wusste keiner so richtig, was sie auf der Reise zu erwarten hatten und sie mussten auf alles vorbereitet sein. In ihren Karten hatten sie einen Punkt mit *THE WAY OF NO RETURN* markiert. Hier würden sie die Hälfte ihres Kraftstoffvorrates verbraucht haben. Der Punkt lag außerdem an einem Fluss, der nur in eine Richtung zu überqueren war. So hatte Martin es zumindest beschrieben. Wie *er* in die andere Richtung gekommen war, blieb ein Rätsel. Wenn sie es bis zu diesem Fluss schaffen würden, dann gab es kein Zurück mehr. Nach ihren Planungen kam dieser Punkt in ungefähr vier Wochen.

Der Abschied von den anderen in der Kommune fiel allen schwer. Passend zur gedrückten Stimmung nieselte es. Jedem war bewusst, dass es ein Abschied für immer war und es auch keine Möglichkeit einer Kommunikation gab. Zumindest nach heutigem Stand der Dinge. Somit erfuhren die Zurückbleibenden auch nichts über Erfolg oder Misserfolg und Tod oder Überleben der Gruppe. Das alles drückte auf die Gemüter. Nach den heftigen Diskussionen und zum Teil auch Streitereien der letzten drei Wochen über Sinn und Unsinn dieser Expedition, hatten sich alle damit abgefunden und wollten den Abschied so angenehm wie möglich machen. Einige hielten David vor, vollkommen unvernünftig zu handeln und die Jungs und Mädchen in den Tod zu schicken. Andere konnten die Entscheidung nachvollziehen und ein paar wären selbst gern dabei gewesen. Silas hatte eine kleine Tochter, der er diese Reise noch nicht zumuten konnte. Aber er würde in zwei oder drei Jahren selbst nach Clean-Land aufbrechen, wenn Sarah mindestens sechs war. Sharon dachte ähnlich, aber sie wollte die anderen nicht im Stich lassen, da keiner von ihnen irgendwelche medizinischen Kenntnisse hatte.

Lola blickte zum Rathaus: „Ich werde unsere Stadt vermissen." Eine Träne kullerte ihr über die Wange. Ann nahm ihre Hand und sagte: „Ich auch. Aber ich freue mich auch auf unser neues Zuhause."

Aufbruch

Als Ann am nächsten Morgen die Augen aufschlug, stellte sie sich auf ihr Bett und hopste darauf rum.

„Aufstehen ihr Schlafmützen, Clean-Land wartet auf uns. Worauf wartet ihr eigentlich noch?"

Sie sprang von einem Bett zum anderen und rannte dann von Haus zu Haus, um alle zu wecken, noch bevor überhaupt die Wecker klingelten.

„Ann, wenn du das die nächsten Wochen genauso machst, dann werden wir wohl bald den ersten Verlust vermelden", schrie Lena ihr entgegen.

„Ich sag doch, wir gehen alle drauf. Und Ann wird die erste sein", rief Mia in ihrem gewohnt düsteren Ton.

„Pha, ihr Schnarchnasen, da müsstet ihr früher aufstehen als ich und das schafft ihr ja sowieso nicht!".

Alle wussten, dass diese kleinen Frotzeleien das Leben ein bisschen versüßten und keiner störte sich daran oder nahm das Gesagte ernst.

Sie fanden sich zur verabredeten Zeit bei David im Haus ein. Nur Eva kam etwas später und blickte verschlafen in die Runde. Nach einem kurzen Frühstück checkte jeder nochmal seine persönliche Ausrüstung, die er bei sich trug. Die Ausrüstung in den Campern und auf den Anhängern waren Lena und David am Tag zuvor nochmal Stück für Stück mit einer Checkliste durchgegangen. David wusste, dass die Camper deutlich überladen waren. Er hoffte, dass die Straßen noch halbwegs intakt waren und dass das Gewicht keinen Achsenbruch oder Reifenplatzer verursachen würde. Zwar hatten sie genügend Ersatzräder mit, aber die würden sie sicher noch früh genug brauchen. Spätestens dann, wenn sie auf die Gravel Roads kamen, die den größten Teil der Strecke ausmachten. Und bis dahin hatten sie sicher schon einiges an Gewicht durch den Verbrauch von Vorräten verloren. Lucy startete als erste Fahrerin im kleinen Camper. Luke fuhr den großen. David wollte sich nochmal ausgiebig mit der Navigation beschäftigen. Die Camper waren auch im Innenraum voll beladen und jede noch so kleine Ecke wurde ausgenutzt. Auf dem Boden hatten sie die Rucksäcke ausgebreitet, sodass man darauf sitzen oder liegen konnte.

Die Stimmung war eine Mischung aus Neugier auf die bevorstehende Expedition und Melancholie, ihre gewohnte Heimat für immer zu verlassen. In der Ferne krähte ein Hahn und irgendwo bellte ein Hund.

Es war sehr früh am Morgen und eigentlich schliefen die meisten zu dieser Zeit noch. Aber heute waren fast alle aus der Kommune auf den Beinen. Keiner wollte die Abfahrt verpassen. An die fünfzig Leute standen Spalier neben den Campern.

„Viel Glück!", „Gute Fahrt!", „Lebt wohl!", „Hals und Beinbruch!", „Wir fiebern mit euch!"

Jeder hatte irgendeinen Gruß auf den Lippen. David und die Teens schauten aus den Fenstern und winkten zurück. Wieder flossen Tränen und ein paar hielten sich in den Armen.

Die Leute im Spalier wurden immer kleiner. Erst als sie um eine Ecke bogen, schlossen sie die Fenster und setzten sich auf ihre Plätze. Keiner sagte etwas und es herrschte eine bedrückende Stimmung. Alle wussten, dass sie die anderen wohl nie wiedersehen würden.

Anfang

Nach etwa zwei Stunden meldete sich Pauline über Funk: „Camper Klein an Camper Groß, bitte melden!"

„Was gibt's?", antwortete Pete.

„Wir bräuchten mal eine Toilettenpause", gab Pauline zurück. „Warum nutzt ihr nicht die Bordtoilette? Wenn wir jedes Mal anhalten, wenn jemand mal muss, dann stehen wir ja jede Stunde", antwortete Pete.

„Tod durch Pinkeln", sagte Mia. Aber nicht ins Funkgerät, sodass es die anderen nicht hören konnten. Eva und Pete lachten kurz auf und gaben sich ein High Five.

Paulines Stimme wurde tiefer: „Die Bordtoilette ist nur fürs Pinkeln gedacht. Für größere Sachen sollen wir die ja nicht benutzen. Das hatten wir so abgesprochen."

„Na sag das doch gleich. Luke hat mitgehört. Wir halten an."

Über geeignete Parkplätze oder gar WCs brauchte man sich in diesen Tagen nicht mehr sorgen. Es gab keine Menschenseele, keine Autos und man konnte einfach da halten, wo man gerade war, auch wenn es mitten auf der Autobahn war. Vereinzelt standen noch ein paar Fahrzeuge auf den Straßen herum. Meistens waren sie in irgendwelche Unfälle verwickelt oder ihnen war der Sprit ausgegangen. Man konnte nur hoffen, dass sie nicht die Straße blockierten. Manchmal waren sie gerade so weit auseinandergeschoben, dass ein Fahrzeug durchpasste oder man dran vorbeifahren konnte. Manchmal musste man aber auch auf den Seiten streifen ausweichen, was bei der Last und den Anhängern gar nicht so leicht war. Wenn es regnete, bestand zudem noch die Gefahr, dass man stecken blieb.

Luke bremste ab und hielt kurzerhand an. Alle stiegen aus den Campern und jeder war froh sich mal die Beine vertreten zu können. Ann rannte wie verrückt los zu einem liegengebliebenen Bus.

Sie eilte postwendend zurück und vermeldete: „In dem Bus da liegt eine Gitarre. Mia, du kannst doch spielen. Warum haben wir eigentlich deine Gitarre nicht mitgenommen?"

„Aus Platzgründen, das weißt du doch", übernahm Pete die Antwort.

David überlegte kurz. „Also, jetzt, wo wir ja wissen, wie viel Platz wir brauchen, wäre es vielleicht gar nicht schlecht für die Stimmung. Und eine Gitarre ist ja kein Klavier. Also ich wäre dafür sie mitzunehmen. Gegenstimmen?"

Natürlich gab es keine und Ann sauste wieder los, um die Gitarre zu holen.

Im Vorfeld hatten sich alle darauf geeinigt, die eingebauten Toiletten wirklich nur zu nutzen, wenn es dringend war, um nicht bei jedem einzelnen mal pinkeln anhalten zu müssen. Ansonsten sollten sie jede Pause dafür nutzen. Aber da sie keine zusätzlichen Chemikalien mitnehmen wollten, ohne die der Gestank in der Bordtoilette unerträglich werden würde, sollten die größeren Angelegenheiten nur außerhalb verrichtet werden. Einen Baum oder ein Gebüsch, hinter dem man seine Notdurft verrichten konnte, brauchte keiner mehr. Bei allem, was sie durchgemacht hatten, waren allmählich ihre Schamgrenzen gesunken. Früher undenkbar, denn schließlich wurde man ja so erzogen, aber sie hatten mal ausgiebig darüber gesprochen und dann festgestellt, dass es eigentlich vollkommen sinnlos war sich für etwas zu schämen, was die natürlichste Sache der Welt war.

Nach nicht mal zehn Minuten saßen sie wieder in den Campern und konnten ihre Reise fortsetzen. Die Stimmung besserte sich mit jedem Kilometer. Im großen Camper stimmte Mia die neue Gitarre an. Im kleinen Camper spielten sie das Ratespiel „Wer bin ich" mit irgendwelchen Berühmtheiten, von denen sich die meisten kaum noch an die Gesichter erinnerten. Abgesehen von ein paar riskanten Ausweichmanövern durch blockierte Straßen kamen sie gut voran. Am Abend hatten sie bereits 350 Kilometer geschafft, was deutlich über dem errechneten Durchschnitt lag. David war zufrieden, aber er wusste natürlich, dass das erst der Anfang ihrer gefährlichen Reise war.

Luke entdeckte am Rande der Straße eine kleine Wiese und schlug vor, hier die erste Nacht zu campen. Pete steuerte den Camper direkt auf die Wiese und stoppte das Gespann. Als er noch ein kleines Stück vorfahren wollte, drehten die Hinterräder durch und er kam weder vor noch zurück.

„Na prima. Gestrandet im Nirgendwo. Ich hatte mit Ertrinken gerechnet. Aber nicht mit Tod durch Steckenbleiben auf einer Wiese", rief Mia.

„Hey, alles halb so wild. Uns wird noch viel schlimmeres bevorstehen", bemerkte David und gab ihr einen Klaps auf die Schulter.

Er nahm kurzerhand das Funkgerät und dirigierte Lena: „Sag Lucy, sie soll auf der Straße stehen bleiben und genau hinter uns fahren. Dann macht bitte die Seilwinde klar und legt etwas unter die Räder."

Zu Luke sagte er: „Geh raus und hak die Seilwinde hinten am Anhänger ein. Dann geh aus dem Weg und schau, dass Lucy uns mit der Winde rauszieht. Pete wird hier gleichzeitig rückwärtsfahren." Nachdem Pete wieder auf der Straße stand, bemerkte Luke mit erhobenen Armen: „Ja, sorry mit der Idee auf dem Rasen. Das sah halt romantisch aus. Aber eigentlich können wir auch direkt auf der Straße stehen bleiben. Ich glaube nicht, dass da heute noch einer kommt."

Lilly fing an zu lachen und steckte alle anderen an. Lola und Pete bereiteten das Abendessen zu. Nudeln mit Tomatensauce. Davon hatten sie am meisten mit. Die anderen bereiteten die Schlaflager vor. Lena, Lucy, Pete und David richteten sich im Dachzelt ein. Luke und Lilly machten es sich im Aufstelldach des kleinen Campers gemütlich. Lucy hatte dagegen absolut keine Einwände und schielte nur in Richtung Lena, als Lilly sie mit rotem Kopf fragte, ob das okay für sie sei. Ann, Pauline, Kate und Mary fanden Platz in dem riesigen Bett hinten im großen Camper. Mia und Eva schliefen im Bett über der Fahrerkabine und Lola quetschte sich neben allerlei Gepäck in das Heckbett des kleinen Campers. Mia gab noch eine kurze Gruselgeschichte zum Besten, begleitet von ihrer Gitarre. Angst hatte hier schon lange keiner mehr, aber alle liebten Geschichten. Besonders die von Mia.

Ball

Die Landschaft zog an ihnen vorbei. Sie trafen abwechselnd auf ausgebrannte Orte, endlose Wälder und Felder, die von allerlei Kraut und Sträuchern überwuchert wurden. Die Natur eroberte sich nach und nach die von Menschenhand geschaffenen Flächen zurück. Einige Orte waren noch intakt, aber menschenleer. Wenn hier jemand überlebt hatte, dann waren sie weggezogen.

Die Sonne war schon untergegangen, doch der Mond schien an diesem Abend besonders hell.

„Schaut mal, ein alter Sportplatz!", rief Luke nach hinten, als er gerade auf einer abgelegenen Straße durch ein kleines Kaff fuhr. „Lasst uns den für die Nacht nehmen."

Als sie die Camper verlassen hatten, entdeckte Ann am anderen Ende des Platzes einen Fußball. Freudestrahlend flitzte sie über den Platz, um zu prüfen, ob er noch genügend Luft hatte. Auf dem Rückweg kickte sie in Richtung Pete, der ihn direkt annahm und weiter zu Luke spielte.

„Wie wäre es mit einer Runde Fußball?", fragte Pete in die Runde.

Nach der langen Fahrt und wenig Bewegung konnten sie die gut gebrauchen, also stürmten sie auf den Ball zu.

Pete war leidenschaftlicher Fußballer. Früher verbrachte er zahllose Tage, vor allem die Wochenenden auf dem Platz. Er spielte damals rechts außen und sie waren gerade in eine höhere Liga aufgestiegen, als die Seuche ausbrach.

Lucy kickte zwar nur gelegentlich, aber sie war ein großer Fan von Eintracht Frankfurt gewesen. Sie liebte Fußball und kannte damals alle Spieler der Eintracht.

Lenas einst beste Freundin Natalie hatte damals einen Freund, der es bis in den Nationalkader geschafft hatte. Natalie hatte ihr viel von ihm und dem Fußball erzählt. Daher kannte Lena zumindest mal alle Regeln auf dem Platz.

David übernahm freiwillig die Funktion des Schiedsrichters. Sein Knie spielte heute nicht so richtig mit und er wollte es nicht riskieren, ausgeknockt zu werden. Pete und Lucy waren die Kapitäne. Pauline und Mary meldeten sich freiwillig, die Tore zu verteidigen. Ann flitzte immer an vorderster Front und bis auf Pete vermochte kaum einer sie einzuholen. Mia entpuppte sich als ausgezeichnete Spielerin, obwohl sie vorher behauptet hatte, nicht spielen zu können.

Je länger Pauline Pete beobachtete, wie er über den Platz fegte, desto stärker überkam sie so ein seltsames Gefühl. Pete war etwas kleiner als sie, doch sein Körper war muskulös und er war durch und durch ein Draufgänger. *Angst* war ein Fremdwort für Pete und das bewunderte sie.

Pete kam mit dem Ball auf sie zugerannt, zielte auf ihr Tor und versenkte den Ball im Netz, noch ehe Pauline sich rührte.

„Sag mal, schläfst du?", entrüstete sich Mia. „Du stehst ja da wie angewurzelt. Wo warst du mit deinen Gedanken?"

Nach einer Stunde intensiven Kampfes stand es 5:3 für Lucys Mannschaft, was Pete etwas ärgerte. Aber alle hatten mega Spaß und bis auf Pete war es ihnen vollkommen egal, wer gewonnen hatte.

Lola musste bei Lilly und Ann noch ein paar Pflaster kleben, aber zum Glück hatte sich niemand ernsthaft verletzt. Geschafft von der Partie krochen sie in ihre Schlafsäcke und der ein oder andere kickte wohl noch im Traum, denn man hörte mehrere Male Torschreie aus dem Inneren der Camper.

Pete forderte am nächsten Morgen Revanche, aber David erinnerte ihn daran, dass sie eine Mission hatten und nicht auf einer Fahrt ins Trainingslager waren. Pete hatte natürlich Verständnis, aber betonte, dass das nächste Spiel gewiss komme und aufgeschoben ja nicht aufgehoben sei.

Ausgeknockt

Weitere sechs Tage folgten ohne größere Zwischenfälle. Mal mussten sie einen Kleintransporter mit der Seilwinde zur Seite ziehen, ein anderes Mal lag ein Baum quer über der Straße, aber sie kamen gut voran und schafften weitere 2.000 Kilometer. Mit diesem Schnitt würde sich ihre Reisezeit deutlich verkürzen. Allerdings machte ihnen der Wasservorrat Sorgen. Sie waren sparsam damit umgegangen und hatten es lediglich zum Trinken und zum Kochen verwendet. Hier und da mal eine kleine Katzenwäsche und ein paar Schluck zum Zähneputzen. Ein weiteres Problem, was sich anbahnte, war der strenge Geruch, der einzig und allein auf die mangelnde Hygiene zurückzuführen war. Wenn sie in den nächsten zwei Tagen nicht auf frisches Wasser stießen, konnte aus einem kleinen Problem ein großes werden. Alle kleinen und größeren Bäche und Flüsse, an denen sie vorbeigekommen waren, gaben kein gutes Bild ab. Das Wasser war ungenießbar und auch zum Waschen ungeeignet. Da hätte ihnen auch ihr Wasserfilter nichts genützt.

Eine der Kriegsparteien aus der Vergangenheit hatte eine Chemikalie eingesetzt, welche die Gewässer verseucht hatte. Kontakt mit solchem Wasser war zwar nicht lebensgefährlich oder gar tödlich, aber es verursachte starke Hautreizungen. Also konnte man sich nur davon fernhalten. Es hieß, dass diese Waffe damals nur in Mitteleuropa eingesetzt wurde und die Gewässer östlich von

Polen unbelastet waren. Dort waren sie inzwischen angekommen. Sicherheitshalber hatte ihnen Sharon ein paar Tests mitgegeben, mit denen sie das Wasser prüfen konnten.

Auf der Karte war in einhundert Kilometern ein kleiner Fluss eingezeichnet. Die Wassertanks der Camper waren schon seit zwei Tagen leer. Jetzt hatten sie jeder gerade noch eine Flasche voll. Lena wies jeden an, sich das Wasser einzuteilen, auch wenn man noch so durstig war. Lilly und Pauline hielten es nicht mehr aus und tranken ihren letzten Tropfen. Sie hofften einfach, dass der vor ihnen liegende Fluss endlich frisches Wasser bot.

Als sie sich dem Fluss näherten, tauchte plötzlich ein gewaltiger Baum quer auf der Straße auf. Die Böschungen an den Seiten waren steil und ein Umfahren unmöglich. David schätzte die verbleibende Entfernung zum Fluss auf zwanzig Kilometer. Hier waren sie also auf ihre erste große Herausforderung gestoßen.

„Können wir den Baum nicht einfach mit der Seilwinde wegziehen?", fragte Mary.

„Nicht einen solch großen Baum. Das schafft die Winde nicht", antwortete Pete.

„Also gut", sagte David, „holen wir die Kettensägen. Das wird eine Weile dauern. Wer nicht mehr kann, setzt sich irgendwo in den Schatten. Möglichst wenig bewegen, sonst werdet ihr nur noch durstiger."

Luke und Pete holten die Sägen. David machte sich gleich daran, die Motorsäge mit dem langen Schwert zu starten.

„Ich bereite schon mal die Seilwinde vor, um den Stamm wegzuziehen", rief Lena ihnen zu. „Lucy, hilfst du mir bitte?"

Pete startete die zweite Säge und setzte an einem mächtigen Ast an. Das andere Ende des Asts war unter dem Stamm eingeklemmt und stand mächtig unter Spannung. Mia, die direkt neben Pete stand, konnte nicht rechtzeitig ausweichen. Mit voller Wucht peitschte ihr ein abstehender Ast ins Gesicht und Mia sackte zusammen.

„Stopp! Aufhören!", schrie Luke.

Durch den Lärm der Sägen konnte man kaum ein Wort verstehen. Pete hatte es bereits gesehen und stoppte sofort die Säge. David und Lena rannten gleichzeitig auf Mia zu.

„Mia, sag doch was! Hörst du mich?", schrie Lena sie an.

David beobachtet Mias Brustkorb und hielt ein Ohr über ihren Mund.

„Sie atmet."

Gleichzeitig tastete er an ihrem Handgelenk nach dem Puls.

„Ihr Puls schlägt auch. Ich denke sie ist nur bewusstlos. Vielleicht hat sie auch eine kleine Gehirnerschütterung. Sie hat den Ast genau an den Kopf gekriegt."

An Mias Schläfe sah man einen roten Fleck, der immer größer wurde. Alle standen inzwischen um Mia herum.

Lola schaute zu Mary und wies sie an: „Hol mir irgendwas aus dem Tiefkühlfach. Wir müssen das Hämatom kühlen, schnell!"

Mary rannte los. Plötzlich regte sich Mia und schlug die Augen auf.

„Bin ich tot? Ich wusste, es wird mich als Erste erwischen. Aber wieso seid ihr alle hier? Hat euch der Baum auch erschlagen?"

Pete brach in Freudentränen aus und umarmte sie. „Mia, es tut mir so leid. Ich habe nicht gesehen, dass du direkt hinter mir standest. Du lebst noch und bist immer noch bei uns."

Die Erleichterung war allen anzusehen. Mary kam mit einer Tüte Tiefkühlerbsen zurück, die Lola direkt auf Mias Beule drückte. Der Schreck saß allen im Nacken und sie hatten sogar kurzzeitig ihren Durst vergessen. Pete stützte Mia und wich nicht von ihrer Seite.

David bat alle einen großen Abstand zum Baum zu nehmen, startete die Säge und fing vorsichtig an, den Stamm zu zersägen.

Auch hier peitschten ein paar Äste gefährlich nah an seinem Kopf vorbei, aber er konnte sich gerade noch rechtzeitig ducken. Nach weiteren Schnitten hatten sie einen drei Meter langen Stamm freigesägt, den Lucy in die Seilwinde hakte und Lena mit der Winde Stück für Stück von der Straße zog. Luke und Lilly entfernten noch ein paar liegengebliebene Zweige und Äste und so konnten sie das Hindernis passieren.

Der Durst überwältigte sie wieder und David und Pete, die beide am Steuer saßen, traten gehörig aufs Gas.

Lola liefen die Schweißperlen am Rücken hinunter. Ihr T-Shirt klebte an ihrer Haut. Es war Hochsommer und die Temperaturen stiegen auf über fünfunddreißig Grad. Außerdem war ihr übel und sie musste sich fast übergeben.

Da lag er vor ihnen. Der eingezeichnete Fluss entpuppte sich als kleines Rinnsal. Lola sprang mit einem Testset aus dem Auto und nahm eine Probe.

Nach einer Minute schüttelte sie enttäuscht den Kopf. „Das Wasser ist verseucht. Keine Chance."

Entsetzen überzog die Gesichter.

„Okay, den Baum habe ich überlebt. Dann eben verdursten", gab Mia zum Besten.

„Keiner wird hier verdursten. Lena, bitte checke exakt wie viel Wasser jeder noch hat. Lola, steig ein und lass uns weiterfahren. Je schneller wir vorankommen, desto eher finden wir brauchbares Wasser", kommandierte David nun sichtlich gereizt.

Nach einer Weile meldete sich Lena: „Insgesamt etwas über zwei Liter. Deine Flasche ist noch voll und Ann und Kate haben auch noch jeweils einen halben Liter."

„Okay, dann behalte die Flaschen bei dir und gib nur im äußersten Notfall jemanden einen Schluck."

Luke, der schon die ganze Zeit in den heruntergeladenen Karten und auf dem Navi rumscrollte, meldete sich zu Wort: „Schaut mal hier, könnte das vielleicht ein See sein?" David blickte auf das Display. Da war ein blauer Fleck etwas abseits ihrer Route.

„Ich schätze, dass ist ungefähr zwanzig Kilometer abseits von unserer Strecke. Ist zwar ein Umweg, und wir wissen nicht, ob das Wasser genießbar ist, aber es ist unsere einzige Chance", sprach Luke weiter.

„Du hast Recht. Wir müssen es versuchen. Gib es per Funk durch, dass wir gleich abbiegen und sie sich nicht wundern sollen."

Der Weg zu dem See führte durch einen Wald und war recht holprig. Sie kamen nur langsam voran, aber nach einer weiteren halben Stunde sahen sie den See. Es war ein wunderschöner Anblick. Die Sonne funkelte im Wasser und der See war glasklar und still. Bäume spiegelten sich darin. Vor ihnen lag eine kleine Wiese. Der Anblick war schon fast wieder kitschig und hätte definitiv einen Post auf Instagram verdient gehabt, wenn es das noch gegeben hätte. Lola sprang mit ihrem Testset aus dem Camper, kaum das Lucy gestoppt hatte.

Nach einer Minute sagte sie freudestrahlend: „Das Wasser ist sauber. Wir können es nehmen."

Lilly, Pete und Pauline stürzten auf das Wasser zu. „Stopp!", schrie Lola.

„Das Wasser können wir zwar nehmen, aber wir werden es trotzdem erst filtern vor dem Trinken."

Kurzzeitig machte sich Enttäuschung breit. Lena holte die Flaschen mit den restlichen zwei Litern. „Hier, jeder noch zwei Schluck. Das muss reichen und in zehn Minuten gibt es das erste gefilterte Wasser."

Lucy und Kate machten sich sogleich dran, den Filter zu holen und auf eine Flasche zu schrauben. Den Schlauch hing Kate ins Wasser und Lucy pumpte die ersten Züge. Nach zwei Minuten hatte sie die erste Flasche gefüllt und reichte sie weiter. Mia, die immer noch etwas benommen war, bekam die Flasche von Pete gereicht. „Hier, du solltest den ersten Schluck haben." Mia setze an und ließ das kühle Nass ihre Kehle runter gleiten. Es prickelte. Noch nie hatte sie Wasser als so wohlschmeckend wahrgenommen. Nach vier Schluck reichte sie die Flasche weiter und alle tranken etwas. Inzwischen hatte Lucy noch eine weitere Flasche gefüllt und alle zutschelten genüsslich an den Flaschen.

Sie wechselten sich beim Filtern ab. Mit einem zweiten Wasserfilter begannen sie auch die Wassertanks der Camper zu füllen. Die Filter standen den verbleibenden Abend nicht mehr still. Jeder musste mal ran und pumpen, was ziemlich kräftezehrend war.

„Sicher ist sicher. Durchfall kann hier schließlich keiner gebrauchen", hatte Lola mit erhobenem Zeigefinger gemahnt.

Lucy sah auf den glitzernden See und meinte plötzlich, eine Art Trockenheit zu spüren, aber nicht von innen, wo doch das gefilterte Wasser längst all ihre Zellen geflutet hatte, sondern von außen, auf dem Hinterkopf, der Stirn, den Lippen, unter den Achseln und Fußsohlen. Noch hatte sie den dazugehörigen Gedanken nicht geformt, da sah sie schon Ann und Lilly T-Shirt, Hose und alles andere im Rennen hinter sich schmeißen und in die Fluten stürzen.

Luke wurde ganz rot und wusste nicht so recht, wo er hinschauen sollte. Aber er konnte gar nicht anders, als Lilly hinterherzuschauen. Sie war für ihn das schönste Mädchen, das es gab, und das ein oder andere Mal hatte er sie sich sogar schon nackt vorgestellt. Da nun alle anderen auch Anstalten machten und sich auszogen, tat er es ihnen gleich und rannte so schnell er konnte ins Wasser. Irgendwie hatte er das Gefühl, dass er sich Lilly nicht nähern sollte und seine Gedanken in eine andere Richtung lenken musste. Da das Wasser sehr klar war, konnte man tief unter die Wasseroberfläche sehen. Er schwamm erstmal einige Meter von den anderen weg. Ausgerechnet Lilly schwamm ihm aber hinterher. Das konnte doch nicht wahr sein. Was sollte er tun?

„Luke, jetzt warte doch mal und schwimm nicht so schnell", rief Lilly ihm hinterher.

„Äh …, ja, mach ich doch gar nicht. Ich, äh …, wollte mich nur etwas bewegen."

Das Wasser war ziemlich kalt. Luke liebte kaltes Wasser und im Moment liebte er es umso mehr. Er stoppte und drehte sich Lilly zu.

„Dann komm doch her und wir schwimmen zusammen noch eine Runde." Lilly war fast bei ihm. Dieser Blick. Er sah in ihre rehbraunen Augen. Lillys langen Haare schwebten neben ihr im Wasser. Wenn er doch nur seine Gedanken etwas ablenken könnte. Als Lilly direkt vor ihm war, streckte sie ihre Hand aus und legte sie Luke auf die Schulter. Diese Berührung elektrisierte Luke und er erstarrte.

„Alles okay?", fragte Lilly.

„Ja klar, was soll denn nicht okay sein?"

Pustekuchen mit dem kalten Wasser. Luke hätte jetzt eher Eiswürfel gebraucht.

Lilly schaute an Luke herunter und grinste: „Ach so, jetzt verstehe ich. Ja und? Nichts, was dir peinlich sein müsste. Ich würde sagen, ganz im Gegenteil."

Luke war irgendwie erleichtert über ihre gelassene Reaktion. Er streckte seine Hand in Richtung Lillys Hüfte aus und berührte sie. Es fühlte sich wunderbar an. So weich und glatt. Und wieder durchzuckte es seinen ganzen Körper. Er würde sie jetzt so gern küssen, aber da sie sich noch schwimmend auf dem See befanden und Lilly schon zitterte vor Kälte, ließ er lieber davon ab. „Mir wird langsam kalt", hauchte Lilly ihm ins Ohr. „Wollen wir lieber wieder an Land schwimmen?" „Natürlich, lass uns zurückschwimmen", hauchte Luke zurück. Er fühlte sich wie auf einer Wolke. Als ob er mehr durchs Wasser schwebte als zu schwimmen. Angekommen am Ufer stiegen sie beide aus dem Wasser. Ohne jegliche Hemmungen. Einige waren schon wieder angezogen, andere standen ebenso nackt am Ufer und ließen sich von den restlichen Sonnenstrahlen trocknen.

Lilly und Luke setzten sich ans Ufer und starrten auf das Wasser. Auf der anderen Uferseite tauchte gerade die Sonne in den See. Romantischer hätte die Szene nicht sein können, dachte Luke. Er legte Lilly einen Arm um ihre Schulter und Lilly legte ihren Kopf auf seine. Für Lilly war es ein Moment für die Ewigkeit. Von ihr aus konnten sie die ganze Nacht so sitzen bleiben. Endlich wusste sie, was die anderen immer mit dem Spruch *Schmetterlinge im Bauch* meinten.

Was die beiden nicht sahen, war, dass sie von ihren Schwestern beobachtet wurden. Lucy und Lena gaben sich ein High Five und lachten dabei.

Radwechsel

Mit frischem Wasser, frisch gebadet und gewaschenen Klamotten verließen sie am nächsten Morgen den idyllischen See und fuhren wieder zurück auf ihre Hauptroute. Lilly und Luke waren nun fast gar nicht mehr zu trennen. Man konnte meinen, jemand hatte ihre Hände zusammengeklebt. Nur wenn Luke mal das Steuer übernehmen musste, ließ Lilly seine Hand los. David bestand darauf, dass Lilly sich etwas entfernt hielt von Luke, solange er das Steuer übernahm. Zu viel Ablenkung war sicher nicht gut, während er fuhr. Ansonsten beglückwünschte er seinen Neffen insgeheim, dass er und Lilly nun ein Paar zu werden schienen. Auch wenn er sich bereits jetzt schon Gedanken machte, wie sich in Zukunft das Thema Liebe, Partnerschaft, Familie und Fortpflanzung entwickeln würde. Bei einem Verhältnis von Männern und Frauen von eins zu vier würden drei von vier Frauen auf der Strecke bleiben. Würde das monogame Modell noch funktionieren? Würde es in Zukunft überhaupt so etwas wie Partnerschaft und Familie geben? Werden in Zukunft wieder gleich viele Mädchen, wie Jungen geboren? Oder bleibt das Verhältnis auch hier eins zu vier? Auf all diese Fragen wusste auch David keine Antwort. Man konnte also einfach nur abwarten und sehen, wie sich das alles entwickelte. Eine Gefahr, die David als real einschätzte, war das Thema Eifersucht. Was wenn nicht nur Lilly auf Luke stand, sondern auch noch andere? Wie würde Luke sich dann verhalten und wie würde Lilly reagieren? Er beschloss, das Thema mal bei einer passenden

Gelegenheit anzusprechen und zu hören, was die anderen dazu sagten, noch bevor sich daraus ein Konflikt ergeben würde.

Das Wetter hatte umgeschlagen und es fing an zu regnen. Fette Tropfen prasselten auf die Scheibe. Die Sicht war ziemlich eingeschränkt und sie mussten langsamer fahren. Die Fahrer mussten sich so sehr konzentrieren, dass sie bald stündlich wechseln mussten. Die Beifahrer hatten die Aufgabe, ebenfalls die Augen offen zu halten und nach Hindernissen Ausschau zu halten.

Luke saß gerade am Steuer, als das Fahrzeug einen riesigen Satz machte. Lose rumliegende Gegenstände flogen plötzlich umher. Mary flog gegen die Wand und prallte mit ihrer Schulter gegen den Kühlschrank. Mia knallte mit dem Kopf gegen eine Kante, dabei war ihre Beule vom peitschenden Ast immer noch deutlich zu sehen. Luke stieg in die Bremsen und brachte das Gespann zum Stehen. Der Regen prasselte so laut auf das Dach des Campers, dass man laut sprechen musste, um sich zu verstehen.

„Was ist passiert?", fragte David, „hat sich jemand weh getan?"

Mary hielt sich den Arm und sagte: „Meine Schulter tut weh. Aber ich kann sie noch bewegen."

„Verdammt, warum trifft es immer mich?" Mia presste ihre Hand auf die neue Beule an ihrem Kopf. Sie war genau an der gleichen Stelle wie die alte, nur auf der anderen Seite.

Mary öffnete den Kühlschrank mit ihrem verschont gebliebenen Arm, griff in das Eisfach, kramte eine Tüte gefrorene Erbsen heraus und reichte sie Mia. „Hier. Du kennst das ja schon."

Pete, der auf dem Beifahrersitz saß, meldete sich zu Wort: „Wir sind über irgendwas drübergefahren. Das muss aus dem Nichts aufgetaucht sein."

David zog sich seine Regenjacke an und griff nach der Handlampe, die sie am Eingang befestigt hatten.

Als er draußen war, sah man ihn kaum noch. Nur der Schein der Taschenlampe tänzelte vor dem Fahrzeug umher. Als er zurückkam, berichtete er: „Wir haben ein Wildschwein überfahren. Es lag aber schon vorher hier und war schon tot. Die Farbe des Fells ist fast dieselbe wie die der Straße. Aber die eigentlich schlechte Nachricht ist, dass der Reifen platt ist und wir ihn wechseln müssen."

Lilly nahm das Funkgerät und gab es an den kleinen Camper weiter.

„Es ist eh spät und Zeit für Abendessen. Bei dem Regen werden wir das heute drinnen und getrennt machen müssen. Ich würde sagen ihr kümmert euch um das Essen und ich kümmere mich um das Ersatzrad. Ich bräuchte noch zwei Helfer", sagte David.

„Ich komme mit. Was brauchen wir?", fragte Luke.

Lilly hatte den Vorschlag inzwischen per Funk weitergegeben und meldete an David: „Lola schaut sich mal die neue Beule von Mia an. Und Lucy hilft beim Radwechsel."

Sie hatten die zwei Ersatzräder des Campers auf das Dach geladen. Die wogen gefühlt eine Tonne und es war ein ziemlicher Kraftakt, eins runterzubekommen. Auch an den Wagenheber zu kommen, war eine Herausforderung. Ausgerechnet den hatten sie ganz unten unter den Vorräten verstaut. Also mussten sie ziemlich umpacken, und dass bei dem Regen. Der eigentliche Austausch des Rads verlief dann aber problemlos. Vollkommen durchnässt hatten sie es nach einer Stunde geschafft. Wieder in trockenen Klamotten genossen sie ihr Abendessen. Pete öffnete eine Büchse Thunfisch. Lola wurde es plötzlich übel und sie stürzte zur Bordtoilette. Lena roch an dem Glas mit der eingekochten Wurst und hoffte, dass die nicht schlecht war.

Mia hatte sich in der Zwischenzeit hingelegt. Als sie wieder vor zu den anderen stieg und die sie ansahen, fingen Luke und

Pauline an zu lachen. Mia sah aus wie ein Fabelwesen. Das Gesicht kreidebleich und an der Stirn rechts und links zwei riesige Beulen, die fast gleich und riesig aussahen. Dazu ihre vollkommen zerzausten Haare und ihr störrischer Blick. Aber Mia war es gewohnt, dass andere sich auf ihre Kosten amüsierten, und hatte kein Problem damit.

„Ja, ja, lacht ruhig. Es wird euch auch noch erwischen. Jeder einzelne von uns wird draufgehen. Das ist nur eine Frage der Zeit", sagte sie in ihrem düsteren Tonfall. Und da fingen plötzlich alle an zu lachen und selbst Mia konnte sich ein Lächeln nicht verkneifen.

Umweg

Zum Glück hatte der Regen nachgelassen. Die Bäche und Flüsse, die sie überquerten, waren angeschwollen. Die Sonne kämpfte sich durch die Wolken und sog das Wasser aus den Pfützen. Die Wiesen erstrahlten in einem satten Grün.

Ann drückte ihre Nase an der Scheibe platt und beobachtete ein paar Raben, die über ihnen kreisten und sie zu begleiten schienen. Pete blickte abwechselnd auf das Armaturenbrett und einen Zettel, den er in der Hand hielt.

Kraftstoff mussten sie jeden dritten Tag nachfüllen. Hierzu hatte ihnen Silas extra eine spezielle Pumpe aus Feuerwehrbeständen mitgegeben. Drei der fünf Behälter waren bereits leer.

„Wir verbrauchen mehr Diesel, als wir eingeplant hatten", gab Pete zu bedenken, dessen Aufgabe die Kraftstoffverwaltung und das Betanken waren.

„Durch die Anhänger und das zusätzliche Gewicht ist der Verbrauch höher. Wir haben zwar Reserven eingeplant, aber trotzdem sollten wir sparsamer damit umgehen. Außerdem verbrauchen die Klimaanlagen zu viel. Wir werden die ab jetzt nicht mehr nutzen. Und versucht etwas sparsamer zu fahren. Konstanter durchfahren und nicht so viel anfahren und bremsen, soweit das natürlich möglich ist", antwortete David.

Laut Karte lag vor ihnen ein Wüstengebiet. In Martins Buch stand dazu die Notiz *Kein Wasser*. Im besten Fall würden sie diese Wüste in zehn Tagen durchquert haben.

Pete bekam plötzlich eine trockene Kehle. Sein Gehirn gaukelte ihm Durst vor, obwohl er vor fünf Minuten erst getrunken hatte.

„Wir sollten damit rechnen, dass wir erst in fünfzehn Tagen wieder an Wasser kommen. Wir brauchen für jeden drei Liter Wasser pro Tag zum Trinken und zwei Liter zum Kochen", sagte David.

„975", kam es von Kate wie aus der Pistole geschossen. „Wir brauchen insgesamt 975 Liter Wasser für diese Zeit."

„Mist. So viele Wasserbehälter haben wir nicht", erwiderte Lena.

„Was ist mit einem leeren Dieselbehälter?" fragte Pete. „Können wir nicht so einen nehmen?"

„Anders wird es nicht gehen", sagte David. „Wir müssen den gründlich durchspülen. Da darf kein Tropfen Diesel mehr drin sein. Sonst wird das Wasser sofort kontaminiert."

„Konta was?", fragte Ann.

„Kontaminiert, also verunreinigt, vergiftet", antwortete Kate.

David näherte sich bereits dem Anhänger, auf dem die Kraftstoffbehälter verladen waren.

„Lola, Luke, Lena, helft mir bitte. Wir müssen einen Behälter runter zum Bach tragen und komplett ausspülen."

Selbst leer wogen diese Behälter schon siebzig Kilo und der Weg zum Bach war nur ein schmaler Trampelpfad. Rechts und links ragten dornige Zweige von Brombeersträuchern in den Weg. Auf dem Rückweg schrammte Lena sich den Arm daran auf und blutete. Sie biss ihre Zähne zusammen und verfluchte die Sträucher. Nachdem sie den Behälter wieder auf dem Anhänger befestigt hatten, befüllten sie diesen und auch alle anderen Wasserbehälter mit frischem Wasser.

Sie fuhren weiter und nach einer Weile verschwanden auch die letzten Bäume und Sträucher und es gab nur noch Steine, Sand und Felsen. Die Sonne brannte und brachte die Luft zum Kochen. Die Fenster waren nach außen geklappt, um wenigstens ein wenig Fahrtwind abzubekommen. Der Schweiß rann ihnen aus allen Poren. Die Nächte wiederum waren bitterkalt und das Thermometer sank auf den Gefrierpunkt. Am meisten fror Pete oben im Dachzelt, daher kroch er in der Nacht darauf mit zu Lola ins Bett. Die Heizungen zu benutzen war tabu, da sie dadurch noch zusätzlich Kraftstoff verbrauchen würden.

Als die Sonne am nächsten Morgen ihre ersten Strahlen über den Horizont schickte, kletterten alle aus ihren Betten und ließen sich von der Sonne wärmen. Welche Wohltat nach solch einer eiskalten Nacht. Kaum eine halbe Stunde später verfluchten sie die Sonne schon wieder, da sie erbarmungslos ihre Körper aufheizte. Da half nur der Fahrtwind. Um diesen noch stärker auszunutzen, stiegen Luke, Lilly, Mary, Pete und Ann auf das Dach. Sie befestigen noch zwei Seile, an denen sie sich festhalten konnten. Lola fand das etwas waghalsig, aber die fünf wollten einfach nur den Wind spüren.

An Tag fünf in der Wüste tat sich vor ihnen eine breite Schlucht auf. Der Weg, der nur aus Sand und Steinen bestand und bisher nur eine lose Piste war, endete abrupt. Ein Durchqueren der Schlucht war unmöglich. Die Böschung vor ihnen fiel gute dreißig Meter steil ab. Sollte hier ihre Reise enden? Der *Point of no Return* kam deutlich früher als geplant und den hatten sie bereits vor einer Woche hinter sich gelassen. Kraftstoff hatten sie nicht mehr genug für einen Rückweg.

„Wir müssen an der Schlucht entlangfahren und hoffen, dass es irgendwo möglich ist, sie zu durchqueren", sagte David.

Lucy und Luke studierten die Karten und die Aufzeichnungen in Martins Buch, aber nichts. Kein Anzeichen von einer Notiz und auch nicht von dieser Schlucht. Als ob es sie nicht gab. Hatten sie sich verfahren? Aber auch hier deutete nichts darauf hin. Die Route in Martins Buch führte genau hier entlang.

„Die Schlucht kann ja nur durch einen Fluss entstanden sein", sagte David.

Martin war vor ein paar Monaten hier gewesen. Bei den neuerlichen Wetterphänomenen schien das nicht ungewöhnlich. Ein reißender Fluss, der die Schlucht ausspült und dann wieder versiegt und keinen Tropfen zurücklässt.

Lola meldete sich zu Wort: „Wir müssen rausfinden, in welche Richtung der Fluss geflossen ist, und sollten dann flussabwärts fahren. Dann ist die Wahrscheinlichkeit höher, dass die Wände der Schlucht flacher werden und wir eine passierbare Stelle finden."

„Das ist eine clevere Idee", meinte Ann.

„Und wie finden wir raus, in welche Richtung der Fluss geflossen ist?"

„Ganz einfach", sagte Kate, „Wasser kann ja nicht bergauf fließen. Und dort links sieht es irgendwie tiefer aus als rechts. Außerdem sieht man dort Berge am Horizont und da wird das Wasser eher herkommen als hinfließen."

„Wow, scharf kombiniert, Mrs. Homes", rief Ann.

Kate reckte stolz ihr Kinn. Sie liebte die Bücher über den Meisterdetektiv Sherlock Homes. Seine brillante Kombinationsgabe war ganz nach ihrem Geschmack.

Somit war es beschlossen. David hatte bedenken, dass der große Camper im Sand stecken bleiben könnte. Also fuhr dieses Mal der geländegängigere kleine Camper voraus, um einen geeigneten Weg zu finden. Zum Glück war der Boden hier steinhart. Die Schlucht wurde allmählich breiter und die Böschungen niedriger. Nach anderthalb Tagen gelangten sie an eine Stelle, an der die

Böschung nur noch einen Meter hoch war. Da sie schon mehr Tage in der Wüste zugebracht hatten, als sie eingeplant hatten, entschieden sie sich, die Schlucht hier zu passieren.

Das Wasser hatte wunderschöne Formen auf den Boden der Schlucht gezeichnet. Aus der Vogelperspektive hätte es sicher ein schönes Bild abgegeben, wie man es früher auf dem einen oder anderen Wandkalender gesehen hatte.

„Luke, du und Lucy, ihr wandert zur anderen Seite der Schlucht und erkundet die Böschungen, ob man da wieder rauskommt. Nehmt ein Funkgerät und genügend Wasser mit." David schätzte die Entfernung zur anderen Seite auf einen Kilometer.

„Pete, hol die Schaufeln und Klappspaten. Die werden wir brauchen und eine Art Rampe bauen. Wir graben abwechselnd", fasste David seinen Plan zusammen.

Der Boden war steinhart. Pete hatte die Idee, den Trennschleifer zu benutzen, um wenigstens die Oberfläche ein bisschen aufbrechen zu können. Das funktionierte auch halbwegs. Nach einer gefühlten Ewigkeit hatten sie es geschafft, eine drei Meter breite Rampe zu bauen, die hoffentlich flach genug war, um mit dem großen Camper über die Böschungswinkel zu kommen.

Luke und Lucy hatten inzwischen eine Stelle auf der anderen Seite gefunden, die ihnen geeignet erschien, die Böschung wieder hochzukommen. Anscheinend hatte dort der Fluss für eine natürliche Rampe gesorgt.

„Pete, kuppel den Anhänger vom großen Camper ab. Den müssen wir mit dem kleinen Camper rüberfahren. Der große hat schon mit sich allein zu tun. Auch ohne Anhänger wird es brenzlig werden."

Lola und Lena setzten inzwischen den kleinen Camper in Bewegung und steuerten auf die selbst gebaute Rampe zu. Problemlos fuhren sie in das ausgetrocknete Flussbett hinein, durchquerten die Schlucht und fuhren auf der anderen Seite wieder raus. Jubel durchbrach die Stille. Man merkte, dass jeder noch so kleine Erfolg und das Meistern jeder kleinsten Herausforderung die Gruppe antrieb und die Hoffnung aufblühen ließ. David setzte sich nun an das Steuer des großen Campers. Er manövrierte das Fahrzeug in eine optimale Position. Mit etwas Anlauf und Schwung fuhr er auf die Rampe zu. Die Räder senkten sich, als er die obere Kante überquert hatte. Das befürchtete Aufsetzen in der Mitte des Fahrzeuges blieb aus. Nun gab er Gas und erreichte das untere Ende. Nachdem die Hinterräder die untere Kante der Rampe erreicht hatten, gab es einen mächtigen Schlag. Durch den großen Überstand des Fahrzeuges war das Heck aufgesessen. David sprang aus dem Fahrzeug und rannte nach hinten. Wut machte sich in ihm breit.

Ein Teil der Rückwand war aufgerissen. Ihre Vorräte verteilten sich auf der Rampe. Die anderen starrten auf das Heck. Entsetzen machte sich breit.

„Verdammter Mist!", fluchte David. „Ich hätte langsamer fahren sollen. Was habe ich nur getan?"

Dass sie im Laufe der Reise würden improvisieren müssen, war ihnen bewusst. Aber mit einem so großen Schaden umzugehen, bedurfte vieler kreativer Ideen.

„Das Schlimmste ist nicht der Stauraum. Die Hälfte unserer Rationen sind eh aufgebraucht und den Rest können wir anders verteilen. Viel schlimmer ist, dass es die gesamte Anhängekupplung rausgerissen hat und wir den Anhänger nicht mehr ankuppeln können. Damit fehlen uns ein Behälter Diesel und der Trinkwasserbehälter."

„Lass uns die Lebensmittel in den Fahrzeugen verteilen", schlug Lena vor. „Dann schnallen wir einen leeren Behälter aufs Dach und pumpen den restlichen Diesel um."

Das klang nach einem guten Plan. Aber der Behälter mit dem Wasser war noch halb voll und wog 500 Kilogramm. Den konnte keiner auf das Dach heben. Und sie durften keinen Tropfen verschwenden.

„Das Wasser müssen wir erstmal umfüllen", sprach Lena weiter. „Die Wassertanks in den Fahrzeugen sind fast leer. Da passt schon mal eine Menge rein. Und wenn wir alle Lebensmittelkisten leer machen, dann können wir dort erstmal das Wasser reinfüllen, dann den Behälter aufs Dach schnallen und dann das Wasser wieder reinfüllen."

„Na das nenn ich doch mal eine kreative Idee", rief Mia.

Und so krempelten sie sich die Ärmel hoch und machten sich an die Umsetzung ihres Plans, während David versuchte, den Camper notdürftig zu flicken und hervorstehende Teile abzutrennen. Es gab zwar nun keine Rücklichter und keine Stoßstange mehr, aber das sollte wohl nicht zum Problem werden. In ein paar Tagen würden sie das Fahrzeug ohnehin aufgeben müssen. Da interessierten keinen irgendwelche Schäden.

Mit größter Vorsicht fuhr David den Camper zur anderen Seite der Schlucht. Noch einen Schaden wollte er nicht riskieren. Der untere Winkel der Rampe war hier viel seichter. Mit dem abgerissenen Heck gab es ohnehin weniger Hindernisse. Doch mitten auf der Rampe drehten plötzlich die Hinterräder durch und drohten sich einzugraben.

„Lucy, setz den kleinen Camper davor. Und Lena, hak die Seilwinde ein. Ihr müsst mich mit hochziehen", kommandierte David.

Zusätzlich stiegen alle anderen aus dem Camper aus, platzierten sich rund um das Fahrzeug und suchten nach irgendwelchen Griffen, um mitzuschieben. Langsam und mit viel Kraft schafften sie es den Camper die Rampe hochzufahren, zu schieben und zu ziehen. Irgendwie hatten sie auch diese Aufgabe gemeistert.

Sie setzten sich wieder entlang der Schucht in Bewegung, um wieder auf die von ihnen verlassene Route zu kommen. Nach einem Tag hatten sie sie wiedergefunden und folgten der Route weiter nach Nordosten. An die Hitze hatten sie sich inzwischen etwas gewöhnt. Auch wenn sie noch genug Trinkwasser hatten, lechzte jeder nach einem See, einem Fluss oder einer Quelle, da sie seit Tagen schon nicht mehr gebadet hatten. Der Wüstenstaub mit Schweiß vermischt, ließ alle aussehen wie Bergarbeiter. Die Schlafsäcke waren längst total verdreckt. Nichts wünschten sie sich jetzt sehnlicher als frisches Wasser.

Fata Morgana

Die Wasservorräte schwanden dahin. Der Behälter vom Dach war längst leer und sie hatten ihn zurückgelassen. Kate rüttelte am Wasserhahn des Campers, dem sie noch ein paar letzte Tropfen abrang.

Pauline saß auf dem Beifahrersitz und starrte in Richtung Horizont, als sie plötzlich zu stammeln begann: „Palmen ... Wald ... Grün ... Bäume ..."

Ohne aufzublicken entgegnete Mia: „Das ist eine Fata Morgana. Nur ein Traum. Wo sollen hier plötzlich Palmen herkommen? Du bist dehydriert. Dein Gehirn halluziniert. Bald setzt es aus und du bist tot. So wie wir alle."

Aber dann schauten Pete, der am Steuer saß, und Luke und Lilly auch nach vorn und riefen durcheinander: „Und halluzinieren wir etwa alle gleichzeitig?"

„Da, ich sehe es auch."

„Das sind eindeutig Bäume."

„Los Pete, gib Gas. Halt direkt drauf zu."

Tatsächlich. Die Route führte direkt auf die Bäume zu. Wahrscheinlich war es eine Art Oase mit einer Quelle, die die Pflanzen mit Wasser versorgte. Das wäre die Rettung. Die Wassertanks waren alle leer und kaum einer redete noch, da das Sprechen mit trockener Kehle schmerzte.

Auch im kleinen Camper hinter ihnen hatten sie die Oase bemerkt und es per Funk durchgegeben. Aufgrund der hügellosen

Ebene und der klaren Luft konnte man sehr weit sehen und sie brauchten eine weitere Stunde, bis sie endlich an der Oase ankamen. Nach über fünfzehn Tagen Sand, Staub, Steinen und Braun, Grau und Gelb als einzige Farben, war es ein Genuss für die Augen. Wie in einem orientalischen Märchen. Saftiges Grün, Pflanzen mit wunderschönen Blüten, Palmen und dazwischen flossen Bächlein. Sie kamen mit den Fahrzeugen nur bis zum Rand der Oase. Hinein führten nur zugewachsene Pfade, denen sie folgten. Plötzlich tat sich ein Teich vor ihnen auf. Auf der gegenüberliegenden Seite ragte ein Felsen zwei Meter in die Höhe und ein kleiner Wasserfall sprudelte sanft hinab. Es war ein paradiesischer Anblick.

Alle entledigten sie sich ihrer Kleidung, die inzwischen ohnehin nur noch Fetzen am Leib entsprach, und sprangen in den Teich. Man konnte nur noch ein: „Aah!" und „Ooh!" und ab und zu ein „Herrlich!" vernehmen.

Eva passte einen Moment ab, bei dem ihr Bruder etwas abseits von den anderen im Wasser stand und watete auf ihn zu. Der Teich war kaum einen Meter tief und ragte den meisten nur bis zur Hüfte.

„Du, Pete, Pauline hat mich gefragt, ob ich wüsste, was du von ihr hältst."

Pete blickte irritiert zu Eva und brauchte einen kurzen Moment, um zu begreifen, was Eva von ihm wollte.

„Also ob du auf sie stehst", fügte sie deshalb hinzu.

Darüber hatte er ehrlicherweise noch nie nachgedacht. Er fand Pauline sehr nett. Genauso wie Mary und Lilly und die anderen. Aber über mehr hatte er sich noch keine Gedanken gemacht. Er schielte zu Pauline am anderen Ende vom Teich rüber. Sie lachte und schäkerte gerade mit Luke, was Lilly überhaupt nicht zu stören schien. Pete betrachtete ihren nackten Oberkörper und lächelte in sich hinein.

Pauline hatte er immer eher für schüchtern, ja sogar ängstlich gehalten. Vielleicht gab es aber noch einen anderen Grund, warum Pauline so selten ein Wort mit ihm wechselte. Je mehr er darüber nachdachte, desto mehr erfreute es ihn. „Und was hast du ihr gesagt?", wollte Pete nun unbedingt wissen.

„Na ich habe gesagt, dass du denkst, dass sie eingebildet ist und du deshalb nicht mit ihr redest."

„Du hast was?", schrie Pete sie an und alle, inklusive Pauline, schauten zu ihnen rüber.

„Hey Bruder. Kleiner Scherz. Entspann dich. Das habe ich natürlich nicht gesagt." Sie hob beruhigend die Hände.

„Ich habe ihr gesagt, ich weiß es nicht, aber sie soll dich doch einfach mal ansprechen und es herausfinden. Aber sie meinte, dass sie dich unheimlich süß findet, aber dich im Leben nicht darauf ansprechen würde", sagte Eva. „Ich habe dann gesagt, dass ich mit dir reden werde. Sie hat mir zwar gesagt, ich solle das auf keinen Fall machen, aber ich konnte raushören, dass sie sich das insgeheim wünscht."

Pauline. Wer hätte das gedacht. Pete sah weiter in Paulines Richtung. Ab und zu erhaschte er einen Blick von ihr, aber sie drehte ihren Kopf schnell wieder weg, und ein schüchternes Lächeln huschte über ihr Gesicht. Als sie Pete und Eva so stehen sah, konnte sie ahnen, um was es ging, und wäre am liebsten im Boden versunken. Innerlich sprach sie sich Mut zu und tat so, als würde sie sich weiter mit Mary unterhalten.

„Also Bruder, was soll ich ihr nun sagen? Stehst du auf sie?", fragte Eva.

„Ja … ja, also sie ist sehr hübsch … und so. Sie hat eine perfekte Figur … und wunderschöne Brüste …", stammelte Pete.

„Echt jetzt? Oh Mann! Du sollst nicht auf ihre Brüste starren und sie auf ihren Körper reduzieren!", fuhr Eva ihren Bruder an. „Jungs!" Sie schlug ihm in die Seite.

„Nein, ich meine, das ist alles schön und gut, aber natürlich mag ich sie auch so. Ich finde sie auch von ihrem Charakter her toll. Manchmal vielleicht ein bisschen zu ängstlich, aber besser als so zickig wie du", entgegnete Pete und grinste dabei.

Von nun an ging Pauline ihm nicht mehr aus dem Kopf. Er war zwar sonst mutig und ein Draufgänger, aber mit Mädchen hatte er noch keine Erfahrungen gemacht. Wie sollte er nun herausfinden, ob da mehr war, das er für Pauline empfand, ohne sie vor den Kopf zu stoßen, wenn er feststellte, dass da doch nichts war. Er würde darüber nachdenken und vielleicht konnte er ja auch seine Schwester um Hilfe bitten. Oder Luke, oder sogar David.

Camperleben

Sie hatten Wasser aufgefüllt und noch einmal eine komplette Inventur der Vorräte gemacht. Lenas Berechnungen zu Folge hatten sie zwar länger als geplant bis hierher gebraucht, dafür war ihr Nahrungsmittelverbrauch aber geringer als sie angenommen hatten. Insofern war alles noch im grünen Bereich. Sie wussten aber auch, dass der schwierigere Teil der Strecke noch vor ihnen lag. Laut Karte hatten sie noch drei Tage bis zum anderen Ende der Wüste, danach begann allmählich wieder die Vegetation, wo die tiefen Wälder Sibiriens auf sie warteten. Laut Martins Aufzeichnungen warteten dort mehrere schwierige Flussquerungen auf sie.

Auf ihrer Weiterfahrt meisterten sie noch ein paar weitere kleinere Zwischenfälle. Unter anderem mussten sie einen weiteren platten Reifen beim großen Camper wechseln, sodass sie nun keinen Ersatz mehr hatten. Sie hofften, dass es keinen weiteren Reifen traf, denn einen Autoreifen zu flicken, war kein Vergnügen. Zur Not hatte David aber auch dafür Werkzeug und Flickzeug dabei.

Mary hatte sich beim Holz hacken verletzt. Ihr linker Mittelfinger hatte stark geblutet, aber zumindest hatte sie ihn nicht abgehackt. Lola hatte den Finger mit Nahtpflaster verarztet und verbunden. Mit dem dicken abstehenden Verband hatte sie nun einen permanenten Stinkefinger, den sie jedem entgegenreckte, der sie darauf ansprach. Aber das alles waren nur harmlose Sticheleien, über die sich alle, auch Mary, lustig machten und das stärkte die Moral. Und gegen die Langeweile war es allemal gut.

Mias Beulen waren fast nicht mehr zu sehen. Sie und ihre Gitarre waren an den Abenden und auch tagsüber während der Fahrt sehr gefragt. Am Ende waren es zwar immer wieder die gleichen Lieder, die gespielt und gesungen wurden, doch noch hatte keiner die Nase voll davon. UNO, was die meisten Kinder früher oft gespielt hatten, erlebte ein Comeback und wurde stundenlang mit Begeisterung gespielt. Die gängigen Regeln wurden hier etwas erweitert, was das Spiel noch spannender machte. Kate achtete mit Argusaugen auf die Einhaltung dieser selbst gesetzten Regeln und wurde mehr und mehr zum Schiedsrichter bei Meinungsverschiedenheiten. Ihr nahm man als einzige ab, dass sie der Geschwindigkeit der Karten folgen konnte und immer noch wusste, wer dran war und ob die Regeln eingehalten wurden. Man konnte sehen, dass sie mit dieser Aufgabe wuchs und sich darin sichtlich wohl fühlte, sodass man ihr vertraute.

Früher war das nicht immer so gewesen. Da wurde sie oft als „Besserwisserin" oder als „Klugscheißerin" betitelt. Aber hier in der Gruppe schätzte man ihre Intelligenz und ihre Auffassungsgabe. Sie kannte inzwischen die Landkarten und Martins Buch auswendig und war zum Navigator geworden. Sie hatte sich noch kein einziges Mal vertan.

Kate war für ihre elf Jahre schon recht reif. Trotz ihrer schlanken Figur wirkte sie eher wie zwölf oder gar dreizehn. Sie war natürlich bestens aufgeklärt und hatte außerdem zahlreiche Bücher über die Pubertät gelesen. Ihr war klar, dass Haare ab einem gewissen Alter nicht nur auf dem Kopf wuchsen. Schon seit ein paar Wochen war ihr das am eigenen Körper bewusst geworden. Und leider wusste sie auch, was ihr damit als nächstes bevorstand. Sie hatte sich versucht darauf vorzubereiten, aber dennoch kam es wie ein Schlag und an einem Tag, als sie überhaupt nicht damit gerechnet hatte. Warum musste sie ausgerechnet während dieser strapaziösen Reise ihre Tage bekommen? Ihr Bauch schmerzte und etwas Blut lief ihr am Oberschenkel hinab.

„Lola, kannst du mir vielleicht mal helfen? Ich glaube es ist so weit", stöhnte Kate leise.

„Glaub mir, du stirbst nicht daran. Das haben wir alle von Zeit zu Zeit. Aktuell zumindest achtzig Prozent der erwachsenen Bevölkerung", sagte Mia, ohne aus ihrem Buch aufzuschauen.

„Es sei denn, es hört nicht mehr auf. Wenn du mehrere Liter Blut verlierst, dann schläfst du irgendwann ein und wachst einfach nicht mehr auf. Das ist sicher auch ein schöner Tod. Besser als Ersticken, oder Ertrinken, oder ..."

„Mia!", unterbrach sie Lola, „das ist nicht hilfreich. Lass Kate mal in Ruhe durchatmen. Keiner wird verbluten und keiner wird sterben. Kate, komm mit nach hinten. Ich gebe dir was. Versuch dich einfach zu entspannen. Du kennst dich ja aus. Aber wenn du noch was wissen willst, dann sag Bescheid."

Kate folgte Lola nach hinten. Sie hoffte, dass die Bauchschmerzen nicht immer so heftig sein würden. Darüber hatte sie auch schon ganz unterschiedliche Versionen gehört. Von Mädchen, die es kaum merkten, und Mädchen, die es jedes Mal halb zerriss vor Schmerzen. Sie hoffte inbrünstig, dass sie nicht zu den letzteren gehörte. Sie dachte daran, dass sie nun auch Mutter werden konnte. Und sie dachte an die Bilder von den Frauen und Männern, die sie mal auf dem Computer ihres großen Bruders gesehen hatte. Natürlich wusste sie, was Sex war und wie man Kinder machte. Aber vom heutigen Tage an wurde das irgendwie alles realer. Ob das mit dem Sex wirklich so toll ist, wie man in Büchern so liest? Und wie würde sich das Küssen überhaupt anfühlen?

Im Kindergarten hatte sie mal einen Jungen geküsst, sogar auf den Mund. Aber das war natürlich kein richtiges Knutschen. Und hatte sie überhaupt eine Chance, mal einen Jungen abzukriegen? Schließlich bewarben sich nun jeweils vier Mädchen um einen Jungen. So rein statistisch gesehen. Und worauf standen die Jungs eigentlich? Waren es die Augen? Oder die Haare? Die Lippen? Oder doch der Po und die Brüste? Wie konnte sie rausfinden, ob sie wirklich schön war und bei den Jungs punkten konnte? Wenn sie eines der Mädchen oder auch David fragen würde, dann würde sie ohnehin nur Standardantworten hören, wie hübsch sie sei und dass es auch nicht nur um das Aussehen gehe und so weiter. Am besten, sie fragte mal Luke. Der war schließlich ein Junge und mit Lilly zusammen und sicher nicht an ihr interessiert. Von Luke konnte sie sicher eine einigermaßen ehrliche Antwort erhalten.

Sie zog die Knie in Richtung Bauchnabel und rollte auf die Seite. So ging es besser. Langsam dämmerte sie weg und schlief ein.

Kate fand sich plötzlich in einer großen Blutlache wieder. Sie hatte ein weißes Gewandt an und lag auf dem Boden, unfähig aufzustehen. Mia stand vor ihr und lachte sie aus. Mia hatte noch nie laut gelacht. Wie konnte sie nur. Plötzlich standen Luke und Pete neben ihr und kämpften miteinander und schrien: „Sie gehört mir!" – „Nein, sie gehört zu mir!"

Plötzlich kam James, der Junge aus dem Kindergarten ins Bild. „Kate kann überhaupt nicht küssen. Was wollt ihr überhaupt von ihr? Außerdem lebt sie sowieso nicht mehr lange. Seht ihr nicht, dass sie verblutet?" Kate erschrak. Schweißgebadet saß sie nun aufrecht im Bett und schrie: „Blut!"

„Kate, alles in Ordnung. Das war nur ein Traum. Alles ist gut. Du bist hier bei uns. Du verblutest nicht. Hör nicht auf Mia", versuchte Lola sie zu beruhigen.

Kate schlang ihre Arme um Lola und umklammerte sie. Lola strich ihr über den Kopf und streichelte ihre Wange. Wie sehr wünschte sich Kate jetzt ihre Mum zu sich. Aber trotzdem war sie auch froh, dass es Lola gab, die wie eine große Schwester für sie war. Und manchmal auch ein bisschen wie eine Mum.

Fähre

Der Himmel war wolkenverhangen. Die Gravel Road, auf der sie unterwegs waren, führte durch eine karge Landschaft. Ab und zu säumten ein paar Bäume den Weg. Ansonsten wechselten sich Sträucher und Felsbrocken ab. Im Camper herrschte Stille. Nur das monotone Motorengeräusch war zu hören. David spielte Skat mit Lilly und Luke. Lilly hatte es erst in den letzten Wochen gelernt und nun zockte sie David bereits ab. Luke war dran mit reizen. „18 … 20 … 22 … 23 … weg." Lilly hatte das Spiel und gewann.

Lena steuerte den kleinen Camper, als der große vor ihr anhielt. Sie hatten gerade erst eine Pause hinter sich, also musste es einen anderen Grund haben. Lucy stieg aus, um nach vorn zu gehen und nachzusehen.

„Wir haben den Fluss mit dem Floß erreicht. Ich werde mal die Lage erkunden", sagte David in die Runde.

Nach fünf Minuten kam David mit einem ernsten Gesicht zurück.

„Das Stahlseil ist immer noch in Takt, so wie von Martin beschrieben. Aber das Floß ist deutlich kleiner, als ich es gehofft hatte. Mit dem kleinen Camper wird das kein Problem sein, aber mit dem großen mache ich mir Sorgen."

Die anderen blickten über den Fluss ans andere Ufer und sahen das Problem. Dort lag ein Floß, welches gerade mal vier mal zehn

Meter maß. Es war aus zahlreichen Stämmen zusammengebunden. Darunter befanden sich einige runde Tonnen, die es zusätzlich schwimmfähig machten. Ein ziemlich dickes Stahlseil führte schräg über den Fluss und war auf beiden Seiten an starken Bäumen festgemacht. Der Fluss hatte an dieser Stelle eine ordentliche Strömung. Lena schätzte seine Breite auf dreißig Meter. David erklärte seinen Plan: „Ich nehme meine Kletterausrüstung und werde am Stahlseil rüber hangeln. Ihr stellt den kleinen Camper so hin, dass wir das Floß gegen die Strömung mit der Seilwinde hierrüber ziehen können. Ihr müsst den großen Camper komplett ausladen und ihn so leicht wie möglich machen. Als erstes bringen wir die Ausrüstung rüber, die ist am leichtesten, dann den Anhänger, danach den großen Camper und zum Schluss den kleinen. Noch Fragen?"

Der Plan war relativ einfach zu verstehen. Lena kümmerte sich um die Aufgabenverteilung. David legte seinen Klettergut an und befestigte eine dünne Reepschnur an seinem Gurt, mit dem er das Bergeseil zu sich rüber ziehen konnte. In das Stahlseil hängte er eine Rolle ein und klinkte sich daran ein. Stück für Stück zog er sich am Stahlseil hinüber wie bei einer Zip-Line.

Am anderen Ufer nahm er das Floß unter die Lupe. Sorgen bereiteten ihm vor allem die halb verrotteten Seile, mit denen die Stämme zusammengehalten wurden. Den großen Camper würde das Floß so nicht tragen können. Dafür war es viel zu wackelig und der Auftrieb zu gering. Der große Camper wog locker sechs Tonnen.

Mit der Reepschnur zog er das Bergeseil hinüber. Mit den ausgestreckten Armen über dem Kopf gab er Lena das Kommando, mit dem kleinen Camper rückwärts zu fahren. Dabei stellte er sich auf das Floß und klinkte sich zusätzlich am Stahlseil ein. Man weiß ja nie. Langsam fuhr Lena zurück und setzte das Floß in Bewegung. Hinten und vorne hing es an dem Stahlseil. Große Rollen glitten über das Seil, was einen höllisch quietschenden Lärm verursachte. Langsam kam er dem anderen Ufer näher.

Als das Floß das Ufer berührte, sprang David runter und sagte: „Wir müssen es weiter weg vom Ufer festmachen, sonst sitzt es auf, wenn es beladen ist. Und wir müssen die Seile zwischen den Stämmen verstärken, sonst reißt es sie auseinander."

Auf dem Floß befanden sich Auffahrrampen, die sie zwischen Ufer und Floß legten, dann begannen sie das Floß mit der Ausrüstung zu beladen. Gleichzeitig nahmen sie Seile, die sie noch in ihrer Ausrüstung hatten, und verknoteten die Stämme.

„Luke, Pete, Lena, wir müssen den großen Camper so leicht wie möglich machen. Reißt bitte alles raus, was wir nicht zum Fahren brauchen. Sitze, außer dem Fahrersitz, Möbel, Küche, Bad und so weiter. Lasst das Wasser ab. Heizung. Klimaanlage, Betten. Jedes Kilo zählt", wies David an.

„Und Lena, hol bitte noch die anderen Klettergurte. Mit jedem Übersetzen fahren vier Personen mit. Außer beim großen Camper. Das ist zu riskant. Ihr stellt euch auf das Floß, aber ihr macht euch noch mit am Stahlseil fest. Nur für alle Fälle."

Die erste Überfahrt mit der Ausrüstung machten Lola, Luke, Mia und Lena. Sie sollten das Floß auf der anderen Seite dann entladen. Lucy bediente die Winde und ließ das Seil langsam nach. Die Strömung des Flusses zerrte an dem Floß und drückte es am Stahlseil entlang ans andere Ufer. Alles lief gut und nachdem die vier das Floß entladen hatten, zog Lucy es wieder mit der Winde zurück. David manövrierte nun den Anhänger, beladen mit dem Motorrad, einem Kraftstoffbehälter und weiteren Kisten, rückwärts auf das Floß. Sie verzurrten den Anhänger mit Spanngurten. Mary,

Pauline, Ann und Kate gingen an Bord und Lucy gab etwas Seil nach.

Plötzlich kam die gesamte Konstruktion ins Schaukeln. Ann wankte, stolperte, und fiel vorn über vom Floß. Der Gurt hielt ihren Oberkörper geradeso über dem Wasser aber die Strömung drückte ihre Beine unter das Floß.

„Mary, zieh sie hoch!", schrie David. „Greif nach ihren Armen und dem Gurt und zieh sie raus, mach schon! Pauline, halt Mary hinten am Gurt fest."

Ann fuchtelte mit ihren Armen und suchte nach etwas Greifbarem. Mary versuchte, ihre Hand zu erhaschen. Sie hatte sie schon, da rutschte sie ihr wieder aus den Händen. Wild gestikulierend schauten alle zu ihnen herüber und schrien wild durcheinander.

„Ann, gib mir deine Hand!", schrie Mary. „Ann, hier! Greif meine Hand! Mach schon!"

Kate sah sich derweil um und suchte nach einem Seil. Sie hatte eine Idee und löste einen der Spanngurte vom Anhänger. Das eine Ende war noch am Anhänger festgemacht, am anderen Ende hielt sie sich fest, hangelte damit zu Ann und griff nach ihrer Hand. Mit aller Kraft zog sie Ann nach oben, sodass Mary sie erreichen konnte. Pauline zog nun so kräftig sie konnte Mary und Ann auf das Floß hoch. Kate zog sich am Spanngurt wieder nach oben. Erschöpft sanken sie alle auf das Floß. Mary hielt Ann in den Armen und drückte sie ganz fest an sich.

„Geht's dir gut? Bist du verletzt? Wie kannst du mir nur so einen Schrecken einjagen?", fragte Mary mit atemloser Stimme. Auch an beiden Ufern waren alle erleichtert, dass Ann ohne Verletzungen gerettet werden konnte.

„Gut reagiert Kate!", rief David zum Floß hinüber. „Ihr habt alle gut reagiert. Ihr seid spitze!"

David fiel ein Stein vom Herzen. Er hielt einen der Klettergurte in der Hand und war froh über seine pedantische Planung.

Als das Floß auf der anderen Seite war, hatten sie ziemlich zu kämpfen, den Anhänger vom ihm runterzubekommen. Aber irgendwie schafften sie es und das Floß war bereit für die nächste Fuhre. Nun kam der wohl schwierigste Teil: Der große Camper. Luke, Pete und Lena hatten ganze Arbeit geleistet und neben dem Camper lag ein Haufen von Möbeln, Geräten und Einzelteilen. Das war sicher nochmal mindestens eine halbe Tonne. Nachdem das Floß wieder festgemacht war, steuerte David das Fahrzeug darauf. Als er mit den Vorderrädern die Kante erreichte, hob sich die gegenüberliegende Seite mächtig aus dem Wasser. Irgendwie schaffte er es die Hinterräder über die Auffahrrampen zu bringen und auf das Floß zu fahren. Es schwankte verdächtig und neigte sich stark auf die linke Seite. David setzte nochmal etwas zurück und fuhr etwas mehr nach rechts, um das Floß möglichst gut auszubalancieren. Sie konnten nur hoffen, dass die Strömung konstant blieb und es nicht zum Schaukeln brachte. David verzurrte das Fahrzeug noch mit den Spanngurten. Er sprang vom Floß und Lucy ließ ganz vorsichtig das Seil von der Winde. Die losen Rollen, die das Floß am Stahlseil hielten, machten wieder einen fürchterlichen Lärm und knackten verdächtig. Ganz langsam bewegte es sich zum anderen Ufer. In der Mitte des Flusses, wo die Strömung am heftigsten war, begann der Camper mächtig zu schaukeln. Alle hielten den Atem an. Nach weiteren drei Metern beruhigte sich das Floß wieder etwas. Noch fünf Meter und es war geschafft. Lena und Luke befestigten die Halteleinen, zogen die Auffahrrampen runter und befestigen sie. Luke setzte sich ans Steuer und fuhr den Camper souverän ans Ufer. Erleichterung machte sich breit und alle fingen an zu Jubeln.

„Wir sind noch nicht fertig. Irgendwie wollen wir auch noch rüber", rief David zur anderen Uferseite.

„Na dann macht schon, es wird bald dunkel und wir haben Hunger", rief Lena zurück. Lucy zog das Floß wieder auf ihre Seite.

„Jetzt müssen wir uns was einfallen lassen, da wir ja mit der Winde nicht bremsen können", bemerkte Lucy. „Ich habe eine Idee," kam es von Pete, „wir stellen den Camper rückwärts drauf. Dann machen wir die Winde hier am Ufer fest und lassen uns langsam mit der Winde rüber."

„Da wäre ich nicht so schnell draufgekommen, aber das sollte funktionieren", sagte David. „Lucy, Eva, Lilly und du, ihr macht euch trotzdem mit den Klettergurten am Stahlseil fest. Lucy, du bedienst die Winde, wie bisher. Ich bleibe hier drüben, damit ich die Winde wieder lösen kann und komme dann über das Stahlseil hinterher."

Diese Überfahrt war recht problemlos. Lucy hing den Klettergurt an das Stahlseil und David zog ihn mit dem kleinen Seil, dass er nachgegeben hatte, wieder zu sich. Er legte den Klettergurt an und hing sich mit der Rolle am Stahlseil ein.

Auf halbem Weg sah er flussaufwärts plötzlich einen riesigen Baum mitten im Wasser, der mit hoher Geschwindigkeit direkt auf ihn zutrieb. Er versuchte schneller zu hangeln und kam noch ein paar Meter weiter. David war keine fünf Meter vom Ufer entfernt, als der Baum gegen das Stahlseil donnerte. Die Wucht des Aufpralls riss die Verankerung auf der anderen Seite her-aus und David fiel mit dem Stahlseil ins Wasser. Das Seil war so schwer, dass es direkt sank und David mit sich nach unten zog.

Alle, die am Ufer standen, fielen in Schockstarre und hielten den Atem an. Luke reagierte als erster.

„Wir müssen das Seil rausziehen! Los, fasst alle mit an!", schrie er die anderen an.

Nach und nach reagierten auch die anderen, und versuchten das Stahlseil hochzuziehen. Doch es bewegte sich nicht mal ein kleines bisschen. Lilly griff geistesgegenwärtig zur Seilwinde und zog den Haken raus. Dann nahm sie ein kurzes Seil und wickelte es um das Stahlseil. Sie hatte in ihrem Kletterverein gelernt, wie man so einen Prusikknoten legte. Nun klinkte sie den Haken von der Seilwinde in den Knoten. Pete sah, was sie vorhatte, und kaum hatte Lilly eingehakt, zog er die Winde ein. Langsam zog die nun das Stahlseil aus dem Wasser. Nach einem Meter kam die Befestigung von Davids Klettergurt zum Vorschein. Nach einem weiteren Meter der Kopf von David. Sein Körper regte sich nicht.

Inzwischen mussten schon zwei Minuten vergangen sein. Als sie David geradeso aus dem Wasser gezogen hatten, kniete sich Lola neben ihn. Mit ihrer ganzen Routine kontrollierte sie erst die Atemwege, dann die Atmung selbst und dann den Puls. So wie Sharon es ihr beigebracht hatte. Da sie weder Atmung noch Puls fühlen konnte, begann sie sofort mit einer Herz-Lungen-Wiederbelebung. Sie beugte sich über Davids Brust, und presste mit durchgestreckten Armen dreißigmal seinen Brustkorb nach unten. Anschließend überstreckte sie seinen Kopf und beatmete ihn zweimal. Alle Blicke waren auf Lola gerichtet. Lola wiederholte das Prozedere. Einmal. Zweimal. Dann spuckte David ihr Wasser entgegen. Lola rollte ihn auf die Seite und David hustete und spuckte noch mehr Wasser aus.

„Lola, du hast David das Leben gerettet", sagte Lena nach einer Weile.

„Du bist unsere Heldin, das weißt du?"

„So ist das in einer Crew. Mary, Pauline und Kate haben vorhin auch Ann das Leben gerettet", gab Lola zurück.

David tat jeder Muskel weh. Mit einer Tasse Tee saß er auf dem Dach des Campers, neben Lola. „Weißt du, woran ich unter Wasser dachte?"

„Hm?"

„Clean-Land. Ich muss euch doch nach Clean-Land bringen." Lola legte ihren Arm um Davids Schulter und war froh, ihn noch bei sich zu haben.

Da es bereits dunkel war, verbrachten sie die Nacht hier an Ort und Stelle. Auch wenn das tosende Wasser ziemlichen Lärm machte und Ann und David in dieser Nacht nicht besonders gut schlafen konnten.

Am nächsten Morgen luden sie den Rest in die Fahrzeuge. Durch die fehlenden Möbel im großen Camper war zwar nun mehr Platz, aber dafür waren die Sitzpositionen ziemlich unbequem.

Sie fuhren weitere fünf Tage Richtung Norden. Das Wetter wurde rauer, aber die Natur war wunderschön. Hohe Berge taten sich in weiter Ferne auf und kristallklare Seen zogen an ihnen vorbei. Die Luft war angenehm frisch. Wasser gab es nun in Hülle und Fülle und sie nutzen jeden Tag für ein ausgiebiges Bad. Kate strich sich in einem unbeobachteten Moment im Wasser über die Brüste. Sie waren gewachsen, ganz sicher.

Bedürfnisse

Lena und Lucy saßen etwas abseits der Gruppe an einer Birke gelehnt und beobachteten mal wieder Luke und Lilly, wie sie Hand in Hand am See entlang gingen.

„Ob sie sich schon geküsst haben?", fragte Lena.

„Haben sie nicht", antwortete Lucy. „Lilly hat mir erzählt, dass sie sich es so sehr wünscht, aber hofft, dass Luke den ersten Schritt macht. Aber auf jeden Fall ist sie schwer in ihn verliebt."

„Das ist nur eine Frage der Zeit", antwortete Lena.

In der Ferne sah Lucy einen Adler, der mit einem Fisch im Schnabel zu einem Nest auf einem Baum zuflog. Mehrere winzige Schnäbel reckten sich aus dem Nest empor. Der Adler kümmerte sich voller Hingabe um den Nachwuchs.

„Haben wir eigentlich Kondome in unserer Ausrüstung?" fragte Lucy.

Lena schaute sie entsetzt an: „Na die werden sie ja wohl noch nicht so schnell brauchen. Mach mal langsam."

„Ich mein ja nur, sicher ist sicher. Soll alles schon vorgekommen sein in dem Alter."

Lena kam plötzlich Chris in den Sinn. Er war in der Klasse über ihr gewesen und Lena schwärmte für ihn. Wilde Fantasien, was sie alles gern mit ihm anstellen würde, hatte sie damals gehabt.

„Hast du schon …", fragte Lena dann.

„Nein." Lucy antwortete, wie aus der Pistole geschossen.

„Hey, du weißt doch gar nicht, was ich fragen wollte!"

„Ich kann's mir denken. Du willst wissen, ob ich noch Jungfrau bin."

Lena schwieg, was einem Nicken gleichkam, und sagte nach einer Weile: „Aber du stehst schon auf Jungs, oder?"

„Ja, natürlich. Das schon, aber ..."

„Wie, aber?"

„Doch, doch, ich stehe eindeutig auf Jungs. Aber möglicherweise eben nicht nur." Sie sah auf den See, durch den nicht die leiseste Welle ging. „Findest du das merkwürdig?"

„Ich glaube *merkwürdig* gibt es in der Liebe nicht. Da kann man nicht aus seiner Haut. Man ist wer man ist. Und ich finde es gut."

„Was findest du gut? Das man ist wer man ist, oder dass ich auch auf Mädchen stehe?"

„Beides. In Zukunft müssen wir ohnehin umdenken, bei der Überhand an Frauen. Da werden manche Männer mit mehreren Frauen zusammenleben. Und Frauen mit Frauen. Und schließlich hat man ja auch noch Bedürfnisse."

„Was meinst du mit *Bedürfnisse*?"

„Ach, stell dich nicht so an. Liebe, Sex, einen Orgasmus bekommen!"

„Okay, okay, ich verstehe. Du hast Recht. Da wird sich in der Zukunft vieles ändern."

Sie schwiegen eine Weile vor sich hin und blickten auf den See.

„Hattest du schon Sex? Vielleicht mit einem heißen Kanadier in deinem Auslandsjahr?", fragte Lucy schließlich.

„Ich hatte einen Freund dort und der war total süß. Wir haben geknutscht und noch mehr. Aber wir hatten keinen Sex. Ich war irgendwie noch nicht so weit und er hat das akzeptiert. Er war einer der ersten, den die Seuche erwischt hatte. Er fehlt mir, aber es ist nun auch schon eine Weile her und ich denke immer seltener an ihn."

„Das tut mir leid." Lucy legte tröstend eine Hand auf ihre Schulter.

„Ist schon gut. Wir haben ja uns."

Bärenalarm

Je weiter sie nach Norden kamen, desto dichter wurde der Wald. Gegen die Kälte am Abend wärmten sie sich am Lagerfeuer. Mit der Kettensäge und den Äxten war das Holzmachen ein Klacks. Besonders Pete liebte die Arbeit mit der Säge und oft hatten sie viel mehr Brennholz, als sie an einem Abend verbrauchten. Mia stimmte Lieder auf ihrer Gitarre an und David nahm sich zwei Stöcke und trommelte damit auf einem Baumstamm herum. Sobald ein Lied erklang, begann Ann zu tanzen und hörte nicht mehr damit auf, bis der letzte Ton verklungen war. Alle fragten sich, woher sie die Energie dafür nahm, denn sie aß nicht besonders viel. Sie war eben ein Energiebündel. Für ihren anstehenden Fußmarsch konnte das nur hilfreich sein, immerhin war sie mit Abstand die Kleinste von allen.

Als sie am nächsten Abend ihr Camp aufschlugen, entdeckten Pauline und Mary etliche Brombeersträucher mit reifen Beeren. Eine köstliche Abwechslung nach all den Wochen mit Fertignahrung, die sich ständig wiederholte. Gemeinsam mit Kate und Ann zogen sie los, um so viele Beeren wie möglich zu sammeln. Vielleicht konnten sie daraus sogar ihre eigene Marmelade kochen. Aber zumindest für ein köstliches Brombeermüsli sollte es für die nächsten Tage reichen.

Nach einer Stunde kehrten Kate und Pauline zurück und hatten zwei große Beutel voll.

„Wo sind Ann und Mary?", fragte Lola, „ihr seid doch zusammen los."

„Wir haben uns aufgeteilt. Sind die beiden nicht schon wieder da?", wunderte sich Pauline.

Lola rief in die Richtung, aus der Pauline und Kate gekommen waren: „Mary! Ann!"

Keine Antwort.

„Seid mal alle ganz still. Vielleicht können wir sie ja hören", bat Lola die anderen.

Luke und auch Pete riefen nochmal so laut sie konnten: „Aaann! Maaryy!"

Sie lauschten ein paar Sekunden, aber wieder keine Antwort.

„Los, wir müssen sie suchen", meldete sich nun auch David. „Lilly, hol uns bitte die Funkgeräte. Geht jeweils paarweise mit einem Funkgerät. Der Rest bleibt hier."

Sofort eilte Lilly los.

„Und bring auch noch Stirnlampen und unsere IFAKs mit!", rief er ihr hinterher.

IFAKs, das waren Individual First Aid Kits. Lola hatte sie von Sharon bekommen. Sie waren mit Utensilien ausgestattet, wie man sie für eine Erstversorgung bei Unfällen brauchte, und gingen deutlich über den normalen Verbandkasten in einem Auto hinaus. Darin befanden sich neben jeder Menge Verbandmaterial und einer Rettungsdecke auch blutgerinnende Verbandspäckchen, ein Instrument, mit dem man Gliedmaßen abbinden konnte, ein speziell klebender Verband für die Brust, Skalpell, Instrumente zum Beatmen und ein Set zur Lungenpunktion.

David gab weiter Anweisungen: „Lola, du gehst mit Mia in diese Richtung."

Er zeigte auf einen großen Baum.

„Lena und Luke, ihr geht in diese Richtung. Lilly und ich gehen hier lang. Und Lucy und Pete, ihr geht dort lang. Sobald ihr was hört oder seht, gebt ihr es per Funk durch. Merkt euch den Weg, den ihr gekommen seid und geht dann genau auf diesem zurück. Am besten ihr markiert ihn euch mit irgendetwas."

Pete meldete sich zu Wort: „Ich habe doch jede Menge Sägespäne beim Brennholz machen fabriziert. Die können wir zum Markieren nehmen."

„Gute Idee, Pete. Jeder macht sich einen Beutel voll und dann geht's los!"

Lena und Luke marschierten schnurstracks los und hielten Ausschau in jede Richtung. Sie riefen nach Mary und Ann, doch bekamen keine Antwort. Auch nach zehn Minuten suchen immer noch kein Zeichen von den beiden.

„Sag mal Luke, wie geht es eigentlich weiter mit Lilly und dir? Habt ihr euch schon mal geküsst?"

Luke war es zwar etwas unangenehm, aber anderseits war es vielleicht gar nicht schlecht, mal mit seiner Schwester darüber zu reden. Vielleicht hatte sie ein paar Tipps.

„Nein, haben wir nicht. Irgendwie warte ich wohl auf den richtigen Moment. Und jedes Mal, wenn ich denke, jetzt oder nie, kommt etwas dazwischen. Und meistens sind wir ja eh nicht allein."

„Du solltest einfach mal deinen Mut zusammennehmen und es tun. Ich glaube Lilly wartet schon lange drauf. Lucy hat mir gesagt, das Lilly möchte, dass du den ersten Schritt machst. Sie traut sich wohl auch nicht."

„Okay, gut zu wissen, aber nun lass uns mal weiter nach Ann und Mary suchen. Ich mach mir echt Sorgen um die Beiden."

Lena wusste, dass Mary schon seit Jahren Lukes beste Freundin war. Da würde nie mehr sein als Freundschaft, aber sie gingen schon lange durch dick und dünn. Besonders während der Seuche und den Konflikten hatten sie Glück einander zu haben.

Lena wollte gerade ansetzen und etwas zum Thema Kondome erwähnen, als sie plötzlich Schreie hörten.

„Das klingt doch wie Mary! Ja, das ist Mary", sagte Luke. „Mary, wir sind hier! Maaryy!"

Lena gab es sofort den anderen durch. Da sie nur Mary hörten, bat sie die anderen erstmal genau da zu bleiben, wo sie waren, bis sie Mary erreichten und sicher gehen konnten, dass Ann bei ihr war. Lena und Luke eilten in Richtung der Schreie. Nach kaum hundert Metern sahen sie Mary, wie sie auf sie zugerannt kam.

Vollkommen außer Atem stoppte sie vor ihnen und rang nach Luft.

„Ann ... Beeren ... Baum ... ihr müsst ...!"

„Ganz langsam Mary." Luke griff nach ihren Oberarmen und blickte ihr in die Augen.

„Was ist mit Ann und was für ein Baum? Hat Ann Beeren auf dem Baum gepflückt?"

„Keine Beeren! Bären!", schrie Mary ihn mit großen Augen an.

„Da waren zwei Bären, die sind auf Ann zu gerannt. Ann ist dann auf den nächsten Baum geklettert. Und ich bin hierher gerannt. Ich glaube aber nicht, dass sie mir gefolgt sind."

„Wo ist sie jetzt?", rief Lena entgeistert.

„Sie sitzt sicher immer noch auf dem Baum. Ihr ist nichts passiert. Der Baum ist riesig. Die Bären standen drum herum, aber sie kommen da nicht hoch. Es sind Braunbären und sie sind zu schwer, um auf Bäume zu klettern."

Lena griff nach dem Funkgerät: „An Alle! Mary sagt, dass Ann auf einem Baum sitzt und dass darunter zwei Bären sind. Ihr müsst sofort hierherkommen. Aber Ann ist nichts passiert, sagt Mary."

Es dauerte nicht lange und die anderen kamen aus allen Richtungen auf sie zu. Lena und Luke wollten nicht allein losgehen, denn ungefährlich waren Bären ja nicht gerade. Und wenn es Ann erstmal gut ging, dann sollten sie sich nicht noch zusätzlich in Gefahr bringen. Mary wies ihnen den Weg und nach ein paar hundert Metern kamen sie an eine kleine Lichtung. Auf der anderen Seite sahen sie einen großen Baum, auf dem Ann auf einem Ast saß und die Beine baumeln ließ. Darunter standen zwei riesige Braunbären und schauten zu ihr rauf.

„Bleibt dicht zusammen", sagte David leise. „Wir dürfen sie nicht erschrecken. Wir müssen laute Geräusche machen. Eine Gruppe werden sie nicht angreifen."

„Und warum flüsterst du dann?", flüsterte Lucy zurück.

„Ich mach mir gleich in die Hose", sagte Mia mit zitternder Stimme.

„Mia, schau dich mal an, du hast gar keine Hose an", wandte Pete ein.

Erst jetzt bemerkte Mia, dass sie nur mit einem T-Shirt bekleidet war, was ihr allerdings bis zu den Oberschenkeln reichte.

„Also wenn nötig, dann lass es einfach laufen", sagte Pete noch und grinste dabei.

„Nein schon gut. Ich bin nur ziemlich aufgeregt," entgegnete Mia.

„Mia, du und aufgeregt? Was ist passiert? Dich kann doch sonst nichts und niemand aus der Ruhe bringen," wunderte sich Lola.

„Kommt jetzt, lasst uns ganz langsam vorwärts gehen und versucht irgendwelche Geräusche zu machen", mahnte David.

Lilly hob zwei Stöckchen auf und schlug sie aufeinander. Luke zog sein Buschmesser aus der Scheide und begann damit gegen das Funkgerät zu schlagen. Mary stimmte kurzerhand ein Lied an und Lena pfiff vor sich hin.

Ann hatte die anderen bereits bemerkt und rief ihnen entgegen: „Da seid ihr ja endlich! Warum hat das so lange gedauert? Das ist bestimmt ein Paar und ich sollte wohl ihr Abendessen sein."

Keinerlei Panik war in Anns Stimme zu hören. Als sie näherkamen, blickten beide Bären in ihre Richtung. Sie stoppten und blieben angespannt stehen. Keiner rührte sich auch nur einen Zentimeter. Die Bären hoben ihre Schnauze in die Luft und schnupperten. Auch sie blieben auf der Stelle stehen, aber sie machten nicht den Eindruck, als wollten sie angreifen. Nach einer gefühlten Ewigkeit drehten sie sich um und verschwanden im Dickicht. Erleichterung machte sich bei allen breit. So schnell konnte man gar nicht gucken, hangelte Ann sich an den Ästen nach unten und rannte der Gruppe entgegen. Lola stürzte auf sie zu und nahm sie in die Arme.

„Zum Glück ist dir nichts passiert. Wir hatten solche Angst um dich. Was machst du nur für Sachen?"

Vollkommen gelassen entgegnete Ann: „Wieso? Die beiden leben nun mal hier. Das ist ihr Revier. Da dürfen sie sich ja wohl nochmal umgucken, wer sie hier so besucht."

„Und hattest du keine Angst?", wollte Mia wissen. „Bären zählen zu den gefährlichsten Raubtieren. Ein Biss und du bist mausetot. Auch wenn du Hänfling nur eine Vorspeise gewesen wärst."

Mia hatte also auch wieder ihren schwarzen Humor zurückgewonnen.

Zurück im Camp berichtete Ann Eva, Kate und Pauline was passiert war. Ann schmückte das Ganze noch ein bisschen aus. Eva schaute sie angsterfüllt an. Kate dagegen eher ungläubig. Sie wusste, dass Ann manchmal ganz schön dick auftragen konnte. Den ganzen Abend diskutierten sie noch über den Vorfall. David stellte auch noch ein paar neue Regeln auf, was das Entfernen vom Camp anging. Sie hatten noch einige Tage in den Wäldern Sibiriens vor sich und da sollten sie lieber nichts riskieren.

Standpunkt

Die darauffolgenden Tage verliefen ohne Schwierigkeiten. Aber zu ihrem Leidwesen war sämtliche Schokolade, die sie mitgenommen hatten, aufgebraucht. Lena hatte zwar einen Speiseplan erstellt, um genauestens zu kontrollieren, was und wie viel sie jeweils verzehrten, aber die tägliche Menge an Süßkram hatte sie nicht vorab kalkuliert. Angesichts ihrer Lage gab es Schlimmeres als ein paar Wochen auf Schokolade zu verzichten und sie mussten sich nur immer daran erinnern, dass das hier keine Urlaubsreise war, sondern eine hochriskante Expedition in ein neues, vollkommen unbekanntes Leben.

Wie jeden Abend, seit sie die Wüste verlassen hatten, nutzten sie bei ihrer Ankunft die Gelegenheit eines Bads, noch vor dem Einrichten des Camps. Der Fluss, an dem sie diese Nacht campieren wollten, hatte nur eine sehr leichte Strömung und sie schätzten die Gefahren eher gering ein. David versuchte sich an der einzigen Angel, die sie mitgenommen hatten, und hoffte, damit das Abendessen etwas bereichern zu können. Leider reichten die zwei kleinen Fische, die ihm an den Haken gingen, kaum als Vorspeise.

Luke, und auch alle anderen, hatten sich inzwischen daran gewöhnt, dass hier keiner mit Badesachen ins Wasser ging. Die anfänglichen neugierigen Blicke zu den Mädchen hatten ziemlich nachgelassen.

Doch jedes Mal, wenn er Lilly erblickte, machte er schleunigst, dass er ins Wasser kam, bevor er die Blicke der anderen auf seinen Unterleib zog.

Pete rannte hinter Luke her: „Hey, du kannst es nicht verbergen. Jeder hier weiß, warum du immer der Erste im Wasser bist."

„Es muss ja trotzdem nicht jeder sehen und außerdem hilft kaltes Wasser. Meistens", entgegnete Luke.

„Mach dir nichts draus. Bei den Mädchen ist es umgekehrt. Da kommt eher was zum Stehen, wenn sie im kalten Wasser sind. Ist dir das mal aufgefallen?" Pete grinste bis hinter beide Ohren.

„Ich bin ja nicht blind. Aber das ist doch nicht ganz vergleichbar. Aber sag mal, was ist jetzt mit Pauline? Merkst du nicht, dass sie total auf dich abfährt? Wie lange willst du sie noch zappeln lassen?"

Pete druckste etwas rum und stammelte: „Ich weiß. Und eigentlich spricht ja auch überhaupt nichts dagegen. Ich glaube ich kann mich irgendwie nicht entscheiden zwischen ihr und Mary."

„Mary? Wieso Mary? Stehst du etwa auf Mary?" Luke beugte sich ungläubig vor, als könnte er so besser erkennen, ob es Pete ernst war damit.

„Naja, noch nicht lange. Aber als ich mir Pauline so angesehen habe … und weil Mary immer in ihrer Nähe ist, spielen bei mir anscheinend die Hormone irgendwie verrückt."

„Und welche magst du nun mehr? Pauline oder Mary?", hakte Luke nach.

„Das ist es ja, irgendwie beide gleich. Ansonsten hätte ich ja schon einen Versuch bei Pauline gestartet."

„Na deine Probleme möchte ich haben! Wieso eigentlich nicht gleich beide?", fragte Luke und grinste.

„Meinst du, das geht? Davon habe ich zwar schon geträumt, aber würde das gehen?", fragte Pete nun völlig ernst.

„Hey Alter, das war ein Scherz", sagte Luke und fügte nach einer Pause hinzu: „Obwohl, wenn das für beide okay ist, und in Anbetracht der Verhältnisse? Was spricht dagegen?"

Pete legte die Stirn in Falten. „So habe ich das noch gar nicht gesehen. Mary ist ja deine beste Freundin. Meinst du, sie würde sich auf sowas einlassen?", fragte Pete.

„Keine Ahnung. Du wirst es nur rausfinden, wenn du sie fragst. Bei Pauline könnte ich mir das schon eher vorstellen. Ich glaube, die ist so in dich verknallt, dass sie alles akzeptieren würde, nur um mit dir zusammen zu sein. Auch wenn es eine Dreierbeziehung bedeuten würde."

Während Luke sich zum Ufer zu den anderen begab, blieb Pete noch lange stehen und beobachtete abwechselnd Pauline und Mary. Ein Lächeln überzog sein Gesicht und seine Gedanken drifteten in einen Tagtraum ab. Er sah sich mit Mary an seiner rechten und Pauline an seiner linken Hand einen Strand entlang spazieren. Neidvolle Blicke fremder Leute trafen ihn. Mary und Pauline gaben ihm gleichzeitig einen Kuss auf seine Wangen. Er bekam ein wohliges Gefühl in der Magengegend.

Verlust

Ein weitläufiges Tal breitete sich vor ihnen aus, zerklüftet von Geröll und Steinen. Überall waren umgeknickte und entwurzelte Bäume zu sehen, als ob eine gewaltige Flutwelle hier durchgefegt war.

Vor ihnen tat sich ein riesiger Fluss auf, über den eine schmale Brücke führte. Sie bestand aus mehreren Brückenpfeilern und einer einspurigen Fahrbahn darüber. An den Pfeilern stauten sich ganze Bäume auf und Mary meinte an einem einen Biberbau zu erkennen.

Zwischen zwei Pfeilern klaffte ein großes Loch in der Fahrbahn über die ganze Breite. Es war vielleicht vier oder fünf Meter lang. Das hatte ihnen gerade noch gefehlt. Der Fluss war tief und hatte eine ordentliche Strömung. Durchfahren war also absolut unmöglich und sie mussten irgendwie über die Brücke drüber.

„Und was nun?", fragte Ann.

„Das war's dann wohl. Ende Gelände. Der ganze Weg umsonst", gab Mia zum Besten.

Aber selbst Ann beachtete Mia gar nicht mehr, wenn sie so etwas sagte.

„Nicht so schnell aufgeben. Wir finden eine Lösung. Wir müssen ja nur irgendwie über das Loch kommen", sagte David.

„*Nur* ist gut", meldete sich Luke zu Wort.

„Ich sage nur: Kettensäge!" Das konnte nur Pete gewesen sein.

„Ja du hast Recht, Bäume gibt es hier ja genug. Wir brauchen lange Stämme. Die müssen dick genug sein, dass sie den großen Camper aushalten, aber leicht genug, dass wir sie auch bewegen können. Also ran an die Arbeit. Wir werden sicher den halben Tag dafür brauchen." David suchte ein paar Bäume aus, bei denen er schätzte, dass sie dick genug waren. Aber wissen konnte er es nicht. „Die haben ungefähr dreißig Zentimeter Durchmesser. Ich hoffe das reicht. Die Brücke ist um die drei Meter breit."

Pete und Luke rückten schon mit den Sägen an. Lucy manövrierte den kleinen Camper so, dass sie mit der Seilwinde die Stämme zur Brücke ziehen konnten. Pete versuchte die Äste sauber am Stamm abzutrennen, damit man sie gut rollen konnte. Die Stämme in die richtige Position zu bringen war Schwerstarbeit, aber da alle mit anpackten, gelang es ihnen, die Stämme über das Loch zu rollen. Zusätzlich sägten sie auch noch kleinere Stämme zurecht, um sie in die Zwischenräume zu legen und als Auffahrtrampe zu benutzen. Auf der Gegenseite verkeilten sie die Stämme, dass sie beim Auffahren nicht wegrutschten.

Lena fuhr mit dem kleinen Camper und dem Anhänger auf die Brücke. Kurz vor ihrer improvisierten Konstruktion bremste sie ab und fuhr ganz langsam mit den Vorderrädern auf die Stämme. Alles war bestens und die Hinterräder waren gerade oben auf ihrer provisorischen Rampe, da rollten die Vorderräder auf der anderen Seite schon runter. Nun musste Lena etwas mehr Gas geben, damit der Anhänger es auch auf die Rampe schaffte. Aber auch das klappte problemlos.

Nachdem auch der Anhänger von der Rampe runter war, fuhr Lena noch bis auf die andere Seite der Brücke und David setzte sich hinter das Steuer des großen Campers. Die Vorderräder erreichten die erste Auffahrrampe. Mit leichtem Schwung fuhr er auf die Stämme auf und weiter vorwärts. Als er mit den Hinterrädern kurz vor der Auffahrrampe war, hörte er plötzlich ein verdächtiges Knacken unter sich.

„Oh, Oh!", brachte er gerade noch heraus, bevor die Stämme unter ihm nachgaben und krachend in den Fluss fielen.

Der Camper schoss mit der Frontscheibe direkt auf die gegenüberliegende Fahrbahn zu und verkeilte sich. Die Scheibe zerbarst und Beton und Eisenstangen der Brückenfahrbahn drangen ins Fahrzeuginnere. Das Heck ragte aus dem Loch heraus. Die Vorderräder hingen in der Luft. Einige Gegenstände kamen von hinten angeflogen und etwas traf David an der Schulter.

„Los, raus da!", schrie Lola von oben.

„Du musst da sofort raus!", schrien auch Pete und Luke.

David kletterte nach hinten. Die Eingangstür war verklemmt und ließ sich nicht öffnen. Er öffnete die Besteckschublade und griff sich ein Messer. Mit dem Schaft drosch er auf das Seitenfenster ein, bis es splitterte. Mit dem Ellenbogen drückte er die Scherben nach außen. Luke streckte ihm eine Hand entgegen, die David sofort ergriff und zog sich an ihr heraus. Der Camper bewegte sich keinen Zentimeter, aber David war dennoch froh draußen zu sein. Alle standen sprachlos um den eingekeilten Camper herum.

„Wie sollen wir denn den da wieder rausbekommen?", fragte Pauline. Auch wenn sie während ihrer Reise immer mutiger wurde, so konnte man ihr doch die Nervosität anmerken. Ihre Schultern verkrampften sich und sie trat von einem Bein auf das andere.

„Ich fürchte gar nicht", antwortete Mia, „den können wir abschreiben."

Mia wiederum hatte vor nichts Angst. Wahrscheinlich, weil sie ohnehin ständig mit ihrem Tod rechnete. Alles schien ihr egal zu sein. Zumindest hatte manch anderer diesen Eindruck, denn wenn es drauf ankam, war Mia zur Stelle und hätte sich selbst geopfert, um jemand anderes zu retten.

Nachdem sich David wieder etwas gesammelt hatte, sagte er an alle gerichtet: „Laut unseren Karten haben wir noch ungefähr eintausend Kilometer bis zur Beringstraße. Das sind drei Tage, wenn es gut geht. Dort müssen wir den großen Camper eh aufgeben. Das findet nun jetzt eben etwas früher statt."

David wollte nicht, dass die anderen den Optimismus verlieren. Daher versuchte er es so darzustellen, als ob das hier nur eine Bagatelle war. Wie eine kleine Wunde am Finger.

„Wir müssen allerdings noch die gesamte Ausrüstung umladen und uns nun auch hier schon von ein paar weiteren Dingen trennen, wir sind immerhin dreizehn Personen. Ab sofort ist der Reisekomfort deutlich eingeschränkt."

Pete meldete sich sofort bereit: „Ich klettere rein und hole die Ausrüstung raus." Typisch Pete. Erst handeln und danach über die Gefahren nachdenken.

David konnte ihn gerade noch zurückhalten. „Ist gut. Aber vorher sichern wir noch mit Stämmen und Spanngurten das Fahrzeug. Und du legst einen Klettergurt an und ich sichere dich. Man weiß ja nie."

„Also dann, ihr habt's gehört", sagte Pete. „An die Arbeit. Wir sind hier nicht in den Ferien."

Im kleinen Camper wurde es nun ziemlich eng. Sie ließen noch weitere Ausrüstung zurück und hofften, dass sie sie nicht mehr brauchen würden. Eine Kettensäge nahmen sie vorsichtshalber noch mit, aber die zweite und den Trennschleifer ließen sie zurück. Ebenso schränkten sie die Kochutensilien ein und ließen auch die Campingstühle und den Klapptisch zurück. Außerdem musste sich jeder noch von ein paar Klamotten trennen. Bevor sie losfuhren, ging Lena nochmal die komplette Checkliste durch, die sie für den Startpunkt an der Beringstraße vorbereitet hatten. Sie konnten es sich nicht leisten, etwas zu vergessen, was sie bei den anstehenden Hindernissen unbedingt brauchen würden.

Träume

Im nächsten Camp schlugen sie erstmals auch die drei Zelte auf, die sie dabeihatten. Die bequemen Schlafplätze im und auf dem großen Camper waren nun Geschichte. Im Aufstelldach vom kleinen Camper schliefen nach wie vor Luke und Lilly. Das Bett im Heck war eigentlich komplett mit Ausrüstung belegt, aber für die Nacht räumten sie es frei, sodass Ann, Kate und Pauline dort Platz fanden. Zu dritt war es zwar etwas beengt, aber die Matratze war allemal weicher als die Isomatten und nicht jeder in der Gruppe war Zelten gewohnt, so wie Lena und Luke.

Lena schlüpfte in ihren Schlafsack und das wohlige Gefühl, dass sich um ihre dick eingepackten Füße ausbreitete, erinnerte sie an die Zeit mit ihrem Dad. Als sie noch jünger waren, waren Lena und Luke oft mit ihm unterwegs gewesen und manchmal war auch David mit dabei. Die Touren in den Bergen, durch Wälder oder einfach ein Wochenende an einem See, das waren wunderbare Abenteuer und noch oft dachte Lena an diese Zeit zurück. Ihr Dad brachte ihnen bei, wie man Feuer machte und mit wenigen Dingen auskam, besonders, wenn man alles tragen musste. Auf einer dieser Touren hatte Lena sich in Schweden verliebt. Mit einem Kanu sind sie über endlose Seen gepaddelt, tollten im Wasser umher, erzählten sich Geschichten abends am Feuer und beobachteten Rentiere und sogar Bären. Seither war es ihr innigster Wunsch nach Schweden auszuwandern und ein Landhaus an einem See zu bewohnen. Wenn sie über Clean-Land nachdachte, dann stellte sie es sich genau so vor.

Auch Mia hatte früher schon zahlreiche Nächte mit ihrem Dad im Zelt verbracht. Daher freute sie sich auf die anstehende Nacht. Nach dem Abendessen verkroch sie sich darin. Sie zog sich aus und streifte sich ihr Schlaf-T-Shirt über. Sie dachte wieder an Bennet, wie so oft in den letzten Tagen. Mia schwärmte für Bennet. Nicht, dass er das jemals erfahren würde, aber Bennet war ihr Traumtyp. Er war muskulös und überaus gutaussehend. Leider war das auch allen anderen Mädchen bewusst, die hundertmal hübscher waren als sie. Mia war eher schmal und hatte sehr schlanke Hüften. Und keinen ausladenden Po, so wie es die Jungs anscheinend mochten. Aber der größte Makel, fand sie, waren ihre kleinen Brüste. Jungs mochten sicher eine große Oberweite, so wie bei Lola. Selbst Pauline hatte schon deutlich mehr zu bieten und die war zwei Jahre jünger.

Die anderen sagten immer: „Mia, du bist wunderschön. Du hast eine super Figur und deine Brüste passen nun mal genau dazu."

Die hatten gut reden. Sie wünschte sich, sie hätte eine Figur wie Lucy. Oder Lena. Ja, die beiden hatten aus ihrer Sicht Traummaße. Mia hatte Bennet mal nackt gesehen und ihn heimlich beobachtet, als er sich gerade … Mias Körper durchzuckte es. Sie lächelte. Ihre Hand fuhr zwischen ihre Beine und es fühlte sich wohlig an. Sie hatte das schon oft gemacht. Sie machte sich sogar Sorgen, ob sie nicht schon süchtig danach war. Und wenn schon. Alle Bücher, die sie bisher gelesen hatte, bezeichneten das als natürlichste Sache der Welt.

Ihr Körper bebte. Alles schien sich um sie zu drehen. Bennet … Bennet … Mia liefen Schweißperlen über die Stirn.

„Mia, alles okay da drin?", rief jemand von draußen.

„Was ist mit Bennet?", hörte sie nun Lucy fragen.

„Bennet, wieso Bennet? Was soll mit ihm sein?", fragte sie so unschuldig, wie es irgend möglich war.

„Nichts, schon gut", antwortete Lucy.

Sie schielte zu Lena und grinste. Es war nicht das erste Mal, dass sie Mia so laut atmen hörten.

Lilly kuschelte sich wieder an Luke und Luke hüllte sie in eine Decke ein und versuchte sie zu wärmen. Sie schauten beide zum Mond, der diese Nacht sehr groß und hell war. Vollmond.

„Lilly, darf ich dich mal was fragen?"

„Ja klar. Immer."

„Meinst du, man kann als Mann in Zukunft mehr als nur eine Frau haben?"

Lilly sah ihn entgeistert an und verzog ihr Gesicht.

„Oh nein, verdammt, so war das nicht gemeint", stammelte Luke, „ich meine das ganz im Allgemeinen und nicht wegen mir. Weil, Pete ... also ... ich meine ... Entschuldige, das war eine blöde Frage."

Lillys Gesicht hellte sich etwas auf: „Pete? Wieso? Was ist mit Pete? Will der etwa zwei Frauen haben?"

„Naja, vielleicht. Ich sollte es eigentlich nicht sagen. Aber ja, Pete kann sich nicht entscheiden und wollte wissen, ob er auch zwei haben kann. Wo es doch ohnehin mehr Frauen gibt als Männer."

„Ich weiß nicht." Lilly überlegte.

„Klingt irgendwie logisch und ausschließen würde ich das nicht. Aber das Wichtigste ist ja, dass es auch alle wollen und sich niemand verletzt fühlt."

„Ja, so in etwa habe ich es Pete auch gesagt. Es müssen alle wollen."

„Du redest sicher von Mary und Pauline, oder? Das sieht ja ein Blinder, dass Pete die beiden immerzu anstarrt."

„Ich bin jedenfalls mit einer Frau zufrieden", sagte Luke und zwickte sie in die Hüfte.

Demokratie

Am nächsten Morgen regnete es in Strömen. Noch am Tag zuvor hatten sich Luke und Pete einfach auf dem Anhänger auf das Motorrad gesetzt und Lucy und Lena hatten daneben auf den Kanistern gesessen. Bereits mit neun Personen war es in dem kleinen Camper eng gewesen. Mit dreizehn Leuten in nassen Klamotten war es eine Tortur.

Lola saß auf dem Beifahrersitz und hatte Kate auf dem Schoß. Sie blickten gespannt nach draußen und suchten nach Wegmarkierungen.

Luke hockte auf der hinteren Sitzbank mit Lilly auf dem Schoß. Nach einer Stunde schmerzten seine Oberschenkel, aber das hätte er niemals zugegeben. Schließlich wollte er nicht als Schwächling vor Lilly dastehen.

Daneben saß Pete mit Ann auf den Beinen. Ann zappelte hin und her und stand auch mal auf, sodass er seine Oberschenkel lockern konnte.

Mia hatte sich zwischen die beiden Vordersitze gequetscht und las in einem Buch von Steven King. *Carrie.* Da ging es um eine sechzehnjährige die gemobbt wird und mit ihren telekinetischen Fähigkeiten grausam Rache nimmt. Ein Horrorroman ganz nach Mias Geschmack.

An die Schiebetür gelehnt saßen Lena und Lucy und verbrachten die meiste Zeit damit die anderen zu beobachten. Ab und an warfen sie sich bedeutsame Blicke zu und nickten in Richtung Luke und Lilly oder Pete oder jemand anderes.

Mary und Pauline hockten im Bad und spielten die ganze Zeit Schnick-Schnack-Schnuck, sodass es die anderen bereits mächtig nervte.

Eva hatte sich im Mittelgang auf die Rücksäcke gelegt und versuchte zu schlafen. Ihre Gedanken kreisten um Clean-Land. Sie träumte von Sandstränden mit Palmen und einer kleinen Hütte aus Bambus und mit einem Dach aus Palmenwedeln. Im Wasser lag ein kleines Segelboot vor Anker und wippte über die Brandungswellen.

David steuerte den Camper über die matschigen Pisten. Die Schlammlöcher, die sich gebildet hatten, boten drei Möglichkeiten. Drum herumfahren, wo es irgendwie möglich war, oder aber langsam durchfahren und hoffen, dass man nicht stecken blieb. Oder eben Anlauf nehmen und durchbrettern, in der Hoffnung, dass sie nicht zu tief waren.

Beim nächsten Schlammloch ging die Rechnung nicht auf. Mittendrin blieben sie stecken und es ging weder vor noch zurück. Da halfen kein Allrad und keine Crossreifen. Luke und Pete sprangen aus dem Auto und machten die Seilwinde am nächsten Baum fest. Pete kuppelte vorsichtshalber den Anhänger ab, um der Winde eine Chance zu geben. David gab Vollgas. Nach zähen Minuten hatte die Seilwinde sprichwörtlich „die Karre aus dem Dreck gezogen". David wendete den Camper und befreite nun auch den Anhänger aus dem Schlamm. Sie fuhren weiter, bis sie das nächste Mal feststeckten. Das Ganze wiederholte sich noch weitere fünf Mal in immer kürzeren Abständen. Sie verloren viel Zeit durch diese Manöver, aber eine Alternative gab es nicht.

„Können wir nicht einfach hier campen und abwarten, bis der Regen nachlässt?", fragte Mary.

„Wenn wir Glück haben, dann wird der Regen weniger. Aber wenn wir Pech haben, dann hört der Regen nicht auf und die

Schlammlöcher werden immer schlimmer. Und dann kommen wir hier gar nicht mehr weiter. Dieses Risiko ist mir zu groß. Dann lieber so weiter und wir wechseln uns ab da draußen", gab David zu bedenken.

„Ja, wahrscheinlich hast du Recht. War nur so eine Idee. Aber eine blöde Idee", gab Mary etwas enttäuscht zurück.

Man merkte, wie das Wetter und die Schlammlöcher und die Enge im Camper auf die Stimmung drückten.

David räusperte sich und wandte sich an die Gruppe: „Hört mal alle her. Es gibt keine blöden Ideen. Man kann sie vielleicht nicht alle umsetzen, aber jede noch so kleine Idee hilft uns Lösungen zu finden. Ich weiß beim besten Willen nicht alles und ich bitte euch niemals mit euren Ideen hinter dem Berg zu halten. Sprecht einfach alles offen aus und danach beratschlagen wir, was das Beste ist. Und wenn wir uns nicht einig sind, dann stimmen wir ganz demokratisch ab. Jeder hat das gleiche Stimmrecht. Einverstanden?"

Manche Gesichter erhellten sich etwas. David hatte natürlich deutlich mehr Erfahrung als die anderen, aber er wollte sich hier auf keinen Fall als Anführer aufspielen, sondern als normales Mitglied der Gruppe. Er wusste, dass sie in vielen Fällen natürlich auf ihn hören würden, weil sie es nicht besser wussten und ihm vertrauten. Aber auf so manch eine Idee wäre er in den letzten Wochen nicht gekommen, und sie alle hatten schon einige knifflige Probleme gelöst.

Jeden Einzelnen von ihnen hatte er bereits so ins Herz geschlossen und bewunderte ihr Durchhaltevermögen, dass er mit jedem Tag dieser Expedition mehr Hoffnung hatte, dass sie es schaffen würden. Auch wenn die größten Herausforderungen laut Martins Beschreibungen noch vor ihnen lagen.

Pegelstand

Als Pauline am nächsten Morgen die Augen aufschlug, war sie umringt von Mary, Lena und Pete, die auf sie herabblickten.

„Happy Birthday!", sagte Mary und drückte ihr ein Küsschen auf die Wange.

„Alles Liebe zum Geburtstag!", sagte auch Lena, umarmte Pauline und gab ihr ebenfalls ein Küsschen auf die Wange.

„Auch von mir alles Gute zum Geburtstag!", stimmte auch Pete mit ein.

Er näherte sich ihrem Gesicht und drückte Pauline einen dicken Kuss auf die Wange, der deutlich länger dauerte als die von Mary und Lena. Pauline lief knallrot an.

„Komm, die anderen warten schon, du Schlafmütze. Denkst du, nur weil du Geburtstag hast, kannst du bis Mittag schlafen?" Lena grinste.

Pauline freute sich, dass sie an ihren Geburtstag gedacht hatten. Keiner hatte es in den letzten Tagen erwähnt. Sie ging davon aus, dass Mary die anderen daran erinnert hatte. Pauline schälte sich aus ihrem Schlafsack. Im Zelt was es kalt. Sie schlüpfte in ihre Klamotten und kroch nach draußen.

Vor ihr standen der Rest der Gruppe um eine Decke herum, die auf dem Boden lag. Darauf brannte in der Mitte eine Kerze. Über der Kerze stand *HAPPY BIRTHDAY* und darunter *PAULINE* mit kleinen, zusammengelegten Stöckchen. Pauline durchströmte eine wohltuende Wärme. Sie war gerührt und eine Träne rannte ihr übers Gesicht. Pauline schlug die Hände über Nase und Mund. Ihre Stimme versagte und sie hatte einen Kloß im Hals.

Sie konnte sich nicht erinnern, an ihrem Geburtstag sich schon mal so über eine Kleinigkeit gefreut zu haben. Eigentlich standen da ja gar keine Geschenke. Nur eine einzige Kerze, ein gebastelter Geburtstagsgruß und ihre liebgewonnenen Freunde um sie herum.

Auch Lola und David kamen auf sie zu, nahmen sie in den Arm und gratulierten ihr. Und nachdem auch die anderen ihr alle herzlich gratuliert hatten, stimmte Mia mit der Gitarre ein Geburtstagsständchen an und alle sangen mit.

Mias Gitarre war die erste von Davids angekündigten Abstimmungen gewesen. Sie hatten heftig darüber diskutiert, ob sie die Gitarre mitnehmen sollten. Lena meinte, dass sie absolut keinen Platz hätten, seit sie den großen Camper zurücklassen mussten. Auch ihr täte es sehr leid, aber spätestens auf dem Fußmarsch müssten sie sie sowieso aufgeben. Mary und Pauline hielten dagegen und verteidigten Mia, die darauf bestand, die Gitarre weiterhin mitzunehmen. David sah es wie Lena. Sie konnten sich so schon kaum bewegen und als der Dauerregen kam, machte es das nicht einfacher. Daher forderte Mia eine Abstimmung, die David ja erst kurz zuvor so angepriesen hatte. Auch David musste sich dem beugen. Letztlich fiel die Abstimmung recht eindeutig aus. Nur Lucy und Lola schlossen sich der Meinung von Lena und David an. Aber neun zu vier war nun mal ein klares Ergebnis. Und so sangen sie noch ein paar Lieder zu Paulines vierzehntem Geburtstag, bevor sie aufbrachen.

Der Regen hatte etwas nachgelassen, aber dafür wurde es immer kälter. Und auch der Wind schlug erbarmungslos zu. Im Camper spürte man ihn nicht so stark und so lange sie sich im dichten Wald befanden, fuhr der Camper auch recht ruhig dahin. Aber an den offenen Lichtungen, die sich nun häuften, schaukelte der Camper mächtig hin und her. Zwei umgestürzte Bäume, die ihnen den Weg versperrten, mussten sie zersägen und mit der Winde zur Seite ziehen. Auch das kostete sie wieder einiges an Zeit.

Am späten Nachmittag lichtete sich der Wald und sie befuhren eine zerklüftete Ebene. Die Route war kaum noch erkennbar und einige kleine Bäche querten ihren Weg. Sie hofften bei deren Durchfahren nicht stecken zu bleiben. Einen halben Meter tiefes Wasser konnte der Camper locker wegstecken. Meter um Meter kämpften sie sich durch diese Bäche, bis sie vor einem größeren Fluss standen.

„Verdammt!", ließ David verlauten. „Ich kann hier nicht so einfach durchfahren, ohne zu wissen, wie tief der ist. Es könnte uns wegspülen und dann war's das."

Sie stiegen alle aus und beobachteten den Fluss. Das Wasser war trüb und man konnte den Grund nicht erkennen.

Auch Ann, die auf den Camper geklettert war, um einen steileren Blickwinkel zu haben, rief von oben: „Ich kann auch keinen Grund sehen. Das Wasser ist viel zu dreckig."

David überlegte und schaute zu Pete: „Denkst du, du kannst vorsichtig durchwaten und testen, wie tief es ist? Ich weiß, es ist eiskalt. Ich sichere dich mit einem Seil."

Pete nickte. Niemals hätte er eine solche verantwortungsvolle Aufgabe abgelehnt.

David reichte ihm auch einen von den Teleskopstöcken. „Taste dich damit voran, bevor du einen Schritt machst. Wenn du drüben bist, ziehst du das Seil von der Winde rüber und machst es um einen großen Stein fest. Dann können wir uns im schlimmsten Fall selbst rausziehen."

Pete trat ins Wasser und begann sofort mächtig zu zittern.

Er biss die Zähne zusammen und fluchte. „Verdammt ist das kalt!"

„Du schaffst das. Alle verlassen sich auf dich."

David gab entsprechend Seil nach. Die Strömung war nicht sehr stark, aber dennoch sah er, wie Pete gegen sie ankämpfte und sich ihr entgegenstemmte. Als er in der Mitte des Flusses angekommen war, stand ihm das Wasser schon bis zum Bauch.

David schätzte die Tiefe auf einen Meter. Das Kritischste beim Camper war die Luftansaugung. Wenn das Wasser hier reinlief, ging er aus. Und wenn sie dann nicht weiterkamen, wäre es nur eine Frage der Zeit, bis Wasser in den Camper lief und die Elektronik zerstörte.

Pete war am anderen Ufer angekommen und konnte sich kaum noch bewegen vor Kälte.

„Halte durch Pete!", rief Pauline ihm zu.

„Gut gemacht! Wir beeilen uns!", fügte David hinzu.

Pete zog das Sicherungsseil nun durch den Fluss, was ziemlich anstrengend war. Seine Hände waren steif gefroren und jeder Griff schmerzte. Er schlang es um einen großen Felsbrocken und befestigte das Seil daran. David wies die anderen an einzusteigen.

An Luke gewandt sagte er: „Wir werden den Anhänger abkuppeln und dann einzeln rüber ziehen. Du bleibst hier, ziehst das Seil rüber und machst es am Anhänger fest. Wir ziehen dich dann mit dem Anhänger rüber. Schaffst du das?"

„Ja klar. Das klingt nicht so schwierig. Solange ich nicht in diese kalte Brühe muss."

Nachdem sie den Anhänger am Ufer positioniert hatten, setzte sich David ans Steuer und fuhr langsam in den Fluss hinein. Lucy bediente die Seilwinde und Meter für Meter fuhr David immer tiefer in den Fluss. Durch die großen Steine am Grund rumpelte der Camper mächtig hin und her. Das Wasser erreichte schon die Motorhaube und stieg immer weiter an. Alle hielten gebannt den Atem an. Plötzlich drehten die Räder durch und sie blieben auf dem Fleck stehen.

„Lucy, die Winde. Schnell anziehen!", kommandierte David. Das Seil der Winde straffte sich und der Camper setzte sich in Bewegung. David gab wieder Gas.

„Hier kommt Wasser rein!", schrie Eva plötzlich.

„Hier auch!", rief Pauline von hinten.

„Keine Panik. Wir haben es gleich geschafft. Nur noch ein paar Meter, dann wird es flacher", versuchte David die anderen zu beruhigen.

Und tatsächlich, die Motorhaube ragte schon wieder etwas höher aus dem Fluss heraus und das Wasser neben dem Fahrzeug sank. Die Steine waren so rutschig, dass sie es ohne die Seilwinde wohl trotz der flachen Uferböschung nicht geschafft hätten.

Als sie aus dem Wasser waren, wendete David. Lucy klinkte den Haken der Seilwinde in das Seil, welches sie mit rüber gezogen hatten. Luke zog das Seil zur anderen Seite und befestigte es am Anhänger. Er stieg auf und gab Lucy ein Zeichen das Seil einzuziehen. Langsam setzte sich der Anhänger in Bewegung. Die holprigen Steine verursachten Bewegungen wie bei einer Wippe. Die Ladefläche war keinen Meter hoch. Luke hoffte, dass das Motorrad und der Kraftstoffbehälter schwer genug waren und es den Anhänger nicht aufschwemmte.

Aber in der Mitte des Flusses passierte genau das. Der Anhänger wurde plötzlich von der Strömung erfasst und zur Seite versetzt. Er pendelte flussabwärts in Richtung Ufer.

„Festhalten Luke!", rief Lilly von der anderen Uferseite.

Ihr Gesicht war angstverzerrt. Der Anhänger kippte etwas zur Seite. Luke verlor das Gleichgewicht und stürzte ins Wasser. Mit seiner Hand bekam er gerade noch die Planke des Anhängers zu fassen. Er schaffte es mit seiner anderen Hand das Rücklicht zu greifen und sich etwas heranzuziehen. Luke merkte, wie ihn langsam die Kräfte verließen, aber er ließ nicht los. Er spürte seine Beine kaum noch vor Kälte. Lilly rannte am Ufer entlang zum Anhänger. Dieser war inzwischen näher ans Ufer gependelt und hing am Seil der Winde. Lilly stürzte ins Wasser und watete zum Anhänger. Das Wasser ging ihr bis zu den Oberschenkeln. Sie kletterte auf den Anhänger über das Motorrad auf die andere Seite. Entschlossen griff sie nach Lukes rechter Hand und zog so kräftig sie konnte. Zentimeter für Zentimeter zog sie Luke auf den Anhänger. Als Luke schon mit dem Bauch über der Planke war, half er mit den Beinen nach. Sie hatten es geschafft. Lilly hatte Luke gerettet.

Entkräftet lagen sie beide nun übereinander und rangen nach Luft. Inzwischen war David auch zum Hänger gerannt. Er nahm Luke über die Schulter und trug ihn zum Ufer, wo Lola bereits wartete. David holte auch Lilly vom Hänger und trug sie Huckepack ans Ufer.

„Danke Lilly. Du bist wohl unsere Heldin des Tages", sagte David zu ihr.

„Ich habe einfach nicht nachgedacht. Ich habe nur Luke vor mir gesehen, wie er ertrinkt", gab Lilly zurück.

Lola half Luke aus seinen Klamotten und wickelte ihn in eine Decke ein. Er konnte sich kaum bewegen vor Kälte. Lena brachte ihm einen Becher Tee aus der Thermoskanne, den sie heute früh zubereitet hatten.

Lucy hatte den Anhänger inzwischen mit der Winde ans Ufer gezogen. Nachdem sie den Camper innen trockengewischt hatten, stiegen sie ein und machten sich auf den Weg. Einige Ausrüstung war zwar durchgeweicht worden, aber zumindest hatten sie keine Verluste verzeichnet und der Motor vom Camper schnurrte tadellos.

„Das hier muss ein Flussdelta sein", sagte David nach einer Weile, „wir sollten bald ans Meer gelangen."

Es dauerte tatsächlich nicht lange, da meldete sich Lola: „Da vorn! Ich glaube, das ist das Meer. Seht ihr es auch?"

Alle blickten nach vorn und auch Lena sagte: „Ja, Meer! Wir sind an der Beringstraße!"

Lolas Wangen waren blass und sie hatte sich heute schon zweimal übergeben. David hoffte, dass sie sich nichts weggeholt hatte.

Nach etwa einer halben Stunde waren sie an der Küste angelangt und hatten das Meer direkt vor ihren Füßen. Sie sprangen aus dem Auto und liefen über den Strand. Mary schleuderte ihre Schuhe von sich und bohrte ihre nackten Füße in den Sand. Eisiges Wasser umspülte ihre Knöchel. Endlich das Meer, das Mary so liebte. Am liebsten hätte sie sich gleich in die Fluten gestürzt, aber die Wassertemperatur hier im Norden war unterirdisch.

Kate hatte Martins Buch vor sich und sagte: „Nun müssen wir noch an der Küste entlang nach Norden fahren. Dahin wo das Boot liegt."

Seagull

Martin hatte eine genaue Beschreibung hinterlassen, wo das Boot zu finden sei. Kate navigierte sie bis zu einem kleinen Fluss, der hier ins Meer mündete und dem sie landeinwärts folgen sollten. An der Mündung des Flusses öffnete sich eine Bucht, auf der ein paar kleine Eisberge schwammen.

Die Luft war kalt, aber die Sonne schien kräftig und ihre Strahlen waren angenehm, sodass es sich auch ohne Jacke gut aushalten ließ. Einige Eisberge waren an Land gespült worden. Sonnenstrahlen brachen sich im Eis und verursachten wunderschöne Lichtspiele. An einigen Stellen war das Eis schon so dünn, dass die Sonne hindurchfunkelte. Es war ein surrealer Anblick und traumhaft schön.

Am Ende der Bucht folgte der Fluss einem schmalen Tal. Der Weg daneben war fast zugewachsen und Äste streiften am Camper entlang. Immer dichter wurde das Gestrüpp. Mia zweifelte bereits an der Existenz des Bootes da erblickte Eva es als erste. Hier lag es angetaut am Ufer. Das von Martin erwähnte Boot. Es musste mal ein alter Fischkutter gewesen sein, denn ein paar Netze hingen noch an einem Mast herunter. Sehr vertrauenserweckend sah er jedenfalls nicht gerade aus.

Mia rümpfte die Nase: „Das alte Ding? Damit sollen wir übers Meer nach Alaska schippern? Nie im Leben. Jetzt haben wir es schon so weit geschafft und ertrinken doch alle in der Beringsee. Oder erfrieren vorher. Tot ist tot."

„Keiner wird ertrinken oder erfrieren", sagte Lola. „Laut deinen Einschätzungen sind wir alle schon zehnmal gestorben."

„Genug davon", sagte David. „Wir haben eh keine andere Wahl. Also lasst uns sehen, wie wir den Kahn in Gang bekommen und dann den Camper und die Ausrüstung verladen."

David hatte keine Ahnung von Booten. Aber irgendwie hoffte er auf das Beste und verließ sich nun auf Eva und Pete. Ihre Eltern waren leidenschaftliche Segler gewesen und hatten sogar ein eigenes Boot besessen. Eva und Pete waren oft mitgesegelt und ihre Eltern hatten viel Wert daraufgelegt, dass die beiden auch selbst viel über das Segeln lernten. Nun war das hier zwar kein Segelboot, aber ein Motorboot sollte ja wohl einfacher zu bedienen sein.

Am Rumpf des Bootes stand der Name: *Seagull*. Eva war als erstes an Bord gegangen und begutachtete das Deck. Hier fanden sich ein Steuerstand und ein Niedergang, der nach unten führte. Unter Deck lag ein kleiner Raum mit einer Kombüse, einem Tisch und einer Sitzbank. Von hier gingen zwei kleine Kajüten ab mit jeweils vier Kojen.

Pete hatte sich inzwischen auf dem Heck des Bootes umgesehen. Unter einer Klappe befand sich der Motor. In der Mitte des Bootes waren mehrere Luken und darunter leere Stauräume. Hier hatten sie wohl den gefangenen Fisch gelagert, denn es stank grausam.

Eva versuchte den Motor zu starten. Der gab ein paar Töne von sich, verstummte dann aber wieder. Sie probierte es noch zwei weitere Male, bis der Motor gar nichts mehr sagte.

„Das klingt nach einer leeren Batterie", sagte David. „Wir haben noch die Starthilfekabel im Camper. Aber die sind nicht so lang. Der Camper muss erst auf dem Boot sein, dann müsste es reichen. Hoffen wir mal, dass es nur daran liegt."

Lucy und Luke begannen den Camper zu entladen. Mit den anderen bildeten sie eine Kette vom Camper bis unter Deck und hievten alles aus dem Camper an Bord. Lola und Lena verstauten die Lebensmittelvorräte in den Schränken und Mia warf die restliche Ausrüstung und die Rücksäcke in die Kajüten.

Nachdem alles verstaut war, inspizierte Eva das Ergebnis: „Alles muss gut verstaut und verzurrt sein. Es darf nichts Loses rumliegen und rumfliegen. Die Beringsee ist bekannt für hohe Wellen und alles, was rumliegt, kann uns verletzten."

„Aye, aye, Captain!", gab Luke zurück und salutierte vor Eva.

„So gefällt mir das", gab Eva schmunzelnd zurück.

„Nein, im Ernst. Pete und ich haben wohl die meiste Erfahrung mit Booten. Wenn ihr einverstanden seid, dann übernehme ich das Kommando und Pete ist der Erste Offizier und Steuermann. Wir können gern diskutieren und demokratisch abstimmen, wenn die Zeit dafür ist. Aber wenn es drauf ankommt, dann müsst ihr einfach nur die Befehle befolgen, ohne Fragen zu stellen."

Keiner hatte irgendwelche Einwände. Bis auf Lena, Luke und Lola hatte keiner von ihnen mal auf einem Boot gestanden, von Fähren und Kreuzfahrtschiffen mal abgesehen. Und auch die drei waren bisher nur ein paar Mal mitgesegelt und hatten nicht wirklich viel Ahnung davon. Also verließen sich alle auf Eva und Pete und hofften, dass sie wussten, was sie taten.

David hatte inzwischen flussabwärts eine steile Uferböschung entdeckt, die ungefähr so hoch war wie die Bordwand des Bootes.

„Hier können wir mit dem Camper auf das Boot fahren", sagte er zu Pete.

„Mach die Kettensäge klar. Wir brauchen wieder Bäume, die wir als Auffahrrampe nutzen können."

Dann wandte er sich an Lucy: „Wir werden die Seilwinde am Boot festmachen und es langsam flussabwärts treiben lassen. Wenn wir an der Rampe sind, dann ziehen wir das Boot wieder an Land. Solange der Motor nicht anspringt, müssen wir verdammt aufpassen, dass uns der Kahn nicht abhaut."

Eva machte die Leinen los. Langsam trieb das Boot den Fluss hinunter. Als sie es mit der Winde wieder ans Ufer gezogen hatten, machten sie es mit den Leinen an Bäumen fest. Pete hatte inzwischen genügend Stämme gesägt. Mit vereinten Kräften konnten sie damit eine Rampe zwischen Ufer und Boot bauen.

Das Boot war fast genauso breit wie der Camper lang. Wenn sie ihn quer drauf stellten, kam man nicht an ihm vorbei, um vom Heck zum Bug zu gelangen.

„Dann müssen wir eben drunter durchkriechen", meinte Pete. „Der Camper verdeckt auch die Sicht vom Steuerstand nach vorn. Da muss ab und zu jemand nach vorn gehen und Ausschau halten. Oder sich oben auf den Steuerstand stellen und über den Camper gucken."

Den Camper bekamen sie gut über die Rampe. Das Boot schwankte zwar mächtig, als die Vorderräder über den Absatz nach unten rollten, aber die Rampe hielt. Als sie den Anhänger gemeinsam auf das Boot zogen, quetschte sich Lilly beide Hände ein und musste von Lola verarztet werden.

Luke wich ihr von da an nicht mehr von der Seite. Da Lillys Hände nun beide verbunden waren, übernahm Luke es, sie zu bedienen.

Nachdem sie den Camper und den Anhänger gut verzurrt hatten, prüften Eva und Pete ein weiteres Mal sämtliche Ausrüstung an Bord. David hatte inzwischen die Batterie des Bootes mit der Batterie vom Camper mit den Starthilfekabeln verbunden.

„Lucy, starte den Camper. Der sollte dabei laufen. Pete, geh zum Steuerstand und versuche den Bootsmotor zu starten", sagte David. Alle starten gespannt zu Pete, der seinen Daumen auf den Knopf im Steuerstand legte. Keiner sagte etwas. Wenn sie den Motor hier nicht zum Laufen bekommen würden, wäre dies das Ende der Expedition.

Eva erinnerte sich an ihren letzten Segeltörn in Griechenland mit ihren Eltern. Das war kurz vor dem Ausbruch der Seuche und sie war gerade dreizehn geworden. Sie ankerten in einer der zahllosen Buchten und Pete und sie schnorchelten im glasklaren Wasser. Neben ihnen ankerte eine riesige Yacht. Am Heck der Yacht war eine Badeplattform, auf dem drei Kinder in ihrem Alter saßen, zwei Jungs und ein Mädchen. Sie sprachen die gleiche Sprache wie Eva und sie konnte jedes Wort hören.

„Los, wir schmeißen Xenia ins Wasser", sagte einer der Jungs.

„Wagt es und ihr werdet es bereuen", antwortete das Mädchen.

„Und was willst du dagegen tun?", fragte der andere Junge.

„Ich kratze euch die Augen aus und werde laut schreien."

„Na dann versuch's doch", sagte der erste Junge und ergriff die Arme des Mädchens. Der andere Junge griff nach ihren Beinen.

Eva konnte sich noch gut an Xenia erinnern. Sie hatte wunderschöne lange dunkle Haare. Ihre Haut war braungebrannt von der Sonne. Sie trug einen türkisfarbenen Bikini.

Xenia landete im Wasser. Mit der Hand konnte sie sich aber an einem der beiden Jungs festkrallen und zog ihn mit hinein.

Eva schwamm sofort auf Xenia zu und rief ihr entgegen: „Alles in Ordnung?"

„Alles bestens. Das sind meine Cousins. Die wollten mich nur ärgern. Aber es ist nur Spaß. Eigentlich sind sie ganz okay. Wer bist du?"

„Ich heiße Eva. Ich bin hier mit meinen Eltern und meinem Bruder. Dort drüben von der kleinen Nussschale." Eva versuchte witzig zu sein und deutete auf ihr Segelboot. Sie kam sich nun etwas dumm vor.

„Und du bist Xenia. So hat dich zumindest einer deiner Cousins genannt, oder?"

„Ja richtig. Ich bin Xenia. Wir machen hier Urlaub. Wo kommst du her?"

„Aus Deutschland, aus der Nähe von Frankfurt. Und du?"

„Ich komme aus München. Da gibt es leider kein Meer. Ich liebe das Wasser. Letztes Jahr habe ich hier meinen Tauchschein gemacht. Mein Bruder und meine Eltern sind gerade beim Tauchen. Aber mir ging es heute Morgen nicht so gut. Monatsbeschwerden. Du weißt schon", sagte Xenia selbstbewusst.

„Nein. Aber ich habe davon gehört. Ich bin dreizehn, und du?"

„Ich werde morgen dreizehn. Sei froh, dass du noch nicht so weit bist. Das kann echt ätzend sein."

Eva reagierte nicht darauf und fragte: „Oh, dann gibt es wohl morgen eine große Geburtstagsparty?"

„Nein, nur eine kleine Feier. Hey, seid ihr morgen noch hier? Ich lade dich ein. Und bring auch gern deinen Bruder und deine Eltern mit. Mein Dad und meine Mum haben sicher nichts dagegen. Die sind cool." Und mit einer verschwörerischen Geste fügte sie hinzu: „Aber sag ihnen bloß nicht, dass ich das gesagt habe".

Xenias braune Haut glänzte in der Sonne. Ihre grünen Augen strahlten Gelassenheit aus. Xenia faszinierte Eva. Sie hatte so eine unbeschwerte Art. Eva war ganz durcheinander. Bei den Mädchen in ihrer Klasse ging es in letzter Zeit immer nur um Jungs. Eva konnte damit nichts anfangen. Irgendwie waren ihr die Jungs vollkommen gleichgültig. Aber wenn sie Xenia so betrachtete beschlich sie ein komisches Gefühl.

Eva wurde jäh aus ihren Gedanken gerissen. Alle um sie herum jubelten. Vom Heck des Bootes hörte sie ein tuckerndes Geräusch. Das war wohl der Bootsmotor, der angesprungen sein musste.

Lucy sah sie an: „Alles okay bei dir? Du freust dich ja gar nicht."

„Nein, alles super. Ich war nur gerade in Gedanken." Und an alle gerichtet kommandierte sie mit fester Stimme: „Dann Schiff ahoi und Leinen los!"

„Jawohl Captain!", antwortete Lucy mit einer künstlich tiefen Stimme.

„Ihr habt es gehört! Na los, ihr Leichtmatrosen! Alle Mann an Bord. Leinen los! Alaska wir kommen!", rief sie den anderen zu und stemmte dabei die Hände in die Hüften.

Sie legten ab und Pete steuerte durch die Bucht auf das offene Meer. Eva befahl noch die Fender reinzunehmen und sie in den Ladeluken zu verstauen. Außerdem bat sie Mary und Pauline nochmal alle Gegenstände zu überprüfen und die Festmacherleinen zu verstauen. Sie stand dabei oben auf dem Steuerstand, blickte zum Horizont und dachte an Xenia. Ob sie die Apokalypse wohl überlebt hatte?

Überfahrt

Sie verließen die Küste und steuerten aufs offene Meer. Eva wies Pete an einen Kurs von siebenundzwanzig Grad zu halten. Sie hatte diesen Kurs mit Hilfe der Karten, die sie auf dem Boot fand, einem Strömungsverzeichnis und weiteren Formeln berechnet. Sie hoffte, dass die Klimaänderungen nichts an den Strömungen hier oben in der Beringsee verändert hatten.

An ihre Mannschaft gerichtet sagte sie: „Wir haben zweihundertfünfzig Seemeilen vor uns und wir machen elf Knoten. Wenn alles so bleibt, dann sind wir in dreiundzwanzig Stunden in Alaska."

Das klang ganz gut. Eine Nacht würden sie es sicher auf diesem Kahn aushalten.

Eva gab weitere Anweisungen: „Pete, Lola, David und Lena, ihr übernehmt die Nachtwache. Ihr ruht euch in den nächsten sechs Stunden aus und übernehmt dann um zweiundzwanzig Uhr bis sechs Uhr morgens. Danach übernehme ich mit den anderen wieder."

Keiner erhob Einspruch. Man merkte, dass Eva alles im Griff hatte und wusste, was sie tat. Sie vertrauten ihr und David bewunderte Eva für ihren Mut und ihre Entschlossenheit. Er wusste, dass dadurch auch das Vertrauen der anderen stieg und das gut für die Moral war.

Je weiter sie sich von der Küste entfernten, desto höher wurden die Wellen. Der Himmel war klar und der Wind blies nur mäßig aber die Wellen reichten sicher zwei bis drei Meter hoch. Für so einen kleinen Kutter war das schon genug, dass der Bug auf und ab sauste und das Wasser darüber spritzte, wenn er in die Wellen tauchte.

Luke kümmerte sich voll und ganz um Lilly. Er fütterte sie, kratzte sie, wenn es sie juckte, und zog sie auch an und aus, wenn sie es wollte. Schlimm waren die Verletzungen nicht und nach einigen Tagen sollte es wieder verheilt sein, hatte Lola zu ihr gesagt. Aber Lilly würde die Verbände vielleicht noch ein bisschen länger dran behalten. Sie genoss es sichtlich, wie rührend Luke sich um sie kümmerte und viele Aufgaben gab es an Bord ohnehin nicht während der Überfahrt.

David spürte es als Erster. Er schaffte es gerade noch rechtzeitig an Deck und beugte sich über die Bordwand, um sich zu übergeben. Das hatte ihm gerade noch gefehlt. Seekrankheit war das Letzte, was er gebrauchen konnte. Neben sich sah er nun auch Lucy und Lilly über Bord spucken, die kreidebleiche Gesichter hatten. Ann stand immer noch oben auf dem Steuerstand. Sie hielt sich mit beiden Händen am Mast fest und strahlte übers ganze Gesicht. Bis auf Ann, Eva und Pete hingen inzwischen alle über der Reling. Dagegen machen konnte man nicht viel.

„Entweder ihr stellt euch an Deck und schaut weit hinaus auf den Horizont, oder ihr geht unter Deck, legt euch hin und versucht zu schlafen", riet ihnen Pete.

„Schlafen unter Deck? Bist du verrückt? Ich geh doch nicht nach unten. Da wird mir ja noch mehr …", brachte Luke gerade noch heraus, bevor er sich wieder über die Reling beugte und versuchte zu spucken. Aber da kam schon lange nichts mehr.

„Wenn man sich hinlegt, wird das Gleichgewichtsorgan zwischen den Ohren ausgeschaltet. Glaub mir, das hilft wirklich. Ob du allerdings schlafen kannst, ist eine andere Sache", gab Pete zurück.

Das klang plausibel. David fasste sich Mut, ging zügig unter Deck und legte sich in eine der Kojen. Durch die Strapazen der letzten Tage war er ohnehin ziemlich müde. Nach einer kurzen Weile döste er weg. Bis Lola ihn am Arm rüttelte.

David zog sich die Decke über den Kopf. „Es geht mir schon viel besser", murmelte er dann.

„Das ist schön. Aber es ist gleich zweiundzwanzig Uhr und wir sind dran mit der Nachtwache", sagte Lola.

David warf die Decke zurück. „Was? Hab ich etwa schon fünf Stunden geschlafen. Ist alles in Ordnung da oben?"

„Ja, alles bestens. Komm schon. Die anderen sind müde und wollen ins Bett."

David fühlte sich ausgeruht und auch seine Übelkeit war wie weggeblasen. Das Boot schaukelte zwar immer noch, aber es gelang ihm, das mit seinen Beinen auszubalancieren. Lucy hatte Essen gekocht und es war noch etwas Suppe übriggeblieben. David hatte großen Hunger und aß zwei Teller.

„Ich übernehme jetzt", sagte Pete. „Ihr könnt erstmal hier unten bleiben, wenn ihr wollt. Oder an Deck die Luft genießen. Wenn ich euch brauche, dann rufe ich."

David ging nach oben und kletterte auf den Steuerstand, um über den Camper hinweg den Horizont zu sehen.

Da es Sommer war und sie sich ganz oben im Norden befanden, war es taghell. Die Sonne ging in diesen Monaten hier nicht unter. Doch am Horizont in weiter Ferne war alles schwarz. Sie fuhren direkt darauf zu.

David ahnte nichts Gutes und rief nach unten: „Pete, komm mal hier hoch und schau dir das an. Ich glaube wir haben ein Problem."

Pete übergab das Steuer an Lola und kletterte rauf zu David.

„Oh, Oh!", sagte er nur und Sorgenfalten legten sich in sein Gesicht.

„Das sieht nicht gut aus. Gar nicht gut!", sagte er zu David und rief nach unten: „Lena, sag Eva Bescheid. Weck sie, wenn sie schon schläft. Sag ihr, ein Gewitter kommt direkt auf uns zu."

Kaum eine Minute später stand Eva, nur mit ihrem Schlaf-T-Shirt bekleidet, neben David.

„Verdammt! Das sieht echt nicht gut aus. Mit dieser Nussschale durch das Gewitter. Hoffentlich hält der Kahn", sagte sie mehr zu sich selbst als zu David.

„Das war's dann wohl", sagte Mia, die gerade aus der Kajüte kam. Sie sagte es in einem vollkommenen gelassenen Ton. Kein Anzeichen von Angst oder Panik. Sie streckte die Arme aus und schaute zum Horizont. Als ob sie drauf wartete und den Tod mit offenen Armen empfangen wollte. Es war ein bizarrer Anblick.

Eva kommandierte: „Mia, David, steht nicht rum. Schaut nochmal, ob alles auch wirklich festgemacht ist. Schließt alle Luken und Klappen. Lena, hol die Klettergurte. In den Kajüten lagen auch noch Lifebelts. Verteile sie an alle. Und die anderen sollen erstmal unter Deck bleiben. Ich ändere den Kurs auf zwölf Grad, sodass wir einen besseren Winkel zu den Wellen haben. Na los. Worauf wartet ihr?"

David, Mia und Lena lösten sich aus ihrer Starre. Eva übernahm von Lola wieder das Steuer und drehte es nach Backbord, auf den neuen Kurs zu.

„Lena, notier die Zeit und den Kurswechsel. Wir müssen unseren gesamten Kurs neu berechnen, sobald wir hier durch sind. Ich gebe dir immer durch, wenn sich was ändert. Es ist verdammt wichtig, dass du alles haargenau notierst. Mit GPS wäre das ein Klacks. Aber das gibt es ja nicht mehr."

Lena trug alles in ihr provisorisches Logbuch ein, wie Eva es ihr geheißen hatte.

David legte seinen Klettergurt an und machte sich an einer Öse im Steuerstand neben Eva fest. Auch sie hatte einen Gurt angelegt und sich festgemacht. Der Wind wurde immer stärker und artete zu einem ausgewachsenen Sturm aus. Der Bug tauchte nicht mehr nur in die Wellen ein. Er schlug regelrecht auf, jedes Mal, wenn sie über eine Welle hinweg waren. Wasser fegte nun mit jeder Welle über das gesamte Boot hinweg. Es peitschte auf den Steuerstand und David hoffte, dass die Scheibe diesen Kräften standhielt. Der Sturm toste und machte einen Höllenlärm. David und Eva mussten sich anschreien, um sich zu verstehen.

„Wenn wir das überstanden haben, dann hast du drei Wünsche frei!", schrie David sie an.

„Bist du jetzt eine gute Fee geworden?", schrie Eva zurück. „Ich bin selbst froh, wenn wir das heil überstehen! Und das liegt weniger an mir als an diesem alten Kahn hier! Dem sollten wir ein Denkmal setzen, wenn wir das hier überleben!"

Unter Deck saßen indessen alle in der Kombüse und klammerten sich, so gut es ging, an irgendwas fest. Keiner konnte schlafen, obwohl es nun mitten in der Nacht war. Bis auf Mia hatten alle ziemlich angsterfüllte Gesichter. Ann klammerte sich an Lola. Anfänglich fand sie es noch lustig, wie auf einer Achterbahn. Doch nun bekam auch sie Angst und Tränen kullerten ihr über die Wange.

„Werden wir nun alle sterben?", fragte sie Lola.

„Ja, werden wir", antwortete Mia stattdessen.

„Mia, das ist nicht hilfreich", zischte Lola. Zu Ann sagte sie: „Nein, werden wir nicht. Eva hat alles im Griff. Bei dem, was wir bis jetzt alles durchgemacht haben, wird uns so ein kleines Lüftchen doch wohl nichts anhaben können."

Richtig überzeugend klang ihre Stimme zwar nicht, aber Ann war doch etwas froh über ihre Aussage und wischte sich die Tränen aus dem Gesicht. Sie umschlang Lolas Hals und drückte sie so fest an sich, wie sie konnte.

Luke hatte Lilly in den Arm genommen und ganz fest an sich gedrückt.

„Wenn wir sterben, dann wenigstens zusammen. Und bevor wir sterben, solltest du noch eins wissen: Ich liebe dich!"

Lilly schaute Luke in die Augen und antworte: „Wir sterben nicht. Und du solltest auch eins wissen. Ich liebe dich auch!"

Sie sahen sich in die Augen. Ihre Köpfe waren dabei nur wenige Zentimeter voneinander entfernt. Luke schloss die Augen und neigte seinen Kopf etwas zur Seite. Auch Lilly schloss die Augen und bewegte ihren Kopf auf Luke zu. Luke spitzte seine Lippen etwas und konnte Lillys Atem spüren. Sein Herz schien zu zerspringen und in seinem Magen schien eine wilde Party stattzufinden …

Ein ohrenbetäubender Schlag. Sekunden später wurde die Luke aufgerissen und David schaute nach unten.

„Ich brauche Hilfe! Sofort! Pete, Luke, Lola, kommt an Deck und macht euch fest. Am Anhänger ist ein Spanngurt gerissen. Wir müssen ihn wieder festmachen, bevor die anderen auch noch abreißen. Aber seid verdammt vorsichtig!"

Luke verfluchte diesen Spanngurt. Er sprang auf und kletterte an Deck.

„Luke, Pete, ihr kriecht unter dem Camper durch auf die andere Seite. Lola und ich halten euch an den Leinen fest!"

David reichte Luke eine Festmacherleine aus dem Steuerstand.

„Hier, nehmt die Leine mit und versucht den Anhänger irgendwie festzumachen. Und passt auf, dass euch der Spanngurt nicht erwischt. Das Ende flattert dort noch irgendwo rum."

Luke nahm die Leine und kroch los. Pete direkt hinterher. Luke fand eine Klampe am Rand des Boots und machte die Leine dort fest. Er gab Pete das andere Ende und Pete zog sich auf allen Vieren zum Anhänger hin. Er fand eine Öse und fädelte die Leine hindurch. Dann gab er Luke das Ende wieder zurück und Luke belegte die Klampe mit dem anderen Ende. Sie konnten kaum atmen, so feucht war die wasserdurchtränkte Luft. Eine Welle verschlug Pete den Atem. Seine Fingerknöchel waren weiß vor Anstrengung, so sehr umklammerte er die Planken. Die Beringsee rief nach ihnen, aber sie gaben nicht nach. Mit letzter Kraft zogen sie sich wieder unter dem Camper durch. David und Lola zogen sie an den Leinen zu sich und gemeinsam kletterten sie wieder unter Deck.

Die anderen sahen sie fragend an.

„Luke und Pete haben den Anhänger wieder festgemacht. Hoffen wir, dass er hält", gab David in die Runde.

Luke schielte zu Lilly und sah die getrockneten Tränen in ihren Augen.

Titanic

Innerhalb der nächsten Stunde hatte der Sturm nachgelassen. Die schwarze Wolkendecke riss auf, direkt über ihnen, und grell starrte das Blau auf sie hinab. „Seht nur!", rief Pete und alle fassten sich an den Händen, „der Himmel!" Die Beringsee hatte sie verschont.

Sie stiegen alle an Deck und atmeten tief durch. Erleichtert fielen sie sich in die Arme und waren froh überlebt zu haben.

Lola ging zu Mia, der die durchnässten Haare im Gesicht hingen. „Sag ich doch. Hier stirbt heute keiner."

„Noch sind wir ja nicht in Alaska", sagte Mia mit einem warnenden Unterton.

Lola lächelte und nahm Anns Hand. Beide richteten ihren Blick auf den Horizont. In der Ferne sahen sie ein paar Eisberge dahinschwimmen. Es hatte etwas Magisches.

Ohne die Daunenjacken ließ es sich an Deck nicht aushalten. Unter Deck gab es eine Dieselheizung, die ihren Dienst tat. Keiner hatte in der Nacht so richtig geschlafen. Daher krochen ein paar in die Kojen und der Rest legte sich einfach auf den Boden und versuchte ein wenig zu schlafen. Eva und Luke übernahmen die nächste Wache. Eva gab ihm Anweisungen zum Kurs und ließ sich neben das Steuerrad nieder. Es dauerte nicht lange, da döste sie weg.

Luke hielt sich strikt an ihre Anweisungen und hielt den neuen Kurs von achtunddreißig Grad. Alaska war noch weit entfernt und nach

Evas Berechnungen dauerte es noch ganze elf Stunden, bis sie es erreichten.

Luke versuchte sich wach zu halten. Er dachte dabei an Lilly, wie er mit ihr auf einer einsamen Insel in der Karibik strandete. Wie wunderbar warm es dort jetzt sein musste. Er dachte an einen Sandstrand und Palmen und mittendrin sah er Lilly. Seine wunderschöne Lilly, die am Strand entlang schlenderte. Lilly und er im glasklaren Wasser, zwischen bunten Fischen und atemberaubenden Korallen tauchend. Lilly schwamm auf ihn zu und umarmte ihn. Ihre nackte Haut auf seiner. Lilly nahm seinen Kopf in ihre Hände und ihr Gesicht kam immer näher …

Es krachte und Luke knallte mit der Brust auf das Steuerrad.

Eva schoss nach oben und schrie ihn an: „Was ist passiert?"

„Ich weiß es nicht", röchelte Luke und hielt sich die Brust.

Pete und Lola tauchten ebenfalls auf. „Was ist los? Sind wir irgendwo drauf gefahren?", fragte Pete.

„Pete, kriech nach vorn und schau, was los ist. Schnell!", befahl Eva. „Lola, sag allen, sie sollen an Deck kommen!"

Auch David war nun an Deck und kroch hinter Pete unter dem Camper durch. Sie stürzten auf den Bug zu und sahen es. Direkt unter ihnen befand sich ein Eisberg. Nicht groß und man konnte ihn von woanders nicht sehen.

„So ein Mist! Auch das noch!", schimpfte Pete. Er rief nach hinten zu Eva: „Wir sind mit einem Eisberg kollidiert! Ich steige in die Bugluke und sehe nach, ob wir Schaden genommen haben!"

David öffnete die Klappe am Bug und Pete kletterte hinein.

„Da kommt etwas Wasser rein. Ich sehe hier ein kleines Leck. Wir müssen es abdichten. Komm runter und hilf mir", rief er David zu.

David gab es nach hinten weiter und fügte hinzu: „Wir brauchen was zum Abdichten. Bringt uns ein paar von den Kanthölzern und eine Matratze von einer Koje."

„Ich sag nur Titanic", murmelte Mia. Niemand reagierte.

Pete hatte inzwischen seinen Pullover ausgezogen, knüllte ihn zusammen und presste ihn in das Leck.

„Hilf mir David! Am besten presst du mit deinem Fuß dagegen." Es funktionierte. An den Rändern des Lecks sprudelten nur noch kleine Fontänen hervor.

Inzwischen kamen Luke und Lena mit den Hölzern und einer Matratze. Pete nahm sie entgegen, presste sie auf das Leck und bat David die Hölzer zu positionieren und zu verkeilen. Als ihnen das gelungen war, rann nur noch wenig Wasser an den Seiten hervor. Pete sagte: „Ganz werden wir das eh nicht dicht bekommen. Aber besser als vorher." Am Boden des Bugs standen sie bereits kniehoch im Wasser. Es war eiskalt, aber das bemerkten sie erst jetzt. „Wir müssen das Wasser hier rausschöpfen."

Nach oben rief er: „Lena, wir brauchen einen Schöpfeimer. Es ist saukalt in der Brühe. Wir müssen uns abwechseln. Sag allen Bescheid."

Es gelang ihnen, und nach einer halben Stunde hatten sie den Bug von Wasser befreit. Sie hatten sich alle fünf Minuten abgewechselt. Länger hielt es keiner in dem kalten Wasser aus.

Das Wasser von außen lief nur noch wenig nach. Von Zeit zu Zeit kontrollierten sie den Wasserstand und schöpften alle halbe Stunde noch zwei bis drei Eimer raus. Auch wenn sie das nun bis nach Alaska noch ein paar Stunden so weiter machen mussten, hatten sie doch die Kollision überstanden.

Luke ärgerte sich, dass dieses Malheur ausgerechnet ihm passiert war, während er das Steuer hatte.

„Keiner hat das kommen sehen. Auch kein anderer hätte den Eisberg gesehen. Ich hätte jemanden nach vorn schicken müssen, der ständig Ausschau hält. Es war meine Schuld, nicht deine", versuchte Eva ihn zu trösten.

„Schuld oder nicht, das spielt doch überhaupt keine Rolle. Wir haben es überstanden und das zählt. Alaska wir kommen und keiner wird uns aufhalten. Kein Sturm und schon gar kein blöder Eisberg", sagte Lola.

Eva befahl nun einen Ausguck am Bug, den sie alle fünfzehn Minuten auswechselten. Länger hielt es bei der Kälte auch keiner aus. Dick eingepackt in mehrere Lagen Daunen- und Regenjacken, zusätzliche Decken und mit einer Thermoskanne Tee versehen, suchten sie mit Argusaugen den Horizont nach weiteren Eisbergen ab. Drei Mal mussten sie ausweichen, aber sonst blieb die restliche Fahrt ruhig.

Teil 2

Willkommen

Ann war wieder auf den Steuerstand geklettert und hielt Ausschau, als sie plötzlich nach unten schrie: „Land in Sicht! Alaska! Wir haben es geschafft!" Tatsächlich, sie blickten nach vorn und sahen es ganz verschwommen am Horizont. Da war Land mit hohen Bergen. Kaum sahen sie es, da flogen ihnen auch schon ein paar Möwen entgegen.

„Ich denke das sind noch mindestens zwanzig Seemeilen. Wir werden also noch zwei Stunden brauchen, bis wir dort angekommen sind", sagte Eva.

Trotzdem hellte sich die Stimmung auf und Jubel brach aus. Mary und Pauline hüpften in die Luft, nahmen sich an den Händen und tanzten im Kreis. Pete stimmte mit ein. Er nahm Mary an seine rechte und Pauline an seine linke Hand und zusammen drehten sie sich im Kreis. Paulines Hand begann zu schwitzen und ihr Gesicht lief rot an. Pete schenkte ihr ein Lächeln, als er es bemerkte.

Nach genau zwei Stunden erreichten sie die Küste und waren überwältigt von ihrer Schönheit. Grüne Wiesen, Scharen von Möwen und Felsenklippen zogen an ihnen vorüber. Nur zwanzig Meter neben ihnen tauchte plötzlich eine riesige Schwanzflosse aus dem Meer auf. Kurze Zeit später noch drei weitere. Eine Gruppe von Buckelwalen zog an ihnen vorbei und stießen dabei mächtige Fontänen aus ihren Blaslöchern. Es war ein atemberaubender Anblick. Nachdem sie sich verzogen hatten, tauchte eine Delphinschule neben ihnen auf. Es mussten hunderte sein. Viele sprangen aus dem Wasser und einige schwammen direkt neben ihnen im Kielwasser.

„Wow, das nenne ich mal einen Willkommensgruß", sagte Mary.

Mary war fasziniert vom Leben unter Wasser und dachte an ihre früheren Pläne. Vor ein paar Jahren wollte sie noch unbedingt Meeresbiologin werden. Deshalb hatte sie bereits mit zehn ihren ersten Tauchschein gemacht.

Aber ob sie jemals wieder würde tauchen gehen können? Konnte man in Clean-Land überhaupt tauchen? Gab es dort überhaupt ein Meer? Oder zumindest einen See? Mary schwelgte in Tagträumen und sah sich als Meerjungfrau im Wasser schwimmen.

Sie hatte damals alle Folgen der Serie H2O auf Netflix gesehen. Und auch sonst alle Filme und Serien, wo es ums Tauchen ging. Meistens mussten die Hauptdarsteller irgendwelche Abenteuer bestehen. Und nun war sie selbst mitten in ein Abenteuer geraten. Ihr Blick wurde plötzlich ganz traurig.

„Woran denkst du?", fragte Pauline.

„Ach nichts. Ich überlege nur gerade, wie wir es bis hierhergeschafft haben. Und wie nah wir schon dem Tod waren und dass wir den eigentlich schwierigeren Teil der Reise ja noch vor uns haben. Das sagt zumindest Martins Buch."

„Ich verstehe. Geht mir ähnlich", gab Pauline zurück. „Deshalb müssen wir immer zusammenhalten. Egal was kommt. Versprich mir das. Du bist meine beste Freundin und wenn wir auf immer und ewig zusammenhalten und aufeinander aufpassen, dann wird uns nichts passieren."

„Versprochen!", sagte Mary.

Sie nahmen sich beide in die Arme und drückten sich. Es tat gut, eine beste Freundin zu haben, dachte Mary. Nichts und niemand würde sie je auseinanderbringen. Sie schielte zu Luke. Ihr bester

Freund stand hinter Lilly und umschloss ihre Hüfte. Mary freute sich für die beiden und gönnte es ihnen. Aber warum Luke es immer noch nicht geschafft hatte Lilly zu küssen, das wollte ihr einfach nicht in den Sinn. Das war doch das Einfachste von der Welt. Und es sah ja jeder, dass die beiden das auch wollen. Sie würde bei nächster Gelegenheit mit Luke darüber reden und ihm einen Schubs geben, wenn nötig.

Landgang

Seit einer Stunde fuhren sie nun bereits an der Küste entlang, aber entdeckten keine Stelle, an der sie anlanden konnten. Entweder war es zu steil oder zu bewaldet. Das Wasser musste tief genug sein, um nah genug heranzukommen, die Böschung die richtige Höhe haben, um den Camper zu entladen, und einen Weg brauchte es auch noch, sodass sie mit dem Camper überhaupt von dort wegkamen.

Eva vermutete, dass der Sturm sie zu weit von ihrem eigentlichen Kurs abgebracht hatte und sie dadurch die von Martin beschriebene Stelle verfehlt hatten. Aber je südlicher sie kamen, desto größer war die Chance, dass sie irgendwann eine geeignete Stelle finden würden.

Der Tag verging und die Nacht brach herein. Da es weiterhin taghell war, konnten sie die Küste gut sehen und weiter nach einer Landungsstelle Ausschau halten. Pete hatte sich das große Fernglas genommen, das im Steuerstand hing. Vom Dach des Steuerstands suchte er akribisch die Küstenlinie ab. Er wechselte sich mit Luke, Eva, Lena und Lucy ab, aber keiner konnte was entdecken.

„Die Tanknadel steht schon auf Reserve", merkte Eva an.

„Wenn wir nicht bald eine Stelle finden, dann geht uns der Sprit aus. Ich schätze wir haben noch Diesel für vier bis sechs Stunden. So genau kann man das nicht sagen."

Sorgenvoll blickte sie in die Gesichter der anderen. „Dann lasst uns hoffen und weitersuchen", sprach David in die Runde.

Nach weiteren drei Stunden, als Luke vom Dach des Steuerstands gerade Ausschau hielt, rief Lilly zu Luke hoch: „Da vorn! Was ist das? Siehst du das?"

Luke hatte querab zum Ufer gesucht und durch das Fernglas immer nur ein sehr eingeschränktes Sichtfeld. Lilly hatte dagegen weiter vorn geschaut und deutete auf eine Stelle am Ufer.

„Sieht aus, als ob dort eine Öffnung ist. Wie das Tor zu einer Bucht," sagte nun Luke von oben, der seinen Blick durch das Fernglas darauf gerichtet hatte.

Eva kletterte zu ihm auf den Steuerstand und Luke reichte ihr das Fernglas.

„Ja, das könnte eine Bucht sein. Pete fahr mal direkt darauf zu. Aber mach einen großen Bogen um die Felsen dort im Wasser. Wer weiß, wie weit die unter Wasser ins Meer ragen."

Langsam näherten sie sich der Stelle und alle blickten gespannt nach vorn. Eine Bucht war schon mal ein gutes Zeichen. Wenn es dort noch eine Anlegestelle gäbe, dann wären sie gerettet. Vorerst.

Sie erreichten die Bucht und fuhren hinein. Die Öffnung zum Meer war ziemlich eng und eine starke Strömung erfasste sie. Eva gab mehr Gas und der Kutter kämpfte gegen die Strömung an. Anhand des Ufers sahen sie, dass sie nur Meter für Meter vorankamen. Der Motor lief bereits unter Volllast. Mehr ging nicht. Es dauerte zwanzig Minuten, bevor sie in die Bucht gelangten und hinter einer Landzunge die Strömung nachließ.

Plötzlich fing der Motor an zu ruckeln, dann lief er weiter, dann wieder ein Ruckeln. Als ob er sich verschlucken würde. Die Fahrt unter Vollgas hatte sie den letzten Sprit gekostet.

„Das darf doch nicht wahr sein. Da läufst du den gefährlichsten Marathon deines Lebens und fünf Meter vor dem Ziel kippst du um", bemerkte Eva. Sie steuerte das Boot direkt auf das Ufer zu.

„David, bindet sämtliche Leinen zusammen, die ihr finden könnt und haltet euch bereit. Lucy, bereite die Seilwinde des Campers vor. Los!"

David und Luke waren noch dabei, die Leinen zu verknoten und daraus eine lange Leine herzustellen, als der Motor den Geist aufgab.

„Jetzt schnell", kommandierte Eva, „einer muss mit der Leine an Land schwimmen und sie an einem Baum festmachen, bevor wir abtreiben."

Zum Glück gab es hier in der Bucht kaum Strömung und es war auch fast windstill.

David zog sich die Boots aus, schnappte sich die Leine und hechtete mit einem Kopfsprung ins Wasser. Tausend Nadelstiche prasselten auf ihn ein. Noch nie hatte er von Wasser solche Schmerzen erfahren. Es musste nahe dem Gefrierpunkt sein. Er besann sich kurz und kraulte los.

Nun kam ihm der dritte Platz bei der Jugend-Landesmeisterschaft im Freistil zugute. Aber nach vielen Jahren ohne Training, mit sacknassen Klamotten am Leib und eine Leine hinter sich herziehend, verließen ihn nach etwa hundert Meter die Kräfte.

Vom Boot hörte er sie rufen: „David, du schaffst das!"

„Los, mach nicht schlapp!"

„Nur noch fünfzig Meter!"

David gab alles. Er hatte die Gesichter eines jeden Einzelnen vor sich. Sie alle verließen sich auf ihn. Es kam jetzt nur auf ihn allein an. Er musste sie alle retten. David sammelte seine letzten Kräfte. Das Ufer hatte er direkt vor Augen. Die Leine wurde immer schwerer und schien ihn zurückzuziehen. Mit letzter Kraft machte er einen Schwimmzug nach dem anderen.

Da! Er stieß mit dem Knie auf etwas hartes. Das musste das Ufer sein. Nun wusste er nicht was mehr schmerzte, die Kälte oder sein

Knie. Er sah etwas Rotes aufsteigen. Auch das noch. Er hatte sich sein Knie aufgeschlagen.

David hob sich aus dem Wasser und watete in Richtung Ufer. Jetzt schnell einen Baum finden. Da waren ein paar Sträucher, aber weit und breit kein Baum. Sein Hosenbein färbte sich rot. Er entdeckte einen riesigen Stein, der aus dem Wasser ragte. Er nahm die Leine und ging einmal um den Stein herum und verknotete das Ende mit der Leine von der anderen Seite. Geschafft. Er hörte Jubelschreie vom Boot. Die Leine straffte sich Sekunden, nachdem David den Knoten gemacht hatte. Das Boot war erstmal sicher.

Vom Boot her sah er Luke auf sich zuschwimmen. Er schob einen der wasserdichten Packsäcke vor sich her. Auch Luke schien es vor Schmerzen kaum auszuhalten. Aber ohne die schwere Leine war er deutlich schneller am Ufer. Er kam ihm entgegen und zitterte am ganzen Körper.

„Lieferservice!", sagte er mit klappernden Zähnen.

„Hier sind Handtücher und frische Klamotten für uns. Und Beil, Feueranzünder und noch ein paar Energieriegel."

Nachdem sie trockene Sachen anhatten, sammelte Luke Brennholz und David entfachte ein kleines Feuer. Die Wärme war wohltuend und nach einer Weile spürten sie wieder ihre Gliedmaßen.

„Ich habe auch ein Funkgerät dabei. Da müssen wir nicht so laut rüber schreien", sagte Luke.

„Dann lass mal sehen, was Eva vorschlägt. Sie hat bestimmt schon einen Plan, wie ich sie kenne", sagte David.

Luke reichte ihm das Funkgerät und David drückte auf die Sprechtaste: "Hallo Eva. Hier ist alles okay. Wie ist dein Plan? Kommen."

Eva antwortete sofort: „Ihr müsst das Ufer absuchen, ob wir irgendwo anlegen können und dann von da ein Weg abgeht. Und dann müssen wir uns irgendwie dorthin ziehen. Wenn nötig mit der Seilwinde. Was anderes fällt mir im Moment nicht ein. Kommen."

„Guter Plan. Luke geht in die eine Richtung und ich in die andere. Können wir nur hoffen, dass wir etwas finden. Kommen", funkte David zurück.

„Na dann, viel Glück! Und wenn ihr was habt, dann einfach laut schreien oder funken. Over and Out!"

Luke zog los und kämpfte sich durch das Uferdickicht. Kleine Äste musste er mit der Hand wegbiegen, um weiter zu kommen. Der Boden war schlammig und das Heben der Füße brannte im Oberschenkel. Riesige Schlammbatzen klebten an den Boots. David hatte ihm das Funkgerät überlassen, welches er nun am Hosenbund trug. Nach einer gefühlten Ewigkeit schaute er auf die Uhrzeit am Funkgerät. Er war zwanzig Minuten unterwegs. Das Boot war noch gut zu sehen, also war er noch nicht weit gekommen.

Vor ihm ragte ein Felsen auf, der weit in die Bucht hineinragte. Ins Wasser würde er auf gar keinen Fall mehr gehen. Allein der Gedanke daran ließ ihm einen kalten Schauer über den Rücken laufen. Er schätzte den Felsen um die sieben Meter hoch und erkannte auch ein paar Spalten und Kanten, die aus seiner Sicht ausreichten, um sich daran festzuhalten. Er fluchte innerlich, dass er jetzt weder Klettergurt noch Seil dabeihatte. Andererseits war er sowieso allein und keiner konnte ihn sichern. Sollte er zum Boot funken und jemanden bitten mit Seil und Gurten zu ihm zu schwimmen? Aber wer sollte sich in das Wasser wagen? Und wieviel Zeit würden sie damit vergeuden?

Nein, er musste es allein riskieren. Die anderen verließen sich auf ihn. Klar, vielleicht fand David eine Anlegestelle und er konnte sich die Mühe sparen. Aber nach der Sache mit dem Eisberg hatte er immer noch Schuldgefühle und die galt es auszuräumen. Er musste den anderen beweisen, dass er für sie da war, wenn man ihn brauchte.

Zu was hätte Lilly ihm geraten? Sicher machte sie sich Sorgen um ihn. Da kam ihm ein beinah ungeheuerlicher Gedanke, so schön war er: Er wollte den Rest seines Lebens mit Lilly verbringen. Und damit es noch ein sehr langer Rest sein würde, musste er nun diesen blöden Felsen hochklettern.

Luke suchte nach einem geeigneten ersten Griff. Da war eine kleine Spalte. Dort konnte er seine Faust reinschieben und irgendwie verkeilen und sich hochziehen. Mit dem rechten Fuß fand er einen kleinen Vorsprung. Seine linke Hand tastete über eine kleine Kante und suchte Halt. Er konnte sich gerade so mit den Fingerspitzen festhalten. Jetzt nur nicht abrutschen. Weiter ging es mit seiner rechten Hand, die einen kleinen Griff fand. Über ihm war ein Strauch, dessen Wurzeln in der Luft hingen. Die konnte er gerade so erreichen. Über dem Strauch war nichts als eine blanke Wand. Ende Gelände. Das war's. Enttäuscht sah er auf die Wand. Doch, da, ein winziges Loch. Aber da passte gerade mal ein Finger rein. Darüber war noch so ein Loch und darüber kam ein großer Stein, der aussah wie ein Henkel. Luke nahm allen Mut zusammen. Er war schon vier Meter über dem Boden und unter ihm ragten kleine Felsspitzen auf. Luke streckte sich und steckte den rechten Zeigefinger in das erste Loch. Sein linker Fuß fand einen schmalen Absatz und er zog sich nach oben. Sein Finger schmerzte höllisch. Noch ein Stück und er kam an das zweite Loch darüber und schaffte es, den linken Zeigefinger darin zu verankern. Jetzt nochmal einen letzten Zug und er konnte den Henkel greifen. Aber es fehlten ihm die Tritte und in die Löcher passte kein Fuß. Mit beiden Armen ergriff er nun den Henkel und versuchte einen Klimmzug. Die Füße stützte er gegen die Wand. Mit letzter Kraft zog er sich nach oben und hievte einen Fuß auf den Absatz in Höhe des Henkels. Er stützte sich hoch und verharrte auf dem Bauch liegend auf dem kleinen Absatz. Nach einer kurzen Verschnaufpause stand er auf und stand vor einem weiteren Absatz, der sich in Brusthöhe befand. Luke stützte sich darauf, sprang hoch und ließ sich kopfüber auf das Felsplateau kippen. Er hatte den Gipfel erreicht. Er fühlte sich, als hätte er den Mount Everest erklommen.

Oben auf dem Felsen sah er, dass dieser wieder langsam nach unten führte. Als die Felskante ungefähr zwei Meter über dem Wasser hinausragte ließ er einen großen Stein ins Wasser fallen. Das Wasser war hier recht klar und er konnte sehen, dass es ungefähr drei Meter tief war. Eine perfekte Stelle zum Anlegen. Wenn nun noch ein Weg hier wegführte! Luke ging etwas weiter in Richtung der Bäume. Er durchquerte ein paar dichte Sträucher und kam auf eine offene Lichtung. Der Boden war fest und mit Moos und Flechten bewachsen. Am Ende der Lichtung erkannte er einen Stab, der aus dem Boden ragte. Er sah nicht natürlich aus. Eher wie ein altes Schild. Luke rannte über die Lichtung auf den Stab zu. Kaum dort angekommen, stieß er auf einen kleinen Waldweg und erkannte alte Autospuren. Sein Herz machte einen Satz.

Er griff nach dem Funkgerät und gab an die anderen durch: „Hört ihr mich? Hier ist Luke. Ich habe alles gefunden. Tiefes Wasser, eine Felskannte und einen Weg. Kommen."

Seine Stimme überschlug sich. Er hatte seinen Fehler wieder gut gemacht.

„Hallo Luke. Haben verstanden. Super gemacht. Komm zurück ans Ufer und zeig uns, wo genau du bist. Kommen", funkte Eva zurück.

Luke fiel ein, dass er kein Seil dabeihatte und überlegte, wie sie das Boot nun ohne Motor dorthin manövrieren sollten.

„Eva, ihr müsst David zurückrufen, dass er nicht weitersuchen braucht. Ich bin hier einen Felsen hochgeklettert. Das war nicht leicht. Ich kann auch nicht zurück zum Boot kommen. Ihr müsst euch was einfallen lassen. Kommen."

„Okay, hab verstanden. Wir melden uns. Over and Out."

Luke ging zurück zur Felskante und winkte zum Boot, sodass sie ihn gut sehen konnten. Lilly winkte zurück. Luke setzte sich auf die Felskante und ließ die Beine baumeln. Der Felsen war aus massivem Stein und würde den Camper locker halten. Die Wand war so steil, dass der Kutter direkt ranfahren konnte und sie nur eine Minirampe brauchten.

Über die Bucht blickend sah er den Mond, wie er sich im Wasser spiegelte. Hinter der Landzunge hörte man leise das Rauschen der Brandung. Ansonsten war es still und nur ein einsames Wolfs-heulen war ab und zu zu hören.

Eva und die anderen riefen unterdessen nach David. Glücklicher-weise war es komplett still um sie herum, sodass er sie direkt hörte und zurückrief.

Am Boot angekommen rief ihm Eva zu: „Wir ziehen uns mit der Winde so weit ans Ufer wie möglich. Dann machst du die Leine straff und Pete, und Lola kommen zu dir rüber gehangelt. Eine zweite Leine müsst ihr dann weiter in Lukes Richtung festmachen und wir ziehen uns dorthin. Das Ganze machen wir dann so oft, bis wir bei Luke sind."

Das würde ewig dauern, dachte David, aber eine andere Wahl hatten sie nicht.

Ganz so einfach war das mit dem Rüberhangeln nicht. Die Leine hing ziemlich durch, als Pete sich daran festhielt und er sackte durch und landete mit den Beinen im Wasser. Lola schafften es, ohne nass zu werden.

Mit der Winde kamen sie nur langsam voran, aber Meter für Meter näherten sie sich Lukes Felsen. Lola hatte eine dünne Schnur dabei. Sie band einen Stein an ein Seilende und schleuderte ihn zu Luke auf den Felsen. Nach dem dritten Versuch erhaschte Luke den Stein. Lola knotete die schwere Leine an das Schnurende und Luke zog die Leine nach oben.

„Ziemlich clever Lola", rief Luke nach unten.

„Nicht wahr?", sagte Lola und grinste. „Köpfchen muss man haben mein Lieber."

Luke grinste zurück und zog die Leine nach oben. Er hatte bereits eine Felsennase ausfindig gemacht, um die er die Leine mit einem Palstek befestigte. Diesen Knoten hatte er mal bei einem Segeltrip gelernt und dann irgendwie nicht mehr vergessen.

Eva und die anderen zogen das Boot auf die Felsenkante zu. Mit weiteren Leinen machten sie das Boot am Ufer seitlich fest. Mary warf Luke ein Seil und zwei Klettergurte rüber. Damit half er Pete, Lola und David seine Felswand hochzuklettern.

„Respekt", sagte Lola.

„Hier wäre ich im Leben nicht hochgekommen, ohne mich am Seil hochzuziehen. Wie hast du das denn geschafft? Das war doch eine glatte Wand."

Luke entgegnete nur: „Köpfchen muss man haben meine Liebe. Und natürlich noch ein bisschen Kraft und einen eisernen Willen."

Beide lachten laut und alle schauten sich zu ihnen um.

Pete hatte schon wieder die Kettensäge in den Händen. Auch wenn zwischen Bordwand und Felskante kaum ein Meter Platz war, brauchten sie für den Camper doch ein paar kurze Baumstämme für eine Rampe. Die Stämme hatten sie schnell herangeholt und hergerichtet. Lena startete den Camper, der auch sofort ansprang. Mit viel Gefühl tastete sie sich über die Rampe zur Bordwand hoch und auf die Rampe zur Felsenkante. Auf dem Felsen angekommen, wendete sie, um mit der Winde noch den Anhänger über die Rampe zu ziehen.

Anschließend entluden sie das Boot und verpackten alle Nahrungsmittel und die Ausrüstung wieder im Camper. Lena ging nochmal ihre obligatorische Checkliste durch, um auch ja nichts zu vergessen. Alle blickten zurück auf ihre Seagull. Durch das Leck im Bug würde sie sicher innerhalb der nächsten Tage auf den Grund sinken. Sie hatte ihnen gute Dienste geleistet und trotz ihrer alten Tage über die Beringstraße geholfen. Wehmut lag in den Gesichtern. Irgendwie war es, als verlöre man einen Freund. Ann rannen sogar ein paar Tränen über die Wangen.

„Mach's gut Möwe. Ich werde dich vermissen", sagte sie und winkte zum Kutter.

Da es bereits Abend war, schlugen sie ihr Camp auf. Wegen des Lecks wollte keiner mehr auf dem Boot übernachten und die ganze Nacht schöpfen wollte auch keiner. Daher stellten sie ihre drei Zelte auf und bereiteten den Camper für die Nacht vor. Pete und Luke machten ein großes Feuer. Als sie endlich alle um das Feuer herum saßen, fiel die Anspannung der letzten Tage von ihnen ab und ihnen wurde bewusst, dass sie nun in Alaska waren.

„Wer hätte das gedacht, dass wir es bis hierher schaffen würden", sinnierte David.

„Ich auf jeden Fall schon mal nicht", antwortete Mia.

Umstände

Am nächsten Morgen beim Frühstück sprang Lola plötzlich auf, rannte zu einem Gebüsch und übergab sich. Lena, die gerade ihr Müsli in der Hand hielt, schaute es angeekelt an und stellte es beiseite.

„Ist das Müsli schlecht Lola?" Lena bekam keine Antwort. Auch Lucy und Mary stellten ihr Müsli beiseite und trauten sich nicht, es weiter zu essen. Lola kam kreidebleich zurück.

„Lola, alles in Ordnung? Du bist total blass. Hast du was schlechtes gegessen?", fragte Lucy sie.

Lola antwortete wie in Trance, ohne jemanden anzuschauen: „Nein, alles in Ordnung. Ihr könnt weiteressen. Das ist nicht das Müsli."

„Okay, wenn du das sagst", gab Lucy zurück.

Lola war in ihren Gedanken völlig woanders. Sie dachte an Nick. Lola und Nick hatten sich schon früher gekannt und irgendwie waren sie sich in den letzten Monaten nähergekommen. Nick hatte sie gefragt, ob sie mal zusammen losziehen wollten bei ihren täglichen Streifzügen durch die verlassenen Märkte und Gebäude in der Stadt. Lola hatte eingewilligt. Irgendwann landeten sie in einem Geschäft mit einer alten Bettenausstellung und sie sprangen auf den Betten umher und hatten viel Spaß, bis Nick sie festhielt und an sich ran zog. Noch ehe sich Lola versah, küsste er sie. Lola war perplex, aber irgendwie genoss sie es auch.

Nick war ein paar Jahre älter und Lola gerade erst achtzehn geworden. Noch nie hatte sie jemand geküsst. Augenblicklich zog Nick sich das T-Shirt aus und Lola knöpfte ihre Bluse auf. Lola überkam plötzlich ein innerliches Lustgefühl und sie konnte keinen klaren Gedanken mehr fassen. Sie streifte sich die Hose und ihren Slip runter und zerrte an Nicks Hose. Sie rieb sich an Nicks Körper und spürte das Prickeln auf ihrer Haut.

Sie liebten sich die ganze Nacht. Es war das einzige Mal, dass sie miteinander schliefen. Am nächsten Tag zog Nick mit einem Rucksack los, um Vorräte zu holen und kam nicht mehr zurück. Das war eine Woche bevor sie auf ihre Expedition aufbrachen. Vor fünf Wochen hätte sie eigentlich ihre Tage bekommen müssen. Anfänglich dachte sie noch, dass es an den Strapazen der Reise lag. Aber vor zwei Wochen hatte sie dann einen beunruhigenden Verdacht.

„Lola, was ist los? Du wirkst ganz abwesend", sprach David sie an.

Mia, die neben Lucy saß und ihr Müsli weiterlöffelte sagte in ihrem düstersten Ton: „Schwanger."

Lola blickte zu Mia und sagte keinen Ton.

„Quatsch, Mia. Kann doch gar nicht sein", sagte Lena schließlich und blickte zu Lola. „Oder doch? Lola? Bist du schwanger?"

Lola drehte den Kopf langsam zu Lena „Ich glaube schon. Was soll ich sagen?"

Lena konnte es immer noch nicht glauben und fragte: „Wie lange schon und von wem?"

„Seit sechsundsechzig Tagen. Von Nick."

„Nick? Der Nick, der einfach loszog und nie mehr gesehen wurde? Oh Mann. Soll man dir nun gratulieren oder dich eher bemitleiden?", bemerkte Lucy.

Lola versuchte ihre Fassung wiederzuerlangen. „Es ist eigentlich was Schönes und ich habe mir immer ein Baby gewünscht, aber in unserer Situation ist es die unpassendste Zeit. Ich weiß nicht, was ich machen soll", schluchzte Lola und dicke Tränen kullerten ihr übers Gesicht.

Keiner hatte Lola je so gesehen. Sie war immer eine Frohnatur und strahlte zu jeder Zeit. Sie war für alle ein Vorbild und Lola so zu sehen brach ihnen das Herz.

„Hey Lola", sagte David und kniete sich vor sie hin, „es kommt gerade zur Unzeit, aber es ist nun mal, wie es ist. Du bekommst ein Baby und das ist toll. Bis dir ein Bauch wächst sind wir längst in Clean-Land. Und wir sind alle für dich da. Mach nicht so ein Gesicht. Jetzt lasst uns das feiern. Trübsal blasen können wir noch genug."

„Juhu, wir bekommen ein Baby", jubelte Ann plötzlich.

Auch wenn keiner in den Jubel mit einstimmte, machte sich Erleichterung auf den Gesichtern breit. Lola wischte sich die Tränen weg und alle strömten auf Lola zu und umarmten sie. Lola bekam ihr Strahlen zurück und war froh, genau hier zu sein. Hier, wo ihr alle beistanden und ihr halfen, mit diesem neuen Umstand fertig zu werden.

Sie dachte an Nick und fragte sich, was ihm passiert war und warum er nicht zurückgekommen war. Aber schließlich wusste er auch nichts von dem Baby und Lola war eine Woche nach dieser wundervollen Nacht abgereist. Ob er wohl noch am Leben war? Und wenn ja, ob er auch an sie dachte? Wäre er vielleicht sogar mit auf die Expedition gekommen und jetzt bei ihr? Fragen, auf die sie wohl nie eine Antwort bekommen würde.

Die anderen hatten inzwischen das Camp wieder abgebaut und alles im Camper verstaut. Sie waren bereit für die nächste Etappe. Nach einem kurzen Blick zurück und einem kleinen Abschied von ihrer

Seagull, von der nur noch der Steuerstand und der Mast aus dem Wasser herausragten, stiegen sie alle in den Camper und fuhren über die Lichtung zu dem Weg, den Luke gestern gefunden hatte. Sie bogen rechts weg in Richtung Süden und Mia stimmte ein Lied auf ihrer Gitarre an.

Begegnung

Je weiter sie ins Landesinnere kamen, umso kälter wurde es. Die küstennahen Wälder hatten sie hinter sich gelassen. Hier und da standen noch ein paar Sträucher, die alle in die gleiche Richtung zu wachsen schienen. Die endlose Weite ließ sie erahnen, wie weit ihr Weg noch war. Am Horizont sahen sie bereits schneebedeckte Berge. Es war ein malerischer Anblick und unter anderen Umständen hätte Lena hier zahlreiche Fotos gemacht und sie auf Instagram gepostet.

Sie erinnerte sich an ihr Auslandsjahr in Edmonton zurück. Ihr Gastvater besaß ein kleines Propellerflugzeug und nahm sie ein paarmal mit. Mit ihren Gastgeschwistern Charly und Lizzy flogen sie hoch in den Norden. Die Landschaft dort war ähnlich wie diese hier. Frank, ihr Gastvater, besaß auch ein kleines Blockhaus am Rande von Mountain Ridge, einem kleinen Wintersportort weiter im Norden. Noch vor achtzehn Monaten verbrachte Lena mit ihrer Gastfamilie zwei traumhafte Wochen dort. Charly nahm sie auf dem Schneemobil mit und sie fuhren über zugefrorene Seen und durch tief verschneite Wälder. Dabei beobachten sie Karibuherden und selbst ein Elch hatte sich ihnen gezeigt. Der Höhepunkt dieses Urlaubs waren zwei Tage Heliskiing gewesen. Ein Hubschrauber brachte sie auf einen der zahlreichen Berge. Von dort fuhren sie im unbefleckten Pulverschnee wieder ins Tal, wo der Hubschrauber schon für die nächste Runde wartete.

Lena war ein Ass im Tiefschneefahren. Mit Lizz und Charly konnte sie zwar nicht ganz mithalten, aber Nuria, ihre Gastmutter, konnte sie locker abhängen.

Durchgefroren von den täglichen Aktivitäten ging es vor dem Abendessen jeden Tag in die Sauna. Die Abende verbrachten sie in dem urigen Blockhaus mit lustigen Spielen vor dem offenen Kamin.

Lena schwelgte in diesen Erinnerungen und starrte aus dem Fenster, als Lucy sie an der Schulter rüttelte: „Lena! Hey! Siehst du das nicht? Wo bist du gerade?"

Lena sah sich um und registrierte, dass die anderen wie gebannt nach vorn schauten. Dann sah sie es auch. Etwa fünfzig Meter vor ihnen stand ein Eisbär auf ihrem Weg. Auf die Hinterbeine gestellt starrte er sie an und machte eine angsteinflößende Drohgebärde. Was für ein Koloss. Luke hatte den Camper gestoppt und Pete sah durch das Fernglas, das er von der Seagull mitgenommen hatte.

„Der sieht ganz schön grimmig aus", bemerkte Ann.

Pete zwängte sich nach vorn und kniff die Augen zusammen.

„Ja, der scheint uns anzubrüllen. Hinter dem Eisbären sehe ich noch zwei Junge".

„Deshalb schaut sie so grimmig", gab Ann zu bedenken. „Das ist eine Mutter, die ihre Jungen beschützen will. Wie süß. Können wir nicht irgendwo anders lang fahren?"

Kate schaute auf die Karte und nach draußen und sagte: „Keine Chance. Wir können hier nicht von der Route runter. Weiter hinten geht noch ein Weg ab, aber der führt weit hoch in die Berge und dort sind die Wege sicher noch zugeschneit."

„Wir können erst Mal nur stehen bleiben und warten. Vielleicht verzieht er sich ja", sagte David.

„Sie", sagte Kate.

„Was?"

„Vielleicht verzieht *sie* sich ja. Das ist eine Bärin und kein Bär", sagte Kate.

„Na wenn du meinst. Von mir aus auch *sie*", gab Pete zurück und verdrehte dabei die Augen.

Lola setzte einen Topf Wasser auf, um Tee zu kochen. Im Camper war es nach wie vor sehr eng mit dreizehn Leuten und keiner konnte sich so richtig bewegen. Nach draußen wollte allerdings auch keiner. Abgesehen davon, dass es eisig kalt war, wollte keiner herausfinden, ob man mit der Eisbärin spielen konnte.

Mary sagte in einem etwas melancholischen Ton: „Das ist schon merkwürdig. Da hatten die Menschen es fast geschafft, diese wunderschönen Tiere auszurotten, und am Ende sind sie es selbst, die fast ausgerottet sind, und die Eisbären haben überlebt. Das nenne ich: Ironie des Schicksals."

Luke sah sie verdutzt an und sagte: „Wow. Das war ja jetzt richtig philosophisch."

Ann, die total fasziniert war von den Bären und sie keine Sekunde aus den Augen ließ, fragte: „Wieso sind die eigentlich so weit hier unten? Ich dachte die leben nur dort, wo das Meer ist und sie Robben jagen können."

Mary antworte: „Gute Frage. Ich denke es hat mit den ganzen Klimaveränderungen zu tun. Die ganze Tierwelt wird sich verändern. Wer weiß, vielleicht gibt es ja bald Polarfüchse in Spanien und Giraffen in Deutschland."

Plötzlich, wie aus dem Nichts, stürzte die Eisbärin auf sie zu. Alle erstarrten.

„Fahr rückwärts, na los!", brüllte Lucy Luke an.

„Mit dem Anhänger geht das nicht!", schrie Luke panisch zurück.

„Ruhig bleiben. Im Auto sind wir ganz gut geschützt", versuchte David sie zu beruhigen.

„Das klang jetzt *sehr* überzeugend David", sagte Mia sarkastisch.

Die Bärin war nun auf knapp zehn Meter herangesprintet. Mia stand direkt an der Frontscheibe. Sie streckte die Arme aus, setzte ihre düsterste Miene auf und starrte der Bärin direkt in die Augen. Etwa zwei Meter vor dem Camper bremste die Bärin abrupt ab und schien direkt in Mias Augen zu blicken. Sie wich zur Seite aus und rannte nach links weg, geradewegs auf die Berge zu. Ihre beiden Jungen trollten sich und rannten ihr hinterher. Man konnte nur noch ihre Hinterteile sehen, wie sie auf und ab wippten. Nach zwei Minuten hatten sie sie aus den Augen verloren.

„Mia, du Bärenschreck", fand Lena als Erste wieder Worte.

„Das war nur eine Drohgebärde der Bärin. Die hatte sicher nicht vor uns was zu tun", sagte Mary daraufhin.

„Lasst uns weiterfahren. Wir müssen wenigstens noch drei Stunden vorankommen", sagte David. Luke legte den Gang ein, löste die Bremse und trat aufs Gas.

Eiszeit

Ann und Mary diskutierten noch einige Zeit über die Eisbären. Mary erklärte ihr alles, was sie über diese bemerkenswerten Tiere wusste.

„Eisbären können bis zu drei Meter vierzig groß werden und bis zu fünfhundert Kilogramm wiegen. Und sie können extrem gut riechen und hören", berichtete Mary und Ann klebte an ihren Lippen und saugte all ihr Wissen auf.

Als sie einen kleinen zugefrorenen See erreichten, hielt Luke an und beschloss: „Hier können wir unser Camp aufschlagen. Wir haben Wasser hier und ein paar kleine Felsen, die uns etwas vor dem eisigen Wind schützen."

Keiner hatte es eilig auszusteigen. Die eisigen Temperaturen luden nicht gerade zu einem romantischen Picknick ein. Aber im Camper konnten sie auch nicht alle schlafen. Lola, Lena und Luke überwanden sich dennoch und boten an, die Zelte aufzustellen. Sie mummelten sich dick ein und zogen zwei Jacken übereinander.

Nach zwanzig Minuten hatten sie es geschafft und zwei der drei Zelte standen. Im Camper hatten sie die Standheizung in Betrieb. Auch wenn sie zusätzlichen Kraftstoff verbrauchte, war es unumgänglich, sie zu nutzen. Was nützten ihnen ein paar Kilometer mehr am Ende der Strecke, wenn sie bis dahin erfroren waren?

David riet ihnen: „Am besten ihr geht zu viert ins Zelt. Je mehr ihr seid, desto wärmer wird es durch eure Körperwärme. Manche

Schlafsäcke kann man auch koppeln. Checkt das mal und wärmt euch gegenseitig, da wo es geht."

Sie überprüften jeder ihren Schlafsack. Anns Schlafsack war kompatibel mit Mias.

„Ihr habt ja beide selbst kaum Eigenwärme. Wollen wir mal schauen, ob wir dort zu dritt reinpassen?", fragte Lola die beiden.

„Ja bitte. Mit dir wird es bestimmt kuschelig warm da drin", freute sich Ann.

„Sieht so aus, dass unsere beiden auch zusammenpassen", sagte Pete zu Pauline. „Sollen wir sie koppeln und uns gegenseitig wärmen?", fügte er etwas schüchtern hinzu und sah auf den Boden. „Aber du kannst ihn auch gern mit Mary nutzen und ich nehme ihren."

„Nein, nein, ist schon gut. Können wir gerne machen", sagte Pauline und bekam einen hochroten Kopf.

Zu Mary gerichtet sagte sie: „Das ist doch okay Mary, oder?"

Mary grinste Pauline an und sagte zwinkernd: „Ja, ja. Macht ihr mal. Passt nur auf, dass es euch da drinnen nicht zu heiß wird."

Nun bekam auch Pete einen roten Kopf und registrierte erst jetzt, was das bedeutete.

„Ich schätze wir müssen uns sowieso abwechseln mit dem draußen schlafen, sodass sich jeder mal im Camper aufwärmen kann", schlug David vor.

„Gut, dann tauschen Luke und ich nachher mit Pauline und Pete", sagte Lilly.

An ausziehen und ins Schlaf-T-Shirt schlüpfen war nicht zu denken. Jeder behielt seine Klamotten an. Und die, die im Zelt schliefen, zogen sogar noch ihre Daunenjacke über, bevor sie in die Schlafsäcke krochen.

Keiner konnte so richtig schlafen. Nur Ann war kaum im Schlafsack und hatte sich an Lola angekuschelt, da fiel sie in einen tiefen

Schlaf. Lola spürte ihre Wärme und fragte sich, wie so ein zierliches kleines Mädchen so viel Energie produzieren konnte. Aber es war angenehm und Ann wirkte für sie wie ein Heizkissen.

Pauline und Pete lagen auf der Seite einander zugewandt. Sie schauten sich in die Augen und schwiegen. Beide merkten, dass der jeweils andere irgendetwas sagen wollte und warteten daher auf den anderen.

Nach langen schweigsamen Minuten fasste Pete Mut und setzte an: „Du hast wunderschöne Augen."

Kaum ausgesprochen, verfluchte er schon, was er gesagt hatte. Nicht, dass es nicht stimmte und er es nicht meinte, aber er befürchtete, total abgedroschen zu klingen, wie ein Macho.

Aber Pauline antwortete zu seiner Überraschung nur: „Danke. Das hat mir so lieb noch keiner gesagt."

Pete überkam ein Lächeln. Ohne nachzudenken, sprudelten weitere Worte über seine Lippen: „Darf ich dich küssen?"

Er hörte auf zu atmen und wartete auf eine Antwort.

Zahlreiche Szenen tauchten plötzlich in seinem Kopf auf. Pauline, wie sie ihm eine scheuerte und sich wegdrehte. Pauline, wie sie ihn mit einem entsetzten Gesicht anschrie. Pauline, wie sie in seine Arme lief und ihn küsste. Das alles geschah in nur Bruchteilen von Sekunden.

Pauline hingegen strahlte über ihr ganzes Gesicht und hauchte ihm ins Ohr: „Ja!"

Pete nahm Paulines Kopf in beide Hände. Pauline kam ihm mit ihrem Kopf entgegen, spitzte ihre Lippen etwas und drückte sie Pete direkt auf seinen Mund. Wärme durchströmte auf einen Schlag Petes gesamten Körper. Paulines Lippen fühlten sich kalt, aber wunderbar an. Er öffnete seinen Mund etwas und spürte Paulines Zunge. Es war magisch. Auch Pete schob seine Zunge etwas nach vorn. Pauline schob ihr Knie über Petes Hüfte und drehte sich auf ihn. Er genoss die Wärme ihres Körpers, die er durch die dicken Klamotten hinweg zu spüren glaubte. Nun war es Pauline, die seinen Kopf in ihre Hände nahm und immer heftiger ihre Lippen an seinen rieb. Ihre Zungen umschlangen sich und Pete blieb die Luft weg. In einer kurzen Pause machte er einen tiefen Atemzug, nachdem Pauline ihren Kopf etwas hochgenommen hatte. Dann fühlte er ihre Lippen wieder auf seinen. Die beiden fanden kein Ende. Immer wieder fielen ihre Lippen übereinander her. Erst nach einer Stunde ließen sie voneinander ab und schliefen beide mit einem Lächeln im Gesicht ein.

Pauline hatte sich dabei ganz eng an ihn angeschmiegt. Ihr größter Wunsch war in Erfüllung gegangen. Sie hatten sich geküsst. Und nicht nur das. Es war sogar in eine wilde Knutscherei ausgeartet.

Pauline dachte an Mary und was sie wohl dazu sagen würde. Sie hatte ihr ja noch zugezwinkert. Sicher würde sie sich mit ihr freuen und ihr gratulieren. Und sie dachte an Luke und Lilly, die schon seit Wochen ein Paar waren und sich immer noch nicht geküsst hatten. Jeder wusste das.

Treibstoff

Der nächste Morgen war noch eisiger und alle waren froh, wieder im Camper zu sitzen, nachdem sie die Zelte abgebaut und alles verstaut hatten. Die Standheizung arbeitete auf Hochtouren und durch die vielen Personen auf engstem Raum wurde es angenehm warm. Lola verteilte Tee an jeden und so fuhren sie den ganzen Tag durch die grauweiße, von Raureif bedeckte Landschaft.

Pete und Pauline strahlten über beide Ohren. Mary fand es regelrecht ansteckend und strahlte ebenso. Sie freute sich für die Beiden. Aber besonders für Pauline natürlich, ihre beste Freundin.

Am Abend änderte sich die Szenerie allmählich und die ersten Gräser tauchten auf. Aus Gräsern wurden Büsche, aus Büschen wurden Sträucher und aus Sträuchern wurden Bäume und schließlich fuhren sie wieder durch satte Wälder. Das Thermometer kletterte wieder und erreichte den Gefrierpunkt. Vor ihnen tauchte eine Ansammlung von Häusern und Hallen auf. Überall lagen riesige Haufen von Baumstämmen.

„Das war wohl mal eine Holzfällersiedlung", sagte Luke.

Eine Art Holzförderband teilte einen Platz und verschwand in einer Halle.

„Lasst uns mal etwas umschauen. Vielleicht können wir ja heute hier unser Camp aufschlagen", schlug David vor.

In kleineren Gruppen zogen sie los und erkundeten das Örtchen und die Gebäude. Selbstverständlich zogen Pete und Pauline nun gemeinsam los. Sie schlossen sich Luke, Lilly und Mary an und stiegen in eins der Fenster in einer großen Halle ein.

Pete bemerkte: „Sieht aus wie ein altes Sägewerk. Mit den Maschinen da kann man Balken und Bretter sägen."

In einer Ecke stand ein riesiges Ungetüm mit acht Rädern. Von vorn sah es aus wie ein Traktor und hinten waren Eisenstäbe montiert. In der Mitte war ein Greifarm montiert.

„Kommt, lasst uns weiter. Nach was suchen wir eigentlich? Wir können doch eh nichts mitnehmen. Kein Platz und nichts, was wir brauchen", sagte Mary.

„Warte mal", sagte Luke. „Hier steht ein Notstromaggregat. Und wo das steht, muss es auch einen Tank geben."

Luke folgte einer Rohrleitung, die von dem Aggregat in einen Nebenraum führte. Er öffnete die Tür und dahinter befand sich ein großer Tank. Luke kletterte auf den Tank und öffnete den Deckel.

„Der ist noch halb voll. Und es riecht definitiv nach Diesel. Benzin riecht anders", rief er nach unten. „Lilly, funk David an und sag ihm, dass wir Diesel gefunden haben und wir unsere Tanks auffüllen können. Dann brauchen wir auch nicht mehr mit der Standheizung sparen."

Kraftstoff jeglicher Art, ob Diesel, Benzin, Kerosin, Gas oder Öl gab es nach der Apokalypse nirgends mehr. Die Reserven waren nahezu aufgebraucht. Die letzten Reste hatten sich die Überlebenden gesichert, um noch etwas für die Notstromaggregate zu haben, die sie nutzten, um ein paar Geräte zu betreiben. David hatte vor ihrem Aufbruch von Silas, der diesen Vorrat verwaltete, die Menge bekommen, die sie für ihre Expedition brauchen würden. Auf der Route bis hierher standen zwar etliche Fahrzeuge rum, aber meistens deshalb, weil ihnen der Sprit ausgegangen war. Es war also reine Glückssache, dass sie hier noch etwas fanden.

„Das ist prima. Beschreib mir, wo genau ihr seid und ich komme mit dem Camper hin", gab David an Lilly durch.

Während sie auf David warteten, standen sie zu fünft im Kreis und Mary wendete sich an Pauline und Pete: „Ihr strahlt heute schon den ganzen Tag. Man sieht es euch an. Ist irgendwas passiert letzte Nacht von dem wir wissen sollten?"

Sie grinste Pauline an, obwohl sie die Antwort auf ihre Frage schon kannte. Pete übernahm als Erster das Reden: „Pauline und ich sind jetzt zusammen. Das ist passiert."

Pete griff nach Paulines Hand und sah zu ihr. Sie zwinkerte ihm zu und lächelte.

„Na dann, herzlichen Glückwunsch ihr beiden. Und bitte erspart uns die Details über letzte Nacht", sagte Luke mit einem Anflug von Bewunderung und Neid in der Stimme.

Sie sahen David auf sie zufahren und Pete winkte ihn zu sich heran. Luke holte die Kraftstoffpumpe aus dem Camper und verband den Tank im Gebäude mit dem Einfüllstutzen des Campers. Nach zwanzig Minuten hatten sie den Camper und ihre leeren Kanister aufgefüllt.

Mia, Kate und Ann kamen mit einem großen Beutel auf sie zu.

Kate sagte: „Da hat jemand Pilze in einem Schuppen gezüchtet. Die hier haben wir alle gefunden und mitgenommen."

„Ich denke die sind alle giftig und werden uns umbringen. Aber Kate ist sich sicher, dass die alle essbar sind. Ist eure Entscheidung, wem ihr glaubt", sagte Mia und zuckte mit den Schultern.

Kate hatte schon öfter etwas über Pilze erzählt und die verschiedenen Sorten aufgelistet. Daher trauten sie Kate zu, dass die Pilze genießbar waren. Außerdem hatten sie die ewige Fertignahrung satt und jede frische Zutat war ihnen eine willkommene Abwechslung.

Sie schlugen ihr Camp auf und bereiteten das Abendessen zu. Die riesige Pilzpfanne roch köstlich. Jeder bekam eine Portion in seine Schale und alle starrten gespannt auf Kate. „Was ist? Traut ihr euch nicht. Also schön. Hier, seht her, wie ich sie esse", sagte Kate und schaufelte sich zwei Löffel Pilze in den Mund. Alle warteten gespannt. Nach ein paar Sekunden fing Kate plötzlich an zu spucken und hielt sich den Bauch.

„Kate!", schrie Ann auf.

Alle blickten Mia an und sogar Mia machte ein sorgenvolles Gesicht.

Kate stand auf, hielt sich den Bauch und fing an zu lachen: „Reingelegt! Die Pilze schmecken fantastisch. Alles bestens."

Den anderen fiel ein Stein vom Herzen. Kein Pilz blieb in der Pfanne zurück.

Die kommende Nacht war deutlich wärmer als die Letzte, auch wenn es immer noch gefror. Pauline kroch wieder zu Pete in die Schlafsäcke. Sie ließen die jetzt immer gleich gekoppelt. Dieses Mal schlief aber auch Mary mit bei ihnen im Zelt und sie waren nicht allein. Das hielt sie aber nicht davon ab, so leise, wie sie konnten, die Köpfe aneinander zu stecken. Petes Hand glitt vorsichtig zu Paulines Taille und zupfte an ihrem T-Shirt. Nachdem von Pauline keine Abwehrreaktion erfolgte, zog er ihr T-Shirt Stück für Stück aus der Hose, bis er ihren Bauch zu spüren bekam. Er streichelte gefühlvoll ihre Taille.

Pauline schien das sehr zu genießen und hauchte ihm ins Ohr: „Nicht aufhören."

Pete kroch mit seiner Hand unter Paulines T-Shirt immer weiter nach oben. Was er dort vorfand, war himmlisch. Pete genoss jeden Zentimeter von Paulines Körper. Hoffentlich weckten sie Mary nicht auf.

Pauline war ein traumhaft schönes Mädchen und er war sich sicher, sich in sie verliebt zu haben. Warum dachte er ausgerechnet jetzt an Mary? Die Gefühle überwältigten ihn und er war vollkommen durcheinander. Er schmeckte Paulines Lippen, fühlte Paulines Brüste unter dem Shirt. Das Schönste, was seine Hände je berührt hatten. Und dennoch ging ihm auch Mary nicht aus dem Kopf.

Karussell

Nach zwei weiteren Tagen, die recht unspektakulär vorüberzogen, gelangten sie an einen riesigen See, der zugefroren, aber frei von Schnee war. Die Route endete hier und weder rechts noch links am Ufer fanden sie Spuren eines Weges.

„Sind wir falsch gefahren und haben den Abzweig verpasst?", fragte David Kate, die bereits die Karte studierte.

Die Formation der umliegenden Berge ließ eigentlich keine Straße vermuten. Steile Felswände ragten bis ins Wasser.

„Nein, die Route führt genau hierher. Das ist mir bisher gar nicht aufgefallen. Aber hier ist eindeutig ein Wegpunkt, den Martin eingezeichnet hat", sagte Kate.

Pete bemerkte: „Ich habe mal eine Dokumentation über Alaska gesehen. Dort sind riesige Trucks über zugefrorene Seen gefahren. Vielleicht müssen wir ja hier drüber."

Pete betrachtete ihren Camper mit einem skeptischen Blick.

„Ja, das könnte sein", sagte David und Kate bemerkte: „Hier! Ich hab's. Da oben ist eine weitere Markierung. Da geht die Route weiter. Wir müssen tatsächlich über den See. Das sind gute dreihundert Kilometer."

„Pete, Luke, lasst uns vorher die Eisdicke prüfen", sagte David. „Pete, hol mal die Kettensäge. Vielleicht bekommen wir mit ihr ein Loch ins Eis."

Luke und David betraten derweil die Eisdecke, die einen überaus stabilen Eindruck machte. Pete startete die Säge und begann, ein

Loch zu sägen. Nach ungefähr zwanzig Zentimetern spürte er keinen Widerstand mehr und er hatte das Wasser erreicht.

„Zwanzig Zentimeter. Das sollte reichen. Fünfzehn wären das Minimum. Wir können nur hoffen, dass es an allen Stellen so dick ist", sagte David zu Pete und Luke.

Vorsichtig fuhr Lucy auf die Eisdecke, nachdem alle ausgestiegen waren. Direkt am Ufer konnte das Eis etwas dünner sein. Nach ein paar Metern weiter auf dem Eis hielt Lucy an und alle kletterten wieder in den Camper. Lucy gab Gas und die Räder drehten kurz durch, bevor die ganzen Assistenzsysteme eingriffen und die Räder etwas abbremsten. Langsam nahmen sie an Geschwindigkeit auf und fuhren einen Kurs nach Kompass, den Kate ihnen berechnet hatte. Sie fuhren mit konstanten fünfzig Kilometern pro Stunde ohne die kleinste Lenkbewegung.

Als Lena gerade am Steuer saß, tauchte ein Eisklumpen direkt vor ihnen auf. Lena versuchte dem Klumpen auszuweichen und zog das Lenkrad leicht nach links. Sofort brach das Heck hinten aus und das Fahrzeug drehte sich samt Anhänger im Kreis. Lena versuchte vergeblich gegenzulenken. Sie kurbelte mit dem Lenkrad nach rechts, dann nach links und wieder nach rechts. Egal was sie tat, das Fahrzeug drehte sich mehrmals im Kreis, bis es endlich zum Stehen kam. Alle hatten versucht sich an etwas festzuhalten.

Ann platzte heraus: „Wie auf dem Karussell. Kannst du das nochmal machen?"

Nach diesem Schrecken fuhr Lena wieder los und traute sich dieses Mal nicht, schneller als dreißig Kilometer pro Stunde zu fahren.

Nach einer weiteren halben Stunde hielten sie, um sich die Beine zu vertreten und ihre Notdurft zu verrichten. Eva schlug einen Wettbewerb vor, wer das tiefste Loch mit seinem warmen Urin in das Eis pinkeln konnte. Ann wartete gar nicht erst die Zustimmung der anderen ab, zog die Hose runter und hockte sich hin.

„Die Eisbären werden sich wundern, wo die gelben Flecken hier im Eis herkommen", sagte sie dabei.

Pete warnte sie: „Pass auf, dass du nicht so viel pinkelst, dass das ganze Eis unter dir schmilzt und du einbrichst."

Die Gewinnerin dieser Challenge war Mia.

„Alle an Bord, es geht weiter. Wenn wir am anderen Ufer sind, sollten wir direkt unser Camp dort aufschlagen. Dann ist es eh Abend", sagte David und setze sich hinters Lenkrad.

Eisbad

Kurz vor dem Ufer stiegen wieder alle aus und Pete fuhr den Camper vorsichtig an Land. Den See hatten sie gemeistert und sie erreichten exakt den Punkt, den Kate zuvor ausgedeutet hatte. Von hier ging ein Weg weiter und führte mitten in einen dichten Wald. Den Abend wollten sie aber noch hier am See verbringen.

Pete schlug vor: „Ich säge uns ein Loch in den See und wir können es mit Eisangeln versuchen. Vielleicht beißt ja was an und wir haben frischen Fisch heute Abend."

Er holte die Kettensäge aus dem Camper und Pauline kam mit der Angel. Pete sägte ein kleines Loch in das Eis. Zu ihrem Erstaunen war die Eisdecke hier gerade noch zehn Zentimeter dick.

„Glück gehabt", sagte David. „Das hätte auch schief gehen können. Aber nun sind wir ja drüber."

Pete ließ den Angelhaken in das Eisloch. Es dauerte nicht lange und die Schnur straffte sich. Er zog an und holte einen ziemlich üppigen und zappelnden Barsch aus dem Wasser.

„David!", rief Pete zum Camp rüber. „Kannst du uns helfen den Fisch vom Haken zu bekommen und ihn zu töten?"

Pauline erschauderte, als Pete diese Worte aussprach. Aber sie wusste, dass das nun mal zum Leben dazu gehörte und der Natur entsprach. Sie mochte Fisch zum Essen und irgendwie musste der ja in die Pfanne gelangen.

David half Pete mit dem Fisch, nahm ihn mit, um ihn auszunehmen, und gab ihn Lena zum Zubereiten für das Abendessen. Pete holte noch fünf weitere Fische raus und übergab sie David. Sie waren so groß, dass locker alle satt werden würden.

Pete hatte noch einen weiteren an der Angel und wollte ihn nach oben ziehen. Der Fisch schien um einiges größer zu sein als die anderen, denn er wehrte sich vehement und Pete schaffte es nicht, die Schnur einzuziehen.

Er wollte gerade noch einen Versuch starten, da knackte es unter ihm und er rutschte mit dem rechten Fuß weg. Er knallte mit dem Po auf das Eis, rutschte an der Eiskante ab und schlitterte geradewegs in das Eisloch hinein. Mit den Händen versuchte er sich am Eis festzukrallen, doch er rutschte immer wieder ab. Pauline, die ein paar Meter entfernt von ihm gestanden hatte, hechtete ihm entgegen und versuchte ihm die Hand zu reichen. Pete konnte gerade noch so ihre Fingerspitzen erreichen, doch sie entglitten ihm.

Pauline schrie nach den anderen: „Hilfe! Kommt schnell! Pete ist ins Wasser gefallen!"

Panik lag in ihrer Stimme. Pete wurde durch eine Strömung unter der Eisdecke erfasst und darunter gezogen. Pauline konnte ihn gut durch die klare Eisdecke sehen. Ganz langsam driftete Pete unter der Eisdecke vom Ufer weg. Mit dem Gesicht nach oben sah er Pauline an, die wie wild auf das Eis einschlug, um es zum Brechen zu bringen. David, Luke und Lena kamen zu ihnen gesprintet. Luke sah noch die Kettensäge neben dem Eisloch liegen und schnappte sie sich. Er startete die Säge und ging noch ein paar Meter weiter in die Richtung, in die Pete weiter abdriftete.

Pete, der anfangs noch heftig von unten gegen das Eis geschlagen hatte, bewegte sich nicht mehr und begann ganz langsam abzusinken. Luke hatte inzwischen ein Loch in das Eis gesägt und David und Lena versuchten das Loch zu vergrößern, indem sie es von der Kante abbrachen. Pauline robbte mit dem Bauch zu der Abbruchkante und tauchte mit ihrem Oberkörper ins Wasser. David konnte gerade noch ihre Füße erhaschen. Luke und Lena legten sich auf das Eis hinter David und hielten wiederum seine Füße fest. Unter Pauline brach ein weiters Stück Eis ab, sodass sie nun komplett im Wasser war und Davids Arme bereits ins Wasser ragten. Er zog Pauline wieder hoch und befahl Lena und Luke ihn langsam zurückzuziehen. Als Pauline schon halb wieder auf dem Eis war, entdeckte David einen Fuß in ihrer Hand. Pauline hatte es geschafft, Pete zu erreichen. Gemeinsam zogen sie Pauline und Pete aus dem Wasser. Paulines Gesicht war blau und sie zitterte am ganzen Leib. Sie brachte keinen Ton heraus. Pete lag leblos auf dem Eis.

Lena half Pauline aufzustehen und stützte sie. David schnappte sich Pete und trug ihn so schnell es ging ans Ufer. Er legte ihn nah ans Feuer und beugte sich über ihn.

„Pete? Pete, hörst du mich?" David kontrollierte die Atmung und den Puls.

Nichts. Sofort begann er damit, auf seinen Brustkorb zu drücken. Dreißigmal, so wie er es in zahlreichen Erste-Hilfe-Kursen gelernt hatte. Lola, die längst bei ihnen war, hatte sich neben Pete gekniet, umschloss seinen Kopf mit den Händen und überstreckte ihn ein wenig. Mit der rechten Hand griff sie unter sein Kinn und drückte gleichzeitig damit seinen Mund zu. Mit der linken Hand drückte sie auf seine Stirn. Lola holte etwas Luft und umschloss mit ihrem Mund seine Nase. Sie setzte kurz ab, holte ein zweites Mal Luft und beobachtete Petes Brustkorb. Nach einer weiteren Atemspende begann David wieder mit der Herzdruckmassage. Die Handballen legte er dabei übereinander und streckte die Arme durch. Alle starrten wie gebannt auf den regungslosen Körper. Angst machte sich in ihren Mienen breit. David zählte die dreißig Druckmassagen laut mit, damit Lola genau wusste, wann sie wieder ihre zwei Beatmungen durchführen musste.

Nach drei Durchgängen bat Lola David kurz innezuhalten und prüfte erneut Petes Puls.

„Ich glaub, ich spüre was. Ganz schwach, aber fühl mal", sagte sie zu David.

David fühlte auch den Puls. Und auch Petes Brustkorb bewegte sich etwas.

„Wir müssen ihn trockenlegen und dick einpacken", rief Lola.

David zog Pete die Klamotten aus.

„Das Gleiche gilt auch für dich Pauline", sagte Lola.

„Und jemand muss Pete wärmen. Wir stecken ihn in den Doppelschlafsack. Lucy, Lena, könnt ihr zu ihm mit reinkriechen und Pete mit euren Körpern aufwärmen?"

Zu Mary sagte sie: „Auch Pauline muss aufgewärmt werden. Ihr nehmt den anderen Doppelschlafsack und du und Eva, ihr kriecht zu Pauline und wärmt sie auf."

Pete war immer noch nicht zu sich gekommen. Deswegen drehten sie ihn in eine stabile Seitenlage, sodass er nicht an seinem Erbrochenen ersticken würde, falls er sich übergeben sollte.

Der Rest der Gruppe verstaute das bereits fertige Abendessen in verschiedenen Beuteln. Keiner hatte mehr Appetit. Alle hofften, dass Pete bald zu sich kommen würde.

Pauline schluchzte und brabbelte vor sich hin: „Du darfst nicht sterben. Du darfst nicht sterben. Bitte Pete, wach auf."

Lola kontrollierte alle zehn Minuten Petes Atmung und seinen Puls. Beides wurde von Mal zu Mal stärker. Das war ein gutes Zeichen. Nach etwa einer Stunde bewegte er seinen Mund und schlug die Augen auf.

„Pauline?", war sein erstes Wort.

Lucy, die mit ihrem Kopf nur wenige Zentimeter neben seinem lag, antwortete ihm: „Pete, hörst du mich? Bist du wach? Alles in Ordnung. Pauline hat dich gerettet. Ihr geht's gut."

Pete kam nun wieder zu sich und fragte: „Was mach ich hier? Wieso bin ich mit Lena und dir im Schlafsack? Wo ist Pauline?"

Lena antwortete ihm: „Lucy und ich versuchen dich zu wärmen. Körperwärme hilft am besten. Pauline ist auch ins Wasser gefallen, als sie dich gerettet hat. Sie wird von Eva und Mary gewärmt. Aber ihr geht es gut."

Pete sprach weiter: „Das Letzte, was ich gesehen habe, war Paulines Gesicht. Dann wurde es dunkel und dann sah ich plötzlich ein weißes Licht. An mehr kann ich mich nicht erinnern."

Lola sah Pete mit einem Lächeln an und sagte: „Das nennt man Nahtoderfahrung. Im Prinzip warst du tot und Pauline hat dich wieder zurückgeholt. Also willkommen in deinem zweiten Leben."

Mia, die mitgehört hatte fügte noch hinzu: „Sieh es mal so. Jetzt kannst du zweimal Geburtstag feiern."

Zukunft

Der Schreck saß allen noch tief in den Gliedern. Pete hatte sich bis zum nächsten Morgen schon etwas erholt und Pauline ging es auch wieder besser. Sie wich Pete nicht von der Seite. Nachdem sie ihr Camp verlassen hatten, fuhren sie durch endlose Wälder. Die Temperatur stieg etwas an und in der Sonne ließ es sich auch ohne Jacke im Freien aushalten. Um im Camper etwas Platz zu schaffen, stiegen Luke, Lilly, Lucy und Lena wieder hinten auf den Anhänger. Sie genossen die frische Luft nach den vielen Tagen im stickigen Camper. Pauline, Kate und Ann spielten Karten und Mia zupfte an ihrer Gitarre.

Lola und David unterhielten sich und spekulierten, was sie in Clean-Land wohl erwarten würde.

David sagte: „Überleg mal. Eine komplett neue Gesellschaft. Keine alten Strukturen, keine sinnlosen Gesetze, keine Bürokratie, keine Steuern, kein Geld, keine alten Moralvorstellungen."

Lola fügte hinzu: „Stell dir vor, alles wofür man früher gekämpft hat, kann man jetzt von Grund auf umsetzen. Naturschutz und Gleichberechtigung aller Menschen. Egal ob Mann oder Frau, Schwarz oder Weiß, Dünn oder Dick. Egal welche sexuellen Neigungen, egal welche Lebens- oder Partnermodelle. Kinder können unbeschwert aufwachsen ohne Hunger, Missbrauch, Angst, Gewalt oder Kriege."

Lola streichelte dabei unbewusst mit der Hand über ihren Bauch. David hatte es gesehen, deutete mit seinem Finger darauf und fragte: „Hast du einen Wunsch, was es werden soll? Und hast du schon einen Namen?"

„In Anbetracht der neuen Situation wünsche ich mir gern einen Jungen. Dann kann er euch tatkräftig unterstützen und die Männerquote wieder etwas anheben. Aber natürlich wäre auch ein Mädchen super. Insofern ist es mir eigentlich egal. Am meisten wünsche ich mir, dass alles gut geht und wir bald in Clean-Land sind. Und einen Namen habe ich noch nicht. Da bin ich offen für Vorschläge. Aber das hat ja noch ein paar Monate Zeit. Wäre schön, wenn es in Clean-Land sowas wie ein Krankenhaus gibt. Oder zumindest eine Hebamme und eine medizinische Versorgung. Das macht mir am meisten Sorgen."

„Lola, egal was passiert, wir sind immer für dich da. Das weißt du. Wir stehen dir beiseite. Gebären kannst nur *du* dein Baby, aber wir können es dir drum herum so angenehm wie möglich machen."

„Das ist lieb." Sie seufzte. „Egal was Clean-Land ist und wie es dort zugeht, ich hoffe das wir immer zusammenbleiben. Ich wünschte wir könnten uns dort eine eigene kleine Community aufbauen. Jeder packt mit an und alle sind füreinander da. Jeder bringt sich mit ein und nutzt seine Fähigkeiten. So wie hier auf dieser Reise. Wer hätte gedacht, dass wir es so lange gut miteinander aushalten …"

David unterbrach sie: „Ich glaube, da hast du einen großen Anteil dran. Du bist für sie ein Vorbild. Alle blicken zu dir auf und du bist immer für alle da."

Lola strahlte übers ganze Gesicht. „Lieb, dass du das sagst. Ich denke das Gleiche gilt auch für dich. Du hast eine Menge Wissen und viel mehr Lebenserfahrung. Ohne dich wären wir nicht bis hierher gekommen."

David nickte. „Dann lass uns beide zusehen, dass wir die Meute zusammenhalten und hier durchbringen. Ich möchte nicht einen von ihnen verlieren."

Schrei

Der Himmel war wolkenverhangen und es war wieder kälter geworden. Das Thermometer zeigte minus drei Grad. Vor ihnen lag ein Wald mit den typischen Bäumen Alaskas. Die Szenerie hätte einem Abenteuerroman entspringen können. Sie spürten die Aura des Goldrausches kurz vor Ende des neunzehnten Jahrhunderts, der hier stattgefunden hatte.

Gold war heute genauso wertlos wie Geld, Diamanten oder andere ehemalige Luxusrohstoffe. Was zählte, waren ihre Fähigkeiten, um zu überleben und ihr Wissen, um für Nahrung und Schutz zu sorgen.

Die Sicht wurde immer schlechter und es fing an zu schneien, was David große Sorgen bereitete.

„Wir müssen zügig weiterkommen. Wenn wir hier liegenbleiben und es nicht aufhört zu schneien, stecken wir hier fest."

David hatte einige Erfahrung bei Schnee und Glatteis zu fahren, deshalb übernahm er das Steuer. Er liebte den Winter und den Schnee und hatte viele Wochen im Jahr auf verschneiten Pisten und in gespurten Loipen verbracht. Dafür war er teilweise hoch in den Norden Schwedens und Finnlands gefahren, wo die Straßen im Winter immer eine geschlossene Schneedecke besaßen.

Zum Glück war es windstill und es türmten sich keine Schneewehen auf. Der Allrad des Campers und die dicken Stollenreifen kamen hier wieder richtig zum Einsatz. Nach zwei Stunden hatte der Schnee bereits eine Höhe von zehn Zentimeter erreicht. David musste schnell genug fahren, damit sie bald aus dem Schneetreiben herauskamen, aber vorsichtig genug, um nicht ins Schleudern zu geraten. Die Schneeflocken reflektierten das Licht des Campers. Die Sichtweite betrug keine dreißig Meter.

Der kurvenreiche Weg war nicht mehr sichtbar und man konnte nur noch erahnen, wohin man fahren musste. Nach weiteren zwei Stunden betrug die Schneehöhe bereits dreißig Zentimeter. Die Stoßstange des Campers war zum Schneepflug geworden und stob den Schnee nach oben. Immer öfter drehten die Räder durch und nur durch den Schwung des Campers kamen sie über einige Stellen hinweg, bis die Räder wieder Grip fanden.

Nach einer weiteren Stunde klarte sich der Himmel über ihnen langsam wieder auf. Das Schneetreiben ließ nach und nach einer Weile strahlte der blaue Himmel über ihnen. Der Anblick war malerisch. Soweit das Auge blicken konnte, sahen sie eine schnee-bedeckte Landschaft mit Bergen im Hintergrund.

Plötzlich tauchte direkt vor ihnen ein Karibu auf. David versuchte ihm auszuweichen und zog das Lenkrad nach links. Was er unter dem Schnee nicht gesehen hatte, war ein Huckel, der sich direkt zwischen den Vorderrädern auftat und den Camper auf der Vorder-achse aufsitzen ließ. Es ging weder vor noch zurück. Sie steckten fest.

Lucy blickte in die Runde und fragte mit leuchtenden Augen: „Lust auf eine Runde Schneeballschlacht?"

Sie hatte es kaum ausgesprochen, da flog die Seitentür auf und sie stürmten hinaus in den Schnee. Der erste Schneeball flog bereits durch die Tür in den Camper, noch ehe alle ausgestiegen waren. Pete feuerte auf Mia, die wiederum zielte auf Eva. Luke bekam gerade einen Schneeball ins Gesicht und Lena hielt nur die Hände nach oben, um nicht getroffen zu werden. Kate und

Pauline versuchten gemeinsam Ann zu treffen, doch die tänzelte so geschickt von links nach rechts, dass sie allen Geschossen ausweichen konnte. Lilly ließ sich in den weichen Pulverschnee fallen und wedelte mit ausgestreckten Armen und Beinen, um einen Schneeengel zu malen. Lena und Lola schubsten David in den Schnee und seiften ihn ein. Sie hatten so viel Spaß, wie seit langem nicht.

Lucy bekam einen verträumten Blick, als sie in die Ferne blickte. Früher verbrachte sie viel Zeit mit Skilaufen. In völliger Stille und weit ab von überlaufenen Skipisten lief sie genüsslich auf zwei schmalen Brettern durch die Wälder. Skating war ihre Lieblings-laufart, aber auch Klassisch konnte sie gut mithalten. Sie trainierte in einem Verein und sie war sehr gut darin. Lucy liebte den Schnee und die Berge. Ihre Schwester hatte mit Skilanglauf wenig am Hut, aber beide liebten sie die Berge. Was Lilly und Lucy verband war ihre Leidenschaft für das Snowboardfahren. Ihr Dad, Martin, war ein Meister auf dem Brett gewesen und hatte die beiden schon von klein auf dazu ermutigt die Berge mit ihm runterzusausen.

Vollkommen durchgeweicht und durchgeschwitzt standen sie um den Camper und betrachteten die zauberhafte Landschaft.

Lola sagte in die Runde: „Wir sollten die Nacht hier verbringen und morgen weiterfahren."

Alle waren damit einverstanden. Pete und Mary kümmerten sich um ein großes Lagerfeuer und die anderen bauten die Zelte auf und richteten das Camp ein. In der Zwischenzeit hatten David und Luke auch den Camper wieder freibekommen, um am Morgen gleich starten zu können. Nach einem fröhlichen Abend am wärmenden Feuer, begleitet von den Klängen von Mias Gitarre, krochen sie alle in ihre Schlafsäcke.

Mitten in der Nacht konnte es Kate nicht mehr aushalten. Sie öffnete den Reißverschluss vom Zelt und ging nach draußen. Das Feuer prasselte noch vor sich hin. Kate ging ein paar Schritte neben das Zelt auf die Bäume zu.

Sie fühlte sich beobachtet und fragte in den Wald: „Ist dort jemand? David, bist du das?"

Kate bekam keine Antwort. Sie hockte sich hin und ließ es gerade laufen, da blickte sie in zwei gelbe Augen. Kate erstarrte und ihr Herz fing an zu rasen. Die Augen bewegten sich ganz langsam auf sie zu. Sie drehte sich vorsichtig zu den Zelten um, doch in dieser Richtung erblickte sie einen riesigen Wolf, der zwischen ihr und den Zelten wie angewurzelt dastand. In ihrem Augenwinkel bewegte sich noch etwas. Sie schrie. Es mussten fünf oder sechs Wölfe sein, die nun ihre Zähne fletschten und auf Kate zukamen.

Lucy wurde von Kates Schrei geweckt und schreckte hoch. Sie befreite sich aus ihrem Schlafsack und stürmte nach draußen. Auch in den anderen Zelten hörte sie es rascheln und alle schoben ihre Köpfe raus. Nun sah Lucy das Rudel Wölfe, wie es drohend um Kate herumtänzelte. Sie umkreisten sie regelrecht und waren keine drei Meter von ihr entfernt.

Wölfe sind in der Regel scheue Tiere, das wusste Lucy. Aber wenn sie Hunger hatten und auf Nahrungssuche waren, dann wurden sie zu gefährlichen Raubtieren. Sie jagten in Rudeln und wurden von einem Alphatier angeführt.

Lucy erkannte einen ziemlich beeindruckenden großen Wolf mit grauweißem Fell, zu dem die anderen Wölfe immer wieder für Sekunden hinüberschielten. Lucy hatte selbst große Angst, aber sie konnte Kate nicht einfach den Wölfen überlassen. Ein Biss an der richtigen Stelle und Kate wäre sofort tot.

Lucy blickte zu den anderen. Alle starrten sie wie gebannt zu Kate und keiner konnte sich aus seiner Starre lösen. David fing an zu schreien und versuchte damit die Wölfe zu vertreiben. Aber die waren völlig unbeeindruckt.

Lucy nahm all ihren Mut zusammen und lief zum Feuer. Sie schnappte sich einen Ast, der gerade an seinem Ende Feuer gefangen hatte und hielt ihn wie eine Fackel vor sich. Entschlossen und mit schnellen Schritten näherte sie sich dem Alphawolf. Lucy fuchtelte mit der Flamme vor dem Wolf herum, der sie irritiert ansah. Die anderen Wölfe blickten nun zu ihrem Anführer und hielten kurz inne. Es dauerte nur einen kurzen Augenblick, da sammelte der Alphawolf sich wieder, fletschte die Zähne und ging auf Lucy los. Doch statt zurückzuweichen machte Lucy sich so groß wie sie konnte und fing an den Wolf anzuschreien. Dabei blickte sie ihm direkt in die gelben Augen.

Lena kannte Lucy schon sehr lange, aber noch nie hatte sie solch einen furchteinflößenden und wütenden Schrei aus Lucys Kehle gehört. Der Hall des Schreies ging ihr bis ins Mark. Lena sah Lucy, wie sie sich vor diesem riesigen Wolf aufbäumte, um Kate zu retten und ein Gefühl der Bewunderung machte sich in ihr breit. Sie wurde regelrecht angezogen von Lucys Mut und kroch aus dem Zelt.

Lena lief ebenfalls zum Feuer und griff sich ein brennendes Holzscheit, um Lucy zu helfen.

David und Pete kamen von der Seite mit Messern und Lampen bewaffnet und brüllten die Wölfe an. Der Alphawolf blickte verdutzt von Lucy zu Lena und von Lena zu David und dann zu Kate. Er schien überrascht über die Gegenattacke zu sein und wich zurück.

Nach kaum fünf Sekunden entschied er, den Angriff abzubrechen und verschwand im Wald. Die anderen Wölfe folgten ihm.

Kate lief auf Lucy zu und fiel ihr in die Arme. Auch Lena, David und Pete eilten zu Lucy und umarmten sie und Kate.

Tränen rannen Kate und auch Lucy übers Gesicht und Kate schluchzte: „Ich hatte solche Angst. Danke, Lucy."

Lucys Stimme bebte beim Sprechen: „Glaub mir Kate, ich hatte noch viel mehr Angst. Ich hab mir sogar in die Hose gemacht."

Lena sah, wie Lucy am ganzen Körper zitterte. Lucy schien erst jetzt so richtig zu begreifen, was gerade passiert war und in welche Gefahr sie sich gebracht hatte.

Sie setzen sich ans Feuer, das Pete nochmal weiter anfachte. Lola kümmerte sich um etwas Tee und sie versuchten das Geschehene gedanklich zu verarbeiten. Als der Morgen anbrach, räumten sie ihr Camp und machten sich wieder auf den Weg. Kate schaute immer wieder zum Wald und suchte ihn nach den Wölfen ab. Doch es tauchte kein weiteres Augenpaar mehr auf.

Absturz

Die Route führte sie raus aus dem Wald und hinein in die Berge. Der Weg wurde an einigen Stellen bedrückend eng. Mit dem großen Camper hätten sie hier nie eine Chance gehabt. In einigen Spitzkehren musste Luke das Fahrzeug vor und zurück setzen, damit sie um die Kurven kamen. Durch den Anhänger waren das riskante Manöver.

An manchen Stellen bat David alle auszusteigen, damit Luke das Hindernis erstmal mit dem Camper nehmen konnte. Das machte das Fahrzeug leichter und so wurde das Risiko zumindest etwas reduziert. An den riskantesten Stellen bestand David darauf, das Steuer selbst zu übernehmen, doch dem widersprachen alle anderen vehement, da David derjenige war, der sie am ehesten zum Ziel führen konnte. David verstand durchaus die Logik dabei, behielt aber ein schlechtes Gefühl, auch wenn er sich der Mehrheit beugte. Somit war es zumeist Luke, der die riskanten Passagen meisterte. Es hatte sich in den letzten Wochen gezeigt, dass er neben David der beste Fahrer war und das Fahrzeug jederzeit unter Kontrolle hatte.

Nach zwei weiteren äußerst riskanten Manövern entschied David: „Es ist an der Zeit den Anhänger hierzulassen. Wir schnallen die Kraftstoffkanister ans Heck des Campers. Die sollten für den Rest der Strecke ausreichen. Und das Motorrad werde ich von nun an selbst fahren. Ich fahre vorneweg, so kann ich auch schon mal den Weg checken."

Sie bereiteten den Camper vor und luden die verbleibende Ausrüstung vom Anhänger hinein. Für das Heck hatten Luke und David schon zu Hause eine Vorrichtung gebaut, an die sie auf jede Seite vier Kanister anbringen konnten. Den Tank des Campers füllten sie nochmal auf. Mit dem jetzt erhöhten Verbrauch im Gelände würden sie noch eintausend Kilometer weit kommen. Das sollte reichen bis zum *Canyon*, wie er von Martin genannt wurde. Dort würden sie auch den kleinen Camper aufgeben müssen.

David fuhr mit dem Motorrad voraus. Da es eine Enduro war, hatte er mit dem Gelände keinerlei Probleme. Luke fuhr hinter ihm her. In einer weiteren Spitzkehre ließ er wieder alle aussteigen.

Dichte Bäume säumten den Weg und es zwitscherte aus ihren Kronen. In der Nähe hämmerte ein Specht. Einige Bäume ragten nahezu endlos in den Himmel. Am Hang neben ihnen plätscherte ein Bach die Felswand hinunter. Farne in satten grünen Farben bedeckten den Boden. Dieser idyllische Ort war wunderschön und Lucy fühlte sich wie in einem Roman von Jack London. Nach der Begegnung mit den Wölfen war das auch gar nicht so weit hergeholt.

Lucy entdeckte ein Vogelnest und wollte es sich etwas näher ansehen, als sie auf etwas Glitschiges trat und abrutschte und über den Rand einer Klippe in die Tiefe stürzte. Lena wollte sie gerade noch festhalten, verfehlte aber ihre Hand. Lucy schrie noch kurz auf, dann war sie verschwunden. Ein dumpfer Aufprall war zu hören. Lena kroch vorsichtig bis vor an die Kante und sah nach unten.

„Lucy!", schrie sie. „Lucy! Sag doch was!"

Panik machte sich in ihr breit. Auch die anderen starrten nach unten und schrien nach Lucy. David hatte es auch mitbekommen und hielt sofort an, stellte das Motorrad ab und lief auf sie zu. Er musste jetzt die Nerven behalten, damit sie schnell handeln konnten.

Er erhob die Stimme und kommandierte: „Alle herhören! Pete, du holst die Kletterausrüstung! Lola, die IFAKs! Pete und ich seilen uns runter! Lena und Mia, ihr sichert uns! Luke, du hältst die Winde bereit! Mary und Eva, ihr holt die Platte, die unter dem Bett ist!"

Eigentlich hätte er Lola gern dabei gehabt beim Abseilen, aber wegen des Klettergurts und des Drucks auf den Bauch wollte er nichts riskieren.

Es dauerte noch zwei Minuten, bis sie die Klettergurte angelegt hatten und ausgerüstet waren. Nach einer weiteren Minute kamen sie auf einem Felsvorsprung an und sahen Lucy bewegungslos daliegen. David klinkte sich aus dem Seil aus und beugte sich über Lucy.

Jetzt nachdenken, sagte er sich. Situation einschätzen und ansprechen. Lucy reagierte nicht, auch nicht auf ein Zwicken in den Arm. Wie war das nochmal mit dem ABCDE-Schema? Davor noch ein weiteres B wie Bleeding! Nein, das galt nur bei Trauma-Situationen. Aber war das nicht eine? Sofort tastete er mit seinen Händen nach offenen Wunden. An ihrer Hüfte spürte er etwas Warmes, Feuchtes. Blut.

„Pete, mach einen Wundverband fertig und drück ihn auf die Wunde."

Weitere Blutungen fand er nicht.

Nun das A für Airway. David schaute in Lucys Mund und überstreckte leicht ihren Kopf. Ihm war das Risiko bewusst, dass

Lucy etwas an der Wirbelsäule haben konnte, aber dieses Risiko musste er eingehen. Hier würde nicht in den nächsten zwölf Minuten ein Notarzt mit allen Hilfsmitteln eines Rettungswagens kommen.

Als nächstes B wie Breathing. David beugte sich über Lucys Mund und schaute auf ihren Bauch. Ein ganz leises Atemgeräusch war zu hören und David spürte Lucys Atem auf seiner Wange. Ebenso sah er, wie sich ihr Brustkorb leicht hob und senkte. Seine Hand hatte er ihr auf den Bauch gelegt und auch hier spürte er die Bewegungen.

Etwas erleichtert rief er nach oben. „Sie atmet! Aber sie scheint schwer verletzt zu sein. Lasst das Brett runter und die Bandschlingen, womit wir sie festmachen können."

David dachte noch an das C für Circulation. Aber wenn Lucy atmete, dann hatte sie auch Puls und das Blut wurde durch ihren Kreislauf gepumpt. Das D für Disability war offensichtlich. Lucy war nicht bei Bewusstsein und der Grund dafür war ihr Sturz. Das E für Environment und Exposure spielte hier ebenso keine große Rolle.

Bevor er Lucy bewegte, nahm er noch eine gründliche Untersuchung ihres gesamten Körpers vor. Langsam tastete er sich von Kopf bis zu den Füßen und ließ keine Stelle aus. Er bat Pete ihm zu helfen, sie etwas auf die Seite zu drehen, um auch die Wirbelsäule abtasten zu können. David konnte nichts Auffälliges erkennen. Bis auf die Wunde an der Hüfte schien sie keine offensichtlichen Verletzungen zu haben. Innere Verletzungen konnte er allerdings nicht ausschließen.

Lucy gab einen Laut von sich, eine Art Stöhnen. Sie schien zu sich zu kommen und David sprach sie an: „Lucy. Hörst du mich? Kannst du mich verstehen?"

„Was ist passiert? Bin ich tot?", röchelte Lucy zurück.

„Nein, du lebst. Du bist abgestürzt. Weißt du, wo du bist und weißt du, wer ich bin?", fragte David, um zu sehen, ob ihr Kopf etwas abgekriegt hatte.

„Du bist David und ich bin in Alaska und liege auf dem Rücken. Und mir tut die Hüfte weh." Zumindest schien sie klar denken zu können, das war ein gutes Zeichen.

David erklärte ihr nun, wie es weiterging. „Du bist zehn Meter einen Abhang runtergestürzt. Luke zieht uns alle zusammen mit der Seilwinde nach oben. Dort kümmert sich Lola um dich und untersucht dich nochmal komplett. Alles verstanden?"

„Ja, Wunde, Brett, Seilwinde, Untersuchen. Verstanden."

Das Hochziehen mit der Seilwinde war schwierig und Lucy stöhnte vor Schmerzen. Nach ein paar Minuten lag Lucy vor dem Camper und Lola hatte schon alle Mittel bereitgelegt, um zu übernehmen. Eine weitere Untersuchung und das Fragen nach ihren Schmerzen hatten keine größeren Verletzungen ergeben. Lucy hatte sich, wie durch ein Wunder, nichts gebrochen. Lediglich mehrere Schürfwunden und eine Beule am Kopf sowie ein verstauchtes Handgelenk. Die größte Verletzung war die Wunde an der Hüfte. Lola entschied, dass diese genäht werden musste und bat David ihr dabei zu helfen.

Lola hatte eine umfangreiche theoretische Einweisung von Sharon bekommen, aber selbst noch nie eine Naht vorgenommen. Nach einer gründlichen Desinfizierung der vier Zentimeter offenen Stelle setzte sie Nadel und Faden an. Lucy schrie vor Schmerzen und brach Lena fast die Hand, die sie festhielt. Aber irgendwie überstand sie die Tortur und alle waren erleichtert, als Lucy aufhörte zu schreien.

Lola verband noch die Wunde und sagte zum Abschluss: „Nun können wir nur hoffen, dass sich die Wunde nicht entzündet. Ich gebe Lucy Antibiotika und sie darf sich die nächsten Tage nicht bewegen."

„Glaub mir Lola, ich gehe nirgendwohin. Ich bleibe schön im Camper liegen und lass mich spazieren fahren."

Keiner sagte etwas in den nächsten paar Stunden. Nur das Stöhnen von Lucy war ab und an zu hören, besonders wenn sie über Steine fuhren und der Camper ins Schwanken geriet.

Geständnis

Das nächste Camp richteten sie an einem kleinen Bach ein. Es war mehr ein Rinnsal und das Wasser reichte gerade mal für das Auffüllen ihrer Tanks und eine Katzenwäsche. Trotzdem war es angenehm und die Temperaturen lagen auch im akzeptablen Bereich.

Luke und Lilly standen gerade am Bach und wuschen sich den Staub von ihren Körpern, da kam Mary zu ihnen.

„Na, ihr zwei. Das war ja heute mal wieder der Wahnsinn. Der Schreck sitzt mir jetzt noch in allen Gliedern. Hoffentlich ist Lucy bald wieder auf den Beinen. Solche Aufregung braucht kein Mensch."

„Allerdings. Da war heute viel Glück dabei. Sie hätte sich sonst was brechen können. Oder schlimmer", gab Luke zurück.

„Aber euch beiden geht's gut, wie ich sehe. Und Pete und Pauline haben sich auch gefunden. Ich freu mich für Pauline", sagte Mary zu den beiden.

„Apropos Pete", sagte Luke, „wie findest du Pete eigentlich?"

Luke schielte zu Lilly rüber und Lilly wusste sofort, worauf er hinauswollte.

Mary überlegte und antwortete: „Ja, Pete ist cool. Toller Typ. Aber wieso fragst du?"

„Naja", druckste Luke herum, „was, wenn er auf dich stehen würde?"

„Du spinnst ja. Pete ist unsterblich in Pauline verknallt. Und Pauline in ihn", entrüstete sich Mary und zeigte Luke einen Vogel.

„Ja, ist er. Aber was, wenn er nicht nur in Pauline verknallt ist, sondern auch in dich?"

„Was soll das heißen? Soll das ein Test sein, ob ich meiner besten Freundin den Freund ausspannen würde? Oder hat Pauline euch auf mich angesetzt, um unsere Freundschaft zu testen?" Mary lehnte sich vor und sah Luke tief in die Augen, als könnte sie darin seine wahren Absichten entdecken.

Doch Luke antwortet mit ernstem Ton: „Nein. Nichts dergleichen. Das ist kein Test. Es ist schon ein paar Wochen her, da hat Pete mir gestanden, dass er irgendwie auf euch beide steht und er sich nicht entscheiden kann. Und nun war Pauline wohl schneller."

Mary konnte kaum glauben, was sie da hörte. Aber Luke war ihr bester Freund und immer loyal zu ihr gewesen. Und außerdem stand auch Lilly bei ihnen. Also warum sollte er lügen.

Mary bekam plötzlich einen traurigen Blick und sagte mehr vor sich hin: „Und ich hab das nicht gecheckt. Wie blöd bin ich denn? Ich könnte jetzt an Paulines Stelle sein."

Lilly ging zu Mary und fügte hinzu: „Ich wollte zwar nicht, dass Luke dir das erzählt, aber nun ist es raus. Bitte versprich mir, dass nie etwas zwischen Pauline und dich kommt. Ihr seid beste Freundinnen und sollt es auch bleiben."

Mary richtete ihren Blick auf das Wasser vor ihnen und versuchte immer noch die Fassung wieder zu erlangen.

Sie brauchte einen Moment und sagte dann: „Ja, natürlich. Pauline wird immer meine beste Freundin bleiben. Und ich gönne ihr es wirklich. Ich muss jetzt erstmal damit fertig werden. Meine Gedanken fahren gerade Karussell. Aber trotzdem gut, dass ihr es mir erzählt habt. Weiß das sonst noch jemand?"

„Nicht das wir wüssten, aber die anderen sind ja auch nicht blöd und haben Augen. Gerade Lena und Lucy haben gute Antennen für sowas", sagte Luke.

Gemeinsam gingen sie wieder zu den anderen und setzten sich ans Feuer. Mary hatte einen toternsten Blick und wirkte wie geistig weggetreten.

„Alles in Ordnung Mary? Du siehst aus, als hättest du einen Geist gesehen", sagte Pauline zu ihr.

Mary wandte sich an Pauline, ohne dabei die Miene zu verziehen: „Ja, sowas ähnliches. Aber ist schon gut. Ich muss nur gerade über etwas sehr Merkwürdiges nachdenken."

Da Pauline Mary mit Luke und Lilly zurückkommen gesehen hatte, schaute sie jetzt in deren Richtung. Lilly sah ihr in die Augen und hob nur die Schultern und die Handflächen nach oben.

Zum Abendessen gab es schon wieder Nudeln. Die konnte keiner mehr sehen, da es sie jeden zweiten Tag gab. Die Kartoffeln und die Dosensuppen waren schon seit Tagen aufgebraucht. Und ihre spezielle Trekkingnahrung brauchten sie noch auf ihrem Fußmarsch, wenn sie alles schleppen mussten und es auf jedes Gramm ankam. Aber immerhin hatten sie überhaupt genügend Nahrung. Lena hatte das perfekt durchgeplant und wenn alles glatt lief, dann würde es auch genau aufgehen.

Die Nacht brach an und alle verkrochen sich im Zelt. Mary schlief, wie in den letzten Tagen auch, bei Pauline und Pete im Zelt. Die beiden knutschten wieder heftig rum.

Mary verkroch sich in ihrem Schlafsack und hielt sich die Ohren zu. Ihr gingen tausend Dinge durch den Kopf. Einerseits war es ein gutes Gefühl zu wissen, dass Pete auf sie stand. Anderseits war es ein beschissenes Gefühl, da es nun zu spät für die beiden war. Und Pauline würde sie niemals verletzen. Warum musste die Welt nur so kompliziert sein? Warum tanzten ihre Gefühle plötzlich Samba? Mary tat kein Auge zu. Am nächsten Morgen war sie so müde, dass sie beim Frühstück fast einschlief.

Abwechslung

Lucy machte Fortschritte. Lola verband ihre Wunde täglich neu. Die Naht sah gut aus und die Wundränder schienen zu heilen. Aber sie würde sicher eine Narbe hinterlassen, die sie ihr Leben lang an ihren Absturz erinnern ließ. Wenn es weiter so lief, dann war Lucy in zwei Tagen wieder auf den Beinen und in fünf wieder einigermaßen einsatzfähig. Ihr Handgelenk schmerzte zwar noch ein bisschen, aber das konnte sie ja schonen.

Sie fuhren weiter durch endlos erscheinende Wälder. Die Fahrt war sehr monoton geworden. David saß am Steuer und unterhielt sich gerade mit Luke, als plötzlich wie aus dem Nichts ein Karibu vor dem Fahrzeug stand. David versuchte zu bremsen, aber zu spät. Er krachte voll in das Tier rein und schleuderte es drei Meter durch die Luft. Alle wurden nach vorn geworfen und mussten sich erst wieder sammeln. David sprang aus dem Camper und lief zu dem Tier. Es lebte noch, aber es hatte eine große Wunde am Bauch und die Hinterbeine standen unnatürlich ab. Luke und Pete kamen zu ihm und betrachteten das verletzte Tier.

„Ich habe es einfach übersehen. Es ist schwer verletzt. Wir können es nicht retten", sagte David mit trauriger Miene.

„Das hätte jedem passieren können. Wieso stand das blöde Vieh auch mitten auf dem Weg?", versuchte Pete David zu beruhigen.

„Luke, hol mir dein Buschmesser. Lassen wir es nicht noch unnötig leiden."

Luke ging zum Camper und holte sein Messer. Inzwischen waren bis auf Lilly und Ann auch die anderen ausgestiegen und standen um das Tier herum.

Ann saß im Camper und hielt sich die Hand vor die Augen. Die Wunde von Lucy hatte ihr gereicht. Sie hatte eigentlich vor nichts Angst, aber Blut war nicht ihr Ding. Lilly empfand Mitleid mit dem Karibu. Sich nicht mehr nur vegetarisch zu ernähren hatte sie auch so schon einige Überwindung gekostet.

Luke reichte David sein Messer.

„Soll ich das machen?", fragte Mia.

David sah Mia erstaunt an und fragte: „Ich habe nichts dagegen, aber wieso? Man sollte schon wissen, was man da tut."

„Ja eben. Mein Dad war Jäger und er hat mich ab und zu mitgenommen. Ich habe etliche Male zugesehen und mir macht das auch nichts aus", sagte Mia mit gleichgültiger Stimme.

Die Gedanken an ihren Dad machten sie traurig. Daher hatte Mia vorher nie darüber gesprochen.

„Ja, wenn das so ist, umso besser. Dann haben wir ja einen Profi."

Er reichte Mia das Messer.

„Wer nicht hinschauen will, der sollte jetzt gehen. Aber das ist pure Natur und die hat uns Menschen nun mal zur Gattung der Allesfresser gemacht", sagte Mia und stach mit dem Messer in den Hals des Karibus.

Das Tier zuckte noch ein paar Mal und Blut lief ihm aus dem Hals. Auch Mary und Eva schauten weg und rangen mit ihrem Magen.

Pete schaute Mia interessiert zu und fragte dann: „Nichts für ungut, aber wenn wir hier schon so ein Tier haben, sollten wir es uns nicht zu Nutze machen und zu etwas Essbarem verarbeiten?"

Einige konnten sich nicht so richtig mit diesem Gedanken anfreunden. Sie diskutierten noch eine Weile und stimmten dann ab.

Ann, Lilly und Lucy stimmten dagegen, die anderen dafür. Und keiner wurde gezwungen, es zu verspeisen. David und Pete halfen Mia das Karibu zu zerlegen.

Da es schon wieder auf den Abend zuging, schlugen sie ihr Camp an Ort und Stelle auf. Das Fleisch schoben sie in kleinen Stückchen auf lange Spieße und hielten es über das Feuer. Auch wenn es etwas zäh war, war es doch eine willkommene Abwechslung nach so vielen Tagen Fertignahrung und Nudeln. Selbst Lucy und Ann probierten etwas davon und fanden es gar nicht mal so schlimm. Nur Lilly wollte partout nichts davon essen. Da der Kühlschrank vom Camper immer noch funktionierte, teilten sie das restliche Fleisch noch in mehrere Portionen und füllten ihre Vorräte auf.

Mia war froh, neben ihrer Rolle als Gitarrenspielerin auch noch etwas anderes Wertvolles beitragen zu können. Vielleicht ergaben sich ja noch weitere Gelegenheiten, die die Fähigkeiten einer Jägerin erforderten. Ihr Dad hatte ihr auch mal gezeigt, wie man Fallen stellte, wenn man kein Gewehr dabeihatte. So hatten sie Kaninchen gefangen und mit nach Hause gebracht.

Als Mia nochmal im Wald verschwinden wollte, weil sie mal musste, sah sie Pauline und Pete hinter einem Gebüsch beim Knutschen. Sie dachte wieder an Bennet und an ihre innige Umarmung, als er mit Martin und Tom loszog. Es war zwar nur eine freundschaftliche Umarmung, so wie Bennet jeden anderen auch umarmt hatte, aber für Mia war es mehr gewesen und sie zehrte bis heute davon. Bei dem Gedanken daran wurde ihr ganz warm ums Herz. Und da war da noch der Moment, als sie Bennet heimlich beobachtet hatte und er …

„Mia! Beobachtest du uns?", fragte Pete in einem Ton, als ob er sich ertappt fühlte.

Mia wurde aus ihren Gedanken gerissen: „Nein, ich muss nur mal und kam zufällig hier vorbei. Macht einfach weiter, als ob ich nicht hier wäre", sagte sie unschuldig.

Pete und Pauline schmunzelten und gingen zurück zum Lager. Mia versuchte ihren letzten Gedanken zu erhaschen, aber es gelang ihr nicht ganz. Wo war sie hängengeblieben? Richtig, bei Bennet. Eine dunkle Wolke legte sich über ihre Gedanken. Sie überlegte, ob sie ihn jemals wiedersehen würde. Das er noch lebte war durchaus möglich. Die Wahrscheinlichkeit war höher, dass *sie* die Reise nicht überleben würde. Aber allein wegen Bennet musste sie es versuchen. Auch wenn nur die allerkleinste Hoffnung bestand, dass Bennet noch lebte und je wieder ein Wort mit ihr wechseln würde, sie musste am Leben bleiben. Wenn er es geschafft hatte, dann hatte er sicher schon fünf andere Mädchen in Clean-Land. Alle würden sie ihm zu Füßen liegen und sich seinetwegen gegenseitig die Augen auskratzen.

Mia war schon im Schlaf-T-Shirt und trug sonst nichts. Ihre Hand glitt an ihrem Körper hinab zwischen ihre Schenkel, während sie immer noch an Bennet dachte. Ihr Körper fing an zu beben. Sie schloss die Augen und gab sich ihren Gedanken vollends hin.

Fiebertraum

Lena fühlte sich nicht gut am nächsten Morgen. Schon die halbe Nacht hatte sie wach gelegen und Hitzeschübe hatten ihren Körper erfasst. Schweißgebadet versuchte sie aus ihrem Schlafsack zu kriechen. Ihr Kopf schien zu zerspringen und ihre Stirn fühlte sich heiß an. Lucy sah Lena an und legte ihre Hand auf ihre Stirn. „Du glühst ja. Hast du Fieber? Was ist los?", fragte sie.

Lena antwortete: „Mir ist heiß und kalt und mir zerplatzt der Schädel. Ich fühle mich total elend."

„Ich sage Lola und David Bescheid. Die sollen mal nach dir schauen."

Lucy holte Lola, die mit dem Medizintäschchen kam. Lola fühlte Lena den Puls und steckte ihr ein Fieberthermometer unter den Arm.

Sharon hatte ihr viel über Verletzungen und andere Notfälle beigebracht, aber normale Krankheiten hatten sie kaum durchgenommen. Aber dass man die Temperatur bei Fieber senken musste, war ihr natürlich bekannt.

Lola erschrak, als sie das Fieberthermometer ablas: „neununddreißig fünf. Das ist schon hohes Fieber. Das muss unbedingt runter. Lucy, hol feuchte Tücher. Die wickle ich um die Waden und wir müssen ihr die Stirn kühlen. Außerdem kriegt sie zwei Ibuprofen-Tabletten."

Lola gab den anderen Bescheid und bat David: „Lass uns bitte noch warten mit dem Aufbruch bis wenigstens die Tabletten wirken und das Fieber etwas runter ist. Lena muss sich jetzt absolut schonen. Ich hab keine Ahnung, was die Ursache ist."

David sah Lola sorgenvoll an: „Ja ist gut. Sag mir, was du brauchst."

„Ich fürchte, wir können nur warten und hoffen."

Lenas Zustand blieb eine Weile konstant. Weder stieg das Fieber weiter, noch sank es.

Sie döste weg und halluzinierte vor sich hin. Sie sah Lucy eine Klippe runterstürzen und Lucy rief zu ihr hoch: „Lena ich falle. Halt mich fest. Warum rettest du mich nicht?" Dann sah sie Pete, der auf sie einschrie. „Lena ich ertrinke. Zieh mich raus. Warum rettest du mich nicht?" Nun kam Luke auf sie zu: „Lena ich werde weggespült. Halt mich fest. Warum rettest du mich nicht?"

Lena schlug mit den Armen um sich und drehte den Kopf von einer Seite zur anderen. Martin erschien nun vor ihrem Gesicht und grinste sie an. „Ihr schafft es niemals. Ihr habt keine Chance. Ihr seid noch Kinder. Ihr werdet Clean-Land niemals erreichen."

Lena schreckte hoch und Lucy nahm sie in die Arme: „Es ist alles gut Lena. Ich bin bei dir. Du hast geträumt. Wir sind alle bei dir."

Lena saß im Bett und versuchte sich zu erinnern, was sie gerade geträumt hatte. Doch es kam ihr nicht in den Sinn.

Am Nachmittag steckte Lola ihr nochmal das Thermometer unter den Arm und wechselte die feuchten Tücher. Erleichtert blickte sie auf das Thermometer. „38,2. Ein Glück. Das Fieber fällt. Wie fühlst du dich?"

„Immer noch Kopfschmerzen, aber schon besser. Von mir aus können wir losfahren. Ich halte das schon aus. Ich will uns nicht alle aufhalten."

Lola gab David Bescheid. Sie stimmten sich kurz ab, kletterten alle in den Camper und fuhren los.

David mit Mia auf dem Motorrad, Luke am Steuer und Lena auf dem Beifahrersitz, den sie in eine Liegeposition gebracht hatten.

David fragte sich, was ihnen noch alles passieren würde. Er dachte an die Notizen von Martin. Gewitterwolken zogen durch seinen Kopf.

Zurücklassen

Nach weiteren zwei Tagen durch die atemberaubenden Landschaften Alaskas kamen sie an ihrem nächsten Etappenziel an. Hier lag er vor ihnen: der *Canyon*. Martin hatte in seinem Buch ausführlich darüber berichtet. Der Canyon war eine Schlucht, deren Wände fast siebzig Meter in die Tiefe ragten. Unten toste ein gnadenloser Fluss, der sich hindurch zwängte. Der gegenüberliegende Absatz war vierzig Meter entfernt. Ein Umfahren war laut den Notizen unmöglich.

Früher ging eine schmale Brücke über den Canyon, um die heranführenden Wege miteinander zu verbinden. Von dieser Brücke waren nur noch Ruinen übrig. Stattdessen spannte sich ein Stahlseil von einer Seite zur anderen. Es wies eine leichte Steigung auf und war auf beiden Seiten an massiven Bäumen verankert.

Nun hieß es wohl Abschied nehmen von ihrem kleinen Camper. Er hatte ihnen gute Dienste geleistet und sie nie im Stich gelassen. Er hatte Flüsse, Schlamm, Wüste, Sand, Salzwasser und Kälte überstanden. Er hatte sie und ihre Ausrüstung mehr als 18.000 Kilometer von Deutschland bis nach Alaska gebracht.

Besonders Lucy und Lilly wurden ganz traurig beim Abschied, da sie beide auch einen Teil ihrer Kindheit darin verbracht hatten. Lilly hatte hier ihren ersten Zahn verloren. Sie war ganz aufgeregt gewesen und hatte sich plötzlich groß gefühlt, mit ihren sechs Jahren.

Lucy hatte im Camper ihren ersten Kuss gehabt. Es war nichts Romantisches gewesen und Lucy elf. Ron, ihr Nachbar und Spielkamerad, war mit ihr und Martin auf einem Wochenendausflug. Ron war so alt wie sie. Lucy wollte einfach wissen, wie es sich anfühlt. Also überrumpelte sie Ron, der sich gar nicht wehren konnte, und drückte ihm einen Kuss mitten auf den Mund. Anschließend fragte sie Ron, wie sich das anfühlt. Ron fragte zurück, ob sie irre sei. Ohne die Antwort abzuwarten, trat er auf sie zu und küsste sie zurück. Vollkommen ungeschickt versuchte er ihr dabei seine Zunge in ihren Mund zu stecken, was Lucy eklig fand. Sie beließen es dabei und es dauerte noch ein paar Wochen, bis sie darüber hinweg waren und darüber lachen konnten. Aus Lucy und Ron ist nie etwas geworden, aber Lucy konnte nun immerhin behaupten, dass sie schon mal geküsst hatte und fühlte sich ein bisschen erwachsener.

Sie entluden die komplette Ausrüstung. Erstmals kamen nun auch die drei Fahrradanhänger zum Einsatz, die sie zu Hause auf das Dach geschraubt hatten. David hatte damit eine Idee, mit der er die kommende Etappe etwas leichter für sie machen wollte.

Lena koordinierte die Ausrüstung anhand einer ihrer zahlreichen Checklisten.

„Die medizinische Ausrüstung ist bisher ausreichend. Hier sollten wir hoffentlich keine Probleme bekommen. Lola, kontrollierst du sie bitte nochmal?", sagte Lena.

Während sie mit einem Stift ein paar Punkte abhakte, sprach sie weiter: „Bei den Lebensmitteln haben wir in den letzten zwei Wochen deutlich mehr verbraucht als geplant. Hier müssen wir uns etwas einschränken."

Trotz der zusätzlichen Pilzpfanne und dem Karibu schwanden die Vorräte deutlich. Zum einen hatten sie drei Tage länger gebraucht, zum anderen hatten sie den zusätzlichen Energiebedarf durch die Kälte nicht mit bedacht.

Lena wandte sich nun an alle und wies sie an: „Jeder packt seinen Rucksack, wie wir es besprochen haben. Isomatte, Schlafsack, Teleskopstöcke und Wasserflasche. Die drei Zelte nehmen David, Luke und Pete. Jeder nur noch ein zusätzliches Oberteil, Fleece, Schlaf-T-Shirt, Daunenjacke und Regenjacke. Ansonsten nur noch die Klamotten, die ihr anhabt. Die Kletterausrüstung und die Nahrungsmittel teilen wir auf. Lola und David nehmen noch die IFAKs mit und Lola die zusätzliche medizinische Ausrüstung. Wir nehmen nur noch zwei Funkgeräte mit. Lucy kümmert sich um Hygieneartikel, insbesondere für die Mädchen. Noch Fragen?"

Ann meldete sich zu Wort: „Was ist mit Mias Gitarre?"

Alle blickten zu Lena, die mit mitleidigem Gesicht sagte: „Es tut mir leid, Ann. Aber es ist nun an der Zeit davon Abschied zu nehmen. Immerhin hatten wir noch schöne Wochen mit ihr, aber nun geht es beim besten Willen nicht mehr. Aber wir können ja trotzdem noch singen und du kannst für uns alle tanzen."

Auch wenn Ann traurig war, zeigte sie Verständnis.

David prüfte das Stahlseil und die Befestigungen nun schon zum dritten Mal. Das Seil war der einzige Weg über die Schlucht. Ihr Überleben hing also sprichwörtlich am seidenen Faden. Nur dass der Faden hier aus Stahl war und deutlich dicker. Er hatte sich bereits viele Gedanken über die beste Vorgehensweise gemacht. David wollte unbedingt das Motorrad mit auf die andere Seite bekommen. Seine Maschine wog 170 Kilogramm. Mehr als das doppelte wie er selbst. Das Motorrad würden sie zuallerletzt rüber ziehen. Nur für alle Fälle.

Sie verbrachten ihre letzte Nacht am Camper und Mia stimmte besonders viele Lieder auf ihrer Gitarre an. Lena überprüfte noch ein letztes Mal die gepackten Rucksäcke von allen und hoffte, an alles gedacht zu haben. Sie wurde das Gefühl nicht los, irgendetwas vergessen zu haben.

Drahtseilakt

David befestigte eine Rolle über dem Stahlseil und hing Luke im Klettergurt darin ein. Er reichte ihm ein Funkgerät. Auch wenn die gegenüberliegende Seite nur vierzig Meter entfernt war, lärmte der tosende Fluss und sie hätten sich anschreien müssen.

David gab Luke noch letzte Anweisungen: „Wie wir es besprochen haben. Du überprüfst als erstes die Befestigung des Stahlseils. Dann sicherst du dich selbst und ziehst Pete rüber. Den Klettergurt macht ihr wieder fest und lasst ihn zu uns rüber für den Nächsten. Wenn Lena und Lucy bei euch sind, kommt erstmal die ganze Ausrüstung."

Luke ging alles nochmal in Gedanken durch.

Dann streckte er David seinen Daumen entgegen: „Ich bin so weit, von mir aus kann es losgehen."

Luke hatte sich so weit oben unter dem Seil festgemacht, dass er es mit beiden Händen gut erreichen konnte. Er trug seine Handschuhe, um sich nicht durch herausragende Drähte zu verletzen. Ein weiteres Seil zog er hinter sich her, welches David langsam nachließ.

Luke hatte die anstrengendste Aufgabe, da er sich nur mit seiner eigenen Kraft am Seil rüber ziehen konnte. Die Steigung ließ ihn jeden seiner Muskeln spüren.

Nach der Hälfte der Strecke hatte er kaum noch Kraft in den Armen. Er befestigte einen Prusikknoten am Stahlseil, hakte sich darin ein, setzte sich in den Gurt und versuchte seine Arme zu lockern. Unter sich sah er den reißenden Fluss. Wer hier abstürzte, hatte keine Chance.

Luke erinnerte sich an einen Urlaub in Slowenien. Im Soca Tal. Er war dort mal zum Canyoning gewesen. Da hatte er einen Klettergurt mit Gummiboden und einen Neoprenanzug an und seilte sich in Wasserfällen ab, rutschte eine Rinne hinunter oder sprang einfach in den nächsten Badegumpen. Bei diesen Sprüngen hatte Luke selbst bei drei oder vier Meter schon Respekt gehabt. Aber sein höchster Sprung war mal vom Zehn-Meter-Turm im Schwimmbad gewesen. Er hatte fünf Minuten da oben gestanden, um sich zu überwinden. Einzig weil Lisa damals unten stand, hatte er es nicht gewagt, wieder runter zu klettern. Er war damals ziemlich verknallt in sie gewesen und wollte cool vor ihr wirken. Aber Lisa hatte seinen Todessprung keines Blickes gewürdigt. Später hatte er dann gehört, dass Lisa sowieso nicht auf Jungs stand. Luke hatte Lisa dann schnell vergessen und nun war er glücklich mit Lilly.

Luke hatte sich zwei Minuten ausgeruht, dann ergriff er wieder das Stahlseil, löste den Prusikknoten und hangelte weiter. Die letzten Meter musste er nochmal alle Kraft zusammennehmen und erreichte geradeso die Felskante.

Seine Arme schmerzten. Er konnte seine Finger nicht mehr bewegen und versuchte, die Hände nach hinten zu dehnen. Nur langsam gelang es ihm wieder, die Finger zu krümmen. Luke ergriff das Funkgerät und signalisierte David, dass Pete sich bereit machen konnte.

Die Befestigung des Stahlseils machte einen soliden Eindruck. Er sicherte sich an einem Baum und machte sich bereit, Pete rüberzuziehen.

Auch Pete hatte Mühe sich hinüberzuhangeln. Aber durch die Unterstützung von Luke, der ihn mitzog, schafft er es, ohne Pause auf die andere Seite zu gelangen. Bei Lena war es sogar noch leichter, da nun Luke und Pete gemeinsam ziehen konnten. Als auch Lucy es geschafft hatte, hakte David die Fahrradanhänger ein. Schritt für Schritt zogen sie nun alle Rucksäcke und auch noch zwei Benzinkanister auf die andere Seite.

Eva hatte große Probleme mit der Höhe. Sie liebte das Meer und überstand meterhohe Wellen, aber sobald sie mehr als fünf Meter über dem Boden war, versagte ihr Verstand. Eva wusste, dass sie keine andere Chance hatte und versuchte sich zusammenzureißen. Sie setzte sich in den Klettergurt und klammerte sich an das Stahlseil. Sich selbst rüber ziehen, wie Luke und Pete es gemacht hatten, war für sie undenkbar.

Sie schloss die Augen, um nicht nach unten sehen zu müssen. Panik machte sich in ihr breit. Ihre Hände schwitzten und über ihren Rücken flossen Sturzbäche von Schweiß.

„Bereit?", fragte David.

„Nein!", schrie Eva.

„Ruhig atmen. Tief ein und aus. Denk an die Seagull und wie du uns über die Beringsee gebracht hast. Jetzt fang laut an zu zählen, von zehn bis eins."

Eva versuchte den Anweisungen zu folgen und kniff ihre Augen fest zusammen. Es half zwar kein bisschen, aber sie tat es. Sie glaubte bei null in den Tod zu stürzen.

„Zehn, Neun, Acht, Sieben, Sechs, Fünf …"

Weiter kam sie nicht. David gab ihr einen Schubs und den anderen das Zeichen zum Ziehen. So schnell sie konnten zogen Lucy, Lena, Luke und Pete sie über den Canyon. Eva schrie aus Leibeskräften. Sämtliche Horrorszenarien spielten sich in ihrem

Geiste ab. Sie sah sich in den Stromschnellen ertrinken. Sie sah ihren Kopf an einen Felsen knallen. Sie sah sich, mit dem Gesicht zum Himmel gerichtet, in die Tiefe fallen. Sie sah …

„Eva! Eva! Du hast es geschafft", hörte sie plötzlich Pete sagen. Eva öffnete die Augen. Boden unter ihren Füßen. Pete löste sie vom Seil und Eva fiel ihm um den Hals. Sie drückte ihren Bruder so fest sie konnte.

Es war ihr jetzt doch ein wenig peinlich, dass sie so einen Aufstand gemacht hatte, aber sie war froh, dass sie es überstanden hatte.

Die anderen zogen nun auch Lilly, Mary, Mia, Kate und Ann über den Canyon. Ann zappelte am Seil und man konnte sichtlich spüren, dass sie Spaß hatte. Eva wünschte sich, denselben Mut zu haben.

David bereitete indessen das Motorrad vor. Er wollte es als letztes rüber holen, noch nach ihm. Denn wenn es wirklich zu schwer war und das Stahlseil nicht standhielt, wäre auch er zurückgeblieben. Also positionierte er das Motorrad direkt am Abgrund.

Er hängte es mit einer Rolle und vier Bandschlingen am Stahlseil ein, so dass es noch stehen konnte. Dann machte er sich bereit. Er musste kaum mithelfen, da die anderen inzwischen gemeinsam am Kletterseil ziehen konnten.

David bat nun ausnahmslos alle am Kletterseil mit anzufassen und das Motorrad heraufzuziehen. Durch das Gewicht würde das Stahlseil sicher deutlich mehr durchhängen als bisher. Und die letzten Meter würden dann besonders steil und anstrengend sein.

„Alle bereit?", fragte David in die Runde.

Sie zogen ruckartig am Seil, so wie sie es besprochen hatten, um das Motorrad erstmal leicht ins Rollen zu bekommen. Nach einem

Meter stürzte es dann über die Kante in die Schlucht und hing an den Bandschlingen. Das Stahlseil vibrierte und gab surrende Töne von sich.

„Nun schnell und kräftig ziehen!", rief David den anderen zu.

Die ersten Meter waren leicht. In der Mitte, angekommen ging es steil nach oben. Sie mühten sich und zogen so kräftig sie konnten.

„Da!", schrie Pete auf und deutete auf die andere Seite. „Die Seilklemme löst sich!"

David sah, wie auf der anderen Seite das Ende des Stahlseils kürzer wurde und durch die Seilklemme zu gleiten schien.

„Schneller ziehen! Schneller!", schrie er.

Zentimeter für Zentimeter kam ihnen das Motorrad entgegen. Es war keine drei Meter mehr von ihnen entfernt.

Zu seinem zwanzigsten Geburtstag hatte sich David das Motorrad gegönnt. Monatelang hatte er recherchiert, welches Modell es sein sollte. Er wusste, dass er keine Rennmaschine brauchte. Jene *Organspender*, wie man sie nannte, die dreihundert Sachen schafften und auf denen man so unbequem nach vorn gebeugt lag. Er wollte was Solides, womit man ins Gelände fahren und trotzdem auch bequem eine Tour auf der Straße machen konnte. Also entschied er sich für eine Reiseenduro. Hoch bis ans Nordkap war er mit ihr gefahren und runter bis nach Gibraltar. Mit Susan war er in die Berge gefahren, sie jubelte, wenn der Fahrtwind ihr ums Gesicht blies. Dann wurde Susan krank und konnte nicht mehr mitfahren. David legte die Maschine still, bis die Apokalypse Zweiräder wieder modern machte.

Das Ende des Seils schoss nun komplett aus der Klemme und löste sich vom Baum. Mit voller Wucht knallte das Motorrad knapp einen Meter unter ihnen an die Felswand. Die Rolle hatte sich im Stahlseil verklemmt, sodass es nicht durchrauschen konnte. Das Kletterseil, an dem sie es gezogen hatten, hing am Motorrad. Alle atmeten kurz durch. Davids Gehirn arbeitete. Noch war die Maschine nicht verloren. Sie mussten sie nur den letzten Meter hochbekommen.

„Ich könnte einen Flaschenzug aus dem Kletterseil bauen", meldete sich Lilly zu Wort. „Ich brauche ein paar Karabiner und ein kurzes Stück Seil für einen Prusikknoten. Dann können wir die Kraft halbieren, die wir zum Hochziehen brauchen."

Pauline staunte: „Sowas kannst du?"

Lilly gab mit etwas Stolz in der Stimme eine Antwort: „Das habe ich alles im Kletterkurs gelernt. Mein Dad hatte mich da angemeldet beim Alpenverein. Ultra-Fun! Ich bin dann oft mit dem Kletterclub auf Tour gewesen."

David nickte. Gab es Hoffnung für seine Enduro?

Lilly brauchte keine drei Minuten und hatte einen provisorischen Flaschenzug mit dem zweiten Seil konstruiert. Mit dem anderen Seilende ließ David sie zum Motorrad ab, damit sie es daran festmachen konnte. Nun sammelten sie nochmal all ihre Kräfte und zogen am Seil. Die Maschine bewegte sich tatsächlich nach oben. In dem Moment löste sich die blockierte Rolle und das Motorrad hing nun nur noch am Flaschenzug. Zentimeter für Zentimeter zerrten sie das Motorrad nach oben.

Der Tank hatte zwar ein paar Beulen, aber schien trotzdem noch dicht zu sein. David war erleichtert. Das ersparte ihnen die nächsten zweihundert Kilometer Fußmarsch. So zumindest der Plan. Bis zur *Wall* würde ihnen die gute alte Enduro noch ihre Dienste leisten. Danach würde er auch sie aufgeben müssen.

Roadtrain

David ging nochmal den Plan für die kommenden Tage mit allen durch: „Wir hängen alle drei Fahrradanhänger hintereinander an das Motorrad. Zwei von euch sitzen hinter mir auf der Maschine. Zwei von euch sitzen jeweils im ersten und zweiten Anhänger. Im hinteren Anhänger verstauen wir die Ausrüstung. Die Anhänger sind eigentlich nur bis vierzig Kilo ausgelegt. Ein bisschen mehr sollte aber kein Problem sein. Hoffen wir, dass sie halten."

David konnte mit den Anhängern am Motorrad nicht allzu schnell fahren. Auf guten Wegen rechnete er mit fünfzig Kilometern pro Stunde. Auf dem Rückweg würde er die Anhänger dann zusammengeklappt hinter sich auf das Bike schnallen. Dann konnte er auch schneller fahren. Aber einmal hin und zurück würde den ganzen Tag dauern. Für diese Aktion brauchten sie also drei Tage. Aber auch nur dann, wenn alles glatt lief.

„Als erstes nehme ich Luke und Lilly auf dem Motorrad und Lucy und Lena in den Anhängern mit", erklärte er weiter. „Die anderen schlagen hier ein Camp auf. Denkt dran, dass wir auch an der *Wall* schon Zelt und Nahrung brauchen."

Seit vielen Wochen würden sie das erste Mal wieder getrennt über Nacht sein. Ihnen wurde bewusst, wie sehr sie sich aneinander gewöhnt hatten und wie sehr sie sich aufeinander verlassen konnten. Es war ein seltsames Gefühl. Selbst der Abschied für eine Nacht fühlte sich an, als ob sie auf eine Weltreise gingen.

David fühlte sich wie in Australien. Dort zogen riesige Trucks mehrere Anhänger hinter sich durch das ganze Land. Man nannte sie Roadtrain. Im Outback dort gab es keine Schienen und die Trucks fuhren Rohstoffe aus den Minen oder Rinder von den Farmen zu den Verladehäfen an den Küsten. Der Bremsweg eines solchen Roadtrains war mehrere hundert Meter lang. Leider wussten das die Kängurus nicht, wenn sie eine Straße überquerten und so fanden Dutzende ihren Tod und blieben einfach am Straßenrand liegen.

Das Gespann aus Motorrad und drei Anhängern ließ sich zwar gut ziehen, aber Probleme tauchten schon während der ersten paar Kilometer auf. Der Hinterreifen des Motorrads schleuderte jede Menge Staub und kleine Steine auf. Lucy und Lena versteckten sich unter ihren Jacken, damit sie nicht von den Steinen getroffen wurden. Gegen den Staub half nur ein Tuch vor dem Mund.

Das zweite Problem war das Aufschaukeln der Anhänger, sobald sie eine kleine Bodenwelle überfuhren. David versuchte daher immer rechtzeitig abzubremsen und hoffte, dass es die Anhänger nicht umhaute. Der Staub veranlasste sie, häufiger Pause zu machen als geplant. Hinzu kam, dass das stundenlange Sitzen auf dem Motorrad ziemlich an den Gesäßknochen schmerzte. Irgendwie schafften sie es aber nach fünf Stunden anzukommen.

David schnallte die Anhänger auf das Motorrad und fuhr wieder zurück. Funken war über diese Entfernung nicht mehr möglich, sodass beide Gruppen auf sich gestellt waren.

David hatte einen kurzen Blick auf die *Wall* werfen können. Keine Lücke, keine Leiter, keine Löcher. Aber irgendwie mussten sie dort hoch.

Nach drei Stunden war David wieder am Canyon angekommen. Lola bereitete gerade mit Mia das Abendessen vor. Die Zelte hatten sie auch schon aufgebaut. Eva schaute voller Verachtung auf den Canyon, der ihr so viel Angst bereitet hatte. Pete und Pauline waren nicht zu sehen. Sicher schweiften sie hier irgendwo im Wald herum.

Kate und Ann sprachen gerade über Pferde. Beide hatten bereits zahlreiche Reitstunden genommen als sie jünger waren. Anns Mum hatte sogar ein eigenes Reitpferd. Sie hatte Ann oft mitgenommen zum Reiten, Voltigieren und zum Stall ausmisten und füttern. Ann hatte es geliebt und löcherte Kate mit der Frage, ob es in Clean-Land wohl auch Pferde gäbe. Kate betonte immer wieder, dass weder sie noch irgendjemand wusste, ob es dort Pferde gab. Schließlich wüsste ja auch keiner von ihnen überhaupt irgendetwas über Clean-Land.

„Stell dir vor wir machen dort einen Reiterhof auf", sinnierte Ann weiter.

„Wir könnten Reitstunden geben und sogar eine richtige Pferdezucht aufbauen."

Kate gefiel der Gedanke und sie ließ sich auf diese Träume ein: „Ein richtiges Gestüt. Da wäre ich sofort dabei. Wir bräuchten ein oder zwei gute Hengste von bester Abstammung. Und dann mindestens fünf Stuten, um Fohlen zu züchten. Wir könnten eine riesige Koppel für sie bauen und einen Unterstand. Und wir bräuchten natürlich Zaumzeug und Sättel. Jede Menge Sättel, denn allein wir sind ja schon dreizehn Leute."

Ann schaute zu Lola und Mia rüber und fragte Kate: „Meinst du wir können für immer zusammenbleiben? Ich würde jeden Einzelnen vermissen und ich hoffe, dass nie jemand weggeht."

„Ja, das wünschte ich auch. Aber realistisch ist das wohl nicht. Schau dir Pete und Pauline an. Nicht lange und die bekommen ein

Baby und wollen allein sein. Und bei Luke und Lilly sieht das auch ganz danach aus", sagte Kate.

Ann stutzte: „Ein Baby? Du meinst Pauline und Pete haben schon … Ich meine, denkst du, Pauline ist schwanger?"

„Nein, Pauline ist nicht schwanger. Ich meine ja nur, irgendwann wird sie es sein. Aber nicht schon jetzt mit vierzehn."

Ann atmete erleichtert aus: „Also ich liebe ja Babys und ich freue mich auch schon wahnsinnig über Eddy, aber Pauline sollte wirklich noch warten. Zumindest bis wir in Clean-Land sind."

„Wer ist Eddy?", wollte Kate nun wissen.

„Na, Lolas Baby. Ich nenne es Eddy."

Kate schmunzelte. „Süßer Name. Aber versteif dich da nicht zu sehr darauf. Das wird am Ende Lola entscheiden, wie ihr Baby heißt."

Der Platz im Zelt wurde nun eng. Sie waren für drei Personen ausgelegt, aber nun mussten sie sich zu viert reinquetschen. David schlief unter freiem Himmel und hoffte, dass hier keine wilden Tiere neugierig wurden. Lola kroch zu Kate, Mia und Ann ins Zelt. Und zu Pete, Pauline und Mary gesellte sich Eva dazu. Pete freute es ungemein, dass er nun all *seine* Mädels beisammenhatte. Mary, auf die er total stand, Eva, seine Schwester, und Pauline, seine Freundin, die er über alles liebte.

Schöner konnte eine solche Nacht doch gar nicht sein. Hoffentlich fand Mary niemals raus, dass er auch in sie verliebt war. Und hoffentlich spürte Pauline niemals, dass Pete auch etwas für Mary empfand. Die beiden waren beste Freundinnen und nichts konnte sie trennen. Im schlimmsten Fall verschworen sie sich noch gegen ihn und er stand ganz allein da.

Verflixt, wieso musste er auch Luke davon erzählen? Konnte Luke das für sich behalten? Sicher hatte er Lilly schon eingeweiht.

Und die würde es dann Lucy erzählen. Und was Lucy wusste, dass wusste auch Lena.

Pauline neben ihm schlief schon seit einer halben Stunde. Ihr Atem kitzelte an Petes Wange. Morgen würde er sich einen Plan überlegen, wie es weiterging. Mit Geheimnissen zu leben, konnte echt anstrengend sein. Pete gingen noch einige Gedanken durch den Kopf, bis er endlich einschlief.

Gefühle

Bei der nächsten Fahrt nahm David Ann und Kate auf dem Motorrad, Lola im ersten und Mia im zweiten Hänger mit. Ein paar prekäre Hindernisse hatte er sich bereits von der ersten Fahrt gemerkt und so fielen die Schwankungen der Anhänger etwas harmonischer aus.

Sie hatten vier Pausen gemacht und waren auf der letzten Etappe, als von links ein Tier den Weg kreuzte. David konnte nicht mehr bremsen und versuchte auszuweichen. Die Anhänger kamen mächtig ins Schlingern. Während der erste Anhänger sich wieder fing, kippten der zweite und dritte Anhänger um. Mia wurde aus dem Anhänger geschleudert und landete sehr unsanft auf dem Schotter.

„Warum immer ich?", war ihre erste Reaktion.

„Mia, bist du verletzt?", fragte David.

„Geht schon. Alles noch dran. Ich blute nur."

David bat Kate und Ann abzusteigen und stellte das Motorrad auf den Ständer. Dann eilte er zu Mia.

Lola war bereits ausgestiegen und untersuchte Mia: „Du hast ein paar Schürfwunden. Nichts Ernstes. Ich muss sie desinfizieren und dann verbinden. Und hier und da brauchst du noch ein Pflaster."

Mias Hose war aufgerissen und an ihrem T-Shirt klebte Blut. „Toll. Eine andere Hose habe ich nicht dabei. Und mein Shirt ist auch hinüber."

Lola beruhigte sie: „Die Hose können wir nähen und dein Shirt waschen. Also stell dich nicht so an. Und halt still jetzt."

Die Anhänger waren heil geblieben und die Deichsel konnte David wieder geradebiegen. Sie setzten ihre Fahrt fort und erreichten nach einer halben Stunde die *Wall*, wo Lena, Lucy, Luke und Lilly schon auf sie warteten. Sie tauschten die letzten Neuigkeiten aus, David belud wieder das Motorrad mit den Hängern und machte sich auf den Weg.

Lena wies die Neuankömmlinge ins Camp ein. Da sie nicht viel mehr zu tun hatten als zu warten, schlug Mia vor, dass sie ja noch eine Falle aufstellen könnten, da sie vorhin einige Kaninchen gesehen hatte. Außer Lena wollte aber keiner so richtig mit. Also schnappte sich Mia ein paar Kleinigkeiten von der Ausrüstung und zog mit Lena los.

Nach ein paar Schritten fragte sie: „Sag mal Lena, wie alt ist David eigentlich?"

„Siebenundzwanzig. Aber wieso willst du das wissen?"

„Ach, nur so. Und hatte er bisher viele Frauen?"

„Du stellst Fragen. Aber soviel ich weiß nur Susan. Und die ist ja gestorben, aber noch vor der Apokalypse, wie du ja weißt. Sie war seine erste große und wohl auch einzige Liebe."

Mia dachte darüber nach. „Und will er wieder eine Frau haben?"

„Keine Ahnung. Aber frag ihn doch. Und wenn wir es wirklich bis Clean-Land schaffen, dann warten dort viermal mehr Frauen auf ihn, als es Männer gibt. Also wenn er da nicht zuschlägt, dann wäre er ziemlich blöd. Moment mal – stehst du etwa auf David?"

Mia errötete. Das war extrem selten bei ihr.

„Nee. Ich frag nur so. Also attraktiv ist er ja. Und mutig und schlau."

Lena blieb stehen und blickte Mia in die Augen.

„Oje. Ich sehe, was los ist. Mia, ich glaube du bist verknallt. Und das in meinen Onkel. Wenn das mal gutgeht."

„Quatsch!", sagte Mia und fügte mit einem warnenden Ton hinzu: „Und wenn du irgendjemanden was davon erzählst, dann schwöre ich dir, dann ..."

„Ist schon gut, Mia. Ich verrate niemanden etwas. Ich schwöre." Lena hob zwei Finger in die Luft.

Sie gingen schweigend weiter und Mias Gedanken kreisten. Mal um Bennet und mal um David. Hatte Lena wirklich Recht? Hatte sie sich etwa in David verguckt? Da lagen elf Jahre zwischen ihnen. War das überhaupt erlaubt? Andererseits, wer sollte es heutzutage noch verbieten? Gefühle konnte man nun mal nicht so einfach abschalten.

Bei den Gedanken um Bennet und David verspürte sie wieder ein prickelndes Gefühl im Unterleib. Es war paradox. Je mehr sie versuchte, ihre Gedanken zu unterdrücken und in eine andere Richtung zu lenken, desto mehr musste sie daran denken. Und umso weniger hatte sie ihren Körper unter Kontrolle.

Sie versuchte standhaft zu bleiben und ihrem Drang nicht nachzugeben. Schließlich war Lena bei ihr, und bei aller Freizügigkeit in den letzten Wochen, wollte sie ihre Intimsphäre nicht völlig aufgeben. Aber wenn sie sich offenbaren wollte, dann wäre sicher Lena genau die Richtige dafür. Sie würde darüber nachdenken. Vielleicht half es ja, über ihre Gedanken zu reden. Und über ihre Sucht. Aber war es überhaupt eine Sucht? Oder taten die anderen das auch so häufig? War fünfmal pro Woche normal?

Mia wurde aus ihren Gedanken gerissen, als Lena sie fragte: „Du starrst so vor dich hin. Suchst du überhaupt nach einer geeigneten Stelle für eine Falle oder sind deine Gedanken bei David?"

Mia erinnerte sich, dass sie ja eigentlich Kaninchen fangen wollten.

„Ach, weißt du Lena, ich glaube das wird irgendwie nichts mehr. Die Bedingungen passen hier nicht. Und es könnte ewig dauern, manchmal Tage, bis da was reintappt. Lass uns wieder zurückgehen. Du kannst auch schon vorgehen und ich komme nach. Ich muss nochmal was erledigen. Du weißt schon, die Blase."

„Ist gut", sagte Lena.

„Aber bleib nicht so lange und ruf, wenn was ist. Hier draußen weiß man ja nie."

Während Lena wieder zum Camp lief, versteckte sich Mia hinter dem nächsten Baum und gab sich ihren Gefühlen hin.

Entsetzen

Pete, Pauline, Mary und Eva ließen den Tag ruhig angehen. Es war der erste Tag seit ihrer Abreise, an dem sie keinen Kilometer vorankamen. Mary und Eva schlenderten im Wald umher, während Pauline und Pete noch etwas Zeit im Zelt verbrachten. Mary ging am Rand vom Canyon entlang und Eva in gehörigem Abstand davon, um ja nicht in den Canyon hinab sehen zu müssen.

Mary blieb stehen und kniff die Augen zusammen, als sie sagte: „Eva, was ist das? Siehst du das auch? Sieht aus wie ein Rucksack."

Mit angsterfüllter Stimme antworte Eva: „Du glaubst doch nicht, dass ich auch nur einen Schritt weiter zu dir mache? Was ist denn da?"

Mary ging noch etwas weiter, suchte die Gegend ab und meldete zurück: „Das ist eindeutig ein Rucksack. Sieht auch noch ziemlich neu aus. Der hängt da unten kurz über dem Wasser."

Eva überlegte und sagte: „Seltsam. Von uns kann es keiner sein. Wir haben ja alle rüber bekommen."

„Man kann nur hoffen, dass an dem Rucksack keiner mehr dranhing." Mary hatte das kaum ausgesprochen, da fiel ihr noch was ins Auge.

„Da! Da hinten, zehn Meter weiter, da liegt jemand. Man kann es kaum erkennen, aber da liegt ein Mensch."

Evas Angst unterlag der Neugier und sie kam nun doch drei Schritte vor.

„Tatsächlich. Und rundherum ist Blut. Schau mal, wie komisch die Beine daliegen."

„Lauf zurück und hol Pete und Pauline. Und Pete soll das Fernglas mitbringen", sagte Mary.

Eva hastete los. Mary ging noch weiter an der Kante entlang, bis sie auf gleicher Höhe der Person war. Nach fünf Minuten kamen Eva, Pete und Pauline angerannt. Pete stellte sich zu Mary und sah mit dem Fernglas in Richtung der Person.

„Verdammt, die ist tot. So, wie die daliegt, ist ein Überleben absolut ausgeschlossen." Pete reichte Pauline das Fernglas.

Pauline verzog das Gesicht bei der Vorstellung, sah aber dennoch hin. „Ich glaube, ich weiß, wer das ist. Hier Mary, schau du mal durch und sag du es mir", sagte Pauline.

Mary nahm das Fernglas. Kaum hatte sie durchgesehen, beugte sie sich nach vorn und übergab sich.

„Also was jetzt. Wer ist das? Kennt ihr die?", fragte Pete ungeduldig.

Pauline rannen Tränen über die Wangen. „Das ist Grace. Die Mum von Emma und Charlene. Die sind doch gleich los, nachdem Martin aufgetaucht war, gerade mal drei Wochen vor uns."

„Hoffentlich ist Emma und Charlene nichts passiert", sagte Mary mit brüchiger Stimme.

Pete begutachtete die steile Wand unter ihnen. „Hier würden wir zwar runterkommen, aber nicht mehr hoch. Irgendwann wird sie das Wasser mitreißen und wer weiß wohin tragen. Kommt, wir gehen zurück."

Bedröppelt gingen sie zurück zum Camp. Pauline dachte an Emma. Sie war ein Jahr älter als sie und ging damals in dieselbe Schule wie sie und Lilly. Früher hatten sie und ein paar andere einige Zeit miteinander verbracht.

Pauline hatte schon so viele Menschen in den letzten dreizehn Monaten verloren, aber noch immer ging es ihr nahe. Sie hoffte so sehr, dass Emma es überlebt hatte.

Charlene, ihre Schwester, war zwölf. Sie hatte damals ein paar Werbespots gedreht und war mal zum Casting für einen Film eingeladen worden. Eine Geschichte über eine Mädchenbande. Charlene hatte immer davon geträumt, eine Schauspielerin oder ein Model zu werden. Vor der Apokalypse, als es noch Kinos gab.

Sie waren gerade wieder am Camp angekommen, da hörten sie auch schon das Motorrad. David war zurück. Er war kaum abgestiegen, da sah er die Tränen in ihren Augen.

„Was ist los? Habt ihr euch gestritten?"

Er blickte drohend zu Pete, doch der antwortete sofort: „Wir haben Grace gefunden. Sie liegt dort hinten im Canyon und ist tot. Von Charlene und Emma aber keine Spur."

David riss die Augen auf und hakte nach: „Grace? Seid ihr ganz sicher?"

„Ja", sagte Eva. „Komm mit, ich führ dich hin."

David bestätigte ihren Verdacht. Die Stimmung war entsprechend schlecht und kaum einer sagte etwas. Besonders Eva mit ihrer Höhenangst wollte es nicht aus dem Kopf gehen, wie Grace hier abgestürzt sein musste. Sie hatten es alle gut überstanden und von Evas Panik und dem Absturz des Motorrads mal abgesehen, war das Überwinden des Canyons nicht das Anspruchsvollste, was sie in den letzten Wochen geschafft hatten. Und ausgerechnet Grace, der durchtrainierten Sportlehrerin, war hier ein Fehler passiert, den sie mit dem Leben bezahlte. Das passte nicht zusammen.

Später am Abend fanden sie dann doch ihre Worte wieder und erzählten sich Geschichten, die mit Grace zu tun hatten. Einige hatten sie im Unterricht gehabt. Grace war eine strenge Lehrerin gewesen, aber alle mochten sie. Neben Sport hatten Eva und Mary auch Biologie bei ihr. Gerade Mary, deren Lieblingsfach Bio war, brach immer wieder in Tränen aus, wenn sie an Grace dachte.

Irgendwann krochen sie dann in ihre Schlafsäcke. Weder Pete noch Pauline war heute zum Rumknutschen zu Mute. Sie sprachen noch kurz über Emma und Charlene und schliefen ein.

Rettung

Pete und Pauline fuhren auf dem Motorrad mit und Mary und Eva saßen in den Anhängern. Sie kamen gut voran und David war froh, dass seine Idee mit dem Motorrad und den Anhängern sie weitere zweihundert Kilometer ohne Fußmarsch voranbrachte. Es hätte sie doppelt so viel Zeit gekostet, aber die eigentliche Dauer der Expedition war nicht das Problem. Was waren schon fünf Tage mehr oder weniger? Im Gegenteil, David hätte ihnen gern auch mal einen Tag Pause gegönnt. Das Problem waren die Vorräte. Jeder Tag länger bedeutete zusätzliche Vorräte, zusätzliches Gewicht und zusätzliches Risiko. Daher zählte jeder nicht verlorene Tag.

Pete stellte sich auf, um sein Gesäß zu entlasten, was gerade wieder mächtig schmerzte, als er David zurief: „Da vorn ist etwas. Vielleicht ein Tier. Fahr mal langsamer."

Sie hatten ungefähr zwei Drittel der Strecke hinter sich. David bremste langsam ab und fuhr darauf zu.

„Das ist ein Mensch!", schrie Pete von oben.

Nun reckten auch Pauline, Mary und Eva ihre Hälse.

Pauline erkannte es als Erste: „Das ist Charlene! Seht ihr? Charlene!"

Charlene stand mitten auf dem Weg und hob die Arme in die Luft. Ihr Anblick ließ sie erschaudern. Vollkommen entkräftet, zerzaust, verdreckt und abgemagert stand Charlene vor ihnen. Als sie sah, dass David anhielt, sank sie auf die Knie und sackte in sich zusammen. Pete erreichte sie als Erster und hob ihren Oberkörper an.

„Wasser! Eva, schnell, bring Wasser!"

David sah sie sich an und prüfte kurz ihre Vitalwerte. Schwach, aber vorhanden, war sein Fazit. Charlene war ansprechbar, machte aber einen verwirrten Eindruck.

Obwohl David aufgeregt war, versuchte er es mit ruhiger Stimme: „Charlene, hörst du mich? Kannst du uns sagen, was passiert ist? Hast du irgendwo Schmerzen?"

Charlene öffnete wieder die Augen und sah sich um. Ihre Blicke gingen der Reihe nach zu David, Pete, Mary, Eva und Pauline.

Sie versuchte zu sprechen, aber es kamen nur Bruchstücke von Wörtern raus: „Canyon … Emma … abgestürzt … Mum …".

Mary versuchte es nochmal ganz langsam: „Charlene, wir haben gesehen, dass deine Mum abgestürzt ist. Was ist mit Emma? Ist sie auch abgestürzt?"

Charlene trank noch ein paar Schlucke und wurde nun etwas verständlicher.

Langsam sprach sie weiter: „Mum ist abgestürzt. Mum ist tot. Emma liegt dort hinter dem Strauch. Ihr geht es schlecht. Könnt ihr nach ihr sehen?"

Kaum hatte sie Emma erwähnt, stürzte Mary los.

Vom Wegrand kam ihre Stimme: „Hier ist Emma. Sie regt sich nicht. David komm schnell."

„Pete, bleib mit Pauline hier bei Charlene und kümmert euch um sie. Eva, hol das IFAK aus dem Hänger."

David eilte zu Mary und sah Emma vor sich liegen. Er ging wieder alle Schritte des ABCDE-Schemas durch. Kontrolle der Atemwege, dann der Atmung, dann Puls, dann weitere Untersuchungen. Internistische Hintergründe wie Herzinfarkt, Schlaganfall, Epileptischer Anfall oder Vergiftung schloss er aus. Er vermutete, dass es sich einfach um völlige Erschöpfung handelte, da er keine äußeren Verletzungen erkennen konnte.

Emma stöhnte plötzlich und fing mit den Armen an rumzufuchteln.

„Weg da, weg da, ich will nicht … lass mich … ich will zu Mum …"

„Vermutlich ist sie dehydriert", rief David, „Wassermangel kann auch zu Verwirrtheit führen." Mary setze ihr die Wasserflasche an den Mund. Emma verschluckte sich. David hob sie auf seine Arme und ging mit ihr zu Charlene. Mary versuchte weiterhin ihr ganz kleine Schlucke Wasser zu verabreichen. Pauline fragte Charlene, ob sie ihnen erzählen könnte, was genau passiert war und wie sie hier gelandet waren.

Charlene erzählte ihnen langsam, wie sie mit größter Not bis zum Canyon gelangt waren. Ausgehungert, entkräftet, alle drei. Da sie keine Klettergurte und Seile dabeihatten, konnten sie sich nicht sichern und auch nicht gegenseitig rüber ziehen. Emma hat es als Erste rüber geschafft. Dann hat Charlene es mit größter Mühe ebenfalls gepackt. Grace musste dann ihre Rucksäcke vor sich herschieben. Das hat sie alle Kraft gekostet und sie rutschte ab.

Ohne Grace und ohne Ausrüstung liefen Charlene und Emma dann zwei Tage später los und kamen bis hierher. Unterwegs aßen sie ein paar Beeren und Pilze, tranken aus einem Bach. Aber das war schon zwanzig Kilometer her. Dann brach Emma zusammen.

Gestern hatten sie dann ein Motorgeräusch gehört, aber als Charlene am Wegrand angekommen war, war meilenweit nichts zu sehen. Deshalb hatte sie sich heute an den Wegrand gesetzt, in der Hoffnung, dass hier nochmal jemand vorbeikommt.

Dann versagte auch Charlene die Stimme vor Erschöpfung. Pauline gab ihr und Emma etwas zu Essen. In kleinsten Portionen bekamen sie es runter.

David überlegte und bekundete seinen Plan: „Es sind noch ungefähr siebzig Kilometer bis zur *Wall*. Dafür brauchen wir mindestens zwei Stunden. Pete, du bleibst hier bei Charlene und Emma. Die können wir so noch nicht transportieren. Ich bringe Pauline, Mary und Eva ins Camp und komme noch heute zurück, um euch zu holen."

Emma, die schon wieder etwas klarer war, fragte: „Ihr würdet uns wirklich mitnehmen?"

Pauline sah Emma liebevoll an: „Wir lassen absolut keinen zurück."

Über Charlenes Gesicht huschte ein dankbares Lächeln. Sie wollte wissen, wer denn noch alles bei ihnen war.

Als Pauline ihr erzählte, wer alles zu ihrer Gruppe gehörte, konnte sie es kaum glauben.

„So, wir müssen los", Sagte David schließlich. „Den Rest kann euch Pete erzählen. Bitte trinkt ganz viel und esst etwas, dass ihr zu Kräften kommt. Ich bin in vier Stunden wieder da und hole euch."

David, Mary, Pauline und Eva bestiegen Motorrad und Anhänger und fuhren davon.

Charlene und Emma hatten so viele Fragen an Pete, dass die vier Stunden wie im Flug vergingen.

An der *Wall* angekommen, erzählten sie den anderen sofort, was passiert war und alle redeten wie wild durcheinander. David machte kehrt und fuhr zügig zurück.

Emma und Charlene ging es schon etwas besser. Pete machte sich gut als Krankenpfleger. Emma und Charlene setzten sich in die

Anhänger und Pete stieg aufs Motorrad. Im Camp angekommen, wurden Charlene und Emma von allen herzlich begrüßt. Lilly fiel Emma um den Hals und brach in Freudentränen aus. Die Gruppe hatte nun Zuwachs bekommen und aus dreizehn waren fünfzehn geworden.

David bat Lena ihre Pläne der Vorräte und der Ausrüstung zu überarbeiten. Es würde nun noch härter werden, aber ein Zurücklassen von irgendjemanden war absolut keine Option. Sie mussten es einfach alle schaffen.

The Wall

Seit nunmehr zwei Stunden schritten David und Lilly die *Wall* ab. Alle zehn Meter blieben sie stehen und inspizierten die Wand von unten nach oben. Jeglichen erdenklichen Quadratmeter suchten sie nach Griffen, Tritten, Löchern und Spalten ab. Lilly schaute durch das Fernglas. Immer wenn sie glaubten eine geeignete Route gefunden zu haben, fehlte dazwischen irgendein Teilstück. Manchmal waren es nur drei oder vier Meter und die Wand war spiegelglatt, ohne auch nur einen Hauch eines Vorsprungs oder eines Lochs.

Vorgefertigte Haken, wie sie David und auch Lilly gewohnt waren, gab es hier ohnehin nicht. David war sich dessen bewusst gewesen und hatte alle nur erdenklichen Sicherungssysteme mitgenommen, die er finden konnte. Friends, Klemmkeile, Hexentrics, Bandschlingen, Reepschnüre und jede Menge Karabiner. Er hatte auch zwei sechzig Meter lange Seile dabei und ein paar lose Rollen. Laut Martins Buch war dies der einzige mögliche Weg. Die Umgebung gab ihm Recht. Sie befanden sich in einem riesigen Talkessel. Der Weg war eine Sackgasse und endete hier. Und diese Wand hier war die tiefste Stelle des Kessels. Und fünfzig Meter hoch. Von rechts nach links war die Wand nur einhundert Meter breit. Darüber hinaus gingen die Wände noch viel weiter hoch und waren zum Teil sogar überhängend.

Viel Zeit durfte sich David nicht mehr lassen. Bis zum Abend wollte er oben sein und alle nachgeholt haben. Er musste also eine Entscheidung treffen.

„Schau mal da", sagte Lilly, die immer noch durch das Fernglas schaute, und zeigte mit ihrem Finger auf eine Stelle in der Wand.

„Wenn du die beiden kombinierst, dann müsste es passen. Du musst nur nach zwanzig Metern etwa fünf Meter auf dem Band nach rechts queren und dann dort weiter. Wir haben bisher immer nur nach einer direkten Route gesucht."

David nahm ihr das Fernglas ab und vollzog die Route in Gedanken. Lilly könnte Recht haben. Auch das war nicht optimal und riskant, aber es war die einzige brauchbare Variante, die sie in den zwei Stunden ausgemacht hatten.

„Lilly, bitte bereite alles vor und hol die Ausrüstung her. Ich werde nochmal alles genau durchgehen. Und sag Luke schon mal, er soll das Motorrad bereitmachen."

David streifte sich seine Kletterschuhe über. Anschließend bestückte er seinen Klettergut mit dem ganzen Sicherungsmaterial und Luke kam mit dem Motorrad und stellte es direkt unter die ausgemachte Route. Lilly zog sich ebenfalls ihren Klettergurt an, klinkte einen Karabiner ein und sicherte sich mit einer Bandschlinge am Motorrad. Das Gewicht sollte verhindern, dass Lilly nach oben gezogen wurde, sollte David ins Seil fallen. Lillys Fliegengewicht allein würde nicht ausreichen, um sie am Boden zu halten.

Alle hatten sich nun versammelt und standen im Halbkreis um David und Lilly und beobachteten jeden Schritt. Es war so weit. Davids größte bisherige Aufgabe stand bevor. Die Hoffnung, dass alles ganz schnell und leicht gehen würde, hatte er in dem Moment aufgegeben, in dem er zum ersten Mal vor der Wand gestanden hatte.

Die ersten Meter machte er gute Fortschritte. Er fand genügend Halt mit den Fingern und ausreichend Kanten für die Füße. Nach vier Metern konnte er einen kleinen Riss erkennen. Zügig langte er nach hinten und griff nach dem Klemmkeilset. Er schätzte die Größe des Risses und wählte einen mittelgroßen Keil, den er in den Riss drückte. Noch eine Bandschlinge und einen Karabiner einhängen, und schon war die erste und wichtigste Zwischensicherung gelegt. David hängte das Seil ein und war erstmal erleichtert. Auch von unten tönte ein Aufatmen zu ihm nach oben.

Der nächste Abschnitt war schon schwieriger. David machte sich lang und konnte gerade noch einen kleinen Absatz spüren, wenn er sich auf die Zehenspitzen stellte. Die Wand vor ihm war glatt und keine einzige Leiste war zu sehen, auf der sein Fuß hätte Halt finden können. David suchte noch weiter rechts und links nach einer geeigneteren Möglichkeit. Fehlanzeige. Knapp über der Kante, auf die er seine Finger gelegt hatte, entdeckte er zwei größere Löcher. Mit einem schnellen Zug stemmte er die Füße gegen die Wand, zog sich mit aller Kraft mit seinen Fingern nach oben und griff in eins der Löcher hinein. Hätte er diesen Griff verfehlt, wäre er geradewegs abgeschmiert. Noch einen weiteren Zug und in das zweite Loch greifen und hochziehen.

„Knapp über dir ist der Absatz, dreißig Zentimeter über deiner rechten Hand", rief Lilly von unten.

Da er den Absatz nicht sehen konnte, war David Lilly für jeden Hinweis dankbar. Er vertraute ihrer präzisen Beschreibung, streckte sich hoch und erreichte den Absatz. Seine Füße fanden nun Halt in den Löchern, in denen zuvor seine Hände gesteckt hatten. Über ihm klaffte eine Felsspitze wie eine Nase aus der Wand. Für David war es eine ideale Zwischensicherung. Er legte eine Köpfelschlinge darüber, klinkte einen Karabiner ein und darein das Seil.

Vor sich entdeckte er einen etwas breiteren Spalt, der fünf Meter senkrecht nach oben führte. Er schob abwechselnd seine Hände rein und verkeilte sie. An den breiteren Stellen ballte er die Hände zu Fäusten. Er setzte einen Friend, der sich selbst verkeilte.

Nun kam er auf das Band, das er laut Lillys Vorschlag queren sollte. Nach zwei weiteren Zwischensicherungen gelangte er direkt unter die obere Route und stieg hinein.

Das Sicherungsseil ließ sich durch die Seilreibung in den Karabinern immer schwerer nachziehen. David spürte seine Schultern.

Er war bereits fünf Meter über die letzte Zwischensicherung hinaus geklettert, als er endlich eine kleine Sanduhr fand, durch die er eine Reepschnur für eine weitere Sicherung fädeln konnte.

Als er gerade die Schnur ansetzte, rutschte sein linker Fuß ab. Er verlor den Halt und rauschte in die Tiefe. Nach gut zehn Metern fing ihn das Seil auf. Es dehnte sich und fing seinen Sturz sanft ab, doch dann knallte David mit voller Wucht mit der Schulter voraus gegen die Wand.

Von unten waren ein Aufschrei und ein Raunen zu hören.

„Alles okay? Hast du dich verletzt?", rief Lilly nach oben.

„Nur die Schulter geprellt, aber sonst alles okay", rief er zurück.

Verdammt, dachte David. Die letzten zehn Meter nochmal dort hoch. Zwar konnte er jetzt einfach in das Seil greifen und sich daran hochziehen, aber dennoch war es verlorene Zeit. Und kostete Kraft.

Wieder an der vorherigen Stelle angekommen, nutze er einen anderen Griff, den er zuvor übersehen hatte. Ganze vierzig Meter war er nun schon gekommen. David nahm allen Mut zusammen und stieg die nächsten Meter nach oben. Es waren zwar kleinste Griffe zu finden, aber absolut keine Möglichkeit zum Zwischensichern.

Ein Fingerloch nutzte er, um Halt zu finden. Über ihm befand sich eine kleine Leiste. Er griff nach oben und wollte gerade den Finger aus dem Loch lösen, da gab die Leiste nach und David hielt sie in der Hand. Er stürzte nach unten und fiel auf den letzten Absatz. Seine Hand schmerzte und seine Schulter konnte er kaum bewegen. Wieder Schreie von unten.

„Bist du verletzt?", rief Lilly.

David musste sich sammeln und gab nur ein Zeichen nach unten, dass sie warten sollten. Er hing im Seil und hielt sich sein Handgelenk, was höllisch schmerzte.

Nach zehn Minuten abwarten und hoffen rief er zu Lilly nach unten: „Ablassen!"

Lilly gab Seil nach und er bewegte sich nach unten.

In zwanzig Meter Höhe rief Lilly ihm zu: „Warte kurz, ich muss das Seil verlängern. Die sechzig Meter sind aus."

David hatte Bedenken, dass der Knoten für die Verlängerung nicht durch die Karabiner der Sicherungen flutschen würde. Aber Lilly nutzte einen Knoten für die Verbindung der zwei Seile, den David noch nie zuvor gesehen hatte. Es funktionierte und David hatte wieder Boden unter den Füßen.

Einerseits waren alle froh, dass David nichts Schlimmeres passiert war. Andererseits wusste nun keiner, wie es weitergehen sollte. David war am Boden zerstört. Die Schmerzen in der Hand wurden nicht weniger. Lola meinte, dass die Hand zwar nicht gebrochen sei, aber geprellt. David konnte damit nicht mal mehr einen Karabiner bedienen.

„Ich mach es!", schoss es aus Lilly plötzlich heraus. „Ich klettere die letzten Meter."

„Kommt nicht in Frage!", sagte David voller Entsetzen. „Viel zu gefährlich! Wie du ja gesehen hast. Das lasse ich nicht zu."

Lilly setzte ein Schmollgesicht auf: „Und wie bitte schön sollen wir hier nun weiterkommen? Du kannst auf keinen Fall da hoch mit deiner Hand. Ich fordere eine Abstimmung."

David war von ihrer Entschlossenheit beeindruckt. Dennoch sagte er: „Auch die Demokratie hat ihre Grenzen und diese Grenze ist genau hier. Ihr hattet versprochen, wenn es drauf ankommt, auf mich zu hören und nicht zu widersprechen. Erinnere dich, das war der Deal für diese Expedition."

Lilly wurde wütend. „Wir haben drei Möglichkeiten. Entweder wir warten, bis du wieder fit bist in ein bis zwei Wochen. Oder wir geben auf und warten bis uns die Nahrungsmittel ausgegangen sind. Oder ich klettere da jetzt hoch."

„Wir werden alle sterben", kam es von Mia als Erstes.

Charlene und Emma sahen Mia entsetzt an und wurden ganz blass.

„Hört nicht auf Mia. Das sagt sie schon zum siebenundzwanzigsten Mal auf dieser Reise. Das ist normal bei ihr", beruhigte Luke umgehend Emma.

Mia bemerkte die Reaktion von Charlene und Emma und musste an Grace denken.

„Entschuldigt. War nicht so gemeint. Wir sterben nicht. Ich sag das nur immer so." Aber auch bei diesen Worten lag ein gewisser Sarkasmus in ihrer Stimme.

Skeptisch, aber erleichtert blickten die beiden Neuankömmlinge nun wieder zu Lilly und David, die sich wie zwei Gegner gegenüberstanden und warteten wer zuerst blinzelt. David überdachte ihre Lage nochmal. Er konnte es drehen und wenden, wie er wollte, aber Lilly hatte Recht. Zu warten, bis seine Hand wieder verheilt war, konnte drei Tage, aber auch drei Wochen dauern.

„Okay, Lilly. Du kannst dir die Abstimmung sparen. Du hast gewonnen."

In Lillys Gesicht war Triumph zu erkennen. Dafür trat nun Luke an sie heran. „Lilly, bist du dir sicher? Wenn dir was passiert …"

„Keine Angst, mir wird nichts passieren."

Lilly hatte auch keine Angst. Sie hatte Panik. Sie hatte keine Ahnung, was sie dort oben erwartete. Sie hatte sich zwar durchgesetzt, aber tatsächlich wurde ihr kurz übel, als ihr bewusst wurde, was sie angerichtet hatte. Aber nun war es zu spät. Alle verließen sich nun auf sie und sie wusste, dass sie die Einzige war, die überhaupt eine Chance hatte, dort oben über die Kante zu kommen.

„Lilly, du hast noch nicht mal Kletterschuhe", merkte nun Lucy an.

Lilly überlegte und wandte sich an Kate: „Kate, welche Größe hast du?"

„Sechsunddreißig."

„Gut. Ich habe achtunddreißig. Gib mir deine Schuhe. Die müssen so eng wie möglich sein."

Kate zog sich die Schuhe aus und Lilly zwängte sich hinein. Sie hätte damit keine hundert Meter laufen können, aber zum Klettern waren sie genau richtig.

Lucy übernahm das Sichern von Lilly, da David mit seiner Hand nicht dazu in der Lage war. Bis zu Davids Absturzstelle konnte sich Lilly oftmals am Seil hochziehen und es dauerte keine dreißig Minuten, bis sie an dieser Schlüsselstelle angekommen war. Sie setzte geschickt einen Fuß an der Wand an und verkeilte den zweiten rückwärts gegen eine kleine Leiste. Mit ihren kleinen Händen fand sie Leisten, die David nie gereicht hätten.

Lilly hatte natürlich auch deutlich weniger Gewicht nach oben zu ziehen.

Noch drei Meter. Mit Hilfe eines Hexentrics legte sie noch eine Zwischensicherung und schaute nach oben. Sie sah die oberste Felskante direkt über sich und stand recht sicher auf einer kleinen Leiste. Zwischen ihren ausgestreckten Händen und der Kante lagen ungefähr fünfzig Zentimeter. Vor ihr die spiegelglatte Wand. Nicht das kleinste Loch und nicht die kleinste Leiste. Sie kam einfach nicht dort hoch.

David würde wahrscheinlich direkt hochgreifen. Die fünfzig Zentimeter hätten bei ihm glatt gereicht. Sollte sie nach unten rufen und Lucy bitten sie abzulassen? Vielleicht sollten sie doch noch eine Woche warten und dann konnte es David nochmal versuchen. Immerhin hatte sie das Seil nun bis hier hoch gelegt. David könnte sich daran hochziehen und dann hochgreifen. Eigentlich ein Kinderspiel, wenn man es sich genau überlegte. Es war wohl das Beste und das Sicherste.

Lilly dachte an den Kletterclub. Sie hatte es geliebt, in der Kletterhalle die Wände hochzuklettern. Sie hatte sich an eine Sieben Plus herangewagt. Überhängend und im Vorstieg. Alle hatten sie dabei beobachtet. Ohne absetzen oder ins Seil zu fallen hatte sie unter der Decke gehangen. Am meisten stolz war sie darauf, dass *sie* es geschafft hatte und Chantal nicht. Chantal war sonst immer etwas besser gewesen und es war ein ewiger Konkurrenzkampf. Chantal war ziemlich eingebildet gewesen und bekam jedes Mal einen Tobsuchtsanfall, wenn sie nicht die Beste war. Lilly hatte noch monatelang von diesem Triumpf gezehrt. Sie hatte Chantal besiegt.

Lilly ging etwas in die Hocke. Und setzte an. Alle hielten den Atem an. Davids Herz setzte für einen Moment aus. Lucy gab noch etwas Seil nach. Lukes Hände schwitzten. Eva sah weg und Mary hyperventilierte und war kurz davor ohnmächtig zu werden.

Lilly schnellte nach oben. Ihre Füße verloren den Halt. Mit der linken Hand erwischte sie die Kante. Ihre rechte rutschte ab. Sie baumelte an einer Hand und schwang sich jetzt mit der anderen heran. Auch ihre rechte Hand griff jetzt nach der Kante. Sie zog sich mit beiden Armen nach oben und stützte sich mit den Ellenbogen auf die Kante. Ihr Knie schwang sie über die Kante und rollte sich mit dem ganzen Körper auf das Plateau und verschwand.

Alle waren sie zu Salzsäulen erstarrt. Dann sahen sie eine Hand über die Klippe gereckt, mit einem Daumen nach oben. Nun ragte auch Lillys Kopf hervor. Sie strahlte über beide Ohren, sodass man es sogar bis unten sehen konnte.

Jubel brach aus und alle hüpften in die Luft und umarmten sich. Als hätten sie Clean-Land schon erreicht. Luke hatte Tränen in den Augen und fiel auf die Knie. Erst jetzt merkte er wie doll seine Muskeln schmerzten. Er hatte sie wohl noch nie so angespannt wie eben. David fiel ein Stein vom Herzen und er war sowohl glücklich, dass Lilly nichts passiert war, als auch extrem stolz auf ihre Heldentat.

Nachholen

Nun kam nochmal Davids Motorrad ins Spiel und eine Methode, an der er ein paar Wochen zuvor getüftelt hatte.

Lilly bereitete inzwischen einen geeigneten Standplatz oben auf dem Plateau vor. Sie befestigte eine Rolle mit einer Verlängerung an einem Baum und zog das zweite Seil nach, sodass nun beide Seile über die Rolle wieder nach unten hingen.

Um seine Hand zu schonen, wies David Luke an, das Motorrad zu positionieren und ein Ende des Seils am Motorrad festzumachen. Er selbst klinkte sich mit seinem Gurt in das andere Ende ein und gab Luke das Zeichen loszufahren. Luke fuhr langsam von der Felswand weg. David wurde wie bei einem Aufzug nach oben gezogen.

Lilly half ihm über die Klippe und sie umarmten sich. Als nächstes bauten David und Lilly noch eine Konstruktion aus Baumstämmen, um die Rolle etwas nach draußen und oberhalb der Klippe zu positionieren, damit die Ausrüstung sich nicht an der Wand verhakte, dann ließen sie einen Klettergurt am Seil runter.

Mit dem Motorrad hievten sie die gesamte Ausrüstung nach oben und auch alle anderen wurden per Lift nach oben gezogen. Luke stellte als letzter das Motorrad ab und nahm Abschied davon.

Die Enduro hatte gute Dienste geleistet.

Als Luke oben angekommen war, stürmte er als erstes auf Lilly zu und schloss sie in die Arme. Er war so stolz auf sie und hätte sie am liebsten geküsst. Aber nicht hier und nicht vor allen. Sie sollte erstmal ihren Ruhm auskosten. Lilly war die Heldin des Tages. Genauso wie Eva und Pauline zuvor. Aber auch Mary und Lola. Und überhaupt hatten sie alle das Gefühl, Helden zu sein und übernatürliche Kräfte zu besitzen.

Emma und Charlene konnten den Spirit auch spüren und fühlten sich mitgerissen. Mit dieser Gruppe würden sie es schaffen. Emma dachte an ihre Mum und wie stolz sie sein würde, wenn sie es nach Clean-Land schaffen würden. Sie und ihre Schwester waren zwar noch geschwächt, aber die anderen machten ihnen Mut.

Das Schöne an modernen Fahrradanhängern für Kinder war, dass man sie nicht nur an das Fahrrad anhängen, sondern sie auch wie einen Buggy verwenden konnte. Für die nächste Etappe hatte Martin in seinem Buch notiert, das sie einen langen, aber flachen und breiten Weg von einhundertzwanzig Kilometer vor sich hatten. David hatte hierfür sechs Tage eingeplant. Mit leichtem Gepäck auf den Schultern und den schweren Sachen in den drei Anhängern würden sie zwanzig Kilometer pro Tag schaffen müssen.

Hier begann also ihr langer Fußmarsch. Bis auf Charlene und Emma waren alle recht fit auf den Beinen. Keiner hatte Blasen oder Beinverletzungen. Sie beluden die Anhänger und verteilten die Lasten auf die Rucksäcke. Emma und Charlene brauchten nichts zu tragen.

Sie marschierten los und hielten immer wieder nach Wasserstellen Ausschau. Hier oben auf der Ebene waren einige Bäche, die ihnen Trinkwasser spendeten, aber größere Gewässer entdeckten sie nicht. Nach zweiundzwanzig Kilometern schlugen sie ihr erstes Camp auf. Jedem tat so ziemlich alles weh und keiner konnte mehr einen Schritt machen.

„Nach drei Tagen habt ihr euch daran gewöhnt. Glaubt mir. Das geht nur die ersten paar Tage so schwer", sagte David, der es durchaus ernst meinte.

Keiner wollte ihm glauben, und alle blieben skeptisch. Nach dem Abendessen fielen sie direkt ins Bett.

Am nächsten Morgen hatten alle Muskelkater und manche versuchten den Start hinauszuzögern. Aber alle wussten, dass es das nicht besser machte. Jeder hatte Teleskopstöcke zur Unterstützung. David erklärte ihnen, dass sie die Beine damit entlasten würden, wenn man sie richtig einsetzte. Es funktionierte wirklich, denn sie spürten nun auch Muskelkater in den Armen. Ein Beweis, dass hier Kraft von den Beinen in die Arme geleitet wurde.

Unterwegs fanden sie in einer Pause sogar noch ein paar Beeren, die sie gierig verschlangen. Frisches Obst hatten sie schon lange keins mehr gehabt. Wasserquellen gab es nun immer häufiger. Das ersparte ihnen die Last der schweren Wasserflaschen. Die Anhänger zogen sie abwechselnd zu zweit. Einer zog und einer schob. Wieder hatten sie einen Tag geschafft.

Teil 3

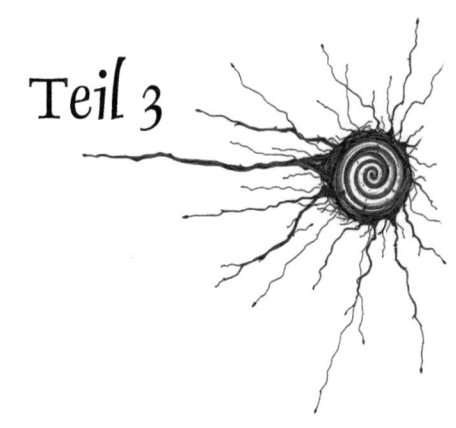

Hemmungen

Emma war immer noch sehr schwach, aber ihre geistige Verfassung war vollends wieder hergestellt. Sie bewunderte die Gruppendynamik und den Zusammenhalt. In den paar Tagen, die sie bereits mit den anderen verbrachte, hatte sie noch kein böses Wort gehört. Keiner stritt sich oder war gemein zu jemand anderem. Hier und da ein kleines Necken und mal einen kleinen Witz auf Kosten eines anderen, das kam vor, aber keiner störte sich daran. Im Gegenteil, es machte die Tage witziger und war das Salz in der Suppe.

Endlich gelangten sie wieder an einen kleinen See im Wald. Die Äste einer großen Weide ragten direkt über ihn. Den Rand des Sees zierten Seerosen mit herrlich gelben Blüten. Ein paar Libellen flogen von einer Blüte zur nächsten. Die letzten Sonnenstrahlen ließen das Wasser glitzern, bevor sie hinter den Bäumen verschwanden.

Nun konnte man wieder ein Bad genießen und den Staub der letzten Tage loswerden. Sie kamen kaum am See an, da ließen sie auch schon ihre Hüllen fallen und rannten ins Wasser.

Charlene und Emma zögerten. Sie fanden es befremdlich, so völlig nackt mit Jungs und Mädchen gemeinsam in einen See zu springen.

Charlene zuckte schließlich nur die Schultern und meinte zu Emma: „Okay. Ganz oder gar nicht. Wenn wir nun schon dazu gehören, dann ganz."

Sie streifte sich die Sachen vom Körper und rannte den anderen hinterher. Emma zierte sich noch ein wenig. Sie stand am Rand des

Sees und beobachtete die anderen. Vor sich sah sie Eva und Pete stehen, die sich gegenseitig vollspritzten. Als sie zu Eva schaute, zuckte ein kurzer Blitz durch ihren Körper. Emma wusste schon länger, was das bedeutete.

Vor etwa fünf Monaten, Emma war gerade fünfzehn geworden, da sprachen ihre Freundinnen nur noch über Jungs. Nico hier und Paul da. Kevin hier und Justin dort. Es gab die ersten Liebesbeziehungen und kurze Zeit später berichteten die ersten von mehr als nur Küssen.

Emma konnte sich nicht so richtig reinversetzen in ihre Freundinnen und hatte Angst, dass etwas nicht stimmte mit ihr. Selbst Mädchen die jünger waren hatten schon von ihrem Ersten Mal erzählt. So konnte es nicht weitergehen. Emma musste handeln und rausfinden, ob was nicht mit ihr stimmte.

Da war dieser Chris in ihrer Gruppe. Emma fand ihn ganz nett und auch ziemlich gutaussehend. Aber mehr auch nicht. Emma lud Chris zu sich nach Hause ein. Ihre Mum Grace war wieder unterwegs, um nach weiteren Überlebenden zu suchen und Charlene war bei einer Freundin.

Chris war einiges älter als Emma und hatte schon mehrere Freundinnen gehabt, was aber auch nicht verwunderlich war bei der Männerquote.

Chris ging immer weiter und Emma ließ es zu. Sie hätte jederzeit Nein sagen können und Chris hätte aufgehört, aber sie wollte nicht, dass er aufhört und so kam es und sie hatte es getan.

Es ist bei diesem einem Mal geblieben.

Danach wusste sie, dass sie nicht auf Jungs stand. Vielleicht war das ja auch gut so. Denn die Auswahl war für sie nun bedeutend größer, vorausgesetzt es gab Mädchen, die genauso dachten wie sie.

Emma überlegte noch eine Weile und kam sich dann irgendwie blöd vor. Also zog sie ihre Klamotten aus und ging langsam Richtung Wasser. Anfangs versuchte sie sich noch so gut es ging mit ihren Händen zu bedecken. Aber als sie im Wasser war und einige Zeit mit den anderen darin schwamm, ließen ihre Hemmungen nach und sie fühlte sich so frei wie selten zuvor.

Als sie mit den anderen ohne Kleidung um das Feuer herumstand, um sich trocknen zu lassen, hatte sie ihre Scham von vorhin bereits vergessen. Charlene schien es ebenso zu gehen, denn sie sprang mit Kate und Ann völlig unbekümmert umher. Als sei das natürlich und als sei sie so auf die Welt gekommen. Ach ja, war sie ja auch.

Der Anblick von Eva ging Emma noch lange nicht aus dem Kopf. Sie schielte immer wieder zu ihr rüber und war wie elektrisiert. Lucy bemerkte das und musste schmunzeln. Sie gab Lena einen Stubs und nickte mit ihrem Kopf in Richtung Emma. Auch Lena sah nun, was sie meinte, und musste ebenfalls schmunzeln.

Jagdfieber

Auch wenn die letzten Wochen bereits sehr entbehrungsreich waren, spürten sie erst jetzt so richtig, was es hieß, mit dem absoluten Minimum auszukommen. Ihre Rucksäcke waren gefüllt mit Schlafsack, Isomatte und ein paar wenigen Ausrüstungsteilen. Anfänglich war ihnen das noch recht leicht vorgekommen, aber nach ein paar Kilometern spürten sie nun täglich die Last auf ihrem Rücken.

Die Fahrradanhänger waren beladen mit den Zelten, der Kochausrüstung und sämtlichen verbliebenen Lebensmitteln. Diese bestanden nun ausschließlich aus spezieller Trekkingnahrung. Gefriergetrocknet und vakuumverpackt kam es hier auf das optimale Verhältnis zwischen Gewicht, Haltbarkeit und Energiegehalt an. Man musste diese Tüten lediglich öffnen, Wasser hinzugießen und etwas warten. Lena hatte bei der Beschaffung darauf geachtet, möglichst viele verschiedene Sorten zu besorgen. Es waren sogar Desserts wie Cheesecake und Mousse au Chocolat dabei.

Wegen des Zuwachses durch Emma und Charlene rechnete Lena die täglichen Rationen erneut durch. Obwohl sie derzeit gut vorankamen, würde es zum Ende hin knapp werden. Ursprünglich eingeplante Reserven waren bereits aufgebraucht.

Nach einem erneuten Durchzählen aller Vorräte sagte sie zu David und Lola: „Wir müssen uns etwas einschränken. Wenn wir doch länger brauchen als im Moment geplant, dann wird es nicht reichen. Wir sollten versuchen aus der Natur etwas beizusteuern.

Und vielleicht kann Mia nochmal losziehen und jagen oder Fallen stellen."

Entschuldigend blickte Lola sie an: „Ich weiß, dass ich im Moment für zwei esse und das tut mir leid. Ich werde mich einschränken."

„Oh Lola, so war das nicht gemeint. Du wirst dich auf gar keinen Fall einschränken. Wenn, dann tun wir das. Dein Baby braucht die Energie. Versprich mir, dass du es ordentlich fütterst", antwortete Lena rasch.

Dabei legte sie Lola ihre Hand auf die Schulter.

Ihre Kochutensilien bestanden nur noch aus einem großen Topf, den sie direkt übers Feuer hängen konnten, um Wasser zu erhitzen. Dazu hatte jeder einen Löffel, ein scharfes Messer und einen Trink- und Essbecher.

Den Benzinkocher, den sie noch bis vor einer Woche genutzt hatten, hatten sie bei der *Wall* zurücklassen müssen. Benzin dafür hatten sie ohnehin keins mehr gehabt.

Lena sprach mit Mia, Pete und Luke über zusätzliche Nahrung aus dem Wald. Sie überlegten gemeinsam, was sie tun konnten.

Mia sagte: „Um Fallen zu stellen, muss man sehr viel Geduld mitbringen. Da müssten wir Stunden oder Tage an einer Stelle warten und auch dann ist es nicht gewiss, dass etwas reintappt."

Mia war nun die Expertin unter ihnen, daher diskutierten sie diese Variante auch nicht weiter.

„Dann bleibt nur jagen", sagte Pete.

Mia erklärte: „Zum Jagen brauchst du eine Waffe. Also wenn du nicht zufällig ein Gewehr in deinem Rucksack hast, dann wird es schwierig. Und Pfeil und Bogen haben wir auch nicht dabei."

Luke hatte eine Idee: „Wie wäre es mit einem Speer? Den könnten wir uns doch schnitzen?"

„Ich glaube, du hast zu viele Filme geguckt. Das funktioniert im Fernsehen, aber in der Wirklichkeit ist das extrem schwierig. Tiere haben ein außerordentlich dickes Fell", sagte Mia.

Ihr Gesicht erhellte sich etwas „Aber ganz so schlecht ist die Idee auch wieder nicht. Wenn wir an der Spitze ein sehr scharfes Messer anbringen, dann könnte es klappen. Und wir müssten sehr nah rankommen."

Die vier fabulierten noch über ihre Idee und schmiedeten Jagdpläne, dann weihten sie die anderen ein. Lilly und Ann waren zwar nicht begeistert davon, aber sie sahen ein, dass es wohl keine andere Möglichkeit gab, wenn sie nicht verhungern wollten.

Am vierten Tag ihres Marsches hatten alle das Gefühl, dass die Schmerzen etwas nachließen und David Recht behalten hatte. Sie kamen zügiger voran und ihr Jagdvorhaben motivierte sie zusätzlich. Sie schlugen ihr nächstes Camp daher etwas früher am Tag auf, um genügend Zeit zur Nahrungsmittelbeschaffung zu haben.

Mary, Pauline, Lilly, Ann und Kate gingen los und suchten Beeren und Pilze. Lola blieb mit Emma und Charlene im Camp und kümmerte sich um Feuer und die Zelte. Lena, Lucy, Luke, Pete, Mia und David hatten sich drei Speere mit Messern daran gebaut und machten sich auf die Jagd.

Mia teilte die Gruppe auf. Sie ging mit Luke, und Pete nach links weiter und wies David, Lucy und Lena an sich weiter rechts zuhalten.

Mia schlich auf leisen Sohlen durch das Dickicht. Man erkannte, dass sie das nicht zum ersten Mal machte. Sie war vollkommen konzentriert und lauschte in den Wald und beobachtete jede noch so kleine Bewegung, als hätte sie in ihrem Leben nie etwas anderes gemacht. Sie trug ihre zerschlissene Hose und ein trägerloses Shirt. Beides war total verdreckt. Der Schweiß glänzte auf ihrer Haut. Ihre schwarzen Haare hatte sie zu einem Zopf geflochten. Mit dem Speer in der Hand sah sie aus wie die Hauptperson in einem Actionfilm.

Luke fiel erst jetzt so richtig auf, wie bildschön Mia eigentlich war. Sie hatte ein schmales Gesicht und wunderbar dunkle Augen. Ihre schlanke Figur und ihre schmalen Hüften, ihr Po, alles passte perfekt zusammen. Luke entdeckte auch ein kleines Tattoo auf ihrer Hüfte, das ihm zuvor noch nie aufgefallen war. Es stellte einen Pfeil mit einem Bogen dar und konnte passender nicht sein für ihre momentane Situation.

Luke liebte Lilly, daran bestand überhaupt kein Zweifel, aber Mia hatte er noch nie aus dieser Perspektive gesehen. Mia stand etwas gebückt mit dem Rücken vor ihm und beobachtete eine Lichtung.

Pete flüsterte zu Luke: „Sag mal, starrst du die ganze Zeit auf Mias Hintern?"

„Ich … nein … wieso … ich beobachte die Lichtung", stotterte Luke.

Pete schüttelte mit dem Kopf.

„Für Mia bist du viel zu jung. Ich glaube sie steht auf Bennet. Ich habe sie schon öfter im Schlaf sprechen und stöhnen gehört. Und jetzt konzentrier dich aufs Jagen."

Pete ging an Luke vorbei zu Mia: „Siehst du was?"

Mia antwortete leise: „Da vorn, siehst du das Karibu? Es grast. Ich überlege, wie wir da nah genug rankommen, ohne dass es uns bemerkt."

Mia hielt einen Finger in die Luft und flüsterte: „Wir müssen uns gegen den Wind anschleichen, sonst wittert es uns. Ihr geht dort links lang. Wenn ihr nah genug dran seid, dann macht euch bemerkbar. Es kann dann nur in die andere Richtung dort drüben zwischen den Felsen durch. Ich werde dort warten."

Luke und Pete nickten und gingen los. Mia schlich mit ihrem Speer in der Hand zu den Felsen. Sie hockte sich dahinter und spähte zum Karibu, das sie immer noch nicht bemerkt hatte.

Sie dachte an ihren Dad und die Zeit mit ihm auf der Jagd. Das waren die schönsten Momente. Ihre Mum hatte sie nie kennengelernt und ihr Dad hatte auch nie über ihre Mum gesprochen. Von ihrer Oma hatte sie mal gehört, dass sie ihren Dad und Mia sitzen ließ als Mia acht Monate alt war. Irgend so ein Typ sei gekommen und hatte ihr alles Mögliche versprochen. Der Typ hätte ihr eine richtige Gehirnwäsche verpasst und ihre Mum wäre zu naiv gewesen und sei darauf reingefallen. In einer Nacht- und Nebelaktion ist sie dann mit dem Typ verschwunden. Wahrscheinlich ins Ausland, sonst hätte sie die Polizei ja gefunden.

Mia hatte ihrem Dad angemerkt, dass er nie darüber hinweggekommen war. Die beiden waren ein eingeschworenes Team und die Jagd verband sie noch mehr.

Ihr Dad hatte zwar die Seuche überlebt, aber ist dann bei einer militärischen Operation umgekommen. Sie hatten ihn irgendwo als Scharfschütze eingesetzt.

Das Karibu rannte auf sie zu. Luke hatte es aufgescheucht. Sie umgriff ihren Speer und wartete. Sie hörte die Hufe des Tieres auf dem Waldboden aufschlagen.

Mia würde für Nahrung sorgen und die anderen nicht verhungern lassen. Nun kam es allein auf sie an. Die Jagd war eine Kunst. Selbst mit einem Gewehr mit Zielfernrohr war es nicht selbstverständlich, dass man Erfolg hatte. Es mussten so viele Faktoren zusammenpassen. In der Jagdszene nutzte man wieder vermehrt Pfeil und Bogen. Das war ein richtiger Trend. Alle wollten so jagen wie die Menschen vor tausenden Jahren. *Back to the Roots*, sagten sie dazu. Dabei waren die heutigen Bögen inzwischen High Tech Waffen. Absolut nicht zu vergleichen mit dem selbstgebauten Speer, wie ihn Mia nun in der Hand hielt.

Mia schnellte nach oben. Das Karibu stand direkt vor ihr und erschrak. Für einen Bruchteil einer Sekunde starrte es Mia direkt in die Augen. Dann drehte es sich zur Seite weg und wollte an Mia vorbei. Mia holte aus und bohrte das Messer an der Speerspitze direkt in die Seite des Tieres.

Das Karibu fiel auf die Seite und nach ein paar Sekunden lag es reglos am Boden. Mia kniete sich daneben und legte ihre Hand an den Hals des Tieres. Ihr Dad hatte ihr beigebracht, dass man seiner Beute immer Respekt zollen sollte.

Luke und Pete kamen angerannt und stellten sich neben das Tier.

„Krass Mia. Du bist der Wahnsinn. Ich möchte nie dein Feind sein", sagte Luke.

Mia nahm es zur Kenntnis und wies die beiden an: „Pete, du suchst einen dünnen Stamm, ungefähr drei Meter lang. Luke, du hilfst mir beim Ausnehmen. Wir tragen es erstmal ins Camp und dort zerlege ich es dann."

Nachdem Mia das Tier ausgeweidet hatte, legte sie den Stamm zwischen den Beinen hindurch und band die Hufe zusammen.

Luke und Pete schulterten den Stamm und ihre Beute hing zwischen ihnen. Mia ging voraus mit dem blutigen Speer in der Hand.

Eine Szene in einem Actionfilm hätte nicht klischeehafter sein können. Mia die Superheldin. Ihr Anblick hätte es locker auf das Cover einer Jagdzeitschrift geschafft.

David, Lucy und Lena waren bereits zurück im Camp, leider erfolglos. Sie nahmen Luke und Pete ihre Beute ab, die nach zwei Kilometer Fußmarsch ziemlich schwer geworden war.

David half beim Zerlegen und nach einer halben Stunde hatten sie ihre Vorräte etwas aufgefüllt. Einen Teil des Fleisches verstauten sie in Tüten und in wasserdichten Packsäcken, die sie in den Bach zum kühlen legten.

Zwei Tage sollte es sicher halten, bevor es ungenießbar wurde. Aber zwei Tage würde es ohnehin nicht reichen. Mit dem restlichen Fleisch bestückten sie ein paar selbstgeschnitzte Spieße und hielten sie übers Feuer.

Gerade als es durchgebraten schien, kamen die anderen aus dem Wald zurück und hatten beutelweise Heidelbeeren dabei.

Ann rannte direkt auf die anderen zu: „Wir haben Heidelbeeren. Die sind köstlich. Die müsst ihr probieren."

Anns Mund leuchtete lila. Pete lief Pauline entgegen. Als er mit ihr zurückkam, war Petes Mund lila verschmiert, ohne dass er auch nur eine Heidelbeere genascht hatte.

Stromschnellen

Von weitem sahen sie bereits, wie er sich gemächlich durch das Tal schlängelte. *The River*, wie Martin in seinem Buch vermerkt hatte, war ein sehr breiter Fluss mit einer mäßigen Fließgeschwindigkeit, den sie nicht zu überwinden brauchten, sondern zur Fortbewegung nutzen sollten.

Auf der Karte war flussabwärts ein weiterer Punkt zum Ausstieg eingezeichnet. Kurz dahinter befand sich die Notiz *Waterfall* und daneben war *50m* vermerkt. Alle wussten, was das bedeutete.

David sortierte die gesamte Kletterausrüstung. Darin befanden sich Kletterseile, eine lange Reepschnur, Bandschlingen und noch etliche kürzere Seilstücke. Sie würden einiges davon brauchen, um ein Floß zu bauen, das groß genug war, um sie alle zu tragen.

David bat Pete: „Das wird wohl der letzte Einsatz der Kettensäge. Dafür haben wir sie bis hierher mitgeschleppt. Ich suche ein paar Bäume aus und du kannst dich ans Werk machen."

Pete hatte die Säge schon zur Hand und Luke stand mit der Axt bereit, um die Stämme zu entasten.

Lena gab Anweisungen, wie die Stämme anzuordnen waren, denn sie wusste, dass ein Floß zu bauen keine leichte Aufgabe war. Die Stabilität hing von vielen Faktoren ab und sie brauchten mehrere Lagen Stämme in den richtigen Größen, um die Tragfähigkeit für fünfzehn Personen herzustellen.

Lena war hier ganz in ihrem Element. Wildwasser war sie gewohnt und hatte schon viele Erfahrungen damit gesammelt. Als sie klein war, war sie mit ihrer Familie oft auf Wildwasserflüssen und es machte ihr so viel Spaß, dass sie daraufhin in Workshops und bei Ferienfreizeiten dieses Element lieben lernte. Vom Canyoning, über Kajak-Fahren und Rafting bis hin zum White Water Boarding war alles dabei. Sie kannte die Gefahren von Stromschnellen und wusste um die pure Kraft des Wassers.

Für den Bau des Floßes brauchten sie einen halben Tag. Die Stämme waren schwer und sie mussten alle mit anfassen, um sie zu bewegen. Am Ufer ließen sie sie dann einfach ins Wasser rollen, wo David und Mary sie auffingen, damit sie nicht gleich wegtrieben. Im Wasser schwammen sie zwar von selbst, aber wenn man nicht aufpasste, konnten sie einen zwischen sich zerquetschen.

Luke hatte bei zwei Stämmen seine Hand nicht schnell genug rausgezogen und das Resultat waren eine blutende Wunde und eine gequetschte Hand. Lola verarztete ihn und verordnete ihm strikte Ruhe für seine Hand. Lena befestigte noch einen langen und dünneren Stamm als Ruder und prüfte die Stabilität ein letztes Mal. Mit aller Kraft schoben sie das Floß nun auf das Wasser und sprangen an Bord.

Ein so großes und schweres Floß zielgerichtet zu lenken oder gar anzuhalten, war unmöglich. Lena konnte es nur gerade so steuern, dass es seine Richtung behielt und sich nicht drehte. Sie waren den Gewalten des Flusses ausgeliefert und konnten nur hoffen, dass sich ihnen keine Hindernisse in den Weg stellten. An einigen Stellen, wo der Fluss enger wurde, erreichte er eine ziemlich hohe Geschwindigkeit und an manchen Stellen kamen sie so dicht ans Ufer, dass die tiefhängenden Bäume sie fast vom Floß fegten.

Martin hatte an einigen Stellen ein paar Steine eingezeichnet, von denen aber nur wenige zu sehen waren. Der Fluss musste also deutlich höher sein als zu Martins Zeit. David führte das auf die Jahreszeit und die Schneeschmelze zurück und befürchtete nun auch eine wesentlich höhere Fließgeschwindigkeit. Sie alle hatten ein mulmiges Gefühl.

So romantisch diese Floßfahrt auch zu sein schien, sie sorgten sich um die mangelnde Kontrolle, die sie über dieses schwimmende Baumstammgebinde hatten. Die kleinste Kollision mit einem Felsen konnte bei dieser Geschwindigkeit das Floß zum Bersten bringen und sie alle in den Fluss stürzen lassen.

Schwimmwesten, wie es normalerweise üblich und auch Pflicht gewesen wäre, hatte natürlich keiner dabei. Pauline und Mary waren die besten Schwimmer unter ihnen und hielten sich mit einer Rettungsleine für einen Einsatz bereit, falls es notwendig werden sollte.

Das Floß näherte sich der Ausstiegsstelle und Lena versuchte mit Hilfe von David und Pete das Ruder einzusetzen, um näher an das Ufer zu gelangen. Das Floß bewegte sich jedoch mit rasender Geschwindigkeit und sie hatten keine Chance die Flussmitte zu verlassen.

Sie verpassten die Stelle und trieben weiter. Das Geräusch des tosenden Wasserfalls wurde immer lauter. Noch zweihundert Meter und sie würden ihn erreichen. Das Ufer war zehn Meter von ihnen entfernt. Knapp vor ihnen ragte ein kleiner Felsen aus dem Wasser und mit voller Wucht prallten sie dagegen.

Kate und Charlene fielen ins Wasser. Pauline sprang an einer Leine gesichert sofort hinterher und bekam sie zu fassen. Lucy und Mia zogen Pauline und die beiden an der Leine zurück auf das Floß.

Das Floß rührte sich nicht mehr von Fleck, aber die Seile schienen sich zu lösen und an zwei Stellen war die Reepschnur bereits geplatzt. Lena konnte mit aller Kraft das Floß davon abhalten, sich auf dem Felsen zu drehen und wieder in die Strömung zu geraten.

Lola nahm einen Rucksack und befestigte das Ende einer Reepschnur daran. Sie schleuderte den Rucksack ans Ufer, wo er sich in einem Ast verfing.

„Mary, kannst du dich rüberziehen und ein Seil richtig festmachen?", rief Lola.

Mary sprang mit einem kühnen Sprung ins Wasser und griff nach der Reepschnur. Kurz nachdem sie das Ufer erreichte, löste sich der Rucksack und fiel ihr entgegen, doch da hatte Mary schon nach den Sträuchern und Wurzeln gepackt und konnte sich an Land ziehen. Sie zog nun einen nach dem andern an Land während David die Rucksäcke ans Ufer schleuderte.

Pete und Mia kümmerten sich um die Fahrradanhänger und Lena kämpfte noch mit dem Floß, das jede Sekunde auseinanderzudriften drohte. Lilly befestigte eine Leine um Lenas Bauch und warf das andere Ende ans Ufer, bevor sie von Mary rübergezogen wurde.

Gerade als Lilly ins Wasser sprang, löste sich das Floß auf und alle Baumstämme trieben auseinander. Lena sank zwischen den Stämmen ins Wasser und tauchte unter.

Die Stämme knallten in der gewaltigen Strömung zusammen und trieben wieder auseinander. Wäre Lenas Kopf dazwischengeraten, hätte ihn dieser Aufprall zermalmt.

Eva und Lucy griffen nach der Leine und zogen an ihr. Nach einer halben Minute tauchte Lena wieder auf und hing an der Leine. Meter für Meter zogen sie sie an Land. Lena keuchte und spuckte Wasser, aber sie lebte und war nahezu unverletzt. Bis zur letzten Sekunde hatte sie das Floß auf dem Felsen gehalten, damit alle anderen es rechtzeitig verlassen konnten.

Am Ufer erholten sie sich von den Strapazen und dem Schreck und ordneten ihre Sachen. Nach einer Stunde machten sie sich wieder auf den Weg.

Glücksgefühl

Pete spürte Paulines Lippen auf seinen, als er am Morgen aufwachte.

„Alles Liebe zum Geburtstag", hauchte sie ihm ins Ohr.

Dann drehte sie sich zur anderen Seite: „Alles Gute auch dir Eva."

Mary gähnte und kam langsam zu sich.

„Ach ja, da war ja was. Herzlichen Glückwunsch euch beiden."

Mary beugte sich über Eva und drückte ihr ein Küsschen auf die Wange. Eva strahlte und bedankte sich bei Mary. Auch zu Pete drehte Mary sich und platzierte einen fetten Kuss auf seiner Wange. Pete durchzuckte es und er fing an zu grinsen. Pauline zwinkerte Mary kurz zu. Sie beugten sich nun beide gleichzeitig zu Pete und drückten ihm jeder einen Kuss auf die Wange. Pauline auf die rechte und Mary auf die linke.

Pete glaubte, sich im siebten Himmel zu befinden. Passiert das gerade wirklich? Träume ich noch? Aber wenn er träumen würde, dann würde er sich doch genau diese Frage gar nicht stellen? In seiner Magengegend bebte es. Sein ganzer Körper war ziemlich erregt. Er spürte auch welche Auswirkungen das auf seinen Unterleib hatte.

„So, jetzt aber raus aus den Federn. Die anderen warten bestimmt schon. Kommt ihr?", sagte Eva zu den drei anderen.

Pete stammelte: „Geht ihr schon mal vor, ich komme gleich."

Er schloss die Augen und sah Pauline und Mary vor sich. Beide lagen neben ihm im Schlafsack. Keine von ihnen hatte ein Schlaf-T-Shirt an. Abwechselnd beugten sich Pauline und Mary über ihn und küssten ihn auf den Mund. Petes Hände streiften über die Körper der beiden. Auf seinem Körper spürte er vier Hände, die sich auf seinem Oberkörper bewegten. Plötzlich bahnten sich die vier Hände einen Weg unterhalb seiner Hüften. Pauline hauchte ihm ins Ohr: „Komme gleich." Und auch Mary hauchte ihm in das andere Ohr: „Komme gleich."

Pete schlug die Augen auf. Er musste nochmal weggedöst sein. Hatte er geträumt? Bruchstückhaft hatte er noch Paulines Gesicht vor sich. Pete bemerkte, dass sein T-Shirt durchgeschwitzt war. Und er bemerkte, dass Schweiß nicht das einzige auf dem Shirt war.

Pete schälte sich aus dem Schlafsack und ging nach draußen. Als er das Zelt verließ, standen alle vor ihm und riefen laut: „Happy Birthday!" Sie stimmten direkt ein Ständchen an und sangen strahlend ein Geburtstagslied.

Pete wäre am liebsten im Boden versunken und hoffte, dass keiner auf sein T-Shirt sah. Nur Pauline bekam ganz große Augen und starrte auf einen Punkt unterhalb seiner Gürtellinie.

Nach dem Ende des Liedes platzte es aus Pete heraus: „Ähm, ganz lieben Dank, Leute. Aber ich muss mal ganz dringend. Ich bin gleich zurück."

Er stolperte in Richtung Bach zog sein Shirt aus und betrieb eine ausgiebige Morgenwäsche.

Als er zurück ging, kamen die anderen einzeln auf ihn zu. Er wurde gedrückt, geknuddelt, geküsst und alle gratulierten ihm von Herzen. Eva hatten sie wohl schon alle gratuliert, als er nochmal weggedöst war.

Er ging nun auch zu Eva und nahm sie in den Arm.

„Alles Gute, Schwesterchen."

Eva gab ihm einen Kuss auf die Wange und sagte: „Dir auch alles Gute."

Eva zog seinen Kopf noch etwas näher heran und flüsterte in sein Ohr: „Ich hoffe du hast was Schönes geträumt. Und glaub mir, es gibt nichts, was dir peinlich sein müsste."

Pete errötete. Er war inzwischen schon einen halben Kopf größer als Eva. Er nahm sie nochmal richtig in den Arm und drückte sie ganz fest an sich.

„Du findest auch noch deine Seelenverwandte", flüsterte Pete ihr dabei ins Ohr.

Eva stutzte kurz und war verwundert, dass Pete die weibliche Form dieses Wortes benutzte. Ahnte Pete etwa was?

Überraschung

Da Emma und Charlene ihre Rucksäcke verloren hatten, brauchte nicht jeder einen tragen. Die beiden waren inzwischen wieder voll bei Kräften und wurden gleichberechtigt mit eingebunden. Zur Feier des Tages brauchten Pete und Eva keinen Rucksack tragen. Wenigstens ein kleines Privileg zum Geburtstag.

Den ganzen Tag während ihres Marschs tänzelte Charlene von einem zum anderen und tuschelte mit ihnen. Nur mit Pete und Eva nicht. Wie es aussah, hatte sie Heimlichkeiten, von denen die Geburtstagskinder nichts wissen durften.

Von weitem hörten sie ein rauschendes Gewässer. Je näher sie kamen, desto lauter wurde es. Vor ihnen tat sich ein reißender Strom auf. Laut Martins Buch sollte hier ein Stahlseil existieren. Die Entfernung zur anderen Seite betrug höchstens sieben Meter. Emma entdeckte auf der anderen Seite etwas Blinkendes. Bei näherem Hinsehen erkannte sie Stahl, der sich in der Sonne spiegelte.

Luke sah durch das Fernglas und sagte: „Das Stahlseil ist dort drüben."

Auf ihrer Seite lagen nur ein paar Reste des Seils. Es musste in der Mitte durchgerissen sein. Inzwischen hatten sie gelernt mit anscheinend unlösbaren Problemen fertig zu werden. Keiner wirkte niedergeschlagen.

Lola setzte an: „Also. Was machen wir? Alle Vorschläge sind willkommen. Wäre doch gelacht, wenn fünfzehn Gehirnen nichts dazu einfallen würde."

„Wir könnten unser Seil rüber werfen und uns rüber hangeln", schoss es aus Ann heraus. Pete antwortete: „Gute Idee, aber nichts für ungut. Jemand müsste ja erstmal rüber und das Seil festmachen."

Lucy meldete sich zu Wort: „Ich bin gut im Weitsprung, ich könnte Anlauf nehmen und rüber springen."

„Viel zu riskant und viel zu weit. Der Weltrekord liegt für Frauen bei unter acht Meter", gab Kate zu bedenken.

Pete sah zu den Bäumen hoch und schlug vor: „Wir legen einen Baum um. Einen, der genau über den Fluss fällt und wo wir alle rüber laufen können."

Alle überlegten und keinem schien ein Grund einzufallen, der dagegensprach.

„Ja, dass könnte klappen. Also wenn keinem etwas Besseres einfällt, dann sollten wir es so machen", sagte David.

Zu ihrer dürftig gewordenen Ausrüstung gehörten immer noch eine mittelgroße Axt und eine Handkettensäge. Das waren einfach nur zwei Griffe an einer Kette von einer Säge befestigt, die man mit Muskelkraft hin und her ziehen konnte.

Pete ging sofort los und begutachtete die umstehenden Bäume. Hier waren Höhe, Dicke und Standort die ausschlaggebenden Kriterien. Wenn er einmal gefallen war, dann konnten sie ihn nicht mehr bewegen und schon gar nicht über den Fluss schieben. Also war es von entscheidender Bedeutung, dass er genau im richtigen Winkel von selbst über den Fluss fiel. Pete hatte ein Exemplar gefunden, das all seine Kriterien zu erfüllen schien.

Er gab die nächsten Anweisungen: „Ann, du kletterst rauf und befestigst unsere Kletterseile. Eins nach rechts und eins nach links. David fängt an zu sägen und wir werden uns abwechseln. Per Hand ist das mühsam."

Pete gab noch genaue Anweisung wie sie ziehen sollten, sobald der Baum anfing zu fallen. Nun hoffte er auf noch etwas Glück und sie begannen die Baumfällarbeiten.

Es dauerte eine halbe Stunde, bis sie fast durch den Stamm waren. Damit die Kette nicht stecken blieb, mussten sie einen Keil in den Schnitt treiben, aber den gab es hier in der Natur nicht so einfach. Pete nahm stattdessen die Axt als Keil und einen Stein zum Reinschlagen.

Luke war gerade am Sägen, als der Baum knackte und zu kippen begann.

„Jetzt ziehen!", rief Pete den anderen zu.

Luke konnte gerade noch rechtzeitig wegspringen. Allmählich neigte er sich über den Fluss und mit Wucht fiel er krachend über die Schlucht.

„Bitteschön", sagte er in die freudigen Gesichter. „Ihr wolltet eine Brücke? Hier ist sie."

Pauline ging auf Pete zu und drückte ihm einen Kuss auf den Mund.

„Merci, mein Superheld."

David sicherte Luke mit einem Seil, damit Luke die nach oben stehenden Äste mit der Axt entfernen konnte. Der Stamm war breit genug, um darauf laufen zu können. Trotzdem bestand David darauf, alle einzeln mit dem Seil zu sichern.

Nachdem sie und die Ausrüstung auf der anderen Seite waren, setzten sie ihren Weg fort.

Den Abend verbrachten sie gemeinsam an einem kleinen Teich, der kaum zehn Meter im Durchmesser maß, aber glasklar war. Nach einem ausführlichen Bad versammelten sie sich um das Feuer.

Pete und Eva saßen nichts ahnend nebeneinander, da begannen die anderen in die Hände zu klatschen und irgendeine Formation einzunehmen. Emma stand etwas abseits vor ihnen, erhob ihre Stimme und fing an zu singen. Sie hatte eine sehr kraftvolle und atemberaubend schöne Stimme. Pete lief Gänsehaut über den Rücken und Eva erstarrte förmlich. Sie saß mit offenem Mund da und rührte sich nicht. Tausend Nadeln stachen auf sie ein. Aber nicht schmerzend, sondern prickelnd.

Die anderen klatschten rhythmisch und begannen zu Emmas Gesang zu tanzen. Es war nicht perfekt synchron, aber es war trotzdem überwältigend. An einigen Stellen stimmten sie einen Refrain an und sangen im Chor.

Emmas Stimme schien jeden einzelnen Ton perfekt zu treffen. Eva kamen die Tränen. Das war wohl das schönste Geburtstagsgeschenk, dass sie je bekommen hatten.

Nun kam Mary auf Pete zu und nahm ihn an die Hand und Charlene nahm Eva an die Hand. Sie zogen sie in die Mitte und bildeten einen Kreis um sie. Emma stimmte ein weiteres Lied an und alle begannen wie wild zu tanzen. David hatte sich zwei Stöcke geschnappt und klopfte sie im Takt aufeinander.

Sie tanzten weiter, bis sie alle vollkommen durchgeschwitzt waren und Emma die Lieder ausgingen. Anschließend sprangen nochmal alle in den Teich, um sich abzukühlen.

Im Zelt sagte Pete zu Pauline: „Das war der schönste Geburtstag meines Lebens. Vom geweckt werden bis genau jetzt."

Pauline lächelt ihn an und begann ihn leidenschaftlich zu küssen.

Blackout

Wie geplant gelangten sie nach sechs Tagen an einen See, der links von ihnen lag. Der Weg führte zwar weiter geradeaus, aber laut Martins Karte mussten sie den See queren und auf der anderen Seite einen Pfad nehmen.

Das war auch das Ende der Fahrradanhänger. Von hier an hieß es Schleppen. Die gesamte Ausrüstung und die Nahrungsmittel mussten nun zu Fuß transportiert werden.

Der Pfad sollte schmal sein und über steile Wege über die Berge führen, so hatte es Martin beschrieben. An beiden Enden des Sees ragten hohe Felsen in den Himmel. Nun verstanden sie auch, warum man ihn nicht einfach umgehen konnte.

Der See war langgezogen, aber nicht sehr breit. David schätzte den Abstand zum anderen Ufer auf gerade mal zweihundert Meter. Martin hatte ein kleines Boot auf einer Skizze eingezeichnet. Eva war bereits auf der Suche danach, als sie enttäuscht zurückkam.

„Ich habe das Boot gefunden. Dort drüben. Schaut mal."

Sie konnten kaum etwas sehen, aber unter einem Busch, der ins Wasser ragte, entdeckten sie das Boot. Oder besser gesagt, das, was davon noch übriggeblieben war. Sie fanden nur noch ein paar alte Planken über das Wasser ragen. Der Rest war bereits auf den Boden gesunken.

„Wir könnten ein Floß bauen", schlug Pete vor.

Mary überlegte: „Könnten wir. Aber das dauert doch ewig und wir haben keine Kettensäge mehr. Warum schwimmen wir nicht einfach durch?"

Lola dachte kurz nach und sagte: „Durchschwimmen ist keine schlechte Idee. Und ein Floß auch nicht. Wir müssen ja nur die Ausrüstung trocken rüber bekommen. Dazu reichen sicher zwei Baumstämme. Das sollte nicht allzu lange dauern. Oder Pete?"

Lola schaute Pete fragend an, da er hier ja der Holzexperte unter ihnen war.

„Also dann, auf geht's. Ihr habt es alle gehört", fügte David noch hinzu und alle stoben auseinander.

Nach einer Stunde war ihr provisorisches Floß fertig. Sie würden zweimal fahren müssen, um die gesamte Ausrüstung überholen zu können.

Mary war als erste im Wasser. Keiner konnte so schnell schwimmen wie sie. Wasser war ihr Element. Egal ob schwimmen oder tauchen, hier fühlte sie sich am wohlsten. David, Lucy, Luke und Lena schoben das Floß vor sich her. Von den anderen wartete die eine Hälfte am Ufer und der andere Teil schwamm auf die andere Seite.

Mary hatte vorher die beiden Seile zusammengeknotet, schwamm eilig voraus und zog das Seil hinter sich her. Das nun hundertzwanzig Meter lange Seil wollte sie nutzen, um das Floß rüber zu ziehen, da es sich doch recht mühsam schieben ließ.

Nachdem das Floß entladen war, schwamm Mary mit dem Seil wieder zurück. Luke und David schoben das Floß noch bis zur Mitte und kehrten dann um. Die anderen beluden den Rest auf das Floß und Mary sprang wieder in die Fluten.

Lola, Pete und Mia schoben das Floß bis zur Mitte. Mia löste gerade ihre Hand vom Floß, da kippte ein Rucksack um und fiel ins Wasser. Lola wollte danach greifen, aber der Rucksack sank nach unten und Lola schaffte es nicht ihn zu erreichen. Sie sah ihn bis zum Boden sinken.

Das Wasser war so klar, dass man ihn deutlich erkennen konnte. Die Wassertiefe war hier absolut nicht einzuschätzen. Das konnten gut und gerne dreißig oder vierzig Meter sein. Lola schaute sich um und sah in alle Richtungen. Sie versuchte sich genau zu merken, wo sie war.

Durch mehrere Punkte, wie Bäume und Felsen, konnte sie so eine genaue Peilung aufnehmen. Dann setzte sie sich in Bewegung und schwamm an Land.

„Mist! Wir müssen rausfinden, wessen Rucksack das war und was drin ist", fluchte Mia.

„Na zumindest schon mal ein Schlafsack und eine Isomatte", gab Ann zurück.

„Ich glaube, das war meiner," sagte Lucy.

„Der fehlt nämlich hier. Und da war ein Teil der Kletterausrüstung drin. Deshalb ist der so schnell nach unten gesunken."

David überlegte und sagte: „Die Kletterausrüstung hätten wir unbedingt gebraucht. Da oben kommen noch ein paar Passagen, laut Martins Buch, bei denen wir ohne nicht weiterkommen. Wir müssen überlegen, wie wir es auch ohne schaffen."

Gemeinsam zermarterten sie sich die Köpfe und studierten Martins Buch, ob es nicht doch eine Alternative ohne Kletterausrüstung gab.

Mary fasste einen Entschluss: „Ich werde tauchen und den Rucksack hochholen."

Lola blickte sie kopfschüttelnd an: „Mary, das ist vollkommen unmöglich. Das sind über dreißig Meter, da kommst du nicht hin. Es sei denn, du hast eine Taucherausrüstung, die du uns verschwiegen hast."

Einige mussten schmunzeln bei dem Gedanken und Pauline fügte hinzu: „Das wäre Mary tatsächlich zuzutrauen. Schwimmhäute hat sie ja eh schon zwischen den Zehen."

David überlegte und fand den Vorschlag nicht ungefährlich. Aber es war wohl die einzige Möglichkeit. Und wenn Mary jetzt auch noch mit einer Abstimmung kommen würde, dann hätte er ohnehin verloren. Er erinnerte sich an die *Wall* vor einer Woche und Lillys wütenden Blick.

David dachte angespannt nach und unterbreitete ihnen einen Vorschlag: „Also gut. Dann soll es so sein. Hier mein Plan. Wir befestigen eine Bandschlinge an einem schweren Stein und das Kletterseil mit einem Karabiner daran. Lola kennt noch die Stelle und geht mit Mary mit dem Floß raus. Wir machen Markierungen am Seil und lassen es mit dem Stein nach unten. So wissen wir schon mal, wie tief es dort ist. Mary kann sich dann an dem Seil nach unten ziehen, dann ist sie schneller. Unten klinkt sie den Karabiner von der Bandschlinge aus und in den Rucksack ein. Danach zieht Mary sich am Seil wieder nach oben."

Mary ging alles nochmal in Gedanken durch. „Ja, das klingt gut. Das sollte ein Klacks sein."

Mary meinte es tatsächlich so. Sie hatte endlose Stunden im Schwimmbad, in Seen oder im Meer verbracht. Sie war dort Schwimmen, Apnoetauchen und Gerätetauchen. Keiner konnte ihr was vormachen. Im Schwimmbad schaffte sie anderthalb Bahnen Streckentauchen. Und dass ohne Flossen und bei Fünfzig-Meter-Bahnen. Auf der Stelle konnte sie bereits drei Minuten die Luft anhalten. Und mit dem Seil als Hilfe sollte das hier problemlos möglich sein.

Mary bereitete sich vor und schwamm mit Lola zu der Stelle, bis sie den Rucksack wiederfanden. Sie ließen den Stein mit dem Seil nach unten. Die Markierung zeigte bereits vierzig Meter und war noch nicht zu Ende. Erst bei fünfundvierzig Meter hatte der Stein den Boden erreicht.

In Mary keimten jetzt doch ein wenig Bedenken auf. Es war noch keine Angst, aber dennoch wuchs der Respekt vor ihrer Aufgabe. Sie konzentrierte sich und versuchte ihre Atmung auf den Tauchgang vorzubereiten.

Lola hielt sich am Floß fest und beobachtete Mary. Wie sie es gelernt hatte, nahm sie den letzten Atemzug und tauchte ab. Sie griff nach dem Seil und zog sich in die Tiefe. Der Druckausgleich klappte gut, aber sie spürte die Kälte auf ihrer Haut. Normalerweise hätte sie einen Neoprenanzug getragen, aber hier musste sie sich zusammenreißen. Noch fünf Meter und sie erreichte den Karabiner. Sie öffnete den Schnapper und hakte ihn aus der Bandschlinge.

Plötzlich wurde das Seil nach oben gezogen. Sie wollte gerade Lola verfluchen, weil sie das Seil hochzog, doch dann fiel ihr ein, dass das Seil einfach nur durch den schweren Stein unter Spannung gestanden hatte. Der Karabiner glitt ihr aus der Hand und schwebte langsam nach oben. Sie spurtete hinterher und konnte ihn wieder fassen.

Nun musste sie wieder zum Rucksack hinab schwimmen. Sie zog an dem Seil, doch statt es nach unten zu bekommen, zog es sie selbst wieder nach oben. Mary hatte das Seil in der rechten Hand und griff nach dem Rucksack. Ihre Hand war nur noch einen halben Meter davon entfernt. Das Seil bewegte sich keinen Zentimeter. Sie merkte, wie ihr die Luft knapp wurde und der Atemreflex einsetzte. Sie unterdrückte ihn und machte mit den Beinen noch einen letzten Zug in Richtung Rucksack. Es waren doch nur noch fünf Zentimeter.

Mary wurde schummrig vor Augen. Sie sah plötzlich ihre Mum und ihren Dad vor sich. Die beiden waren ebenso leidenschaftliche

Taucher gewesen wie sie. Das Rote Meer war ihr Lieblingsrevier gewesen. Ihr Dad hatte über vierhundert Tauchgänge hinter sich gebracht. Ihre Mum war sogar ein Divemaster gewesen und hatte fünfhundertzwanzig Tauchgänge in ihrem Logbuch vermerkt.

Noch bevor Mary geboren wurde, wollten sie eine eigene Tauchbasis in Ägypten eröffnen. Dann wurde sie mit Mary schwanger und sie verschoben das Projekt. Als Mary zehn wurde wollten sie den Traum wahr machen. Mary war damals Feuer und Flamme. Sie durfte zwar mit ihrem Tauchschein noch nicht so tief tauchen, aber die farbenprächtigsten Korallen gab es ohnehin nur in geringeren Tiefen.

Das ganze Thema Tauchen, hatte sich seit der Apokalypse ohnehin erledigt. Auf absehbare Zeit würde sicher keiner tauchen gehen.

Mary bekam mit ihren Fingerspitzen einen Gurt am Rucksack zu fassen und zog Seil und Rucksack zusammen. Sie klinkte den Karabiner in den Tragegriff ein und begann den Aufstieg. Sie zog sich am Seil nach oben, doch bei zehn Meter wurde ihr schwarz vor den Augen. Dann sah sie in weiter Ferne ein weißes Licht.

Hatte Pete nicht davon berichtet, als er im Eis eingeschlossen war? War Pete vielleicht doch ihr Seelenverwandter? Aber was war mit Pauline? Sie liebte ihn und sie hatte ihn gerettet. Niemals würde sie sich zwischen ihre beste Freundin und Pete stellen. Das weiße Licht kam näher und als es genau vor ihr war, dämmerte sie weg und spürte nichts mehr.

Ihr Körper schwebte auf wundersame Weise im Wasser. Die Arme ausgebreitet und mit dem Kopf nach unten bewegte sie sich nicht.

Lola sah es und schrie zum Ufer: „Hilfe! Mary ist bewusstlos."

Sie setzte an und tauchte ab. In dem Moment bekam sie einen Krampf in der Wade und ein starker Schmerz durchzog ihren Bauch. Sie war unfähig zu tauchen und versuchte ihre Wade zu dehnen. Sie dachte an Mary und musste hilflos miterleben, wie sie ertrank.

Lola fühlte sich elend. Sie war keine zehn Meter von Mary entfernt und konnte ihr doch nicht helfen.

Am Ufer rannten alle panisch umher. Pauline reagierte als Erste. Sie zog ihre Sachen aus und stürzte ins Wasser. So schnell sie konnte, schwamm sei zu Lola. Sie stoppte kurz und blickte in die Tiefe. Dort sah sie Mary schwebend im Wasser.

Pauline holte Luft und tauchte ab. Mit kräftigen Zügen war sie nach Sekunden bei Mary und packte sie am Arm. Pauline strebte nach oben und durchstieß die Wasseroberfläche. Oben angekommen holte sie Luft und drehte Mary in die Rückenlage. Sie versuchte sich zu erinnern, was sie tun musste.

Pauline hatte mit dreizehn Jahren mal einen Rettungsschwimmerkurs gemacht. Sie hatte gelernt, wie man jemanden aus dem Wasser rettet, der sich in Panik dagegen wehrt, jemanden, der einfach nur keine Kraft mehr hat und Hilfe braucht und jemanden der bewusstlos ist, so wie Mary.

Sie versuchte sich auch daran zu erinnern, wie man jemanden richtig an Land brachte und wie man jemanden wiederbelebte. Lola und David hatten Pete wiederbelebt, aber Lola war noch im Wasser und David hatte immer noch mit seinem Handgelenk zu kämpfen.

Pauline drehte sich auf den Rücken und nahm Marys Kopf zwischen ihre Hände. Mit kräftigen Beinbewegungen schwamm sie dem Ufer entgegen und hielt ihn dabei über dem Wasser.

Lena und Lucy rannten ihr entgegen und trugen Mary aus dem Wasser. Am Ufer legten sie sie ab. Pauline hockte sich neben ihre beste Freundin. Sie kontrollierte Atemwege, Atmung und Puls. Nichts zu spüren. Sie musste sofort handeln.

Im Rettungsschwimmerkurs hatten sie auch die Herzlungenwiederbelebung gelernt. Wie war das nochmal? Dreißig zu zwei fiel ihr wieder ein. So hatten es Lola und David auch gemacht. Sie drückte mit ihren Händen auf Marys Brust und zählte mit.

Nein Mary, du darfst nicht sterben. Du musst bei mir bleiben. Ich mache alles, was du willst, aber bleib bei mir. Ich weiß, dass du in Pete verliebt bist. Wenn es das ist, was du willst, dann teilen wir ihn, aber bleib bei mir. Du darfst nicht sterben …

Noch bevor Pauline bei dreißig war und David eine Mund-zu-Mund-Beatmung ansetzen konnte, hustete Mary und schoss nach oben. Pauline drehte sie auf die Seite und Mary spuckte Wasser aus dem Mund.

Pauline fiel Mary um den Hals: „Du lebst! Du lebst! Ich dachte du bist tot."

Alle waren erleichtert.

Lena und Lucy waren zu Lola geschwommen, um auch sie zu retten. Der Krampf war inzwischen vorüber, aber Lola klammerte sich an Lucys Schultern und ließ sich zum Ufer ziehen. Lena schob das Floß zum Ufer, sodass sie den Rucksack mit dem Seil nach oben ziehen konnten.

Nach diesem Schock beschlossen sie, ihr Camp hier aufzuschlagen, um Mary, Lola und Pauline noch etwas Ruhe zu gönnen.

Probe

In einer Abstimmung hatten sie beschlossen, wenigstens die Angel weiterhin mitzunehmen, da sie leicht war und ihnen noch nützlich sein konnte. Bis auf zwei Gegenstimmen waren alle dafür gewesen. Es stellte sich nun heraus, dass es eine gute Entscheidung war, denn Luke und Pete zogen ein paar kräftige Forellen an Land.

Mary und Pauline ruhten sich noch am Feuer aus und Lilly konnte sich immer noch nicht durchringen, beim Fischen oder Jagen zuzusehen. Aber immerhin verzehrte sie inzwischen wieder Fisch und auch Fleisch und hatte dem vegetarischen Leben abgeschworen. Zumindest vorerst. David half ihnen, die Fische auszunehmen und zu filetieren. Mia, die bisher nur mit Landtieren zu tun hatte, war ganz wissbegierig und lernte von David, wie man Fische zubereitete.

Nach einer köstlichen Mahlzeit saßen sie alle am Feuer. Vom Baden hatten sie heute erstmal genug und zum Tanzen war heute auch keinem zumute. Die Stimmung war etwas bedrückt nach dem heutigen Ereignis, aber alle waren froh, dass Mary überlebt hatte und es ihr auch schon wieder besser ging.

Mary grübelte vor sich hin und erinnerte sich an ihre Nahtoterfahrung und die Bilder dabei. Pauline war ebenfalls in Gedanken versunken. Was hatte sie gedacht, als sie versuchte Mary wiederzubeleben? Beide blickten immer wieder zu Pete, der ihnen gegenübersaß und genüsslich ein Stück Fisch aß.

Luke und Lucy kümmerten sich um die Vorräte. Lena wollte nochmal ihre Liste durchgehen und berechnete die einzelnen Gewichte, um sie auf die Rucksäcke aufteilen zu können. Lucy und Lena versuchten dabei jeden Einzelnen von ihnen einzuschätzen in Bezug auf Alter, Körpergröße, Kraft, Willensstärke und Eigengewicht, um daraus eine Formel für die Aufteilung der Last zu entwickeln.

Lena schaute auf ihre Liste und sagte: „Fertig. Ich habe hinter jeden einzelnen Gegenstand und hinter dem kompletten Proviant die Gewichte und die Namen der Rucksäcke geschrieben. Den schwersten Rucksack hat natürlich David. Der wiegt achtundzwanzig Kilogramm. Den leichtesten hat Ann mit neun Kilogramm. Und du und ich wir haben gleichviel mit achtzehn Kilogramm."

Lucy sah Lena an und sagte: „Ich bewundere dich. Du bist so vollkommen durchorganisiert und hast immer alles unter Kontrolle. Bei dir fühle ich mich irgendwie sicher. Ich wünschte ich könnte das genauso."

Plötzlich, wie durch eine Eingebung, ging Lucy auf Lena zu, nahm ihren Kopf zwischen ihre Hände und küsste sie direkt auf den Mund. Es dauerte nur drei Sekunden. Dann ging sie einen Schritt zurück und blickte Lena erwartungsvoll an. Lena stand der Mund offen und sie brauchte einen Moment, um zu erfassen, was da gerade passiert war. Lucy kannte Lena gut genug, um zu wissen, dass sie nicht gleich ausrasten würde. Trotzdem war sie nun gespannt auf ihre Reaktion.

Lena sammelte sich wieder und sagte zu Lucy: „Damit hatte ich ehrlich gesagt nicht gerechnet. Das muss ich erstmal sacken lassen."

Lucy war erleichtert, dass Lena nicht gleich eingeschnappt war und sagte: „Ich musste es einfach probieren. Ich wollte einfach wissen, wie das ist und ob ich was dabei spüre."

„Und? Hast du was gespürt?", fragte Lena nun auch neugierig zurück.

„Ja, habe ich. Es war schön. Etwas ähnliches habe ich auch bei Max gespürt. Ich schätze, das heißt wohl, dass ich nicht nur auf Jungs stehe. Und bei dir?"

Lena überlegte eine Weile: „Ich weiß nicht. Schön war es auf jeden Fall. Und ausschließen würde ich das bei mir auch nicht. Aber ich werde wohl noch eine Weile brauchen, um mir darüber klar zu werden."

Lucys Mundwinkel verzogen sich zu einem Lächeln: „Auf jeden Fall bin ich froh, dass du nicht ausgerastet bist. Du bedeutest mir nämlich viel und ich möchte nicht, dass da etwas zwischen uns steht."

Lena lächelte zurück: „Keine Sorge. Da wird nichts zwischen uns stehen. Und übrigens, ich hab dich auch lieb."

Lena ging auf Lucy zu und drückte sie ganz fest.

Den restlichen Abend gingen Lena ziemlich viele Gedanken durch den Kopf. Lucy war ihre beste Freundin. Dass da einmal mehr daraus werden würde, hätte sie bis vorhin nie für möglich gehalten. Sie wusste auch, dass Lucy definitiv auf Jungs stand. Genauso wie sie selbst auch. Aber sie wusste auch, dass man ja nicht nur entweder heterosexuell oder homosexuell sein konnte, sondern dass es da auch noch was dazwischen gab. Und da es in absehbarer Zukunft ohnehin etwas dürftig um das männliche Geschlecht stand, war das vielleicht ja sogar eine gute Alternative.

Je mehr Lena darüber nachdachte, desto mehr konnte sie sich mit diesem Gedanken anfreunden. Im Zelt lag sie lange wach und ließ die Gedanken kreisen.

Last

Lena war etwas müde am Morgen, aber dennoch überwachte sie akribisch das Packen der Rucksäcke. Jedes Mal, wenn sich dabei ihr Blick mit dem von Lucy kreuzte, musste sie lächeln. Lucy ging es genauso, was beiden ein Glücksgefühl bescherte.

Beim Schultern der Rucksäcke ging ein Stöhnen durch die Gruppe. David erklärte ihnen nochmal, dass es enorm wichtig war, dass sie die Hauptlast auf die Hüfte brachten und nicht auf die Schultern.

Aus ein paar Bandschlingen von der Kletterausrüstung hatte er provisorische Trageriemen an zwei Zelte angebracht, da ihnen ja zwei Rucksäcke fehlten.

Solange sie auf einer Ebene liefen, rechnete David mit fünfzehn Kilometern am Tag, die sie schaffen müssten. In den Bergen würden es dann weniger werden. Sie hatten Proviant für zwölf Tage und würden vierzehn brauchen.

David hoffte auf Zugaben aus der Natur. Mia würde sich schon darum kümmern. Oder Pete mit der Angel.

Bekleidung hatte nun wirklich jeder nur noch das dabei, was er anhatte. Für die Berge hatten sie noch zusätzlich ihre Daunenjacke und eine Regenjacke im Gepäck. Er konnte nur hoffen, dass das Wetter einigermaßen hielt. Derzeit herrschte ein stabiles Hoch, die Luft war klar und es war sonnig. Regen oder gar ein Unwetter war das Letzte, was sie in den Bergen gebrauchen konnten.

Davids Hand schmerzte noch etwas beim Gebrauch der Teleskop-stöcke. Das Gewicht auf der Hüfte und den Schultern war er-drückend. Noch nie in seiner Wanderkarriere hatte er einen so schweren Rucksack zu schleppen gehabt. Dennoch konnten sie auf die Kletterausrüstung nicht verzichten. Die Notizen von Martin waren diesbezüglich eindeutig.

Luxusartikel, wie Funkgeräte, Kartenspiele, Kettensäge, Benzin-kocher und Seife hatten sie nach und nach hinter sich gelassen. Wenn sie bis nach Clean-Land gelangten, dann würden sie mit leeren Taschen dastehen. Hauptsache der Proviant reichte und sie verhungerten nicht. Alles andere war nebensächlich.

Der Pfad war schmal und sie liefen im Gänsemarsch hintereinander. Das Atmen fiel schwer unter der Last, daher hatte keiner das Bedürfnis zu reden. Jeder schien in Gedanken versunken. Hier und da ertönte: „Aufpassen!" oder: „Achtung!", aber sonst herrschte Ruhe. Die Bäume wurden immer kleiner und hörten bald ganz auf.

Nun stiegen sie über Gräser, Steine, Bäche und Flechten. Einen Pfad gab es hier nicht mehr und auch keine Markierungen. Dafür hatten sie einen markanten Punkt am Horizont ausgemacht, auf den sie geradewegs zusteuerten. Ab und zu mussten sie einen etwas breiteren Bach überqueren, aber meistens lagen Steine drin und sie balancierten von einem Stein zum anderen.

David lief hinter Lola und sah, dass sie etwas schmerzte, wenn sie ihren linken Fuß belastete. Lena hatte Lola die zwei Zelte verpasst, die sie mit den Schultern tragen konnte.

Jedes Zelt wog gerade mal drei Kilogramm. David hatte spezielle Ultraleichtzelte ergattert. In diese Variante passten in der Regel drei Personen rein und zur Not auch vier. Sie hatten eine Apside, in der normalerweise die Ausrüstung vor Regen geschützt wurde.

Durch den Zuwachs von Emma und Charlene hatten sie aber etwas umdisponiert und ließen die Rucksäcke ganz draußen, sodass jeweils noch eine Person in der Apside schlafen konnte. Dieses Vorzelt hatte zwar keinen Boden, aber es schützte immerhin vor Wasser von oben. Lola sollte sich und ihren Bauch schonen. Daher war ein Rucksack mit Hüftgurt für sie tabu. Die sechs Kilogramm für die Zelte steckte sie allerdings locker weg.

„Lola, hast du was am Fuß? Du trittst so komisch auf", sprach David sie an.

Lola drehte sich mit einem gequälten Lächeln um: „Nein, geht schon. Alles in Ordnung."

David sah ihr an, dass etwas nicht stimmte. „Lola, halt an und setz dich. Ich will erst wissen, was los ist, vorher macht hier keiner einen Schritt weiter."

Lola war es unangenehm, aber sie setzte sich auf einen Stein und zog sich den Schuh aus. Was David dort sah, erschreckte ihn. Lolas Ferse war blutverschmiert und einzelne Hautfetzen hingen herab.

„Deine gesamte Ferse ist aufgescheuert. Warum sagst du denn nichts? Das muss doch tierisch schmerzen", sagte David mit entsetzter Stimme.

„Gerade du musst doch wissen, dass das nicht besser wird und wir was dagegen tun müssen. Was hast du dir nur dabei gedacht?" Davids Stimme klang vorwurfsvoll.

„Ich will uns nicht aufhalten. Wir verlieren doch nur Zeit. Ja, ich hätte vielleicht was sagen sollen. Tut mir leid."

David sah in die Richtung, in die sie gingen und sagte dann fest entschlossen: „Wir machen heute früher Schluss. Wir müssen uns erst um Lolas Fuß kümmern. Morgen teilen wir die Zelte auf. Luke und Pete nehmen die Gestänge, Lena und ich nehmen die Außen- und Innenzelte und Lucy nimmt das Zubehör."

David kramte das IFAK hervor und durchsuchte es nach einem sterilen Wundverband.

„Ich werde deinen Fuß verbinden. Morgen sehen wir weiter."

Sie richteten ihr Camp ein und Pete und Pauline zogen los, um Brennholz zu suchen, was hier oben in der kargen Landschaft nicht einfach war. Für ein großes Feuer würde es nicht reichen, aber zum Wasser kochen für die Trekkingnahrung und Tee und für etwas Wärme am Abend musste es reichen.

Pauline lag seit ein paar Tagen etwas auf der Zunge und sie wusste nicht, wie sie Pete darauf ansprechen sollte.

Schließlich fasste sie sich ein Herz und legte los: „Sag mal Pete, weißt du eigentlich, dass Mary in dich verliebt ist?"

Pete sah sie an und sein Magen verkrampfte sich. Nun war es also so weit. Er konnte Pauline nichts mehr vormachen. Sein Geheimnis war kein Geheimnis mehr und es war an der Zeit reinen Tisch zu machen.

Pete rang nach den richtigen Worten: „Wieso? Hat sie dir das gesagt?"

„Nein, hat sie nicht und würde sie nicht. Aber sie ist meine beste Freundin und ich kenne sie gut genug, um ihr das anzusehen."

Pete wusste nicht genau, ob da noch mehr kam und ob Pauline ihn damit konfrontieren würde, dass sie wusste, das er Mary auch liebte.

Daher tastete er sich vorsichtig ran: „Und? Wie siehst du das? Also wie gehst du damit um?"

Pauline dachte an den Moment während der Herzdruckmassage bei Mary zurück und wollte nicht lügen.

„Als Mary bewusstlos war, habe ich ihr alles versprochen, damit sie wieder aufwacht. Sogar, dass ich dich mit ihr teilen würde, wenn es sein muss." Sie nestelte an ihrem Shirt. „Klingt blöd, oder? Du musst mich für bescheuert halten."

Pete war verdutzt über Paulines Antwort, aber irgendwie auch erleichtert.

„Nein, ich halte dich niemals für bescheuert. Aber würdest du mich verachten, wenn ich sage, dass ich euch beide liebe?"

Nun sah Pauline völlig verblüfft aus. Das hatte sie nicht kommen sehen.

„Was du? Verliebt in Mary? Ich dachte, nur Mary ist verliebt in dich. Ist da was gelaufen zwischen euch?"

Sofort schoss Pete zurück: „Nein! Absolut nicht! Ich schwöre es. Ich wusste bis eben noch nicht mal, dass Mary in mich verliebt ist."

Pauline vertraute darauf, dass er die Wahrheit sagte. Und auch Mary würde sie nie zutrauen, sie zu hintergehen.

„Hm. Irgendwie eine verzwickte Situation. Also Mary liebt dich. Ich liebe dich auch. Du liebst uns beide. Und Mary und ich sind beste Freundinnen." Nach einer kurzen Pause fügte sie hinzu: „Und dazu kommt noch, dass es mehr Frauen gibt als Männer. Und dass wir eh alle neu anfangen und es keine Regeln mehr gibt, was das anbetrifft."

Pete dachte nach. „Du hast es auf den Punkt gebracht. So sieht es wohl aus. Und was machen wir nun?"

„Ich würde sagen, wir lassen erstmal alles auf uns zukommen. Und lass mich bitte zuerst mit Mary reden und sage ihr noch nichts, okay?"

Pete fiel ein Stein vom Herzen. Mit voller Überzeugung sagte er zu Pauline: „Du weißt ja gar nicht, wie sehr ich dich liebe."

Er ging auf Pauline zu und küsste sie.

Erwartungen

Am Tag darauf kamen sie nur langsam voran. Es war nicht Lola selbst, die bremste. David bestand darauf, häufiger Pausen zu machen, damit Lola nicht allzu sehr litt.

Gänzlich ohne Gepäck und auch ab und an gestützt von den anderen konnte sie ihren Fuß so aufsetzen, dass er nicht im Schuh scheuerte. David wechselte den Verband alle zwei Stunden. Er reduzierte die Lagen des Wundverbands, um sie aufzusparen. Die Mullbinde konnte er jeweils mehrfach verwenden. Am Abend sah die Wunde zwar noch nicht viel besser aus, aber schlimmer war es auch nicht geworden. Obwohl sie einen deutlich längeren Weg gelaufen waren als am Tag zuvor.

Emma machte einen vergnügten Eindruck. Es schien, dass sie so langsam über den schmerzlichen Verlust ihrer Mum hinwegkam und wieder Freude am Leben fand. Ihr Mund stand kaum noch still und mal hatte sie tiefsinnige Unterhaltungen mit den anderen und mal redete sie einfach drauf los und sprach aus, was ihr in den Sinn kam. Und oft trällerte sie einfach nur vor sich hin.

Ihre Stimme war einzigartig. Eine Freundin hatte sie sogar mal überredet bei einer Casting Show im Fernsehen mitzumachen. Sie war damals dreizehn und hatte es bis ins Finale geschafft. Gewonnen hatte sie zwar nicht, aber es kamen ein paar Produzenten auf sie zu und wollten mit ihr arbeiten. Emma wollte das unbedingt und konnte ihre Mum überreden sie dabei zu unterstützen.

Ähnlich ging es Charlene mit dem Modeln, obwohl sie schon einen Schritt weiter war. Neben ein paar Werbespots und dem Casting für einen Kinderfilm, hatte sie eine Einladung von einer großen Modezeitung um als Kindermodel zu arbeiten.

Charlene strahlte eine faszinierende Aura aus, doch obwohl sie bereits zwölf war, sah sie eher aus wie zehn. Deshalb wollten die Produzenten Charlene auch als Schauspielerin haben. Sie war damals elf und das Mädchen in der Bande sollte neun sein. Sprachlich und geistig war Charlene den anderen voraus. Aber körperlich eher das Gegenteil. Deshalb wäre sie perfekt für die Rolle geeignet gewesen. Mit ihrer Ausstrahlung und ihrem schauspielerischen Talent hatte man ihr eine große Karriere vorausgesagt. Außerdem hatte sie ihr Bewegungstalent schon oft als Cheerleaderin in ihrem Verein unter Beweis stellen können.

Bisher fand Charlene das auch ziemlich aufregend und störte sich nicht an dem Unterschied ihrer geistigen und körperlichen Entwicklung. Doch das hatte sich in den letzten Monaten stark geändert. Nächsten Monat würde sie dreizehn werden.

Körperlich tat sich bei ihr absolut nichts. Sie hatte Kate beim Baden beobachtet. Und Kate war gerade mal elf.

Ihre Schwester versuchte sie immer zu beruhigen und sie daran zu erinnern, dass sie auch bereits dreizehn gewesen war, als sie das erste Mal ihre Tage bekommen hatte. Aber Charlene erinnerte sich noch genau an ihren letzten Skiurlaub, als Emma gerade dreizehn geworden war und sie alle in der Sauna waren. So weit war Charlene noch lange nicht.

Sie hasste ihren Körper zwar nicht, aber sie war trotzdem ungeduldig und konnte die anstehenden Wachstumsschübe gar nicht erwarten.

Packesel

Die Lebensmittel waren am schwersten. Zum Glück wurden sie jeden Tag ein bisschen weniger. Lena sorgte streng dafür, dass die Entlastung für jeden gleichermaßen zu spüren war. An die langen Tagesetappen hatten sie sich inzwischen gewöhnt. Lolas Ferse schien zu heilen, sodass sie ihren Fuß schon fast wieder voll belasten konnte. Sie steuerten direkt auf einen Gipfel zu, den sie würden rechts umrunden müssen. Die Hochebene, auf der sie sich befanden, war bar jedweder Vegetation. Ab und an querten ein paar Bäche ihren Weg. Meistens war es so wenig Wasser, dass sie mühelos drüber springen oder von einem Stein zum nächsten hüpfen konnten.

Der letzte Bach war etwas tiefer und breiter gewesen und sie mussten durch die eiskalte Brühe waten. Ann reichte sie bis über die Hüfte und nur mit Davids Hilfe konnte sie sich gegen die Strömung stemmen.

Als nächstes lag ein flacher, aber breiter Bach vor ihnen und sie suchten nach einer geeigneten Stelle, an der möglichst viele Steine aus ihm herausragten. Charlene stand bereits in der Mitte das Baches auf einem Stein und wollte gerade zum nächsten großen Schritt ansetzen. Mary war direkt hinter ihr und ging davon aus, dass Charlene nun springen würde. Doch sie zögerte und Mary krachte in Charlenes Rucksack. Charlene landete mit einem Schritt im Bach.

Sie versuchte sich mit dem rechten Fuß abzufangen, knickte jedoch weg und fiel kopfüber ins Wasser. Mary kam auf dem Stein zu stehen und konnte sich gerade noch so halten. Sie reichte Charlene eine Hand, doch beim Vornüberbeugen sackte ihr Rucksack in Richtung ihres Nackens und brachte sie aus dem Gleichgewicht. Mary prallte seitlich mit ihrer Schulter auf einen Stein. Schmerzen durchzogen ihre Schulter und sie konnte sich kaum bewegen. Charlene hatte sich bereits selbst auf einen Stein gezogen und rieb sich ihren Knöchel. Er tat höllisch weh und schwoll auf die Größe eines Pfirsichs an.

David, der als Letzter gelaufen war, hatte alles mit angesehen. Er warf seinen Rucksack ab, hüpfte über die Steine zu Mary und Charlene und sah in zwei schmerzverzerrte Gesichter.

Charlene heulte. Mary versuchte tapfer ihre Tränen zu unterdrücken und stöhnte heftig.

„Mary, deine Schulter sieht gar nicht gut aus. Dein Arm steht unnatürlich ab", sagte David mit besorgter Stimme.

Inzwischen waren Luke und Pete zur Stelle, um zu helfen. Luke stützte Mary und legte ihren unverletzten Arm über seine Schulter. Statt über die Steine zu springen, watete er nun direkt durchs Wasser. David nahm Charlene direkt vor sich auf den Arm und trug sie zur anderen Seite, während Pete die beiden Rucksäcke hinterherbrachte.

Lola erkannte sofort, was mit Mary los war, und gab ihre Diagnose: „Du hast dir den Arm ausgekugelt. Ich muss ihn wieder einkugeln. Sowas tut höllisch weh, aber eine andere Möglichkeit gibt es nicht."

Lola wies Mary an, sich auf den Boden zu legen. Sie nahm ihre Hand und verdrehte ihren Arm etwas. „Mary, ich werde jetzt mit einem Ruck bei drei ziehen."

Luke reichte Mary seine Hand und Mary hielt sich daran fest. Pauline hockte hinter Marys Kopf und streichelte ihr über die Stirn.

Lola begann zu zählen: „Eins, zwei ..."

Mary schrie auf. Allen drang ein Schaudern bis ins Mark, und hätten sie bereits auf dem Berggipfel gestanden, hätte dies nichts daran geändert.

Mary sah auf. Die Schmerzen hatten deutlich nachgelassen. Lola begutachtete Marys Arm und entschied, dass das Kugelgelenk wieder reingesprungen war und Mary ihren Arm bald wieder bewegen können müsste.

Dennoch wies sie Mary an: „Du darfst deinen Arm in den nächsten Tagen nicht bewegen. Ich gebe dir eine Schlinge und du wirst ihn ruhigstellen."

Nun wandte sich Lola an Charlene.

„Mein Knöchel ist ganz bestimmt nicht ausgekugelt", sagte Charlene ängstlich, „der tut zwar weh, aber du brauchst ihn nicht wieder einkugeln."

Lola lächelte und sagte mit ruhiger Stimme: „Keine Angst, das funktioniert bei einem Knöchel auch nicht. Der ist entweder gebrochen und im besten Fall nur verstaucht. Lass mal sehen."

Unter Qualen zog Charlene ihren Schuh aus. Lola sah, dass er ziemlich angeschwollen war, und bat Charlene, ihn zu bewegen.

Lola tastete ihn ab und sagte zu David: „Kann ich nicht mit Gewissheit sagen, aber wahrscheinlich ein Bänderriss. So oder so, Laufen kann sie damit auf keinen Fall."

Lola wies Charlene an, ihren Fuß ab und zu in den Bach zum Kühlen zu stellen.

„Erstmal Pause und überlegen, wie es weitergeht", sagte David.

Nach zehn Minuten resümierte Lena: „Also, Lola darf nach wie vor nichts tragen, Mary kann maximal was Leichtes um ihre Hüfte tragen und Charlene muss sogar getragen werden."

Keiner widersprach und so gab Lena nun Anweisungen: „Wir müssen Charlenes, Marys und Davids Gepäck komplett aufteilen. David muss Charlene tragen. Das wird eine Tortur für alle. Das

Gewicht ist bei jedem nochmal zwei Kilogramm mehr als am ersten Tag. Charlene, weißt du wieviel du wiegst?"

Charlene überlegte. „Zu Hause waren es noch fünfunddreißig Kilo."

„Naja, gehen wir mal von drei bis fünf Kilo weniger aus, nach all den Strapazen der letzten Wochen. David, viel Spaß als Packesel."

David sah Lena entgeistert an, aber ihm war bewusst, dass es keine Alternative gab.

Nachdem sie unter Lenas Aufsicht alle Rucksäcke umgepackt hatten und für Charlene eine provisorische Trage für den Rücken von David geknotet hatten, machten sie sich wieder auf den Weg. Lola hatte Charlenes Fuß bandagiert und Mary konnte nur noch einen ihrer Teleskopstöcke verwenden. Unter Stöhnen und Ächzen marschierten sie weiter auf den Gipfel zu, der in der Ferne glitzerte.

David wusste, dass sie heute weniger Strecke schaffen würden und hoffte, dass es Charlene und Mary bald besser gehen würde. Die Notizen von Martin gingen ihm durch den Kopf.

Schmetterlinge

Die Hochebene, auf der sie liefen, wollte kein Ende nehmen. Es mussten gut und gerne noch weitere dreißig Kilometer sein, bevor sie endete und sie wieder in bewachsene Gegenden kamen.

Seit es Emma zum ersten Mal fast aus der Bahn geworfen hatte, als sie Eva am See gesehen hatte, suchten ihre Augen immer wieder den Anblick von ihr. Ebenso suchte sie Evas Nähe, ohne dass es, wie sie hoffte, auffallen würde.

Die anderen liefen voraus und Emma und Eva hatten etwas Abstand zur Gruppe und waren außer Hörweite.

Emma fasste sich etwas Mut und fragte Eva mit einer beiläufig klingenden Stimme: „Sag mal, hattest du schon mal einen Freund?"

Nach den langen schweigsamen Märschen war Eva eine Unterhaltung als Abwechslung ganz willkommen.

„Nein, hatte ich nicht. Und du?"

Ohne darauf zu antworten, bohrte Emma weiter nach: „Und wieso nicht? War der Richtige noch nicht dabei? Oder warst du einfach noch nicht so weit?"

Eva lächelte in sich hinein und antwortete: „Es hat sich bisher noch nicht ergeben. Und inzwischen ist mir auch noch was anderes bewusst geworden."

Emma wurde nun immer neugieriger. „So? Und was ist dir bewusst geworden?"

„Ich stehe wohl nicht auf Jungs. Da ist nichts. Keine Gefühle. Kein Verlangen. Einfach nix."

Emma durchströmte eine plötzliche Wärme.

„Ah, verstehe. Geht mir genauso. Ich kann mit Jungs auch nichts anfangen. Ich meine, ich finde sie cool und Luke und Pete sind Spitze, aber Gefühle kommen da keine auf."

Nun wurde Eva ganz hellhörig, blieb stehen und blickte Emma an: „Du meinst, du stehst auch auf Mädchen?"

„Ja." Sie zuckte mit den Schultern.

„Und, gibt es da eine, die dir gefällt hier in der Gruppe?" Statt zu antworten, sah Emma ihr tief in die Augen.

Evas Magen zog sich zusammen. Sie erwiderte Emmas Blick und plötzlich waren sie da. Sie hatte Pauline davon reden hören und auch Lilly. Sie wusste nicht, wie sie es nun besser beschreiben sollte. Sie hatte *Schmetterlinge im Bauch*.

Emma und Eva standen sich noch zwei Minuten gegenüber, ohne ein Wort zu sagen, und lächelten sich an, bis Emma, ohne ihren Blick abzuwenden, sagte: „Ich glaube wir müssen weiter. Die anderen sind schon weit voraus."

Sie setzten sich in Bewegung und hasteten den anderen hinterher.

Beflügelt durch ihre neuen Erkenntnisse fiel ihnen das Laufen leicht und sie spürten ihre Rucksäcke kaum auf dem Rücken. Beiden schwirrten die Gedanken nur so durch den Kopf.

Eva war sich über ihre Gefühle noch nie so sicher gewesen wie in diesem Moment. Sie hatte nächtelang gegrübelt und sich immer gefragt, warum sie beim Anblick von Jungs nichts Besonderes spürte. Ob was mit ihr nicht stimmte. Nun hatte sie Gewissheit und war überzeugt, dass alles mit ihr stimmte. Sie war verliebt. Nur eben nicht in einen Jungen.

Sie war davon ausgegangen, dass sich die Jungs um Emma streiten würden, wenn sie erstmal in Clean-Land waren. Aber mit so einer Wendung hatte sie nicht gerechnet: dass Emma es war, die sich nun um Eva streiten würde.

Bei jedem Gedanken an Emma tanzten die Schmetterlinge in ihrem Bauch. So etwas hatte sie noch nie gespürt und es fühlte sich einfach großartig an. Nun konnte sie endlich Lilly und Pauline verstehen.

Strömung

Ein großer Fluss tat sich in einiger Ferne vor ihnen auf. Kate und David studierten nochmal Martins Buch. Der Fluss hätte hier nicht sein dürfen. Aber die Route ging genau hier entlang, daran bestand kein Zweifel.

David schlussfolgerte: „Hier in den Bergen entstehen solche Flüsse manchmal durch die Schneeschmelze und dann sind sie wieder weg. Vielleicht war er gerade ausgetrocknet, als Martin hier lang ist."

Weit und breit war keine Stelle zu sehen, an dem der Fluss überquerbar war. Sie liefen weiter darauf zu, um ihn sich näher anzusehen. Vielleicht konnten sie ihn ja durchwaten.

Nach weiteren zwanzig Minuten standen sie an seinem Ufer. Gemächlich zog das Wasser an ihnen vorbei. Sofort zerbrachen sie sich den Kopf, wie sie hier rüberkommen konnten, doch keiner hatte eine zündende Idee.

Pete meinte: „Wenn hier Bäume wären, dann könnten wir was bauen. Ein Floß oder so. Aber weit und breit nichts. Nicht mal ein Strauch."

„Die Strömung ist zwar nicht extrem, aber doch zu stark, um durchzuschwimmen," konstatierte Mary.

Kate dachte über Marys Worte nach und sagte: „Also, die Wassermenge, die durchfließt, ist ja immer gleich. Wenn wir eine Stelle finden, wo der Fluss breiter wird, dann hat der Fluss mehr Platz und die Fließgeschwindigkeit nimmt ab. Und bei weniger Strömung könnte man vielleicht doch durchschwimmen."

Lucy sah Kate mit verdutztem Gesicht an: „Kate, du bist einfach genial. Wenn wir dich nicht hätten."

Kate errötete und genoss es ein bisschen, bewundert zu werden. David dachte nach: „Ja, da hat Kate vollkommen Recht. Das ist der Düseneffekt. Aber egal. Lasst uns nach einer solchen Stelle suchen, wo die Strömung minimal ist. Pete und Pauline, ihr geht stromaufwärts und Luke und Lilly ihr geht stromabwärts. Sobald ihr denkt, dass es gut wäre, ruft ihr. Und denkt dran, je breiter der Fluss, desto geringer die Strömung."

Die vier zogen sofort los und suchten nach einer passenden Stelle.

David sagte zu den Verbleibenden: „Und wir müssen uns überlegen, wie wir über den Fluss kommen und vor allem, wie wir unsere Ausrüstung trocken rüber bekommen. Wir haben hier kein Floß wie beim See."

Sie hörten Luke rufen. Es war kaum zu verstehen, aber es klang nach „gefunden". Lena rief Pete und Pauline zurück. Sie kamen und ließen sie wissen, dass sie absolut nichts gefunden hatten und sie auch sehr weit blicken konnten und da nichts kommen würde.

Also schulterten sie ihre Rucksäcke, David nahm Charlene wieder auf den Rücken, Lucy, Lena, Pete und Mia nahmen noch die Rucksäcke von Luke und Lilly mit und sie liefen zu den beiden hin.

Tatsächlich war der Fluss hier recht breit. David schätzte, dass es knapp hundert Meter waren. Die Strömung war hier deutlich geringer, aber dennoch ordentlich.

Er schaute von einem zum anderen und sagte dann: „Wir können die Kletterseile nutzen und uns rüber ziehen. Aber einer müsste es erstmal auf der anderen Seite festmachen. Mary ist unsere beste Schwimmerin, aber die fällt aus. Ich habe auch immer noch mit meinem Handgelenk zu kämpfen. Gibt es Freiwillige?"

Nun war es Charlene, die ihre Hand hob, aber bevor sie sprechen konnte, kam ihr Lola zuvor: „Ja, danke für deinen Mut Charlene, aber mit deinem Knöchel? Keine Chance."

Charlene ließ Lola noch ausreden, dann setzte sie an: „Das ist mir schon klar. Ich wollte nur vorschlagen, dass Emma das machen kann. Sie war in der Schwimmmannschaft und keiner war schneller als sie."

Marys Stirn kräuselte sich und ihr kam eine Erinnerung: „Stimmt ja. Emma war immer eine Altersklasse über mir, ich habe sie mal gesehen."

Sie beugte sich zu Emma und legte ihr die Hand auf die Schulter: „Du hast doch sogar ein paar Mal gewonnen. Freistil ist doch deine Paradedisziplin, oder?"

Emma war die ganze Zeit in Gedanken versunken gewesen. Sie hatte Davids Frage gar nicht mitbekommen.

Aber nun bemerke sie Mary und schaute auf: „Äh, was? Ja klar. Ich war dreimal in Folge Kreismeister im einhundert Meter Freistil."

„Na sag ich doch. Das klingt doch perfekt", strahlte Mary.

Nun war es Eva, die sorgenvoll zu Emma blickte: „Du siehst aber schon, dass das kein Schwimmbecken mit sechsundzwanzig Grad ist. Das Wasser ist eiskalt."

Emma fand es süß, dass Eva sich Sorgen um sie machte.

Dennoch fasst sie einen Entschluss und sagte: „Bei dem, was ihr alles schon für Charlene und mich getan habt, bin ich jetzt dran. Sagt mir genau, was ihr vorhabt mit dem Seil, und ich mach mich schon mal fertig."

David überlegte, was sie noch alles an Ausrüstung mithatten. Bis auf die zwei Kletterseile hatten sie noch die Rolle mit der dünnen Reepschnur. Ursprünglich waren das mal zweihundert Meter, aber sie hatten immer mal wieder etwas abgeschnitten.

Nach ein paar weiterer Überlegungen schlug er vor: „Emma schwimmt rüber und zieht die dünne Reepschnur hinter sich her, die ist leichter als die Seile. Dann zieht sie damit die Kletterseile nach, die wir als Fixseil nehmen. Dann nehmen wir die Reepschnur und lassen sie pendeln und können jeden Einzelnen rüber ziehen. Ins Wasser müssen aber alle. Wir sichern jeden mit einem Klettergurt."

Emma war bereit und hatte die Reepschnur um die Schulter gelegt, als Eva an sie herantrat und sagte: „Pass bloß auf dich auf. Und du glaubst wirklich, dass du das schaffst?"

Emma versuchte ein beruhigendes Gesicht zu machen und Zuversicht auszustrahlen: „Mach dir keine Sorgen. Ich denke an dich und dann werde ich es schaffen." Sie zwinkerte Eva nochmal zu, drehte sich um und stieg ins Wasser.

Wie zu erwarten, war das Wasser eiskalt und Emma brauchte einen Moment, um sich daran zu gewöhnen. Dann hechtete sie hinein und kraulte los. Eva fand, dass es sehr elegant aussah und etwas Anmutiges hatte, wie Emma ihren Körper bewegte. Sie starrte wie gebannt auf Emma und bemerkte kaum, wie sie ihre Fingernägel in ihre Handflächen bohrte, bis ihr Blut aus der rechten Hand lief. Ihr Puls raste. Noch nie hatte sie so viel Angst um einen anderen Menschen verspürt. Selbst als sie ihre sterbende Mum in den Armen hielt, war die Angst, die sie empfand, nicht so groß wie jetzt.

Emma schwamm schräg zur anderen Seite. Sie schien sich auf der Stelle zu bewegen. Meter um Meter kämpfte sie sich voran. Sie hatte diese anscheinend harmlose Strömung vollkommen unterschätzt.

Emma dachte an eine Meldung, die sie mal im Radio gehört hatte, als zwei Jugendliche bei einer Mutprobe im Main ertrunken waren.

Sie dachten, sie könnten dort gemütlich durchschwimmen. Beide waren geübte Schwimmer, wie es hieß. Aber die Strömung hatte sie mitgerissen und man fand sie zwei Tage später einige Kilometer weiter vor einer Schleuse. Feuerwehr- und Rettungstaucher der DLRG hatten zwei Tage lang gesucht.

Emma wusste zwar, dass sie hier nicht ertrinken würde, da sie ja zur Not mit der Reepschnur verbunden war und die anderen sie rausziehen konnten, aber sie mussten alle unbedingt über den Fluss kommen. Nun war es Emma, auf der alle Hoffnungen lagen und die alle retten musste. Emma war eigentlich die Kurzstrecke gewohnt. Darin war sie gut. Bei den Langstrecken hatten sie immer die Kräfte verlassen. Die Strömung verwandelte die einhundert Meter nun in eine solche Langstrecke. Emma überflog ein Hauch von Panik.

Sie verdrängte diesen Gedanken schnell wieder und dachte an Eva. Eva stand auch nicht auf Jungs, genau wie sie selbst. Und es hatte gefunkt zwischen ihnen. Eigentlich war es ein ganzer Funkenregen. Wie bei einem Feuerwerk. Nach all den Niederlagen, Verlusten, Schmerzen und Entbehrungen der letzten Monate war das ein Lichtblick. Ein Grund, warum es sich zu kämpfen lohnte. Eine Hoffnung auf eine schöne Zukunft.

Bei diesem Gedanken spürte sie Energie in ihren Körper fließen. Energie, die sie in Kraft umwandeln würde, um gegen diese ver-flixte Strömung anzukämpfen.

Sie hatte das Ufer schon fast erreicht, da sah sie eine Welle auf sich zukommen. Noch ehe sie ihren Mund schließen konnte, war bereits Wasser in ihre Luftröhre gelangt und Emma verschluckte sich. Sofort wurde sie von der Strömung einige Meter zurückgeworfen. Emma kraulte wieder los und brachte ihre letzte Kraft auf, um irgendwie ans Ufer zu gelangen.

Die anderen beobachteten jeden einzelnen Schwimmzug von Emma. Sie fieberten mit und feuerten sie an. Wie bei einem Wettkampf schrien sie ihr zu, dass sie es schaffen würde. Als sich Emma verschluckte, hielten sie kurz inne und warteten, was nun passieren würde. Sie spürten Emmas eiserne Willenskraft und schrien immer lauter.

Emma griff nach einem Stein, der aus dem Wasser ragte und zog sich an ihn heran. Sie spürte etwas Hartes unter ihren Füßen und wusste, dass sie es geschafft hatte. Mit letzter Kraft schleppte sie sich ans Ufer und brach zusammen. Sie keuchte. Ihre Atemfrequenz hatte einen neuen Rekord aufgestellt. Sie hörte nicht, wie die anderen auf sie einschrien.

Nach einer Minute hob sie den Kopf und blickte ans andere Ufer. Emma hob ihre Hand und streckte einen Daumen in die Luft.

Erleichtert fielen sich die anderen in die Arme. Eva hatte Tränen in den Augen und bemerket erst jetzt ihre blutende Hand.

Da sie sie gerade vor ihr Gesicht gehalten hatte, war dieses nun blutverschmiert. Pete rief bestürzt: „Eva, du blutest im Gesicht!"

Eva konnte es nicht selbst sehen, aber sagte: „Nein, das ist nur von meiner Hand. Alles gut. Ich hab nix."

Lena richtete sich an David und schlug vor: „Wir haben immer noch die zwei wasserdichten Packsäcke dabei. Wir könnten sie mit Luft füllen und als Floß benutzen. Darüber binden wir ein paar unserer Trekkingstöcke zusammen und legen unsere Rucksäcke darauf und ziehen sie nacheinander rüber. So bekommen wir sie halbwegs trocken über den Fluss."

„Lena, das ist eine super Idee", sagte David.

Lena fühlte sich geschmeichelt. „Liegt wohl in der Familie", sagte sie grinsend zu David.

Lenas Konstruktion mit den Packsäcken und Teleskopstöcken funktionierte recht gut. Sie mussten zwar bei jeder Überfahrt wieder Luft auffüllen, da sie nicht zu hundert Prozent dicht waren, aber für die kurze Passage reichte es.

Die Kälte des Wassers machte allen zu schaffen. Es dauerte bei jedem knapp zwei Minuten, bis sie auf der anderen Seite waren. Umso mehr Hochachtung bekamen sie für Emma, die über zehn Minuten in diesem Wasser verbracht hatte.

Emma hatte sich schon wieder etwas erholt. Nach einer heißen Suppe und Tee aus den Thermoskannen und einer Ladung Energieriegel war sie wieder hergestellt und konnte sich bewegen. Die anderen verzichteten zu Gunsten von Emma auf heiße Getränke, denn Feuer konnten sie hier ohne Holz nicht machen.

Obwohl Lena überlegte, auch noch Emmas Gepäck auf die anderen aufzuteilen, bestand Emma darauf, es weiter selbst zu tragen. Sie nahmen ihre schweren Rucksäcke wieder auf und marschierten weiter.

Eva gesellte sich zu Emma und nahm ihre Hand. Eine Weile schlenderten sie, ohne etwas zu sagen, vor sich hin. Als es dann etwas steiler und schmaler wurde, trennten sich ihre Hände schweren Herzens wieder und sie nahmen ihre Stöcke zu Hilfe.

Dreieck

Endlich erreichten sie wieder eine andere Landschaft. Zuerst sahen sie Moos, das wenig später in Gras überging. Dann kamen die ersten Sträucher und bald tauchten auch Bäume auf, die immer dichter wurden. Am Abend tauchten sie wieder gänzlich in sattes Grün ein und der Wald um sie herum duftete nach Tannennadeln.

Die Sonnenstrahlen, die es ab und an durch die Baumkronen schafften, hatten eine enorme Strahlkraft. Sie fanden einen Pfad, dem sie nun folgen konnten und der sie über ein paar wild-romantische Bäche führte. Das Wasser hier war klar und schmeckte köstlich.

Charlene schaffte es, mit Hilfe einer von Pete selbstgebauten Krücke, selbst zu laufen. Marys Schmerzen in der Schulter waren auch so gut wie verschwunden, dennoch wies Lola sie an, die Schlinge noch zwei Tage weiter zu benutzen. Auch Lolas Ferse war einigermaßen verheilt.

Alle waren frohen Mutes und die Aussicht auf Clean-Land beflügelte sie. Emma wich Eva nun nicht mehr von der Seite und auch alle anderen hatten längst registriert, was die Stunde den beiden geschlagen hatte. Alle freuten sich für die zwei und Charlene schien ganz besonders glücklich zu sein. Ihre Schwester war immer ein Vorbild für sie gewesen und sie vergötterte sie. Wenn Emma also glücklich war, dann war Charlene es auch.

Sie passierten einige kleinere Seen und am Ende des Tages fanden sie einen herrlichen See, der an der Seite von einem Wasserfall gespeist wurde. Idyllischer hätte man es sich nicht vorstellen können. Dieser Anblick und die allgemein gute Stimmung ließ sie bis spät in die Nacht noch erzählen und singen und sogar tanzen.

Kate und Ann hatten noch ein paar Brombeeren gesammelt und so konnten sie endlich mal wieder etwas Frisches zu sich nehmen. Pete hatte versucht ein paar Fische aus dem See zu angeln, aber es war leider beim Versuch geblieben.

Pauline und Mary saßen in einiger Entfernung zu Pete auf einem Stein und unterhielten sich über die Zeit vor der Apokalypse, als Pauline plötzlich das Thema wechselte. „Weißt du eigentlich, dass Pete in dich verliebt ist?"

Mary verschlug es die Sprache. Sie fühlte sich ertappt. Eigentlich war es ja genau umgekehrt und Mary fragte sich, ob das von Pauline nun ein Test sein sollte.

Ohne dabei lügen zu müssen, antwortete sie: „Nein, weiß ich nicht. Aber wie kommst du darauf?"

Sie hoffte, dass Pauline nicht sauer werden würde, wenn sie herausfand, was sie für Pete empfand.

Pauline blieb aber ganz ruhig und sprach weiter: „Und ich weiß auch, dass du ihn liebst."

Das war's, dachte Mary. Aus und vorbei. Sie hatte ihre beste Freundin verloren und gleich würde sie aufspringen und sie anschreien. Sie wäre am liebsten im Boden versunken. Wie konnte sie ihrer allerbesten Freundin das nur antun?

Zu ihrem Erstaunen sprach Pauline mit ruhiger Stimme weiter: „Und was, wenn ich dir sage, dass es okay für mich ist? Pete hat mir alles gestanden und gesagt, dass er uns beide liebt. Und ich liebe ihn. Und du liebst ihn. Und du bist meine beste Freundin und ich habe dich auch trotzdem ganz doll lieb und möchte keinen von euch beiden verlieren."

Mary war total durch den Wind. Sie hätte mit allem gerechnet, aber nicht damit. Sie wusste nicht, was sie sagen sollte. Tränen schossen über ihre Wangen. Sie beugte sich zu Pauline und schloss ihre Arme um ihren Hals. Pauline ließ es zu und drückte sie an sich.

„In Frankreich nennt man das wohl eine Ménage-à-trois", flüsterte sie Mary ins Ohr.

Sie blickten nun beide zu Pete hinüber und grinsten ihn an. Pete hatte die beiden gesehen, aber nicht gehört, worüber sie sprachen. Als sie sich aber an den Händen hielten und ihn so ansahen, da konnte er sich denken, worüber sie geredet hatten.

Pete durchzog eine wohlige Wärme und sein Puls fing mit einem Mal an zu rasen. Seine Gefühle hatten wohl gerade ein Karussell bestiegen. Egal, ob er zu Mary oder zu Pauline blickte, sein Herz schien zu tänzeln. Er blieb sitzen und genoss den Augenblick. Nichts und niemand könnte ihn jetzt noch aufhalten, Clean-Land zu erreichen und mit Mary und Pauline glücklich zu werden.

Er dachte kurz an seine Schwester und sein Herz machte noch einen zusätzlichen Hüpfer.

Mia war schon vor einer Weile im Wald verschwunden. Luke sah sie nach zwanzig Minuten mit einem seligen lächeln auf dem Gesicht wiederkommen, was eher untypisch für sie war.

„Na, warst du mit Bennet im Wald?", spöttelte Luke.

Mias Ausdruck verwandelte sich und ihr Gesicht wurde zornig. Sie fühlte sich ertappt und stotterte: „Wieso Bennet? Wie kommst du auf Bennet?"

„Ach, nur so. Schon gut, Mia. Wir haben wohl jeder so unsere kleinen Geheimnisse", sagte Luke und zwinkerte ihr zu.

Mia war sich nicht sicher, was Luke hier wusste, und wollte es unbedingt herausfinden.

„Sag schon, wie meinst du das und wie kommst du auf Bennet?"

Luke druckste etwas herum, aber beschloss dann doch, Mia die Wahrheit zu sagen.

„Naja, du sprichst im Schlaf und hast schon öfter Bennet erwähnt. Und es klang nicht so, als würdest du auf Kriegsfuß mit ihm stehen, wenn du weißt, was ich meine. Und außerdem verschwindest du manchmal im Zelt allein und man hört dich stöhnen."

Den letzten Satz flüsterte er mehr, damit es ja keiner hören konnte. Mia hätte sich am liebsten in Luft aufgelöst.

Sie flehte Luke an: „Aber du sagst das doch keinem, oder?"

Luke zog die Augenbrauen nach oben. „Mia, das haben alle mitbekommen. Das ist kein Geheimnis. Selbst Kate hat mich schon mal drauf angesprochen. Also mach dir nichts draus. Ist doch alles in Ordnung. Was immer du da tust im Zelt, mach weiter damit, denn es scheint dich glücklich zu machen."

Mia entspannte sich etwas und Erleichterung machte sich bei ihr breit. Alle wussten es also und keiner hatte was gesagt. So, als ob es das Normalste der Welt wäre. Dann war es das ja vielleicht auch.

„Danke, dass du es mir gesagt hast. Und ja, ich bin verrückt nach Bennet. Ich hoffe er lebt und es geht ihm gut."

Luke lehnte sich zu Mia rüber und nahm sie in den Arm.

Lilly sah das, aber anstatt eifersüchtig zu werden, war sie stolz auf Luke und seine liebevolle Art, denn sie ahnte, worum es bei den beiden gegangen sein musste.

Abgrund

Voller Tatendrang brachen sie am kommenden Tag auf. Besonders Mary, Pauline, Pete und Mia schienen regelrecht dahin zu schweben. Lena und Lucy beobachteten die Entwicklungen mit größter Zufriedenheit. Da waren Eva und Emma, die Hand in Hand liefen. Lilly und Luke klebten sowieso wie zwei Kletten aneinander. Und auch Pauline, Mary und Pete liefen beschwingt daher und schienen unzertrennlich. Mia hatte einen verträumten Blick. Lola fasste sich nun immer öfter an ihren Bauch und lächelte dabei.

Und Charlene und Kate waren zu besten Freundinnen geworden. Charlene klebte mit ihren Augen an Kates Lippen, wenn sie ihr etwas erklärte. Sie verstand zwar nicht immer alles, aber trotzdem lauschte sie wissbegierig und stellte viele Fragen.

Ann hüpfte wie ein Eichhörnchen vorne weg. Die Energie schien ihr niemals auszugehen.

David war frohen Mutes und machte einen mächtig stolzen Eindruck.

Und Lucy und Lena selbst? Sie liefen als letztes Hand in Hand ihrem Traum entgegen.

Ann blieb stehen und rief nach hinten: „Hier ist die Kante. Wir sind da."

Sie hatten ihr nächstes Hindernis erreicht. Martin hatte eine Wand skizziert und *100m* darauf geschrieben. Der Pfeil zeigte nach unten. Anders als bei der *Wall*, bei der der Pfeil nach oben zeigte.

Hierfür hatte David die Kletterausrüstung weiter mitgeschleppt. Sie würden sich hier alle abseilen müssen. Bei einhundert Metern und bei fünfzehn Personen plus Rucksäcke hatte er hierfür einen halben Tag eingeplant.

Er bat Pete einen geeigneten Baum als Ankerpunkt zu suchen. Lilly sollte zuerst runter und David würde als Letzter nachkommen. Er wollte sie alle nach und nach ablassen und sich selbst dann mit einer Acht abseilen. Dafür würde er die beiden Seile doppelt nehmen. Er hoffte, in der Hälfte der Wand einen geeigneten Standplatz für eine Zwischensicherung zu finden.

Die Kante war ziemlich brüchig und da sie keine Kletterhelme dabeihatten, wie es eigentlich Pflicht gewesen wäre, wies er jeden an, sich eine Jacke über den Kopf zu halten, falls Steine runterfallen sollten.

Lilly band sich in das Seil und David legte einen HMS-Knoten in den Karabiner ein. Von einem stabilen Baum hatte Pete ein Seil verlängert, sodass David über die Kante nach unten sehen konnte. Lilly begab sich wagemutig an die Kante und beugte sich darüber.

Eva schaute weg, um ihre aufsteigende Panik zu unterdrücken. Auch Emma war mulmig zu Mute, da sie gerade an ihre Mum und den Canyon denken musste. Sie hielten sich fest an den Händen.

David bestand darauf, dass Eva als Zweite dran war, damit sie es schnellstmöglich hinter sich hatte.

David ließ das Seil nach und Lilly stieß sich kräftig von der Wand ab. Nach dreißig Metern baumelte sie in der Luft und kam mit den Füßen nicht mehr an die Wand ran. Zügig aber mit Bedacht gab David das Seil nach. Lilly rief ab und zu nach oben, dass alles okay war und nach ungefähr fünf Minuten hatte Lilly wieder Boden unter den Füßen.

Sie stieg aus dem Gurt aus, den David wieder nach oben zog, um ihn Eva umzulegen.

Emma umarmte Eva nochmal und sah ihr in die Augen: „Eva, du schaffst das. Denk an mich. Denk an die Zukunft. Und denk einfach an ganz was anderes. Du bist die Kapitänin. Du hast es in der Hand."

Eva schaute Emma etwas fragend an, aber sagte nichts. Sie nickte ihr nur zu und gab ihr einen Kuss. Emmas Lippen auf den ihren zu spüren, gab ihr Kraft. Sie fasste den Entschluss, keine Angst zu haben. Sie ging auf die Kante zu, gab David ein Zeichen und lehnte sich nach hinten. David gab das Seil nach. Von Eva war kein einziger Mucks zu hören. Sechs Minuten später stand Eva neben Lilly und war stolz auf sich selbst. Sie wartete nun sehnsüchtig auf Emma, die die Nächste war.

Nachdem sie die Ausrüstung abgelassen hatten, wechselten David und Lena sich ab und ließen nach und nach die anderen nach unten. Ann genoss es regelrecht und machte zusätzliche Turnübungen am Seil. Sie jauchzte und breitete die Arme aus, als könnte sie fliegen.

Lola hatte etwas Bedenken wegen ihres Bauches, aber David versuchte den Gurt so zu positionieren, dass er nicht darauf drückte. Er sicherte sie zusätzlich noch mit einer Bandschlinge im Brustbereich. Als David auch Lena abgelassen hatte, zog er das Seil nach oben und bereitete es als Doppelseil zum Abseilen vor.

Sie würden das Seil später noch brauchen, deshalb musste er es abziehen können. Die Bandschlinge hier oben am Baum und den Karabiner würde er zurücklassen müssen. David fädelte die Acht im Seil ein und lehnte sich über die Kante. Am Ende der Seile und mitten in der Wand suchte er nach einem neuen Ankerpunkt. Aber da war nichts als eine glatte Wand. Kein Loch, keine vorstehende Nase, keine Sanduhr, kein Spalt. Nur vier Meter weiter rechts erkannte er einen kleinen Riss. Gerade groß genug, um dort einen Keil zu verankern.

Als Zwischensicherung allemal gut genug, aber als Abseilstelle eigentlich völlig ungeeignet.

Dennoch pendelte David zu der Stelle und versuchte sich mit der Hand festzuhalten. Er saß im Seil und konnte sich mit einer Hand im Riss festhalten, um nicht zurück zu pendeln. Mit der anderen Hand griff er nach den Klemmkeilen und wählte einen aus, den er in den Riss stopfte. Der Riss ging senkrecht nach oben und er konnte noch zwei weitere Keile darin verankern. Er verband die drei mit einer Bandschlinge und sicherte sich selbst daran.

Das entlastete Seil zog er nun von oben ab, nachdem er es nochmal gesichert hatte, damit es nicht durchrauschte. Nichts wäre schlimmer gewesen, als hier ohne Seil in der Wand zu hängen. David hing wieder das Seil in einen Karabiner ein und legte die Acht in das Seil ein. Er klinkte sich aus den Klemmkeilen aus und begann den Abstieg.

Meter für Meter kam er dem Boden näher, als es plötzlich knackte und er einen halben Meter durchsackte. David blickte nach oben und sah mit Entsetzen, dass sich der obere Klemmkeil gelöst hatte. Der mittlere Keil hatte ihn nun aufgefangen, aber gab ein knarzendes Geräusch von sich. Er beschleunigte den Abseilvorgang und ließ sich fast durchrauschen. Die Hand, mit der er das Seil bremste, wurde von der Seilreibung so heiß, dass er das Seil nicht mehr halten konnte und losließ.

Lilly hatte von unten alles beobachtet. Als sie David das Seil loslassen sah, griff sie sofort zu, zog am Seil und bremste Davids Sturz ab. Dieser Ruck löste nun auch den zweiten Keil, der mit einem hässlichen Knacken seinen Dienst quittierte. David hing nun am kleinsten Keil, von der Größe eines Fingers. Zum Boden fehlten ihm zwanzig Meter. Einen Sturz aus dieser Höhe würde er nicht überleben.

David schossen Bilder aus seiner Vergangenheit durch den Kopf. Er sah seine Schwester mit Lena und Luke als Babys auf dem Arm. Er sah Susan vor sich, wie sie sich innig liebten, und wie sie sich einem anderen zuwandte. Er sah Susans dicken Bauch. Und er sah seinen wagemutigen Sprung mit den Skiern, bei dem er sich das Bein gebrochen hatte. Dann hörte er die Schreie während des Raketenangriffs. Sah die Menschen, die brennend aus ihren Häusern liefen.

War das jetzt das Ende? War hier Schluss für ihn?

Lilly gab am Seil nach und ließ David nach unten gleiten. Zwei Meter, bevor David den Boden erreichte, brach der letzte Klemmkeil aus der Wand und David stürzte zu Boden.

Das Seil rauschte nach unten und begrub ihn unter sich. Die anderen kamen alle auf Lilly und ihn zugestürzt und schoben das Seil beiseite. David blutete am Kopf, aber er bewegte sich, setzte sich auf und griff sich an die blutende Stelle.

„Ich bin okay. Ich bin okay." Erleichtert halfen sie David auf und packten die Seile zusammen. Lola verpasste ihm noch einen Kopfverband. Dann marschierten sie weiter.

Angelglück

Pete saß am See und hatte die Angel ausgeworfen. Dieses Mal hatte er mehr Glück. Die Fische bissen an und innerhalb von zwei Stunden hatte er drei Forellen und zwei Lachse rausgezogen. Lena war erleichtert und überabeitete ihre Proviantliste, was die prekäre Lage der Nahrungsmittel etwas entspannte. Sie bat Pete noch mehr rauszuholen, sodass sie damit die nächsten zwei Tage auskommen würden. So lange konnten sie den Fisch sicher verzehren, ohne dass er schlecht wurde.

Pete hatte die Angel gerade wieder reingeworfen, als ihm schwarz vor Augen wurde. Allerdings wurde er nicht ohnmächtig, sondern jemand hielt ihm die Augen von hinten zu. Pete freute sich, dass Pauline sich zu ihm gesellen wollte, da spürte er auch schon ihre Lippen auf seinem Mund.

Doch irgendetwas war anders. Er konnte es nicht beschreiben. Es fühlte sich genau so wunderbar an wie sonst auch, aber eben anders. Seine Augen wurden von den Händen freigegeben und er blickte in das Gesicht von Mary und erstarrte. Hatte sie das eben wirklich getan? Hoffentlich hat Pauline das nicht beobachtet.

Eine andere Stimme hinter ihm fragte: „Na, Pete? Beißen die Fische?"

Das war Paulines Stimme. Sie war keine drei Meter entfernt. Was ging hier vor? Er drehte sich vorsichtig zu Pauline um, ohne zu wissen, was ihn dort erwartete.

Paulines Kopf steuerte direkt auf seinen zu und sie gab ihm einen innigen Kuss. Konnte das wahr sein? Sollte er nicht mal endlich aufwachen?

Von der anderen Seite hörte er nun Marys Stimme: „Du träumst nicht. Es ist alles echt. Wenn du aber irgendwelche Einwände hast, dann sag es ruhig."

Pete musste das erst verdauen, bevor er zu stottern begann: „Einwände? Ich meine … nein … überhaupt nicht. Aber wenn das ein Traum ist, dann lasst mich bitte niemals aufwachen."

Mary und Pauline streckten nun gleichzeitig die Köpfe in Petes Richtung und küssten ihn auf beide Wangen. Pete ließ vor Schreck die Angel fallen, die von einem Fisch, der gerade angebissen hatte, in den See gezogen wurde. Er unternahm keinerlei Versuche, ihr hinterher zu hechten.

Sein Puls beschleunigte, sein Herz machte Freudensprünge und südlich seines Äquators hisste sein Flaggschiff die Segel. Seine Fantasie begann zu galoppieren, was auch von Mary und Pauline nicht unbemerkt blieb.

Sie grinsten sich an und Mary flüsterte Pete ins Ohr: „Vielleicht will ja Eva heute Nacht mit Emma unter freiem Himmel schlafen." Pete brauchte einen Moment, bevor er kapierte, worauf Mary hinauswollte.

Luke beobachtete die drei aus einiger Entfernung. Neidvoll blickte er zu Pete. Nicht, weil er gleich zwei Freundinnen hatte, sondern weil er von ihnen so leidenschaftlich geküsst wurde. Er dachte an Lilly und ärgerte sich, die letzten Gelegenheiten nicht genutzt zu haben.

Luke verfluchte seine Feigheit. Er wusste genau, dass er den ersten Schritt machen musste, und fasste einen Entschluss. Er würde die nächste Gelegenheit nutzen. Komme, was da wolle.

Bergwelt

Vor ihnen lag noch ein Bergkamm, den es zu überwinden galt. Er war nicht besonders hoch, aber hatte es in sich. Martin hatte dazu notiert, dass es zwei Tage dauern würde und immer wieder kleinere Wände zu erklimmen wären. Die erste Wand erreichten sie gegen Mittag. Lilly und David bereiteten die Kletterausrüstung vor.

„Wie geht's deinem Kopf?", fragte sie ihn.

„Eigentlich nicht schlecht. Nur ab und zu wird mir schwindlig", sagte er.

Lilly sah ihn besorgt an: „Weiß Lola das? Du wirst doch nicht etwa eine Gehirnerschütterung haben?"

David hatte nur darauf gewartet, dass es jemanden auffallen würde.

„Nein, sie weiß es nicht. Und man kann sowieso nichts machen im Moment. Aber meinst du, du könntest diese Wand hier hochsteigen? Wenn mir mitten in der Wand schwindlig wird, könnte das ernste Folgen haben."

Lilly sah sich noch einmal die Wand an: „Ja klar. Das sollte kein Problem sein. Die sieht nicht so schwer aus. Aber vielleicht sollte Lucy mich sichern und nicht du. Sicher ist sicher."

Lilly hatte vollkommen Recht. Auf keinen Fall durfte David das Sicherungsseil aus der Hand rutschen. Er bat Lucy zu sich und erklärte ihr die Situation.

Auch sie sah ihn besorgt an und sagte: „Ja klar, ich kann Lilly sichern. Aber ich bestehe darauf, dass du mit Lola sprichst."

Eigentlich hatte sie ja Recht. Also versprach David, gleich mit Lola zu sprechen, während Lilly die Wand hochstieg.

Nach nicht mal zwanzig Minuten meldete Lilly sich und rief nach unten: „Stand!" Lucy konnte sie nun aus dem Seil nehmen und Pauline bereitete sich als Nächste vor.

Lilly rief nochmal nach unten: „Das sind ungefähr dreißig Meter. Die Route ist eine Fünf und hat nur eine Schlüsselstelle. Ich schätze, die ist eine Sieben. Aber du kannst ja ins Seil greifen und dich dran hochziehen."

Lilly sprach wie ein Profi und konnte genau einschätzen, welche Schwierigkeitsstufe die Route hatte. So konnten sich die anderen darauf einstellen und wussten, was ihnen bevorstand.

Pauline stieg in die Route ein. Für den Nachstieg brauchte sie nur fünfzehn Minuten. Nachdem auch Lucy, Pete und Luke oben waren, holten sie erstmal die ganzen Rucksäcke nach. Anschließend stiegen alle anderen die Route nach oben. David ließen sie dieses Mal nicht als Letzten gehen. Den Abschluss bildete Mia.

Kaum waren sie zehn Minuten gelaufen, folgte die nächste Wand. Diese war etwas kniffliger, denn obwohl sie kürzer war als die andere, brauchte Lilly hier ganze dreißig Minuten.

Nach dem Kommando „Stand!" rief sie hinunter: „Das ist durchgehend eine Sieben. Ich lasse das zweite Seil runterhängen, da könnt ihr euch jederzeit hochziehen."

Jeder, der oben angekommen war, blickte mit Bewunderung auf Lilly. Sie konnten nicht glauben, dass Lilly das im Vorstieg gemacht hatte.

Mary fragte sie ungläubig: „Da waren doch weder Tritte noch Griffe an einigen Stellen. Wie geht das? Hast du Saugnäpfe an den Fingern?"

Lilly grinste. „Tja, jahrelange Übung. Die einen können eben schwimmen wie ein Fisch und die anderen klettern wie ein Affe."

Mary schmunzelte. „Na, da bin ich doch lieber der Fisch."

Nach einer weiteren Stunde Fußmarsch kamen sie an eine Kante und es ging wieder hinunter. Hoch war es nicht, daher reichte ein Seil aus und es ging dieses Mal recht zügig. Nach einer Stunde waren sie und die Ausrüstung unten.

Die Nacht verbrachten sie zwischen zwei Bergspitzen auf einem kleinen Vorsprung. Sie hatten noch ein paar Kletterpassagen vor sich. Der Platz war sehr begrenzt und sie mussten verdammt aufpassen, nicht zu nah an die Kante zu geraten und abzustürzen. Die drei Zelte passten geradeso hin, weshalb sie auch den Abend darin verbringen mussten.

Charlene lag in ihrem Schlafsack und starrte an die Decke. Rechts neben sich hörte sie ein Schmatzen und das Geraschel von den Schlafsäcken. Emma und Eva teilten sich einen Schlafsack, da Emma ja keinen mehr hatte. Charlene hatte den Schlafsack von Mary bekommen, die ja in den Doppelschlafsack von Pete und Pauline geschlüpft war. Das Schmatzen neben ihr wurde immer heftiger, aber Charlene freute sich für Emma.

Links von ihr hörte sie ein ganz leises Jauchzen und manchmal auch ein Stöhnen. Neben ihr lag Mia und auch ihr Schlafsack raschelte verdächtig.

Charlene dachte an ihren eigenen Körper und strich sich mit der Hand über ihre Brust. Ihr kam der Gedanke, ob sie vielleicht eher ein Junge hätte sein sollen. Schnell versuchte sie, den Gedanken zu verdrängen. Nein, sie war gern ein Mädchen. Nur langsam wäre sie eben auch gern eine Frau. So wie Kate und Lilly und Pauline und all die anderen Mädchen in ihrer Gruppe.

Sie bewunderte die Unbeschwertheit von Ann. Sie dachte noch nicht über das Erwachsenwerden oder Jungs oder Frauenthemen nach.

Charlene kreisten die Gedanken. Irgendwann wurde es still neben ihr – kein Rascheln mehr, kein Stöhnen oder Schmatzen – und Charlene merkte kaum, wie sie in tiefen Schlaf fiel.

Trauer

Nach weiteren fünf Kletter- und Abseilpassagen erreichten sie wieder das Tal und der Wald hatte sie wieder. Am Abend fanden sie eine ruhige Stelle an einem kleinen Bach, der vor sich dahin plätscherte.

Sie hatten gerade die Zelte aufgestellt und etwas Brennholz gemacht, da kam Ann aufgeregt hinter den Bäumen hervor: „Kommt mal hierher. Hier ist ein Kreuz. Da liegt jemand begraben."

Aus zwei Ästen zusammengebunden stand da ein Kreuz hinter einem länglichen Haufen. Eindeutig ein Grab. Lola versuchte die Innschrift auf dem Kreuz zu entziffern. Sie war ziemlich verwittert.

„Das hier müsste ein O sein."

Lucy dachte plötzlich an Oscar und erschrak. „Oh nein. Das wird doch nicht Oscar sein?"

Aber Lola las weiter: „Nein, davor ist noch ein Buchstabe. Das müsste ein T sein. Und dahinter ist noch ein M. Das ist Tom. Das war doch auch in Martins Buch so drin. Oje. Wir haben Tom gefunden."

Die meisten hatten Tom gut gekannt, daher sank ihre Stimmung, auch wenn sie bereits wussten, dass Tom tot war. Aber es hier nochmal mit eigenen Augen zu sehen, war doch etwas anderes.

David betrachtete das Grab und sagte: „Schwer zu sagen, was passiert ist. In Martins Buch steht dazu nichts. Und hier sieht es auch nicht gefährlich aus. Wir werden es wohl nie erfahren."

Lena meldete sich zu Wort: „Sollen wir noch sowas wie eine Gedenkminute abhalten?"

Lucy und Lola nickten und auch die anderen fanden es eine gute Idee. Alle hielten ihre Hände vor den Körper und senkten den Kopf. Keiner sagte etwas.

Nach einer Minute ergriff Lena wieder das Wort: „Also kommt. Lassen wir ihn in Frieden ruhen. Das sagt man doch so, oder?"

„Ja, durchaus. Danke Lena."

Bedröppelt saßen sie um das Feuer herum und sprachen über Tom. Und auch über Bennet, Oscar und Martha. Ob die drei es wenigstens geschafft hatten? Alle hofften es so sehr. Besonders Mia wünschte sich, dass Bennet nichts passiert war.

Luke wollte endlich sein Vorhaben in die Tat umsetzen, aber ausgerechnet heute fand er den Zeitpunkt nicht passend dafür. Er nahm Lillys Hand und hielt sie ganz fest. Lilly hatte sich an seine Schulter gelehnt und starrte ins Feuer.

Ann und Charlene diskutierten noch über das Leben nach dem Tod und ob es das wirklich gab. Kate hatte da eine ganz klare Meinung, die eher wissenschaftlich war.

Lola mischte sich ein: „Darauf werdet ihr wohl nie eine Antwort finden. Das haben schon Milliarden Menschen vorher versucht. Also muss das jeder mit sich selbst ausmachen. Wichtig ist, dass ihr das Leben jetzt genießt, egal, was danach passiert. Ganz viele Kriege sind ausgebrochen, weil Menschen an irgendwas nach ihrem Tod geglaubt haben. Das darf uns in einer neuen Welt niemals wieder passieren."

Alle stimmten Lola zu und damit hatten sie das Thema abgehakt.

Sie sprachen auch noch etwas über die neue Welt. Über die neue Ordnung, neue Moralvorstellungen und neue Freizügigkeit, Lebensmodelle, Gesetze, Regeln, Gleichberechtigung und einige andere wichtige Themen.

David war beeindruckt, welche Gedanken sich Teenager in ihrem Alter bereits machten und wie reif das alles klang. Er wünschte sich, dass sie noch etwas mehr von ihrer Kindheit und Jugend auskosten konnten, bevor sie erwachsen wurden. Aber bei dem, was bereits hinter ihnen lag, würde dies wohl ein Wunsch bleiben.

Höhepunkt

Allen war bewusst, dass sie am heutigen Tag noch eine große Herausforderung vor sich hatten. Die Notizen von Martin waren hier recht eindeutig. Eine Kombination aus Felsenwand und reißendem Fluss bereitete ihnen seit ein paar Tagen Kopfzerbrechen.

Martin hatte keinerlei Informationen zur Überwindung hinterlassen. Lediglich die Notiz *40m* mit einem Pfeil nach unten und *Starke Strömung* mit einem *10m* versehen. Dazu hatte er eine Skizze gemacht, wie Wand und Fluss angeordnet waren.

Martins Notizen waren natürlich nie für andere gedacht gewesen, sondern nur eine Gedankenstütze für ihn selbst – und entsprechend lückenhaft. Also mussten sie es auf sich zukommen lassen und selbst eine Lösung finden.

Ihr Weg zu der Klippe führte sie aus dem Wald heraus über saftige Wiesen. Zahlreiche bunte Blüten ragten aus dem hohen Gras auf. Ein Meer aus Farben. Die Sonne brannte und alle schwitzten. Wenn sie nicht ständig über das bevorstehende Hindernis nachgedacht hätten, wäre es einfach nur eine wunderbare Wanderung gewesen. Man hätte irgendwo ein Picknick aufgeschlagen und wäre über die Wiese getollt.

Am Nachmittag erreichten sie die Klippe. Sie näherten sich vorsichtig und blickten hinab in den Abgrund. Unten toste ein Fluss, der sich in gut und gerne sechzig Metern Tiefe durch eine enge

Schlucht presste. Zwanzig Meter über dem Fluss befand sich die andere Seite, aber zehn Meter entfernt.

Weit und breit war keine Möglichkeit einer Überquerung zu erkennen. Kein Seil, keine Brücke und auch keine schmalere Stelle. Nicht weit von ihnen stand ein einzelner massiver Baum. So, als wachte er über die Schlucht. Sein Stamm hatte fast einen Meter Durchmesser und vier Meter über dem Boden ragten vier dicke Äste querab. Darüber reckte sich der Baum weiter, aber deutlich schmaler in den Himmel.

Pete betrachtete den Baum und sagte: „Also, den Baum einfach zu fällen kommt wohl nicht in Frage. Dafür würden wir Tage brauchen. Und wenn er fiele, dann könnten wir ihn nicht einen Meter bewegen."

David sah es genauso.

Lilly stellte ernüchtert fest: „Einfach abseilen ist wohl auch nicht möglich. Wir würden direkt im Wasser landen und kämen dann nicht über den Fluss."

Nun war es Lucy, die mit einer waghalsigen Idee rausrückte, nachdem sie minutenlang auf den Baum gestarrt hatte: „Ich hätte eine Idee. Sie klingt verrückt, aber hört sie euch erstmal an. Der Stamm oberhalb der Äste ist dünn genug, um ihn durchzusägen, aber dick genug, dass er uns tragen könnte. Wenn wir den absägen, dann könnten wir ihn bestimmt irgendwie über die Klippe schieben. Wir müssten dann über den Baumstamm zur Spitze balancieren und uns von dort nach unten auf die andere Seite abseilen."

Alle blickten Lucy mit großen Augen an. Lena sagte: „Du bist irre. Wie kommst du denn auf so eine verrückte Idee? Aber irgendwie auch schon wieder genial."

Pete schaute auf den Baum und sagte: „Also das mit dem Sägen könnte funktionieren. Wir haben ja immer noch die Handkettensäge dabei. Aber das wird dauern. Selbst der obere Stamm wiegt sicher eine Tonne. Wir müssten ihn dann noch auf höchstens zehn Meter kürzen, um ihn bewegen zu können."

Kate steuerte nun auch noch eine Idee bei: „Aus den Ästen könnte man noch kurze Rollen sägen. Auf die können wir dann den Stamm schieben und bis über die Klippe rollen."

Auch Luke hatte noch einen Einfall: „Der Erste, der abseilt, müsste sich daran rüber schwingen und ein zweites Seil irgendwo festmachen, das wir als Fixseil verwenden können, um die Ausrüstung und alle anderen daran runterzulassen."

David war beeindruckt vom Einfallsreichtum der Teenager. Das alles klang sehr wagemutig und riskant, aber plausibel. David ging nochmal alles durch. Da waren viele Wenns und Abers dabei, doch so konnte es funktionieren.

Pete meldete sich freiwillig: „Sägen ist mein Revier. Ich klettere auf den Baum und setze mich auf den Ast. Gegenüber brauche ich aber noch jemanden für die andere Seite der Säge."

„Klettern ist mein Revier. Ich komme mit dir hoch", sagte Lilly.

Pete sah sich den Baum an und gab zu bedenken: „Aber wie kommen wir hoch? Das sind vier Meter und der Baum ist ziemlich glatt hier unten."

Nun war es Lola, die sich zu Wort meldete: „Ganz einfach. Ich binde das Seil an einen Stein und werfe ihn über den Ast. Daran könnt ihr euch hochziehen."

David fügte noch hinzu: „Aber ihr zieht beide Klettergurte an und wir sichern euch mit den Seilen. Und ihr müsst rechtzeitig weg sein, wenn der Baum fällt."

Alle waren einverstanden und legten los.

Oben angekommen, hangelte sich Lilly noch ganze zehn Meter weiter am Baum nach oben, um dort ein Seil anzubringen und um den Baum in die richtige Fallrichtung zu ziehen. Dafür umklammerte sie einfach den Baumstamm, der über den Ästen nur um die vierzig Zentimeter im Durchmesser maß. Zurück bei Pete, setze sie sich ihm gegenüber und sie zogen abwechselnd die Sägekette hin und her.

Aufgrund des dicken Stammes konnten sie sich nicht sehen und es brauchte eine Weile, bis sie den richtigen Rhythmus gefunden hatten. Lillys Armkraft ließ langsam nach und sie setzte ihren ganzen Oberkörper ein, um die Säge in Richtung Pete nachzugeben und wieder zu sich ran zuziehen. Es dauerte, bis sie den Stamm zur Hälfte durchhatten.

Lilly dachte an Luke und bedauerte, dass er bis heute noch nicht den Mut gefunden hatte, sie zu küssen. Vielleicht sollte ja doch sie diesen Schritt machen. Bei Pauline, Pete und Mary war es doch auch so einfach gewesen. Luke war ihr Seelenverwandter und egal wie lange es dauern würde, sie würde warten, bis er so weit war. Bei dem Gedanken an Luke flogen ihr die Schmetterlinge durch den Bauch.

Die Bewegungen mit ihrem Oberkörper – vor und zurück – verursachten ein leichtes Kribbeln unterhalb ihrer Hüften. Lilly war etwas überrascht, aber es fühlte sich gut an. Mit jeder Vorwärts- und Rückwärtsbewegung wurde das Kribbeln stärker.

Lilly war überwältigt davon und erhöhte die Frequenz der Bewegung, sodass Pete fast nicht mehr mitkam. Sie hoffte auf einmal, dass der Stamm noch nicht so schnell fallen würde.

Ein verträumtes Lächeln machte sich auf ihrem Gesicht breit. Es war ein magisches Gefühl, welches sie so noch nicht kannte. Natürlich hatte sie viel darüber gehört und gelesen, aber erlebt hatte sie es noch nicht. Lilly war beeindruckt von der Intensität ihrer Empfindungen.

Zum Glück verrieten sie ihre schnelle Atmung und ihr Schwitzen nicht, da dies gewöhnliche Begleiterscheinungen des Sägens waren. Ihre Gedanken schweiften wieder ab zu Luke. Luke, wie er im Wasser stand und krampfhaft versuchte ihre Blicke nach oben zu lenken, statt unter die Wasseroberfläche. Der Gedanke daran verstärkte Lillys Gefühl, bis das Kribbeln kaum noch auszuhalten war. Lilly konnte ein Jauchzen nicht mehr unterdrücken, ließ die Säge aus der Hand gleiten und musste sich am Baumstamm festklammern.

„Lilly, ist bei dir alles okay? Bist du abgerutscht?", fragte Pete, der sie nach wie vor nicht sehen konnte.

Lilly versuchte sich zu sammeln und brauchte eine Weile, bis sie wieder von der Realität eingeholt wurde.

„Ja, alles okay. Ich war nur kurz abgerutscht. Reich mir die Säge und wir können weitermachen."

Lillys Hose war ganz feucht. Sie musste sich konzentrieren, um weder abzurutschen noch vom Baum erschlagen zu werden.

Während sie weitersägte, fasste sie einen Entschluss. Sie würde nicht warten, bis Luke so weit war. Wenn nötig, würde sie den ersten Schritt machen. Sie war nun überzeugt, dass da noch viel mehr an Gefühlen auf sie warteten. Was sie eben erlebt hatte, wollte sie unbedingt wieder erleben. Und sie war überzeugt, dass Luke ihr dabei helfen konnte.

Der Baum gab plötzlich ein Knacken von sich. Pete und Lilly ließen die Säge fallen und rutschten zurück auf ihren Ästen. Die anderen unten zogen kräftig am Seil und der obere Teil des Baumes fiel krachend auf den Boden. Kleinere Äste brachen und eine Staubwolke hüllte sie ein.

Pete sägte nun noch einen Ast durch, aus dem sie vier Rollen machen konnten.

Er und Lilly seilten sich vom Baum ab.

Ann schaute zu Lilly und fragte sie: „Hast du dir in die Hose gemacht? Die ist ganz nass?"

Lilly wurde knallrot. „Nein, aber ich habe ziemlich geschwitzt beim Sägen."

Schaukel

Im oberen Bereich war der Baum doch recht dünn und sie mussten ihn mehr kürzen als geplant. Damit maß er gerade mal neun Meter. Über die Rollen konnten sie den Stamm Meter für Meter in Richtung Klippe rollen. Sie schoben ihn ungefähr zur Hälfte darüber hinaus.

David schaute recht skeptisch und sagte: „Wir müssen uns alle auf den Stamm setzen und ihn belasten und vorn brauchen wir ein Leichtgewicht. Das wird ganz schön riskant.

Ann meldete sich zu Wort: „Hast du Leichtgewicht gesagt? Dann meinst du mich. Ich klettere nach vorn und seile mich ab, dann rüber schwingen und das zweite Seil unten festmachen."

David hatte zwar nicht Ann im Kopf gehabt, als er von Leichtgewicht sprach, aber Recht hatte sie. Und Klettern und Schaukeln waren ein Vergnügen für Ann.

Um Diskussionen zu vermeiden, sagte er: „Na gut, Ann. Dann bereite dich zum Abseilen vor und ich lasse dich runter."

Ann setze sich nah an der Klippe auf den Baumstamm, während der Rest der Gruppe sich hintereinander auf dem Ende des Stammes verteilte. Ann begann sich nach vorn zu arbeiten. Sie wippte dabei nach vorn und stützte sich auf ihre Arme. Dann zog sie ihren Körper nach und setzte sich wieder hinter ihre Hände.

Ann blickte in die Tiefe und sah den schäumenden Fluss. Sie wusste, dass sie sich keinen Patzer erlauben durfte. David hatte sie zwar gesichert, aber je weiter sie sich von der Klippe entfernte, desto schmerzhafter würde sie gegen die Wand prallen.

Nach zwei Metern schwang sie eine Bandschlinge vor sich um den Stamm. Ihre Arme waren zu kurz, als dass sie um den Stamm hätte herumgreifen können. Sie konnte das andere Ende der Schlinge nicht fassen. Erneut holte sie aus und schleuderte die Schlinge unter dem Baum durch. Jetzt landete sie genau in Anns linker Hand, wo sie sie haben wollte. Sie befestigte die beiden Enden der Schlinge an einem Karabiner und klinkte das Seil ein, so wie David es ihr erklärt hatte.

Nun wippte sie sich weiter nach vorn. An der Spitze wurde der Stamm nun schon deutlich dünner. Selbst durch Anns Fliegengewicht neigte er sich bereits bedrohlich nach unten und drohte zu brechen. Ann tastete sich Zentimeter um Zentimeter nach vorn. Jetzt galt es, die Bandschlinge zum Abseilen um den Stamm zu legen. Ihre Arme konnten den Stamm nun locker umschließen. Sie legte ihren Oberkörper auf den Stamm und griff zu der Schlinge an ihrem Klettergurt, wodurch sich ihr Gewicht auf die linke Seite verlagerte. Ann versuchte sich um den Stamm zu klammern, aber sie rutschte immer weiter zur Seite. Sie konnte sich nicht mehr halten und ihre Hüfte zog sie nach unten. Sie versuchte sich noch mit den Beinen festzuklammern, doch die steifen Sohlen der Schuhe fanden keinen Halt. In letzter Sekunde konnte sie noch beide Arme um den Stamm schlingen.

Anns Körper hing nun unter dem Baumstamm und nur ihre Hände umklammerten ihn noch. Ihre Hände schwitzten und sie spürte, wie sie abzugleiten drohten. Die letzte Zwischensicherung war fast drei Meter entfernt. Wenn sie jetzt fiel, würde sie mit voller Wucht gegen die Wand pendeln und David könnte nichts dagegen tun. Zu ihr nach vorn konnten sie auch keinen schicken: der Stamm hielt schon ihr Fliegengewicht nur mit letzter Not.

Ann verließ die Kraft in den Armen. Sie dachte an ihren Bruder Tim. Ann hatte ein besonderes Verhältnis zu ihm gehabt und sie hatte ihn über alles geliebt.

Als die Konflikte begannen, hatte die Armee ihn eingezogen und versucht ihn innerhalb von drei Monaten auszubilden und einsatzfähig zu machen. Danach ging es direkt in den Kampfeinsatz. Er kam am allerersten Tag durch eine Rakete ums Leben. Anns Mum hatte sich daraufhin kurze Zeit später das Leben genommen. Ihr Dad hatte sich noch eine Zeit sehr liebevoll um Ann gekümmert, bis auch ihn die Seuche holte. Seit dieser Zeit war Ann auf sich allein gestellt. Bis sie Mary kennenlernte und sie Ann in ihre Gruppe mitnahm. Hier hatte sie auch Kate und die anderen kennengelernt. Sie wurden zu ihrer neuen Familie und nun lag es an Ann, sie nicht zu enttäuschen.

David fühlte sich machtlos, trotz Sicherungsseil in den Händen. Er konnte Ann nicht helfen, egal was er tat. Ein Fall ins Seil und ein Aufprall in der Wand würde sie vielleicht nicht gleich umbringen, aber zumindest schwere Verletzungen waren vorprogrammiert. Er hätte sie eine weitere Zwischensicherung legen lassen sollen.

David verfluchte sich für diese Nachlässigkeit. Aber nun konnte er nichts mehr daran ändern.

Ann atmete aus und holte tief Luft. Sie begann vorwärts zu schaukeln, dann rückwärts. Noch einmal vor und zurück, dann nahm sie alle verbleibenden Kräfte zusammen und schleuderte ihre Füße zum Baumstamm hoch. Sie schossen darüber hinaus und Ann schloss die Füße über dem Stamm.

Per Klimmzug zog sie ihren ganzen Körper unter den Stamm. Sie löste eine Hand, um die Bandschlinge von ihrem Gurt zu nehmen. Sie schleuderte die Schlinge mit dem Karabiner daran direkt über sich nach oben um den Stamm herum. Der Karabiner kam ihr auf der anderen Seite wieder entgegen und landete direkt in ihrer Hand.

Nun konnte sie den Karabiner einklinken, das Seil etwas nachziehen und es in den Karabiner einklinken. Ann hörte noch das Klickgeräusch vom Zuschnappen des Karabiners, da verließen sie die Kräfte und sie fiel in die Tiefe.

Die Seilsicherung wirkte und sie wurde einen Meter unter der Baumstammspitze aufgefangen. Ann saß im Klettergurt und schaute zu David. Ihre Arme schmerzten und sie hatte Schürfwunden von der Baumrinde, aber sie hatte den ersten Teil ihrer Aufgabe geschafft. Ann gab David ein Zeichen, dass er sie nun ablassen konnte.

Der gab das Seil nun vorsichtig nach und ließ Ann in die Tiefe. Eine Kommunikation war nur mit Handzeichen möglich, da der tosende Fluss jedes Geräusch verschluckte. Ann hing nun in der Mitte über diesem Fluss auf Höhe der Klippe der anderen Seite. Sie schwang ihre Beine vor und zurück und setzte ihren Körper wie auf einer Schaukel in Bewegung. Es brauchte einige Schwünge, um die Pendelbewegung so zu nutzen, dass sie auf die andere Seite kam. Da sie genau über der Mitte hing, mussten einerseits ihre Schwünge so groß sein, dass sie die andere Seite erreichte, andererseits aber nicht zu groß, um gegen die Wand zu knallen.

Bilder von Neuseeland kamen ihr in den Sinn. Vor zwei Jahren machte sie mit ihren Eltern und Tim dort Urlaub und sie besuchten auch Queenstown. Der Ort war die Hauptstadt der Adrenalin-Junkies. So hatte Tim es genannt. Dort wurde das Bungee-Jumping erfunden. Ann wollte das auch machen, aber sie war noch zu jung dafür. Tim dagegen hatte alles ausprobiert. Bungee-Jumping, Rafting, Jet Boat fahren, Whitewater Boarding und Canyon Swinging. Dabei stürzte er in den Abgrund, bis er von einem langen Seil aufgefangen wurde und durch einen Canyon pendelte.

Das hier war so etwas Ähnliches. Nun war das richtige Timing gefragt. Sie musste genau in dem Moment auf der Klippe landen, in dem David das Seil nachließ. Einen zweiten Versuch hatten sie nicht.

David beobachtete Anns Pendelbewegungen. Sie hatte mit den Füßen bereits die Klippe erreicht, aber ihr Schwerpunkt war noch nicht weit genug darüber, als dass sie hätte Halt finden können. Daher ließ er sie noch einmal durchpendeln. Sie konnte bereits die Wand auf der anderen Seite berühren.

Noch ein Schwung dorthin und sie würde dagegen prallen und allen Schwung verlieren. Nun hieß es jetzt oder nie. Ann pendelte nach vorn, in Richtung der ersehnten Klippe, kam ihr näher und näher, war schon über ihr, da gab David mit einer schnellen Bewegung nochmal einen ganzen Meter Seil nach. Anns Zehenspitzen landeten direkt auf der Kante und sie kam zum Stehen. Ihre Arme ruderten nach hinten und sie drückte ihre Hüfte nach vorn, um ihren Schwerpunkt zu verlagern. Anns Fersen ragten noch über den Abgrund. Ann bewegte sich nicht mehr. Von ihren achtundzwanzig Kilogramm befanden sich vierzehn auf der Klippe und vierzehn über dem Abgrund. Ein paar Zerquetschte Gramm machten es aus und Ann konnte ihren ganzen Körper auf die Klippe bewegen.

Sie sank auf ihre Knie und atmete tief ein und aus. Ann hatte es geschafft. Diese Aktion war sicher nervenaufreibender als alle Abenteuer, die Tim in Neuseeland erlebt hatte, zusammen.

Ann fand einen abgebrochenen Baumstamm, um den sie ein zweites Seil festmachte. An diesem konnten die anderen nach unten abgelassen werden, ohne dass sie einen waghalsigen Canyon-Swing vollführen mussten.

David, Pete und Luke zogen den Stamm auf den Felsen zurück, um das Seil aushängen zu können. Da sie nun beim Abseilen direkt von der Felskannte schräg zu Ann gleiten konnten, hatte der Baumstamm seinen Dienst getan.

Nach und nach ließen sie die Ausrüstung nach unten. David seilte jeden einzeln nach unten und jeder, der unten ankam, nahm Ann in die Arme und drückte sie ganz fest.

Da ein normales Abseilen hier nicht möglich war, musste David nun ein Seil aufgeben. Für ihre letzten Tage würden sie laut Martins Notizen ohnehin kein zweites Seil mehr benötigen.

Ann schaute in die Gesichter ihrer neuen Schwestern und Brüder und ein Gefühl der Geborgenheit überkam sie. Als sie auf Lolas Bauch blickte, fragte sie sich, wie sie sich wohl als Tante machen würde und konnte es kaum erwarten, Eddy in den Arm zu nehmen.

Gedanken

Es dauerte keine Stunde, bis Ann ihre volle Energie zurückhatte. Alle dachten, dass Ann Tage brauchen würde, um sich von ihren Strapazen zu erholen, aber falsch gedacht. Sie war einfach Ann und Ann hatte einen Akku, der immer voll war.

Ihr Camp schlugen sie an einem kleinen Wasserfall auf, der eine perfekte Dusche abgab. Lena beschränkte das Abendessen auf ein Minimum. Sie machte sich Sorgen über die Menge, die sie noch hatten, und hoffte auf etwas Nachschub von Mia. Sie würden nicht mehr lange in solch dichtem Wald sein und danach war das Jagen ohne eine Distanzwaffe fast unmöglich. Mia, Eva und Pete waren die letzten beiden Tage auf die Pirsch gegangen, aber ohne Erfolg.

Luke war losgezogen, um nach Pilzen und Beeren Ausschau zu halten. Er streifte durch den Wald und ärgerte sich noch immer über seinen mangelnden Mut bei Lilly. Pete klebte ständig an den Lippen von Pauline oder Mary und er?

Ohne zu wissen, was sie alle in Clean-Land erwartete, plante er ihre Zukunft. Er hatte zahlreiche Möglichkeiten durchgespielt und in allen war Lilly die Hauptperson. Er stellte sich Lilly in einem Brautkleid vor. Es war das prachtvollste Kleid, was je geschneidert worden war. Lilly stand vor ihm und sollte auf die Frage antworten, ob sie ihn heiraten wolle. Und Lilly antwortete noch vor dem Ende der Frage mit Ja, nur um endlich von Luke geküsst zu werden. In Gedanken spürte er ihre Lippen. Sie schmeckten nach Himbeeren, Lukes Lieblingsfrüchte.

Lilly suchte am Feuer nach Luke, aber fand ihn nicht. Mary sagte ihr, er sei in den Wald gegangen, um nach Nahrung zu suchen. Lilly erinnerte sich an ihren Entschluss und wollte nicht mehr warten. Sie würde Luke gar nicht zu Wort kommen lassen und direkt auf ihn zugehen und ihn küssen. Nun musste sie ihn nur noch finden.

Nach zweihundert Meter sah sie Lukes Schulter hinter einem Baum und ging auf ihn zu, um ihn zu überraschen. Als sie sich leise näherte, sah sie, dass er nackt an dem Baum lehnte. Nur sein Arm bewegte sich heftig. Lilly betrachtete seinen schlanken Körper. Ihr wurde schlagartig bewusst, was er hier tat, und sie blieb stehen. Sie fand es unpassend, ihn nun anzusprechen und bekam ein schlechtes Gewissen hier zu stehen und ihn in so einer Situation zu beobachten.

Anderseits war er ihr Freund und sie dachte an ihr Erlebnis auf dem Baum. Erneut durchfuhr sie dieses leichte Kribbeln.

Lola strich sich über ihren Bauch und versuchte eine Bewegung zu spüren. Aber es war sicher noch viel zu früh dafür. In die Einzelheiten einer Schwangerschaft oder gar einer Geburt hatte Sharon sie nicht eingeweiht. Wozu auch? Lola dachte über die Risiken und die anstehenden Wehen und Schmerzen nach, wenn es denn so weit sein sollte.

Es war zwar noch einige Monate hin, wenn es denn überhaupt jemals dazu kommen würde, aber im normalen Leben hätten sich werdende Mütter bereits jetzt schon intensiv darauf vorbereitet. In der Regel hatten diese Mütter auch die Unterstützung von ihren Männern und ihren Eltern. Und all ihren Freundinnen, die alle schon Babys hatten. Lola hatte nichts dergleichen, aber sie hatte eine neue Familie und wusste, dass sie sich auf jeden Einzelnen von ihnen verlassen konnte. Auch wenn sie keine Ahnung vom schwanger sein, vom Kinderkriegen oder von Babys hatten – sie würden alles tun, um Lola beiseite zu stehen. Dieser Gedanke beruhigte sie etwas.

Millionen von Frauen haben in der Vergangenheit Kinder ohne medizinische Versorgung zur Welt gebracht. Sie würde es auch schaffen. Ann hatte ihr Baby Eddy genannt. Sie fand das irgendwie süß und freundete sich immer mehr mit diesem Namen an. Und bei Anns heutiger Aktion hatte sie es verdient, den Namen aussuchen zu dürfen. Und bei einem Mädchen würde sie sicher auch noch einen Namen finden.

Lucy und Lena standen unter dem Wasserfall und ließen sich das Wasser auf den Kopf prasseln.

Lucy sagte mit einer wehleidigen Stimme: „Oh Mann, wie ich hier einen gescheiten Rasierer vermisse. Blöd, dass wir keine mitgenommen haben. Die paar Gramm hätten es auch nicht ausgemacht."

„Das kannst du wohl laut sagen. Aber irgendwie habe ich mich nun dran gewöhnt. Und es gibt Schlimmeres. Und in Clean-Land wird es ja hoffentlich sowas geben."

„Na wenigstens hat Luke sein superscharfes Messer, was man zumindest mal für die Achseln nehmen kann. Das würde mich am meisten stören", fügte Lucy noch hinzu.

Überhaupt war das Thema Körperhygiene in den letzten Wochen sehr kurz gekommen und an Styling war gar nicht zu denken.

Lucy und Lena hatten früher Stunden vor dem Spiegel verbracht und sehr auf ihr Äußeres geachtet. Nach der Apokalypse war das alles nebensächlich geworden und seit ihrem Aufbruch nach Clean-Land überhaupt kein Thema mehr. Pete hatte so ein kleines Schweizer Taschenmesser mit einer Schere dran. Die konnte man gut für die Nägel verwenden. Weniger für die Schönheit als vielmehr um Verletzungen und Druckstellen in den Schuhen zu vermeiden. Luke hatte dieses ultrascharfe Messer, dass er fast täglich nachschärfte. Und neben dem Jagen und Fische zubereiten ließ es sich auch noch gut verwenden, um sich unter den Armen die Haare zu entfernen.

Lucy hatte es auch mal für die Beine verwendet, aber als sie es noch woanders ansetzen wollte, hatte Luke dann doch interveniert. Während die anderen Mädchen vorübergehend damit leben konnten, vermisste es Lucy sehr und fühlte sich nicht so richtig wohl in ihrer Haut.

Ihre Haare bekamen zwar regelmäßig Wasser zu sehen, aber von einer richtigen Pflege konnte keine Rede sein. Zumindest die Länge konnten sie mit Lukes Messer etwas im Zaum halten, genauso wie Davids Bart.

Charlene und Ann hatten von Natur aus eine wilde Mähne, die man nicht zu bändigen vermochte, doch die meisten anderen Mädchen hatten eher glatte oder gewellte Haare, die unter normalen Umständen nach einer Bürste verlangten. Die einzige Bürste, die sie auf ihre Reise mitgenommen hatten, war im kleinen Camper geblieben.

Lucy und Lena versuchten sich unter dem Wasserschwall gegenseitig die Haare zu entfilzen. Lena bewunderte Lucys lange Haare, die ihr bis zur Hüfte reichten. Lucy war auch stolz auf ihre Haarpracht, aber in den letzten Wochen hatte sie schon oft darüber nachgedacht, kurzen Prozess mit ihnen zu machen.

Nach ihrer ausgiebigen Dusche begaben sich die zwei wieder zu den anderen ans Feuer und stiegen in die Ratespiele ein, die Mary und Kate veranstalteten.

Weitsprung

In Martins Buch war als nächste Hürde von einem Canyon die Rede, welchen sie über einen Baumstamm überqueren sollten.

Relativ zeitig am Morgen hatten sie ihn erreicht, aber von dem Baumstamm war weit und breit nichts zu sehen. Als sie in die Schlucht hinunterblickten, fanden sie ihn. Er war in zwei Teile zerbrochen und lag zwischen den Steinen im Bach.

Die Wände auf beiden Seiten waren hoch und boten keinerlei Halt, um eventuell daran hochzuklettern. David schätzte die Entfernung zur anderen Seite auf fünf Meter.

„Verflixt, wir müssen überlegen, wie wir da rüber kommen ohne den Baumstamm. Den hatte hier wohl jemand hergebracht, denn ich sehe keine anderen Bäume weit und breit", fluchte David.

Die Bedenken der anderen hielten sich in Grenzen. Sie hatten bisher schon so viele Probleme gelöst, dass sie zuversichtlich waren, auch in diesem Fall eine Idee zu haben.

Pete meldete sich als Erster: „Ich springe rüber. Fünf Meter, dass sollte ich schaffen."

Pauline sah ihn ängstlich an: „Was heißt denn, das *sollte* ich schaffen? Schaffst du es oder nicht?"

Eva versuchte Pauline zu beruhigen: „Pete schafft das. Er war mal in der Leichtathletik-AG und ein hervorragender Sprinter. Daher war er auch so gut im Fußball. Er konnte immer alle anderen abhängen. Und wer gut sprinten kann, kann auch gut weitspringen, denn da kommt es vor allem auf den Anlauf an."

Pauline sah erleichtert aus.

„Also, dann. Wenn es keine Einwände gibt, dann springe ich." Pete hatte das kaum ausgesprochen, da sprintete er in Richtung Canyon. Eva wusste, dass es sehr darauf ankam, wo er seinen letzten Schritt für den Absprung hinsetzte – etwas, das man vorher eigentlich genau austüfteln sollte –, aber Pete sprang einfach los. Er machte so einen gewaltigen Satz über den Canyon, dass man dachte, er würde weit hinter dem gegenüberliegenden Absatz landen.

Allerdings waren fünf Meter ja bereits ein gewaltiger Sprung, den nur wenige schafften. Pete sah den Absatz auf sich zukommen. Durch die Ereignisse der letzten Tage, besonders mit Pauline und Mary, hatte er das Gefühl alles erreichen zu können. Nichts konnte ihn aufhalten. Er war der Glückspilz, dem alles gelang und der alles erreichte. Es war ein Hochgefühl und er war sich hundertprozentig sicher, dass er es bis zum anderen Absatz schaffen würde.

Als die Schwerkraft einsetzte, streckte Pete seine Füße nach vorn. Wie in der Sandgrube durfte er nicht landen, sonst würde ihn sein Hintern in die Tiefe reißen. Er musste es also mit seinem ganzen Körper und nicht nur mit seinen Füßen auf den Absatz schaffen. Pete setzte hart mit seinen Füßen auf.

Er erinnerte sich an das Trägheitsgesetz, das sie mal in Physik behandelt hatten, als es die Schule noch gab. Er wusste, dass es seinen Körper noch weiter nach vorn bringen würde. So lange, bis die Schwerkraft die Oberhand gewann. Pete landete unsanft mit seinem Hintern auf dem Boden. Mit schmerzendem Steißbein, aber glücklich, stand er auf und streckte seinen Daumen nach oben.

David und Pete verankerten das Kletterseil auf beiden Seiten an einem Stein und spannten es über den Canyon. Die Rucksäcke hingen sie an einem Karabiner ein und zogen sie mit der dünnen Reepschnur auf die andere Seite. Sie selbst mussten sich einzeln am

Seil rüber hangeln, wobei David sie nochmal zusätzlich mit einem Klettergurt sicherte.

Da sie die Verankerung nun nicht mehr lösen konnten, nachdem David als Letzter rübergekommen war, ließen sie ihr letztes Seil zurück. Sie vertrauten auf Martins Angaben, dass sie das Seil nicht mehr brauchen würden.

Pete war stolz, dass er beweisen konnte, was in ihm steckte. Heute war er es, den alle umarmten und bei dem sie sich für seinen Wagemut bedankten. Pete fühlte sich wie der König der Welt. Könnte ein Tag noch schöner sein?

Als Pete spät abends ins Zelt kroch, waren Mary, Pauline und Kate schon drin und schienen zu schlafen. Er kroch zu Mary und Pauline in den Schlafsack und bemerkte, dass die beiden doch noch wach waren und gar kein Schlaf-T-Shirt anhatten wie sonst. Ehe er darüber nachdenken konnte, bekam er auch seins ausgezogen. Sofort spürte er ihre Hände auf seinem Körper und war wie elektrisiert. Marys Hände glitten über seinen ganzen Körper und auch Pauline erkundete Gegenden, in denen sie noch nie zuvor gewesen war. Dann hatte er ein Déjà-vu. Es kam ihm irgendwie bekannt vor. Als hätte er das schon mal erlebt. Oder geträumt? Er beschloss, auch mit seinen Händen auf Erkundungstour zu gehen.

Rückschlag

Pete machte einen sehr müden Eindruck am nächsten Morgen. Als hätte er die ganze Nacht nicht geschlafen. Nur mit Mühe konnte er seine Augen offenhalten. Lucy sah einen glückseligen Blick in seinen Augen – irgendwas war anders. Sicher schwelgte er noch in seinem Ruhm, den er durch seinen Sprung am Vortag erlangt hatte. Als Lucy sich zu den anderen setzte, sah sie Pauline und Mary kichernd beim Frühstück. Auch die beiden schienen bester Laune zu sein.

Sie kamen an diesem Tag gut voran und schafften deutlich mehr Kilometer als die letzten Tage. Die Motivation war hoch und herausfordernde Hindernisse gab es keine. Großes Thema bei ihren Gesprächen waren die Zukunft und die Erwartungen, die sie an Clean-Land hatten. Da der Proviant bereits auf ein Minimum geschrumpft war, trug das Gewicht auf ihren Rücken kaum noch auf.

Sie entschieden sich für ein Camp an einem kleinen Fluss, der idyllisch dahinplätscherte. Wie immer stürzten sie sich bei ihrer Ankunft gleich hinein, noch bevor sie die Zelte aufbauten.

Mia hatte leider wieder kein Glück auf der Suche nach einem Zusatzproviant und Lena musste das Abendessen noch weiter kürzen. Trotzdem hatten sie weiterhin gute Laune und die Stimmung war ausgelassen.

Am nächsten Morgen, als Mary ihre Augen aufschlug, dämmerte es gerade. Die ersten Sonnenstrahlen fielen auf das Zelt und Wärme breitete sich aus. In ihrem Magen grummelte es. Doch Schmetterlinge waren es nicht. Mary litt an einer Magenverstimmung. Sie konnte gerade noch rechtzeitig das Zelt verlassen, bevor sie sich übergab. Aus einem anderen Zelt kamen nun auch Lilly und Luke gekrochen und gesellten sich zu Mary, um sich ebenfalls zu übergeben.

Als Lena das mitbekam, kam ihr eine mögliche Lebensmittelvergiftung in den Sinn. Sie ging in Gedanken nochmal alle Nahrungsmittel der letzten beiden Tage durch, aber da war nichts Frisches dabei gewesen. Sie hatten sich ausschließlich von lange haltbaren Trekkingmahlzeiten ernährt.

David vermutete etwas Ansteckendes, als nun auch noch Pauline und Pete aus ihren Zelten krochen und ziemlich blass aussahen. Innerhalb einer Stunde hatte es alle bis auf Lola, Lena und Mia erwischt. Auch David musste sich übergeben und bei Ann und Lucy kam auch noch Durchfall hinzu, der sich nach und nach bei allen breitmachte.

Für Lola war es ein Rätsel. Die Symptome – Erbrechen, Durchfall, Schweißausbrüche und Dehydration – wurden immer schlimmer. Lola und Lena machten sich große Sorgen, denn solche Dinge konnten rasch zu lebensbedrohlichen Zuständen führen.

David und Luke ging es besonders schlecht. Sie konnten kaum noch aufstehen. Lena und Lola flößten ihnen Tee ein und versuchten sie auch mit etwas Suppe wieder zu Kräften zu bringen. Doch kaum einer von ihnen war in der Lage, die Suppe bei sich zu behalten.

Warum Lola, Mia und Lena verschont geblieben waren, blieb ihnen ein Rätsel. Irgendwann stellten sie fest, dass die drei am Tag zuvor nicht mit im Wasser gewesen waren. Lola vermutete nun, dass etwas mit dem Flusswasser nicht stimmte. Den Filter hatten sie schon seit Tagen nicht mehr dabei und tranken das Wasser direkt aus den Quellen.

Als sie den anderen ihre Vermutungen berichtete, sagte Kate mit kränklicher Stimme: „Giardia Lamblia. Das kommt hier in Kanada häufiger vor. Ist ein Parasit, der genau diese Symptome verursacht."

Lola hatte mal davon gehört, aber Genaueres wusste sie auch nicht darüber.

Lena und Lola mussten eine Entscheidung treffen.

Lola legte fest: „Wir werden wohl heute und auch morgen nicht weiterkommen. Wir sitzen hier fest. Das Wichtigste ist trinken. Ohne Filter können wir nur das Wasser abkochen. Lena, bitte kümmere du dich darum. Wir haben so schon zu wenig Proviant, aber der ist wichtig, damit wir die anderen wieder auf die Beine bekommen. Mia, du musst unbedingt auf die Jagd gehen und erfolgreich sein. Gemeinsam bekommen wir das hin."

Der Anblick der anderen war bedrückend. So hoch motiviert sie gestern alle noch gewesen waren, so deprimiert waren sie heute. David, Luke und auch Lucy waren regelrecht im Delirium. Sie halluzinierten und brachten keinen klaren Gedanken zu Stande. Ihr Zustand verschlechterte sich so weit, dass Lola befürchtete, sie könnten einen Herzstillstand erleiden.

Mia hatte eine Falle direkt vor einem Kaninchenbau platziert, den sie im Wald gefunden hatte. Das Ergebnis war eine dringend benötigte Zutat für eine Kraftbrühe, die Lena und Lola nun versuchten, den anderen einzuflößen.

Am Abend war der Zustand der anderen weiterhin schlecht, aber stabil. Nur bei Kate und Ann hatte es sich etwas gebessert und sie konnten sich zumindest wieder selbst versorgen.

In der Nacht wechselten sich Mia, Lena und Lola ab und kontrollierten regelmäßig die Vitalwerte und den Bewusstseinszustand von allen.

Am nächsten Morgen konnten sie erfreut feststellen, dass sich bei keinem der Zustand verschlechtert hatte und nun auch Pauline, Mary, Charlene und Emma bereits auf dem Weg der Besserung waren.

Mia zog wieder los zur Jagd. Ihr Alleingang bereitete Lola Sorgen, aber sie brauchte Lena hier an ihrer Seite für ihre Patienten.

Wie Mia es geschafft hatte, war Lola ein Rätsel, aber sie kam mit einem Karibu über ihren Schultern ins Camp zurück. Sie hatte es bereits im Wald ausgenommen, um sein Gewicht zu reduzieren und es schleppen zu können.

Im Camp nahm sie es auseinander. Das Fell nutzten sie als Unterlage in der Nähe des Feuers, um David und Lucy darauf zu betten. Lukes Zustand machte einen deutlichen Sprung und er war als Erster wieder auf den Beinen und bot seine Hilfe an. Es tat ihm weh, Lilly immer noch so leiden zu sehen und er kümmerte sich liebevoll um sie.

Es wurde Nacht und der Zustand aller hatte sich bereits verbessert. Selbst David und Lucy waren wieder klar bei Sinnen, wenn auch noch sehr geschwächt.

Lola entschied, noch einen weiteren Tag für die Genesung hier zu bleiben, um wieder neue Kräfte zu sammeln. Lena verwendete den letzten Proviant und hoffte auf Mia.

Leider hatte Mia keinen Erfolg, obwohl sie den ganzen Tag mit der Jagd verbrachte. Ein paar wenige Brombeeren waren das Einzige, was sie an diesem Abend zu sich nehmen konnten. Ihre allerletzten Vorräte waren aufgebraucht.

Alarm

Mitten in der Nacht wachte Luke auf. Er vernahm einen eigenartigen Geruch, den er irgendwoher kannte. Luke kroch aus seinem Schlafsack und zog den Reißverschluss des Zelts nach oben. Da erkannte er es. Durch dichte graue Nebelschwaden hindurch sah er Flammen.

„Feuer!", schrie er, so laut er konnte.

Nach und nach wurden die anderen wach und lugten aus den Zelten.

Die Trockenheit der letzten Tage bot eine ausgezeichnete Nahrung für ein Feuer. Die Glut ihres eigenen Feuers musste die umherstehenden Grashalme in Brand gesetzt haben, die daraufhin die Sträucher entzündet hatten, die nun um sie herum loderten.

Blitzartig verließen sie ihre Zelte und versuchten sich in Sicherheit zu bringen. Sie hatten ihr Camp in einer Flussschleife aufgeschlagen und waren nun gefangen auf einer Art Halbinsel. Der einzige Fluchtweg zwischen den zwei Armen des Flusses war durch die Flammen versperrt. Und diese bewegten sich unaufhaltsam auf sie zu.

Luke sah sich um und versuchte die Lage einzuschätzen. Er wusste, dass sie nun die Nerven behalten mussten.

„Wir müssen durch den Fluss waten! Schnappt euch das Nötigste und dann los!", rief er den anderen zu.

Hektisch versuchten sie ihre Schlafsäcke, Isomatten und ein paar Sachen aus den Zelten zu ziehen. Sie schnappten sich ein paar Rücksäcke und stürzten in Richtung Fluss. Die Flammen hatten bereits ein Zelt erfasst.

Lola schrie zu Luke: „Das IFAK und die Medikamente sind noch im Zelt! Wir brauchen die noch. Ich muss sie holen!" Luke zog Lola zurück. Ausgerechnet sie sollte auf keinen Fall nochmal zurück. Pauline und Lilly hatten es gehört und stürzten los, ohne dass Luke reagieren konnte.

Bis auf Lilly, Pauline und Luke hatten sich die anderen bereits auf die andere Seite vom Fluss gerettet.

Ein Salamander ergriff die Flucht und stürzte sich ins Wasser. Vögel flatterten aufgeregt umher und ein Kaninchen kroch aus seinem Bau und entkam noch geradeso den Flammen.

Lilly hustete und konnte kaum noch atmen. Pauline hielt sich ihr T-Shirt vor den Mund und hoffte den Rauch dadurch etwas abhalten zu können. Die Hitze brannte auf ihrer Haut und der beißende Rauch ließ ihnen die Tränen in die Augen steigen.

Noch bevor Luke hinter Lilly und Pauline herrennen konnte, loderten Flammen vor ihm auf. Die beiden waren dadurch vom Feuer eingeschlossen. Die Flammen schlugen bereits so hoch, dass man nicht darüber springen konnte.

Lilly hatte das IFAK inzwischen aus dem Zelt gezogen und blickte sich um. Nichts als Flammen. Die Flammen kamen immer näher und sie sah Luke auf der anderen Seite. Tränen liefen über ihr Gesicht.

Neben ihr stand Pauline, die in eine Schockstarre gefallen war und sich nicht mehr rührte. Pauline starrte mit aufgerissenen Augen in die Flammen. Sie wirkte wie in Trance. Lilly ergriff Paulines Hand und sah ihren Tod nahen.

Luke suchte krampfhaft nach einem Weg zu Lilly und Pauline. Er war damals Mitglied der Jugendfeuerwehr und wusste daher, dass die meisten durch Brände umkommenden Menschen gar nicht verbrannten, sondern an den Rauchgasen erstickten. Feuerwehrleute schützten sich davor mit speziellen Geräten. Damit und mit einer flammhemmenden Schutzausrüstung könnte er sich durch das Feuer bewegen und Pauline und Lilly retten. Aber er hatte nur sich und sein zerrissenes Shirt.

Er sah, wie die beiden hustend auf die Knie sanken. Luke schrie ihnen zu: „Legt euch auf den Boden! Der Rauch steigt nach oben. Unten bekommt ihr besser Luft!"

Es war ein verzweifelter Versuch ihnen zu helfen, denn die Flammen würden sie in zwei Metern erreicht haben.

Im Augenwinkel sah Luke das Fell des Karibus liegen, das Mia gestern erlegt hatte. Ihm schoss ein Geistesblitz durch den Kopf. Er schnappte sich das Fell und warf es über sich.

Mit einem gewaltigen Sprung gelangte er durch die Flammen auf die andere Seite. Lilly sah Luke auf sich zuspringen und schob ihm Pauline entgegen, die immer noch geistig abwesend war.

„Rette Pauline! Schnell!" Luke dachte nicht länger nach, schnappte sich Pauline und zog sie unter das Fell.

Lilly rief ihm hinterher, als ob es ihre letzten Worte werden würden: „Ich liebe dich!"

Luke sprang durchs Feuer und schubste Pauline in den Fluss, in dem Pete und David ihm bereits entgegenkamen, um sie aufzufangen. Luke machte kehrt und sprang zu Lilly zurück.

Lilly konnte kaum noch atmen und hustete stark. Er nahm sie unter das Fell und trug sie durch die Flammen. Er spürte einen brennenden Schmerz an seinen Waden. Die Flammen hatten seine

Beine erfasst. Noch drei Meter und er sprang in den Fluss. Luke hielt Lilly vor sich auf den Armen, die immer noch hustete und ihre Arme um seinen Hals schlang.

Als Luke zurückblickte, sah er die Zelte in Flammen stehen. Es dauerte nicht mal eine Minute, da waren sie vollkommen verschwunden. Die Kunstfasern, aus denen die Zelte gemacht waren, schmolzen in Sekunden dahin.

Luke kämpfte sich mit Lilly ans andere Ufer und fiel auf die Knie. Rußverschmiert blickten alle gespannt auf die Flammen, die nun immer kleiner wurden, weil sie keine Nahrung mehr fanden und der Fluss ihnen den Weg versperrte.

Nachdem sie allmählich wieder zu sich fanden, machten sie eine Bestandsaufahme. Pauline hatte sich den Unterschenkel verletzt und sie schrie vor Schmerzen. Sie musste unter einem Stein am Ufer hängengeblieben sein. Lola sah sich den seltsam abstehenden Unterschenkel an und diagnostizierte eine Fraktur. Paulines Bein war also gebrochen. Damit würde sie keinen Schritt mehr machen können.

Lucy sammelte sämtliche Ausrüstung zusammen, die überall herumlag und Lena zählte sie durch. Neben den Zelten hatten sie auch die restliche Kletterausrüstung und noch einige andere kleinere Dinge verloren. Proviant hatten sie ohnehin keinen mehr gehabt. Nur fünf Rucksäcke hatten es über den Fluss geschafft.

Lediglich Schlafsäcke, Isomatten, Teleskopstöcke, Hosen, Schuhe, ein paar Messer und Kleinteile sowie das IFAK hatten sie retten können. David hatte auch Martins Buch retten können, wobei Kate den Inhalt schon seit langem auswendig konnte.

Die Bilanz war verheerend. Ihre Expedition stand vor dem Aus. Sie hatten noch mehrere Tage vor sich und keine Nahrung und Ausrüstung mehr. Aber sie lebten noch.

Luke hatte sie alle rechtzeitig geweckt und er hatte Lilly und Pauline aus den Flammen gerettet. Er war heute Nacht zu ihrem Helden geworden.

Improvisation

Fast alle waren noch geschwächt von ihrer Magenerkrankung der letzten Tage. Bis auf Pauline mit ihrem gebrochenen Bein konnten aber alle wieder laufen und sie wollten keine Zeit verlieren und schnellstmöglich aufbrechen. Je schneller es ihnen gelang Clean-Land zu erreichen, desto eher würden sie wieder an Nahrung gelangen.

So hofften sie zumindest, da keiner wirklich wusste, was Clean-Land überhaupt für sie bedeutete, *wenn* sie es erreichten und es existierte.

„Wir müssen Pauline tragen und ich muss ihr Bein schienen. Um den Bruch zu entlasten und ihr die Schmerzen zu nehmen, muss ich den Fuß von der Hüfte wegziehen", sagte Lola zu David.

„Wir können eine Trage für Pauline bauen. Ich weiß auch schon wie", sagte Lucy und nahm einen Teleskopstock in die Hand.

„Ich brauche von euch allen einen Schnürsenkel", bat sie die anderen um Hilfe.

Lucy legte die Teleskopstöcke zu einem Gitter, sodass sie die Form einer Krankentrage bekamen. An den Kreuzungspunkten der Stöcke knotete sie sie mit den Schnürsenkeln zusammen. Durch die zahlreichen Stöcke waren die Querstreben nur knapp zehn Zentimeter voneinander entfernt. Drüber spannte sie zwei Isomatten und fertig war die Trage.

Die Griffe der Stöcke hatte sie so positioniert, dass sie nun auf den Seiten hinausragten und zwei, vier oder gar sechs Personen die

Trage bequem anheben konnten. Sie legten Pauline auf die Trage und Lola fixierte ihren Fuß an deren Ende mit Mullbinden aus dem IFAK. In den von Lilly geretteten Medikamenten fand sie noch ein paar Schmerztabletten, die sie Pauline verabreichte.

Nachdem sie die paar wenigen Gegenstände noch in den verbliebenen Rucksäcken verstaut hatten, zogen sie weiter. Jeder Schritt war mühsam. Eigentlich wäre Pauline zu sechst locker zu tragen gewesen, aber ihre schwindenden Kräfte und die fehlende Nahrung machten jeden Schritt zur Qual. Sie schleppten sich den ganzen Tag durch einen sehr kargen Wald.

Mary entdeckte ein paar Beeren und sie stürzten sich dankbar darauf. Wasser gab es genügend, aber sie hatten keine Möglichkeit es abzukochen oder zu filtern. Der Durst wurde so unerträglich, dass sie entschieden das Risiko einzugehen, es wieder ungereinigt zu trinken.

Die nächste Nacht verbrachten sie an einem kleinen Rinnsal, das gerade genug Wasser führte, dass sie etwas trinken konnten. Aber zum Baden hätte ohnehin keiner mehr die Kraft gehabt. Mia und Pete gingen auf die Jagd, aber sie konnten weit und breit kein Tier aufspüren, dem sie hätten hinterherjagen können.

In einiger Entfernung sahen sie als einziges einen gewaltigen Elch auf einer Wiese stehen, doch Mia sagte zu Pete: „Der ist viel zu weit weg. Außerdem können die ziemlich garstig werden und haben schon Menschen getötet, auch wenn man ihnen das nicht zutraut."

Pete und Mia gingen mit leeren Händen zurück zu den anderen.

Die Nacht verbrachten sie in ihren Schlafsäcken im Freien. Am Morgen fing es zu allem Übel an zu regnen. Es dauerte nicht lange und ihre Daunenschlafsäcke waren durchgeweicht. Dadurch klebten die Daunen zusammen und verloren jegliche Isolationskraft.

Frierend und am Ende ihrer Kräfte waren sie schutzlos dem Regen ausgeliefert.

Das Einzige, was sie noch am Leben hielt, war ihre Willenskraft und Lola, die sie ständig aufs Neue motivierte und sagte: „Wir schaffen das. Wir haben so viel erlebt und überlebt. Wir werden, verdammt nochmal, nicht aufgeben."

Der Regen ließ nach und sie machten sich wieder auf den Weg. Die Schlafsäcke waren nicht mehr zu gebrauchen und zu unnötigem Ballast geworden, darum ließen sie sie zurück. Schritt für Schritt setzten sie einen Fuß vor den anderen. Am Nachmittag hatten sie gerade mal sieben weitere Kilometer geschafft.

Kettenglieder

Inzwischen hatten sie die letzten Bäume hinter sich gelassen und kleinere Felsen umgaben sie. Sie folgten einem kleinen Pfad, der sich durch sie hindurch schlängelte, bis sie vor einer Wand standen. Ungläubig schauten sie in Martins Buch und entdeckten keine Wand darin. Dennoch führte die Route genau hier hin, sie hatten sich nicht verlaufen.

Nach einer nochmaligen Untersuchung des Buches fiel Kate plötzlich auf, dass hier eine Seite fehlte. Fein säuberlich musste sie herausgetrennt worden sein, sei es durch Zufall oder Absicht, sodass man es kaum wahrnahm, wenn man das Buch nicht weit in der Mitte überdehnte.

Lilly blickte zur Wand hoch und sagte: „Die müsste so fünf bis sechs Meter hoch sein. Aber ich kann keinerlei Griffe und Tritte erkennen. Ein Seil haben wir auch nicht mehr. Ich sehe nicht, wie wir da hochkommen sollen."

Auch David betrachtete die Wand und suchte sie Stück für Stück nach Leisten, Löchern und Spalten ab. Aber nichts. Eine glatte Wand.

Charlene kam eine Idee. Als Cheerleaderin hatte sie einige Jahre in einer Mannschaft trainiert. Das Highlight waren immer die Pyramiden.

Sie wandte sich an die anderen und sagte: „Wir bilden eine Pyramide. So können wir aneinander hochklettern."

Charlene stellte sich breitbeinig vor die Wand und stemmte ihre Hände in die Hüften. Nach ein paar weiteren Überlegungen schlug sie vor: „Und wir nehmen unsere Hosen. Wir knoten immer zwei davon an den Hosenbeinen zusammen und nutzen sie wie Kettenglieder, die ineinandergreifen. Außer Paulines haben wir vierzehn Hosen. Das sollte für die fünf Meter reichen, damit wir dann die unteren der Pyramide von oben hochziehen können."

Das alles klang nach einem plausiblen Plan.

Lola sagte begeistert: „Charlene, du bist genial. Ausgezeichnete Idee. Ich werde Pauline mit den restlichen Mullbinden auf der Trage fixieren, dass wir sie mit der Hosenkette hochziehen können".

Hoffnung keimte auf.

Charlene gab ihnen Anweisungen: „David, du stellst dich an die Wand. Lucy und Lena, ihr stellt euch links daneben. Pete klettert auf die Schultern von David und Luke, du stellst einen Fuß auf Lucys und einen auf Lenas Schulter. Dann klettere ich auf die Schultern von Luke und Pete. Ann, du kletterst dann an uns hoch und müsstest die Kante erreichen."

Ihre Pyramide war ziemlich wackelig, aber irgendwie schaffte es Ann daran hochzuklettern und die Kante zu erreichen. Mit einem Klimmzug zog sie sich daran hoch. Kate folgte und half ihr, die Hosenkette von oben festzuhalten, da sie nirgends einen Ankerpunkt finden konnten. Nun kletterten Mary und Emma nach oben. Dann folgten Lola und Eva.

Gemeinsam zogen sie nun Pauline auf der Trage nach oben. Pete, Luke, Lucy und Lena hatten es nun auch nach oben geschafft. David war am schwersten, aber gemeinsam schafften sie es, auch ihn nach oben zu ziehen.

Kurz bevor er die Kante erreichte, hörten sie das Reißen einer Naht. Pete und Lena schafften es gerade noch Davids Hand zu ergreifen, da riss die Kette aus Hosen. Luke hielt nur noch ein paar Fetzen in der Hand. Der Rest der Hosenkette fiel in die Tiefe.

Da standen sie nun. In T-Shirt und Unterhose, mit Schuhen an den Füßen, die ohne Schnürsenkel ziemlich rumschlabberten und mit nichts außer drei Messern, Martins Buch, dem Rest des IFAKs und der Trage aus Teleskopstöcken und zwei Isomatten. Lenas Listen waren überflüssig geworden.

Geschätzte zehn Kilometer vor ihnen lag eine Hügelkette. Der Weg dorthin führte sie über offene Wiesen. Die Menschenpyramide und das Hochziehen an den Hosen hatte sie zusätzliche Kraft gekostet und sie beschlossen, die Nacht hier zu verbringen. Sie wussten, dass sie bitterlich frieren würden und versuchten sich gegenseitig zu wärmen.

Ann, Kate, Lola und Charlene nahmen sie in die Mitte. Sie kuschelten sich so nah aneinander, dass es aussah wie ein menschliches Knäuel.

Lola wusste: um alle noch ein letztes Mal zu motivieren und an ihre Willenskraft zu appellieren, brauchten sie ein Ziel vor Augen.

Sie stellte die Frage offen in die Runde: „Wie wollt ihr in Clean-Land eigentlich leben? Und mit wem und von was? Habt ihr euch das schon überlegt?"

Für Ann war das natürlich glasklar und sie sprach als erste: „Natürlich bleiben wir alle zusammen, das ist doch logisch. Mit *wem* hätten wir damit also geklärt."

Alle dachten darüber nach, aber die meisten hatten ohnehin ähnliche Gedanken.

Kate richtete sich nun speziell an Pete und Pauline: „Was ist mit euch? Bleibt ihr bei uns oder wollt ihr euer eigenes Leben leben?"

Pete sah zu Pauline und auch zu Mary und antwortete: „Auf jeden Fall werden wir erstmal zusammenbleiben. Ob das dann für immer und ewig ist, kann ich heute noch nicht sagen. Aber zumindest haben wir keine Pläne euch zu verlassen. Für mich steht jedenfalls fest, dass ich für immer mit Pauline und mit Mary zusammenbleiben werde."

Pete sagte das mit fester Überzeugung und Mary und auch Pauline sahen Pete mit einem zustimmenden Blick an. Pauline griff nach Petes Hand und drückte sie ganz fest.

Nun kamen Lenas Planungsfähigkeiten zum Vorschein. Sie wollte es noch etwas genauer wissen und spornte die anderen zum Träumen an.

„Keiner weiß, wie es in Clean-Land überhaupt ist, aber stellt euch vor, wir könnten irgendwo ganz neu anfangen. Sozusagen komplett von Null und an einem Ort, der uns gefällt. Wie müsste der für euch aussehen?"

Sofort begannen die Gedanken der Gruppe zu kreisen.

Emma legte ihren Zeigefinger über ihre Lippen und machte eine Denkerpose: „Auf jeden Fall müsste da ein großer See sein, in dem man schwimmen kann."

Eva gefiel diese Idee und sie fügte hinzu: „Und der See sollte so groß sein, dass man mit einer Yacht darauf segeln kann."

Mary fand diese Idee natürlich auch super und ergänzte: „In dem See sollten auch Delphine sein."

Sie dachte nochmal kurz darüber nach und sagte: „Naja, oder zumindest Fische und eine gesunde und traumhafte Unterwasserwelt zum Tauchen."

Lilly schaltete sich ein: „Und hinter dem See müssen die Berge sein. Mit richtigen Felswänden, wo man dran klettern kann."

Kate erinnerte sich an ihr Gespräch mit Ann vor einiger Zeit und meinte: „Wir würden Pferde züchten und ein richtiges Gestüt aufbauen und wir könnten tolle Ausritte machen und das auch für andere anbieten."

Lucy dachte etwas praktischer: „Also ich würde sagen, wir brauchen erstmal ein richtiges Haus. Mit einem riesigen Kamin und einem richtigen Bad und vielen Zimmern und richtigen Betten."

Als Lucy das sagte, bekamen alle einen sehnsüchtigen Blick.

Lena sponn den Faden weiter: „Wir hätten dann auch wieder eine große Küche mit allen Möglichkeiten zum Kochen und Backen. Und ich wünsche mir eine Sauna mit einem richtigen Holzfeuer."

Man konnte förmlich spüren, wie allen plötzlich der Gedanke an die wohlige Wärme einer Sauna durch den Kopf ging.

Lola dachte an ihr Baby und sagte: „Und Eddy bekommt eine Schaukel und einen Sandkasten. Und hoffentlich noch ganz viele Spielkameraden."

Sie blickte dabei zu Luke und Lilly. Luke blickte mit einem verlegenden Blick zu Lilly, die errötete.

Ann strahlte und sagte zu Lola: „Du hast ihn Eddy genannt. Juhu, du wirst ihn Eddy nennen. Ich freue mich so."

„Wir können uns ja selbst ein Haus aus Bäumen bauen. So ein richtiges Blockhaus mit dicken Stämmen. Und alle zusammen darin wohnen", meinte Pete.

Pauline reichte nun auch Mary ihre andere Hand und schaute dann zu Pete: „Also, ich würde für dich, Mary und mich dort schon mal ein Zimmer reservieren."

Nun wollte auch David nicht mehr nur zuhören und stieg in die Planungen ein: „Naja, also mit dem richtigen Equipment könnten wir dort auch unsere eigenen Nahrungsmittel anbauen und Felder bestellen. Von irgendetwas müssen wir ja leben. Und ein Schlaraffenland, wo alles von den Bäumen hängt, wird Clean-Land sicher nicht sein."

Mia schlug vor: „Mit einem Wald neben dem See könnte ich jagen gehen und Pete könnte im See angeln. Und vielleicht können wir Hühner züchten, dann hätten wir Eier für Lena zum Backen."

„Das klingt wie nach einem traumhaften Heim auf einem riesigen Hof", sagte Eva und bei Charlene klingelte etwas: „Du hast Recht. Ein Heim auf einem Hof. Erinnert euch das an etwas?" Plötzlich dachten sie zurück an ihre Heimatstadt.

Sie verbrachten noch Stunden damit, ihr neues zu Hause zu entwerfen. Luke schlug vor, welche Fahrzeuge sie benötigen würden. Neben einem Kleinbus und einem Geländewagen waren da noch Traktoren, ein Pickup, Quads, Motorräder und ein Motorboot.

Lena hatte schon in Gedanken die Küche eingerichtet und Lola zählte auf, wie man für Notfälle und Krankheiten gut gerüstet wäre.

Kate und Ann planten ihre Pferdezucht und die Stallungen und Lilly hatte ein paar Tipps für die Inneneinrichtung der Zimmer.

Mary schlug eine Plantage mit Obstbäumen vor und Charlene wollte eine Wiese zwischen Haus und See mit einem riesigen Baum und einer Schaukel dran.

Jedes kleinste Detail ihres neuen Heims wurde geplant und in Gedanken saßen sie schon alle vor einem wohligen Kamin im Wohnzimmer und spielten Spiele oder sangen und tanzten.

Einen Namen hatten sie sich auch schon für ihre neue Community ausgedacht. So wie das früher die Siedler in Amerika oft getan hatten, nahmen sie einfach den Namen ihrer alten Heimatstadt und setzten ein „New" davor.

An Schlaf war kaum zu denken. Ab und an fielen ihnen mal die Augen zu, bis sie das Zittern wieder weckte. Aber irgendwie überstanden sie die Nacht und waren erfreut über die ersten Sonnenstrahlen, die über den Hügel blickten.

Hügel

Der Pfad über die Wiesen war zwar nicht anspruchsvoll, aber jeder Schritt schmerzte. Völlig entkräftet kämpften sie sich durch die Gräser hindurch. Manche Halme waren so scharfkantig, dass sie sich in ihre nackten Beine schnitten, bis sie bluteten.

Pauline hatte die letzten Schmerzmittel aufgebraucht und ihr Bein tat höllisch weh. Sie biss die Zähne zusammen und versuchte sich nichts anmerken zu lassen. Pete lief neben ihr her und hielt ihre Hand. Pauline drückte sie so fest, dass er fürchtete, sie würde sie ihm auch noch brechen.

Pete dachte an die zurückliegenden Tage und die Zeit, die er nun mit Pauline und Mary verbrachte. Er lebte einen Traum und fürchtete sich vor dem Aufwachen. Er würde alles darum geben, mit Mary und Pauline gemeinsam glücklich zu werden. Er schwor sich, sie immer zu beschützen und ihnen ihre Wünsche zu erfüllen. Luke hatte ihn gefragt, wen von beiden er mehr mochte. Er hatte ihm ehrlich geantwortet, dass er das nicht sagen konnte. Seine Gefühle waren bei beiden gleich stark und er hätte sich nie entscheiden können, selbst wenn man ihn dazu gezwungen hätte. Zum Glück verlangte das weder Mary noch Pauline von ihm und er hoffte, dass es auch nie dazu kommen würde.

Mary sah auf ihre beste Freundin Pauline. Sie bedeutete ihr alles und hatte Todesangst um sie, als sie von den Flammen eingeschlossen war. Sie war ihr unendlich dankbar, dass sie es zugelassen hatte, Pete ihre Liebe zu gestehen. Die gemeinsame Zeit mit Pauline und Pete war das Wunderbarste, was sie in den letzten Wochen erlebt hatte. Sie empfand tiefe Gefühle für Pauline, aber mehr als diese innige Freundschaft war da nicht. Anders als es bei Lena und Lucy der Fall zu sein schien, stand Mary nun mal nicht auf Mädchen. Aber einer zukünftigen Dreierbeziehung stand aus ihrer Sicht dennoch nichts im Wege.

Pauline hatte starke Schmerzen. Ihre Liebsten waren um sie herum und sie brachte enorme Willenskraft auf, um nicht loszuheulen. Sie sehnte sich nach einer gemeinsamen Zukunft mit Pete und Mary. Aber auch alle anderen hatte sie in ihr Herz geschlossen und sollten sie niemals verlassen. Wenn sie es doch bis Clean-Land schafften, dann wollte sie genau mit diesen Menschen hier ihr Leben verbringen.

Luke hatte Lillys Gesicht vor Augen und sah die Flammen vor sich. Es war der schrecklichste Moment in seinem Leben gewesen und er hätte selbst nicht weiterleben wollen, wenn sie in den Flammen umgekommen wäre. Lieber hätte er sich in die Flammen gestürzt bei dem Versuch sie zu retten, als es tatenlos mit ansehen zu müssen. In Gedanken dankte er Mia immer wieder für das Fell, das sie dem Karibu abgezogen hatte und das ihn und auch Lilly und Pauline vor dem sicheren Verbrennungstod gerettet hatte.

Lilly hatte es immer noch nicht geschafft Luke zu küssen. Als er sie aus den Flammen gerettet hatte, musste sie noch lange husten, bevor sie wieder einigermaßen normal atmen konnte. Aufgrund der Schwäche fiel es ihr überhaupt schwer, noch einen klaren Gedanken zu fassen. Einzig der Gedanke an die Liebe zu Luke veranlasste sie einen Fuß vor den anderen zu setzen und weiterzulaufen.

Lena ging neben Lucy her. Ihre Gedanken waren bei ihrem Dad. Die Seuche hatte ihn am Ende doch noch erwischt. Als alle schon glaubten, es sei vorüber und die, die nun noch lebten, seien immun, wurde er krank und starb binnen weniger Tage. Lena hatte noch Luke und all die anderen. Aber vor allem hatte sie nun Lucy. Aus ihrer Freundschaft war mehr geworden. Sie hatte noch keine Ahnung, wo das noch hinführen würde, aber sie war neugierig auf das, was da auf sie wartete und sie war offen für neue Wege und Experimente.

Lucy dachte an Lilly, ihre innig geliebte Schwester. Sie war froh, dass Luke sie vor dem Feuer gerettet hatte und hätte Luke dafür küssen können. Aber das wollte sie dann doch Lilly überlassen. Sie wünschte ihr, dass es bald dazu kommen würde. Lucy lächelte Lena an und nahm ihre Hand. Sie drückte sie fest und wollte sie am liebsten nie mehr loslassen.

Lola strich sich wieder und wieder über ihren Bauch. Sie hatte ab und zu Krämpfe und hoffte, dass es der Hunger und nicht das Baby war. Sie war froh, so weit gekommen zu sein mit den anderen. Lola fühlte sich verantwortlich für jeden Einzelnen von ihnen. Sie dachte zurück an Nick. Da war zwar Freude und Abenteuer gewesen, aber Liebe war es nicht. Sie würde Eddy mit ihrem Leben beschützen und sie liebte ihn schon jetzt.

Mia war selbst überrascht über ihren Optimismus. Die letzten Wochen hatten ihr immer wieder einen Weg aufgezeigt, auch wenn sie dem Tod oft so nah gewesen waren. Laut ihrer Berechnungen hätten sie schon mindestens siebenundzwanzigmal sterben müssen. Und nun waren sie hier, fast am Ziel. Mia kam der Anblick von Bennet in den Sinn und zauberte ihr ein Lächeln auf die Lippen.

Eva bewunderte Emmas Selbstbewusstsein. Wenn Emma sang, fühlte es sich an wie Samt und schmeckte wie zuckersüßer Honig. Nie hatte sie solch eine schöne Stimme gehört. Emma hatte ihr gezeigt, dass mit ihr alles stimmte, wo sie doch so gezweifelt hatte. Eva freute sich auf die gemeinsame Zukunft mit ihr und war bereit für neue Abenteuer.

Emmas Gedankenwelt drehte ich. Sie vermisste ihre Freunde, die sie verloren hatte, aber sie war glücklich, neue gefunden zu haben. Als ihre Mum abgestürzt war und sie verhungert mit ihrer Schwester auf dem Schotterweg gelegen hatte, hatte sie bereits aufgegeben. Dann kamen Eva und ihre Freunde und holten sie zurück ins Leben. Emma hätte nicht gedacht, je wieder glücklich zu werden. Und doch war es geschehen.

Charlene fühlte sich erwachsener als je zuvor. Sie hatte durch die anderen auch gelernt, ihren Körper so zu akzeptieren, wie er war. Ihre neue beste Freundin Kate war schlau und schien auf alles eine Antwort zu kennen. Gemeinsam mit ihr würde sie die Abenteuer des Lebens meistern, egal was noch kommen würde.

David war unendlich stolz. Jeder Einzelne war während der letzten Monate über sich hinausgewachsen. Er konnte es noch nicht fassen, dass sie es bis hier geschafft hatten. Niemanden hätte er zurückgelassen, aber so gefährlich wie die Expedition gewesen war, so hoch war das Risiko eines Verlustes gewesen. Er würde für sie alle da sein. Und wenn sie Glück hatten und es bis nach Clean-Land schafften, dann fing das eigentliche Abenteuer ja gerade erst an.

Ann hielt Lolas Hand. Sie fühlte sich wohl in ihrer Nähe und wusste, dass sie sich gegenseitig brauchten. Ann hatte ihre neue

Familie liebgewonnen und freute sich auf Eddy. Auch wenn sie Tim immer noch vermisste, wurden die Tage, an denen sie Tränen um ihn vergoss, weniger.

Kate wurde auf dieser Reise kein einziges Mal gehänselt für ihre Intelligenz. Ganz im Gegenteil, sie konnte mit ihrem Wissen zum Überleben der Gruppe beitragen und wurde dafür geschätzt. In Clean-Land würde sie ihr Wissen gern weiter teilen und sie war gespannt auf die Zukunft dort. Vielleicht gab es ja auch Schulen oder gar eine Universität. Sie hatte trotz ihres enormen Wissens noch so viele Fragen. Kate war so glücklich und stolz, wie man nur irgend hätte sein können.

Sie kamen den Hügel immer weiter hinauf. Das letzte Stück war sehr steil und sie brauchten eine Stunde für gerade mal zwei Kilometer. Ihre Mägen schmerzten vor Hunger und ihre Beine von den Strapazen des langen Fußmarsches. Ohne Nahrung und mit nichts als Wanderschuhen, T-Shirt und einer Unterhose am Leib erklommen sie den Kamm des Hügels. Als sie gerade mit den Köpfen über ihn hinüberblicken konnten, strahlte ihnen die Sonne in die Augen. Sie hielten sich die Hände wie eine Sonnenblende vor ihre Gesichter und suchten den Horizont ab.

Der Anblick war überwältigend. Sie brachen in Tränen aus und fielen sich um den Hals.

Im Tal erblickten sie einen riesigen Zaun mit zahlreichen Schildern, auf denen groß *Quarantäne* geschrieben stand. Etwas weiter rechts erhob sich ein Tor mit großen Buchstaben darauf. Ann sprach sie laut aus: „CLEAN–LAND".

Luke und Lilly drehten sich gleichzeitig zueinander. Ihre Köpfe näherten sich und ihre Lippen berührten sich für einen leidenschaftlichen Kuss.

Über den Autor

Neil Oppodark ist ein Pseudonym. Neil lebt mit seinen zwei Kindern in der Nähe von Frankfurt am Main und schreibt in seiner Freizeit.

Durch seinen Jugendroman möchte er das Genre Abenteuer mit den Verwirrungen der aufkeimenden Gefühle und Liebe in diesem Alter verbinden. Er verzichtet bewusst auf zwischenmenschliche Konflikte und einen Antagonisten und hebt stattdessen das Gemeinschaftsgefühl der Gruppe und die Stärken eines jeden Einzelnen hervor. Die zum Teil überspitzte Freizügigkeit der Teenager sollen Denkanstöße über das eigene Ich und das Bewusstsein für den eigenen Körper geben.

Expedition